9, Sept. 2023

FLORIAN BOCK

Der Michl geht zeltn

BAYERN-KRIMI

GMEINER

Personen und Handlung sind frei erfunden.
Ähnlichkeiten mit lebenden oder toten Personen
sind rein zufällig und nicht beabsichtigt.

Immer informiert

Spannung pur – mit unserem Newsletter informieren wir Sie
regelmäßig über Wissenswertes aus unserer Bücherwelt.

Gefällt mir!

Facebook: @Gmeiner.Verlag
Instagram: @gmeinerverlag
Twitter: @GmeinerVerlag

MIX
Papier | Fördert
gute Waldnutzung
FSC® C083411

Besuchen Sie uns im Internet:
www.gmeiner-verlag.de

Im Ehnried 5, 88605 Meßkirch
Telefon 07575/2095-0
info@gmeiner-verlag.de

1. Auflage 2023

Lektorat: Claudia Senghaas, Kirchardt
Herstellung: Mirjam Hecht
Umschlaggestaltung: U.O.R.G. Lutz Eberle, Stuttgart
unter Verwendung eines Fotos von: © StockphotoVideo / stock.adobe.com; exclusive-design / stock.adobe.com
Druck: CPI books GmbH, Leck
Printed in Germany
ISBN 978-3-8392-0460-3

Für meine Mama, die mir ihre Liebe
zu Büchern vererbt hat.

HINWEIS DES AUTORS

Die nachfolgende Geschichte spielt in meiner Heimat, dem Landkreis Cham. Die meisten Orte, die beschrieben werden, existieren wirklich. Es gibt aber auch Schauplätze, die komplett von mir erfunden wurden. Andere habe ich verlegt oder so geändert, dass sie den Erfordernissen der Handlung genügen. Wenn Sie sich als Ortskundiger also manchmal am Kopf kratzen müssen, dann können Sie die Schuld daran allein mir in die Schuhe schieben.

Polizist Richard Sonnleitner ermittelt aber ebenfalls an Orten, die nicht nur genauso existieren, sondern auch unbedingt einen Besuch wert sind. Zwei davon möchte ich besonders hervorheben:

Zum einen das *Cave Gladium*. Ein jährlich in Furth im Wald stattfindendes Mittelalter-Lager, das ich seit Jahren begeistert besuche und das mir auch die initiale Idee für dieses Buch lieferte.

Zum anderen den *Ratskeller beim Kleber*, wo es die besten Pizzas und Baguettes weit und breit gibt.

Unvorstellbar, bei einer Geschichte, die zu großen Teilen in Furth im Wald spielt, diese beiden nicht zu erwähnen.

Wenn Ihnen das nachfolgende Buch gefällt und Sie mich vielleicht an einem dieser Orte antreffen, dann dürfen Sie mich gerne auf ein Bier einladen.

1

Michael trat aus der Dusche und trocknete sich ab. Die nächsten zwei bis drei Tage würde er wohl ungeduscht bleiben. Mal sehen, wie lange er es im *Cave Gladium* aushalten würde. Er nebelte sich ordentlich mit Deo ein. Das war zwar nicht gerade authentisch mittelalterlich, aber es würde eh nur kurz vorhalten. Spätestens nach ein, zwei Stunden am Lagerfeuer würde er sowieso riechen wie frisch aus der Räucherkammer. Dazu noch der Geruch von Schweiß, gebratenem Essen und, so hoffte er, auch von der einen oder anderen Dame. Er dachte an das vergangene Jahr und musste grinsen. Da war er zwei Nächte geblieben und in jeder davon bei einer anderen gelegen. Und dabei war er zu der Zeit eigentlich fest mit Lisa zusammen gewesen. Aber wie sagt man so schön, nachts sind alle Katzen grau. Und was für Katzen das waren. Wie sie geheißen hatten, konnte er beim besten Willen nicht mehr sagen. Die eine hatte irgendeinen Namen mit A gehabt. Antje? Anja? Egal. Beide waren sowieso nicht aus der Gegend. Wahrscheinlich hatten sie einen Freund oder Mann zu Hause sitzen. Vielleicht auch nur ein paar Lagerfeuer entfernt. Das mittelalterliche Lager war schließlich groß. Umso besser, das machte es nur noch reizvoller für ihn. Dieses Jahr war Michael ungebunden, und das wollte er voll auskosten. Aber was hieß ungebunden. Aktuell hatte er mehrere Eisen im Feuer. Die eine oder andere war wohl der Meinung, dass es sich mit ihm um etwas Festes handelte. Sollten sie es ruhig glauben. Bis sie herausfanden, dass er nicht nur mit ihnen die Nacht verbrachte, konnte er noch eine Weile seinen Spaß haben. Schließlich schlüpfte er in die Kleidung, die er sich bereitgelegt hatte. Er blickte in den Spiegel und musste lachen. Die mittelalterlichen Klamotten entsprachen so gar nicht seinem Stil. Das weite leinene Hemd, die schwarze Hose aus dickem Stoff, leidlich gehalten durch den ledernen Gürtel, der nur geknotet war. Und dazu die Stoffschuhe. Gut, die würde er erst später anziehen. Zum Autofahren waren die nicht das Wahre. Bis dahin würden die grauen *Chucks* ihren Dienst tun, auch wenn das noch komischer aussah zu seinem Kostüm. Schief grinsend fuhr er sich durch die Haare. So ganz ohne Gel war ungewohnt. Aber wenn schon Mittelalter, dann richtig. Da musste das Deo eben das einzige Zugeständnis an die Moderne bleiben. Schließlich gab er es auf und wuschelte sich die Haare einfach durch. Normalerweise verließ er das Haus nicht ungestylt, aber in dem Fall ging es nicht anders. Da dürfte ihm die männliche Konkurrenz auch nichts voraushaben. Im Gegenteil, in den letzten Jahren hatte er herausgefunden, dass es ein großer Vorteil war, wenn man im *Cave Gladium* »gewandet«, also entsprechend kostümiert, kam. Nicht nur, dass man freien Eintritt hatte, auch bei den Mädels hatte man so einen ganz besonderen Stich. Offensichtlich musste es für sie reizvoll sein, sich auf ein historisches Abenteuer einzulassen. Allein der Gedanke daran, was er heute erleben würde, erregte ihn bereits. Er warf einen letzten Blick in den Spiegel. Alles passte. Seine Ohrringe hatte er rausgenommen. Mit ihnen sah er ein wenig aus wie David Beckham, fand er. Aber da der seines Wissens nach nicht alt genug war, um im Mittelalter gelebt zu haben, waren die ein No-Go. Damit musste das dünne Lederband, das er sich um sein Handgelenk geknotet hatte, der einzige Schmuck bleiben. Schließlich stopfte er noch ein paar Geldscheine in den kleinen Lederbeutel, den er am Gürtel trug, sowie einige Kondome. Er hatte den festen Willen, beides heute zu benutzen. Das war alles, was er brauchte. Er kannte genug Leute, bei denen er im Zelt unterkommen konnte. Bei den Bettbekanntschaften mochte er in der Regel nicht übernachten. Das führte nur zu Problemen.

Gut vorbereitet, wie er nun war, ging er in die Garage zu seinem Nissan GTR. Zärtlich streichelte er den spiegelnd glänzenden schwarzen Lack. Er ließ den prüfenden Blick über sein Schmuckstück gleiten und stellte zufrieden fest, dass nicht das kleinste Staubkörnchen darauf zu sehen war. Mit einem furchtbaren metallischen Ächzen öffnete er das verrostete Garagentor, stieg ein und startete den Motor. Einen Moment lang genoss er das tiefe, satte Brummen. Dann setzte er langsam zurück und fuhr auf den Hof. Das alte Pflaster war so voller Unebenheiten und Vertiefungen, dass er aufpassen musste, mit seinem tiefergelegten Wagen nicht hängen zu bleiben. Im Rückspiegel sah er seine Mutter, die vor der Haustür mit einem alten Reisigbesen fegte. Er ließ das Seitenfenster heruntergleiten und rief ihr zu: »Ich fahr jetzt. Kann sein, dass ich erst übermorgen wiederkomme.«

»Ja, ist schon recht, Michl«, antwortete sie. Niemand außer ihr nannte ihn so. Früher in der Schule hatten sie ihn so genannt. Wegen Michl aus Lönneberga. Wohl weil er damals genau so gerne anderen Streiche gespielt hatte. Inzwischen hasste er es. Nur seiner Mutter konnte er es nicht austreiben, ihn so zu rufen. Und irgendwie wollte er das auch nicht. Ihre Worte klangen ein wenig abschätzig in seinen Ohren, aber er machte sich nichts weiter draus. Seine Eltern lebten ohnehin in einer anderen Welt als er. Bei denen ging es ja nur um Arbeit, Arbeit und wieder Arbeit. Sie hatten einfach keinen Sinn für das schöne Leben so wie er. Er winkte noch zum Abschied, drehte die Soundanlage auf, dass die Bässe so richtig dröhnten. Langsam ließ er den Wagen über das Pflaster rollen, bis er die Teerstraße erreichte. Dann gab er Gas und brauste mit quietschenden Reifen davon. Seine Mutter stützte sich auf ihren Besen und sah ihm kopfschüttelnd nach. Sein Vater kam zu ihr, die ölverschmierten Hände notdürftig mit einem Lappen abwischend. Er hatte aus der Scheune heraus gesehen, wie Michael gefahren war. »Wo will denn der hin in dem Aufzug?«, fragte er.

Sie schnaubte. »Der Michl geht zelten.«

2

Es war herrlich. Richard schlenderte durch das mittelalterliche Lager. Vorbei am großen Platz mit den vielen Bierbänken in Richtung der Zelte. Die starke Hitze des Tages ließ langsam nach, auch wenn die Sonne sicherlich noch mindestens ein paar Stunden scheinen würde, bis sie neben dem Further Stadtturm hinter dem Horizont versank. Das *Cave Gladium* fand jährlich im Rahmen des *Drachenstichs* statt. Einem großen Volksschauspiel, in dem der tapfere Ritter Udo es mit einem furchterregenden Drachen aufnimmt, um seine Liebe, die Burgherrin, zu retten, die wegen ihrer Tapferkeit die »Ritterin« genannt wird. Jedes Jahr zog das Tausende Besucher an. Für Richard war es ein fester Termin im Kalender. Ein Wochenende lang im August verwandelte sich eine geräumige Wiese neben der Schnellstraße in ein Heerlager des Jahres 1431. Unglaublich viele Leute gaben sich riesige Mühe, mit einer der Zeit entsprechenden Kleidung und Ausstattung die ferne Vergangenheit wieder zum Leben zu erwecken. Gut, da jeder, der darauf Lust hatte, sich in ein mittelalterliches Kostüm werfen konnte, war es mit der Authentizität manchmal nicht so weit her. Aber auch wenn einiges nicht so wirklich historisch korrekt sein dürfte, im Großen und Ganzen stimmte das Gefühl. Haaserer fiel definitiv in die Kategorie »weniger authentisch«. Mit seinen knallgrünen Strumpfhosen sah er eher aus, als wäre er einer billigen Robin-Hood-Verfilmung entsprungen.

»Du schaust wieder aus …«, meinte Richard kopfschüttelnd.

»Wer? Ich?«, fragte er verwundert.

»Nein, meine Oma. Natürlich du!«

»Warum?« Haaserer sah an sich hinab. »Schaut doch gut aus.«

»Foo, was sagst du?«, wandte sich Richard an seinen Freund.

»Da darfst du mich nicht fragen«, grinste der schief. »Mit Peter Pan konnte ich noch nie wirklich was anfangen.«

»Deppen!«, beschied Haaserer sie säuerlich. »Bloß weil ihr Banausen euch mal wieder davor drückt, euch dem Anlass entsprechend zu kleiden, braucht ihr nicht über mich herzuziehen. Mit Jeans und T-Shirt kann jeder daherkommen. Ich geb mir wenigstens Mühe.«

»Wenn du bei jedem zweiten Satz bitte ein ›Jodelehi‹ anhängen würdest«, meinte Foo spöttisch. »Dann könnte ich mich noch wesentlich besser in die Zeit einfühlen.«

»Hirsch, trauriger. Ihr seid doch bloß neidisch, weil ich keinen Eintritt bezahlen muss.«

Als sogenannter »Gewandeter« bekam man seit jeher im *Cave* freien Einlass. Bei Haaserer hatten die Kontrolleure am Eingang wohl ein paar Augen zudrücken müssen.

»Verzeihet, edler Freund«, rief Richard mit gespieltem Ernst. »Ich ließ mich nur deshalb herab zum Spotte, weil mir meine Frau Mutter heute nicht die hautengen Strumpfhosen bereitgelegt hatte und ich deswegen meine hart verdienten Taler an den Landvogt abtreten musste.«

Haaserer schnaubte nur und stapfte stumm weiter, während ihm Foo und Richard lachend folgten. Sie gingen zwischen Essensständen auf der rechten Seite und dem überdachten Platz mit den Bierbänken zur Linken hindurch, wo der Andrang an Menschen wie immer am größten war.

»Hey!«, stieß Haaserer aus. Ein anderer Gewandeter, der es recht eilig zu haben schien, hatte ihn von hinten angerempelt. Den kümmerte es aber nicht wirklich. Er drehte sich im Weitergehen nur kurz um und zuckte grinsend mit den Schultern.

Michael hätte fast den seltsamen Typen in den grünen Strumpfhosen übersehen. Der beschwerte sich lautstark. Er drehte sich noch mal um und musste grinsen. Die kleine, krumme Gestalt sah wirklich zu komisch aus in ihrem billigen Faschingskostüm. Er zuckte nur entschuldigend mit den Schultern und eilte weiter. Auf dem Weg zum eigentlichen Zeltplatz grüßten ihn alle möglichen Bekannten. Viele riefen ihm zu, er solle sich zu ihnen gesellen. Aber er grüßte nur zurück und ließ sie wissen, dass er es eilig hätte. Die meisten konnten sich wohl nur zu gut vorstellen, worin der Grund zur Eile bestand. Er musste sich zwischen einigen bewaffneten Rittern durchdrängen. Wahrscheinlich kamen diese gerade von der großen Feldschlacht zurück, die immer ganz hinten stattfand. Ziemlich abgekämpft sahen sie aus, und einer hinkte ein wenig. Aber ausnahmslos jeder hatte ein Grinsen im Gesicht.

Nachdem er an ihnen vorbei war, fand Michael endlich das Zelt, das er suchte. Der Platz darum war mit einem Seil abgesperrt. Gut sah es aus. Aus dem Kochtopf, der an einem Dreibein befestigt über dem Lagerfeuer hing, duftete es wunderbar. Dahinter ein Sitzbereich mit etwas eigenwillig anmutenden Holzstühlen, die lediglich aus zwei Brettern bestanden. Darüber war ein Stoffdach gespannt, das die schlimmste Hitze des Augusttages abhielt. Ein paar Felle lagen herum, die wiederum gegen die Kälte der Nacht schützen sollten. Es war jedoch niemand zu sehen. Alle Bewohner waren vorne bei der Bühne, um die Mittelalter-Band zu hören. Michael wusste aber, dass doch jemand anwesend war. Er stieg über das Seil und ging zum Zelt.

»Klopf, klopf«, rief er und steckte seinen Kopf zwischen den Stoffplanen hindurch.

»Hi«, begrüßte ihn Jenny. »Ich hab schon auf dich gewartet.« Verführerisch lächelte sie ihn an. Sie lag auf dem Boden, der mit weichen Decken ausgelegt war. Sich selbst hatte sie in eine große Felldecke eingehüllt. Ihr langes schwarzes Haar trug sie offen, und es bildete einen richtigen Kranz um ihren Kopf.

»Ich hab mich extra für dich beeilt«, meinte Michael und schlüpfte ins Zelt. Den Eingang verschloss er sorgsam, um neugierige Blicke abzuhalten. »Na, ganz alleine hier?«

»Hmm.« Sie nickte. »Die anderen wollten sich unbedingt die Band ansehen. Die nächsten zwei Stunden sind auf jeden Fall alle weg.«

»Soso«, tat Michael unschuldig. Natürlich wusste er das längst. »Ist dir etwa kalt?« Er deutete auf die Decke, unter der Jenny lag.

»Vielleicht magst du mich ja etwas wärmen.« Sie schlug das Fell leicht zur Seite, dass er einen kleinen Teil ihrer rechten Körperhälfte erblicken konnte. Er ließ seinen Blick an ihr heruntergleiten, über ihre nackte Schulter und ein wenig über die Rundung ihrer ebenfalls nackten Brust. Ihrem flachen Bauch entlang zu ihren Hüften. Er sah, dass sie sich jeglicher Unterwäsche entledigt hatte. Weiter hinunter ging sein Blick über ihre langen glatten Beine bis zu ihren Zehen.

»Was haben wir denn da Neumodernes?« Er deutete auf ihre rot lackierten Fußnägel.

Sie lächelte ihn verschwörerisch an. »Magst du rausfinden, was sonst noch alles nicht ganz zeitgemäß ist?«

»Ach, ich weiß nicht so recht …«, neckte er sie.

Sie setzte sich auf und griff nach ihm. Die Decke rutschte

nun vollends herab und gab den Blick auf ihre Brüste frei. Nur zu gerne ließ er sich von ihr zu sich hinabziehen.

Richard und seine Freunde hatten einen der begehrten Plätze neben der Braterei und dem Ausschank ergattert. Während er drei Semmeln mit Drachenfleisch besorgte und sich Haaserer um das Bier kümmerte, bewachte Foo ihren Tisch. Haaserer hatte sich auch dafür angeboten, aber das war den beiden anderen zu unsicher gewesen. Es bestand immer die Gefahr, dass man zurückkam und der Platz von ein paar Mädels besetzt worden war, weil er mal wieder schwach geworden war. Das Spiel hatten sie erst letztes Jahr mitgemacht. Wenige Minuten später war dann auch Haaserer gestanden, denn gleich darauf waren noch die festen Freunde eben jener Mädels aufgetaucht, denen er so großzügig Platz gemacht hatte. Da war natürlich wieder die Stimmung zum Teufel gewesen. Foo war da wesentlich pragmatischer eingestellt. Außerdem sorgte sein leicht exzentrisches Auftreten dafür, dass er eher selten gefragt wurde, ob der Platz schon besetzt sei.

Entsprechend konnten sie ihr Essen dieses Mal im Sitzen genießen.

»Sag mal«, wandte sich Richard kauend an Haaserer. »Dein Schaschlikspieß da ist aber auch nicht ganz im Einklang mit dem aktuellen Waffengesetz, oder?«

»Meinst du meinen Dolch?« Er zog das Messer, das er am Gürtel trug, aus der Scheide und legte es wichtigtuerisch auf den Tisch. »Schön, gell?«

»Paragraf 42a des Waffengesetzes verbietet das Führen von Messern mit einer einhändig feststellbaren Klinge, wenn die Länge ihrer Klinge zwölf Zentimeter überschreitet«, dozierte Richard. »Und das sind mindestens 15 Zentimeter.«

»Das hat er aber schön auswendig gelernt, der Herr Polizist«, meinte Foo.

»Und jetzt?«, feixte Haaserer. »Willst du mich verhaften?«

»Der Verstoß stellt eine Ordnungswidrigkeit dar, die mit einer Geldbuße von bis zu 10.000 Euro belegt werden kann.«

»Gib mal her.« Schneller, als Richard reagieren konnte, hatte sein Freund seinen Arm gepackt und das Messer scharf über die Innenseite seines Unterarms gezogen.

»Au!«, schrie er. »Spinnst du?«

»Geh, Richard.« Haaserer schüttelte den Kopf. »Du bist echt so ein Mädchen.«

Er besah sich erschrocken seinen Arm, stellte aber fest, dass er nicht verletzt war. Lediglich ein leicht roter Strich zeugte davon, wo die Klinge entlanggefahren war. Und der war bereits wieder am Verblassen.

»Natürlich ist das nur eine Schmuckwaffe. Die ist nicht scharf.«

»Du hast mich eben erschreckt«, grummelte Richard. »Wo hast du die denn her?«

»Von einem der Händler da hinten. Ein Tscheche oder Pole oder so die Richtung. So ganz sauber ist der aber auch nicht, wenn du mich fragst.«

»Warum das?«, erkundigte sich Richard, froh, dass er von der peinlichen Situation hatte ablenken können.

»Der hat mich dann gleich gefragt, ob ich es scharf haben will oder nicht. Da hättest du deine 10.000 Euro wirklich kassieren können.«

»Da ist Messer kaufen fast dasselbe, wie Döner bestellen«, grinste Foo. »Mit scharf oder ohne.«

»Genau«, lachte Haaserer. »Aber weil ich natürlich ein anständiger Bürger bin, habe ich selbstverständlich rechtskonform ungeschliffen gekauft. Damit mein guter Freund Richard keine Probleme bekommt.«

Der nahm den Dolch und wiegte ihn ein wenig in der Hand. »Ja, schaut nicht schlecht aus.«

»Mei, geht schon. So ein Edelteil wie vom Mühlschmied ist es nicht. Aber für das, was es gekostet hat, ist er ganz in Ordnung.«

»Von wem?«, fragt Richard nach.

»Na, der Mühlschmied. Der Meidinger Hans. Von dem hast du doch bestimmt schon was gehört.«

Richard schürzte die Lippen und schüttelte den Kopf.

»Also, dafür, dass du bei der Polizei bist, hast du aber ganz schön wenig Ahnung«, seufzte Haaserer. »Der Meidinger in Arnschwang. Der hat die alte Schmiede übernommen und macht Schwerter, Messer, Rüstungen und was weiß ich alles. Aber das Geile daran ist, dass er die wirklich noch mit dem historischen Werkzeug herstellt. Also genauso wie im Mittelalter. Das musst du dir mal anschauen. Der handelt auch mit allem möglichen Mittelalterkram. Wenn du dich fürs *Cave* ausstatten willst, dann ist das die erste Adresse. Aber halt auch richtig teuer.«

»Also ist dein Outfit schon mal nicht von ihm«, stellte Foo fest.

»Ja, glaubst du, ich hab einen Geldscheißer?«, gab Haaserer zurück. »Klar, der hat richtig geiles Zeug rumstehen. Aber für einmal im Jahr … übertreiben muss ich es auch nicht. Ui, schau dir die an!«

Haaserer hatte aufgeregt Richards Arm gepackt und deutete auf die vorbeigehende Menschenmenge. Der musste nicht lange suchen, um zu erkennen, wer da die Aufmerksamkeit seines Freundes erregt hatte. An ihnen schlenderte eine wahre Walküre in Corsage und enger Lederhose vorbei. Wobei schlendern wohl das falsche Wort war. Eher irgendetwas zwischen Schreiten und Stampfen. Die Kleidung war in jedem Fall aufsehenerregend, der Inhalt fiel dagegen deutlich ab. Die gute Dame mochte bestimmt um die 50 sein, hatte kurze schwarze Haare und war äußerst kräftig gebaut.

»Die ist ja der Hammer«, schwärmte Haaserer.

Richard starrte ihn staunend an. »Echt jetzt?«

»Mei, wie es der ihre Dinger oben rausdrückt. Das ist doch rattenscharf.«

Tatsächlich sorgte das enge Oberteil dafür, dass ihre Brüste sehr stark zur Geltung kamen. Man bekam schon bei jedem Schritt Angst, sie würden gleich raushüpfen. Leider drückte es in dem Spalt zwischen Corsage und Hose auch den Bauchspeck ordentlich raus.

»Also ich weiß nicht«, meinte Richard. »Außerdem könnte die mindestens deine Mutter sein.«

»Auf einem alten Fahrrad lernt man das Fahren«, dozierte Haaserer.

»Das mag sein«, grinste Richard. »Aber um bei deiner Analogie zu bleiben: Ich kann schon Auto fahren.«

»So? Soll ich mal bei der Sandra nachfragen?«

Die Erwähnung seiner Ex-Freundin erzeugte bei ihm nur ein müdes Lächeln. »Wenn du magst, gerne.«

»Geh, das schaut doch furchtbar aus mit der Muffinhose«, brachte Foo sie wieder zurück aufs eigentliche Thema.

»Was ist denn eine Muffinhose?« Richard musste unwillkürlich lachen.

»Na, wenn die Hose unten so eng ist, dass es oben alles rausdrückt. Wie bei einem Muffin halt.«

»Ach, ihr seid doch solche Deppen«, grummelte Haaserer. »Ich respektiere die Frau eben für ihren Mut, sich so unter die Leute zu trauen.«

»Ach so. Und das hat auch überhaupt nichts mit ihrem Lederdress und dem üppigen Busen zu tun, richtig?«

»Werdet erst mal erwachsen, ihr zwei«, winkte Haaserer schlecht gelaunt ab.

»Heute nicht«, entschied Foo, und bei ihm würde es mit Sicherheit auch morgen oder übermorgen nicht so weit sein. »Wer holt die nächste Runde?«

Richard nahm lächelnd die leeren Gläser und machte sich auf den Weg zur Schänke.

Michael schlug zufrieden die Augen auf und atmete tief durch. Mit Jenny war es immer der Wahnsinn. Sanft schob er sie zur Seite, denn ihr Kopf ruhte nach wie vor auf seiner Brust, und richtete sich auf. Sie brummte ein wenig unzufrieden und wickelte sich in das Fell ein. Noch einmal blickte er lächelnd auf sie herab und stand dann auf, um sich anzuziehen.

»Willst du schon wieder gehen?«, fragte sie vorsichtig.

»Ich glaub, es wird Zeit«, meinte er nur.

Nun setzte auch sie sich auf und schlang die Arme um ihre Knie. »Magst du nicht noch ein bisschen bei mir bleiben?«

Michael hatte schon befürchtet, dass so was jetzt kommen würde. Das passierte fast immer, sobald er mehrmals mit einer Frau geschlafen hatte. Es wurde wohl langsam Zeit, dass er die Sache mit Jenny beendete.

»Ich glaub nicht, dass sich dein Freund darüber freut, wenn er wieder zum Zelt zurückkommt und ich bei dir liege«, meinte er nur und schnürte seine Hose zu.

»Ach der.« Eine Spur Ärger lag in ihrer Stimme. »Von mir aus soll er mitkriegen, was wir miteinander machen. Er ist nicht so wie du.«

»So? Wie bin ich denn?«

»Ach, komm schon.« Sie wandte trotzig den Blick ab. »Du weißt genau, was ich meine.«

»Du hast damit angefangen, jetzt musst du es auch sagen.« Michael zog sich zwar weiter an, doch das wollte er noch hören. Nicht, dass es seine Absichten gegenüber ihr geändert hätte. Sie war bei weitem nicht die Erste, die ihn auf ein Podest hob, aber er hörte es eben nur zu gern.

»Ach, keine Ahnung.« Sie schüttelte zuerst unwillig den Kopf. Schließlich rang sie sich dennoch dazu durch. »Ich meine, du weißt, was du willst, und du nimmst es dir einfach. Der Klaus denkt doch eh nur an seine Rindviecher daheim und an seinen *Fendt*. Du hast auch einen Sinn für das Schöne.«

»So?«, fragte er amüsiert.

»Jaja, mach dich nur lustig über mich«, sagte sie eingeschnappt.

»Ich mach mich doch nicht lustig über dich. Erzähl nur weiter.«

»Ist doch wahr. Allein wie du dich anziehst und dich gibst. Der Klaus ist halt nur ein Bauer. Und du weißt, was ich brauche. Beim Klaus bin ich schon froh, wenn wenigstens ein- oder zweimal im Monat was läuft. Und wenn die Erntezeit wieder losgeht, hat er gar keine Zeit für mich. Wenn ich mit dir zusammen bin … du weißt eben genau, was du tun musst.«

»Gern geschehen.«

»Ach, leck mich doch.« Sie sah ihn böse an. »Da schütte ich dir mein Herz aus, und du lachst dir nur einen.«

Michael hatte sich inzwischen fertig angezogen, und es war offensichtlich nun auch höchste Zeit zu verschwinden. Er schenkte ihr ein letztes Lächeln. »Mach's gut, Jenny.«

Und schon war er aus dem Zelt geschlüpft. Draußen streckte er sich und saugte die frische Luft ein. Dann schlenderte er leichtfüßig davon. Bei ihr würde er sich in nächster Zeit wohl erst mal nicht mehr melden. Die Phase, dass die beiden locker ihre Nächte ohne weitere Verpflichtungen miteinander verbringen konnten, war offensichtlich vorüber. An einer festen Beziehung hatte er kein Interesse. Und er wollte dem Klaus ja auch nicht die Freundin ausspannen. Er kannte ihn ein wenig. Typischer Bauerntrampel halt, aber sonst war er vollkommen in Ordnung. So eine Spitzenfrau wie die Jenny war zwar eigentlich ein paar Nummern zu groß für ihn, aber wo die Liebe hinfällt … Bestimmt würden die beiden irgendwann heiraten und viele Kinder haben. Egal, was sie Michael vorsäuselte, damit er bei ihr blieb. Am Ende landete sie sowieso wieder bei Klaus oder einem anderen stinknormalen Typen. Er hatte nur ein bisschen Spaß haben wollen, und bei Gott, den hatte er auch bekommen.

Nun, der war aber jetzt zumindest mit Jenny vorbei. Er machte sich jedoch wenig Sorgen darum. Er hatte immer ein paar Eisen im Feuer. Eine Durststrecke würde es definitiv nicht geben. Gerade am letzten *Drachenstich*-Wochenende nicht. Da war in Furth noch mal richtig Party, bevor es zu Ende ging. Da blieb keiner allein, der halbwegs was auf dem Kasten hatte. Aber jetzt war ihm erst mal danach, zu feiern und sich ordentlich zu betrinken.

Richard kam mit den drei Glaskrügen dunklen Biers zurück zu seinen Freunden und blieb wie angewurzelt stehen. Er hatte sie erblickt und von einem Moment zum anderen sämtliche Tätigkeiten bis auf die lebensnotwendigen Grundfunktionen wie Atmen eingestellt. Foo und Haaserer sahen ihn verständnislos an. Sicherheitshalber nahmen sie ihm erst mal ihre beiden Gläser ab. Prioritäten mussten eben gesetzt werden. Dann folgten sie seinem Blick und erkannten den Grund des seltsamen Verhaltens. Richard selbst starrte *sie* nur weiter an, unfähig zu jeglicher Reaktion. Ein wenig von ihm entfernt stand das schönste Geschöpf, das er in seinem

Leben gesehen hatte. Sie hatte große stahlblaue Augen, eine feine Nase. Die dunkelblonden Haare waren zu einem einfachen Pferdeschwanz gebunden und gaben die Sicht auf ihren langen, schlanken Hals frei. Hätte Richard es geschafft, seinen Blick tiefer zu senken, dann wären ihm auch noch das schwarze und erfreulich weit ausgeschnittene T-Shirt und die eng sitzenden Jeans aufgefallen. Er war aber schon vollauf damit beschäftigt, den Anblick ihres Gesichts zu verarbeiten. Zufällig streiften sich ihre Blicke und blieben einen Moment aneinander hängen. Auf den Lippen hatte sie ein wunderschönes Lächeln. Seinen Arm verließ die Kraft, und das verbliebene Glas, das er noch in der Hand hatte, sauste nach unten. Gerade rechtzeitig konnte Haaserer eingreifen, bevor alles verschüttet worden wäre.

»Herrgott, Richard«, schimpfte er. »Was ist denn los mit dir.«

Foo stupste ihn an und deutete auf die schöne Unbekannte.

Haaserer sah zwischen ihr und seinem Freund hin und her. »Oje«, meinte er dann nur. »Aber von mir reden …«

Foo hingegen ergriff die Initiative. Er zwängte sich an Haaserer vorbei und stellte sich genau vor Richard. Er griff ihn an den Schultern und blickte ihm tief in die Augen. »Richard? Richard!«

»Hm?« Er schien aus einem Traum erwacht zu sein und hatte keine Ahnung, was gerade passierte.

»Konzentration«, sagte Foo ernst zu ihm. »Der erste Eindruck zählt.« Dann drehte er sich um und schlenderte seelenruhig auf die Unbekannte zu.

In Richard stieg Panik hoch. Was zur Hölle sollte er tun? Er hatte keinen Plan, was im Moment vor sich ging, aber er wusste, dass er es nicht vermasseln durfte, was auch immer gerade ablief. Erst jetzt stellte er fest, dass die Schönheit mit zwei Freundinnen beisammenstand. Offenbar suchten sie nach einem Sitzplatz. Männer schienen nicht zur Gruppe zu gehören. Sehr gut. Oder? Er hatte keine Ahnung. Wenn er es jetzt in den Sand setzte? Und was tat Foo da überhaupt? Der war zu den dreien hinübergeschlendert und hatte ein so charmantes Lächeln aufgesetzt, wie man es ihm mit seinen zerschlissenen Klamotten und den langen Haaren gar nicht zutraute. Richard konnte nicht hören, was er sagte, aber die Mädchen fingen an zu lachen. Ein gutes Zeichen? Zumindest sah es nicht so aus, als würden sie ihn auslachen. Nun deutete er zu Haaserer und Richard, schien ihnen anzubieten, sich dazuzusetzen. Die drei Freundinnen sahen sich erst fragend an. Er hielt unwillkürlich die Luft an. Dann schließlich ein erlösendes, wenn auch etwas unsicheres Nicken. Tatsächlich, Foo, der alte Haudegen, hatte es geschafft. Mit den drei Damen im Schlepptau und dem breitest möglichen Grinsen im Gesicht schritt er zu ihrem Tisch zurück.

»Da setzt euch her. Der da ist der Haaserer«, deutete er auf seine Freunde. »Und der Hübsche hier ist der Richard.«

»Servus«, sagten die drei etwas schüchtern.

»Servus«, begrüßte Haaserer sie gedehnt und mit einem breiten Lächeln auf den Lippen. Richard befürchtete bereits das Schlimmste. Foo wechselte die Sitzbank und rutschte mit ihm und Haaserer auf die gleiche Seite des Tisches. »Setzt euch hier rüber, ich mach euch Platz.«

So saßen sie sich gegenüber, Männer und Frauen ordentlich sortiert auf jeweils einer Tischseite, und beäugten sich etwas peinlich berührt. Foo sah seine Freunde an. Haaserer grinste immer noch breit, sagte aber nichts. Und Richard saß wie schockgefroren da und starrte mit leicht geöffnetem Mund geradeaus. Es lag also an ihm, die Situation irgendwie zu retten. Er stieß einen leisen Seufzer aus.

»Gut, jetzt wisst ihr, wer wir sind. Und ihr heißt?«, begann er.

»Ach so, entschuldigt«, meldete sich die Dunkelhaarige, die Foo direkt gegenübersaß. »Ich bin die Lisa, das ist die Mona …«

»Echt?«, stieß Haaserer hervor. »Mona und Lisa?«

Die beiden rollten mit den Augen. Haaserer bemerkte das nicht oder ignorierte es einfach.

»So wie Mona Lisa?«

»Ja«, meldete sich Mona zu Wort, und ihr Sarkasmus war kaum überhörbar, »da ist noch gar keiner draufgekommen.«

»Ja, der Wahnsinn, oder?«, freute sich Haaserer.

Die Dritte musste herzlich dabei lachen, was bei Richard die letzte Sicherung durchbrennen ließ. Mit großen Augen und leicht schräg gehaltenem Kopf hatte er etwas von einem Schäferhund, der nicht versteht, was sein Herrchen von ihm will. Trotzdem schenkte seine Angebetete ihm ein schüchternes Lächeln, obwohl er so bescheuert dreinsah, wie es nur möglich war. Die Welt ist also komplett verrückt geworden, dachte Foo. Das war ihm aber auch ganz recht. Nichtsdestotrotz musste er etwas unternehmen. Unauffällig langte er hinter Haaserers Rücken vorbei und stieß Richard leicht in die Seite. Der zuckte zusammen, doch sein Verstand klarte zumindest ein wenig auf. Er musste ein paarmal schlucken, um seine Stimme wiederzufinden.

»Und du bist …?«, fragte er sein Gegenüber.

»Magdalena«, sagte sie mit einem bezaubernden Lächeln und strich sich eine Haarsträhne zur Seite. »Aber alle sagen Lena zu mir.«

Richard schluckte noch einmal. »Servus, Lena.« Viel mehr fiel ihm gerade nicht ein.

»Servus.« Sie lachte.

»Und, was habt ihr heute so vor?«, versuchte Haaserer, das doch recht zähe Gespräch in Gang zu bekommen.

»Mei«, meinte Mona. »Erst mal wollen wir noch ein bisschen im *Cave* bleiben. Und nachher vielleicht noch in die Stadt rauf. Zum *Kleber*, wenn wir da noch einen Platz bekommen.«

»Auf ein *Dampfboot*?«, hakte Foo nach. Der *Ratskeller* oder *Kleber* wie ihn die meisten nur nannten, war seit undenkbaren Zeiten der wohl beliebteste Treffpunkt für Jung und Alt in Furth, und die Baguettes dort waren legendär.

»Haargenau«, lachte Lisa. Und langsam brach das Eis.

Michael schlenderte zwischen den Zelten hindurch Richtung Schänke. Er hatte es nicht eilig, blieb hier und dort stehen und sah sich die Lager an. Vor allem, wann immer sich eine schöne Dame darin befand. Er grüßte ein paar Bekannte, die seinen Weg kreuzten. Die Sonne näherte sich langsam dem Horizont. Dementsprechend war der Weg recht voll mit Leuten. Denn um diese Zeit war es noch hell genug, alles zu sehen, und die Hitze des Tages war einer angenehmen Wärme gewichen. Aus einiger Entfernung fiel Michael eine Gestalt ins Auge, die äußerst auffallend war. Zwar waren sehr viele Anwesende mittelalterlich gekleidet, aber diese eine Person stach besonders heraus. Eine richtige Erscheinung in ihrem langen schneeweißen Gewand mit dem roten Kreuz auf der Brust, eindeutig als Tempelritter zu erkennen. Darunter ein Kettenhemd, das man selbst auf die Entfernung bei jedem Schritt klimpern hören konnte. Am beeindruckendsten waren aber der große Helm, der das Gesicht vollständig verdeckte, und das lange Schwert, das an der linken Seite hing.

Der Templer strahlte eine derartige Aura aus, dass die Leute um ihn herum unwillkürlich Abstand hielten.

Michael verlangsamte seinen Schritt weiter. Der Ritter übte eine unglaubliche Faszination auf ihn aus. Aus irgendeinem Grund bekam er Gänsehaut bei dessen Anblick. Und außerdem schien er genau auf ihn zuzuhalten. Schnell kam er näher. Michael blieb nun vollends stehen. Die weiße Gestalt kam weiterhin direkt auf ihn zu und kurz vor ihm zog sie das Schwert aus der Scheide. Dann standen sie sich gegenüber. Es bildete sich eine kleine Menschentraube um sie herum. Die Menschen waren neugierig darauf, was passieren würde. Die meisten hielten es wohl für eine Showeinlage.

Michael sah nun direkt in die Augen seines Gegenübers. Die waren das Einzige, was er durch die schmalen Schlitze des Helms sehen konnte. Irgendwie kamen sie ihm bekannt vor, aber er konnte nicht sagen, woher. Doch auf einmal erkannte er sie. Überrascht riss er die Augen auf. »Du?«, stammelte er. Weiter kam er nicht, denn ein furchtbarer Schmerz durchfuhr ihn. Er sah nach unten. Tief in seinem Bauch steckte das Schwert. Der Templer hatte es in einer einzigen schnellen Bewegung in ihn hineingerammt. Stoßartig nach Luft schnappend, blickte Michael hoch. Unfähig, ein Wort zu sagen, sah er in diese Augen, die ihn so gnadenlos anstarrten. Dann senkte er den Blick zurück auf das Schwert. Mit beiden Händen tastete er nach der Klinge. Blut sickerte bereits in den Stoff seiner Kleidung. Unglaublich viel Blut. Mit einem heftigen Ruck wurde die Waffe wieder herausgezogen und im nächsten Augenblick war der Tempelritter verschwunden. Michael sackte auf die Knie, er starrte weiter auf seine Hände, die nun auch voller Blut waren. Der Schmerz war unbeschreiblich, aber dennoch schien er ihm nur wie eine Nebenerscheinung. Wieder sah er hoch. Versuchte, seinen Mörder auszumachen, der jedoch bereits in der Menschenmenge verschwunden war. Unfähig, einen Ton von sich zu geben, formten seine Lippen geräuschlos ein Wort: »Warum?«

Die drei Mädchen amüsierten sich köstlich. Mona und Lisa rieben sich förmlich an Haaserers Anmachsprüchen auf, während Foo fortwährend versuchte, ihm die Tour zu vermasseln. Der nahm es aber sportlich und fühlte sich nur umso mehr angespornt, weil seine aktuellen Trainingspartnerinnen noch nicht das Weite gesucht hatten. Das kam selten genug vor. Die hatten sichtlich ihren Spaß dabei, obwohl Haaserer nicht unbedingt ein Meister der eleganten Flirtkunst war. Wahrscheinlich fühlten sie sich auch ein wenig geschmeichelt.

Lena blieb eher still und überließ das Feld ihren beiden Freundinnen. Richard hielt sich ebenfalls zurück, aber nur äußerlich, weil er absolut keine Ahnung hatte, wie er sich ins Gespräch einbringen sollte. Er starrte nur sprachlos auf diese wunderschöne Frau, die immer wieder seinen Blick erwiderte und ihm ab und zu ein kleines Lächeln schenkte. In ihm drin schrien gerade jede Menge Nervenzellen sein Hirn an, dass es jetzt endlich mal in die Gänge kommen musste, wenn er noch etwas reißen wollte. Das stand aber nur achselzuckend da und sah sich hilfesuchend um.

Foo war mal wieder aufmerksam genug, Richards Situation zu erkennen, und stupste Haaserer an. Der blickte ihn böse an, weil er noch eine Attacke auf seine Flirtversuche witterte. Nach einem kurzen Nicken in Richtung Richard wurde er aber auch der Sachlage gewahr und eilte zur Rettung.

»Wisst ihr eigentlich, dass unser Richard hier ein waschechter Held ist?«, fragte er großspurig.

»So?« Mona verschränkte belustigt die Arme.

»Na, da bin ich mal gespannt«, meinte Lisa.

Lena sah ihn mit einem erwartungsvollen Lächeln an.

»Der Richard ist bei der Polizei und hat unter Einsatz seines Lebens einen Mörder dingfest gemacht«, erklärte Haaserer.

»Echt? Erzähl!«, forderte Lisa Richard auf.

»Ach, mei …« Er kratzte sich etwas verlegen am Hinterkopf. »So dramatisch war es gar nicht.«

»Ihr müsst wissen, der Richard …«, Haaserer hielt die Handfläche so neben den Mund, als sollte er nicht mithören, »… der ist halt so bescheiden. Aber da ist es wirklich um Leben und Tod gegangen. Der Mörder hat ihn richtig entführt und fast erschlagen.«

»Komm, erzähl mal«, munterte Lena ihn auf. Sie schien aufrichtig neugierig auf die Geschichte zu sein.

»Na ja. Es hat alles damit angefangen, dass ein alter Schulfreund von mir überfahren worden war …«

»Du meinst die Sache mit dem Meier Anderl?«, fragte Mona jetzt aufgeregt. »Dem mit der Autowerkstatt.«

»Ja?«, sagte Richard vorsichtig, weil er nicht sicher war, ob die Reaktion gut oder schlecht war.

»Davon habe ich in der Zeitung gelesen. Der Meier Anderl hat bei uns nur ums Eck gewohnt. Totaler Wahnsinn. Dann warst du der Polizist, der ihm auf die Spur gekommen war?«

»Mit meinem Kollegen, ja.« Richard fühlte sich langsam wieder auf sicherem Terrain.

»Das musst du jetzt ganz genau erzählen«, forderte Mona ihn auf.

»Also wie gesagt, der Schorsch war überfahren worden …« Weiter kam er nicht, denn der laute Aufschrei einer Frau ließ sie zusammenzucken. Richard blickte in die Richtung, aus der das Geräusch kam. Er erkannte nicht, warum oder wer geschrien hatte, aber so viel war klar: Es war ein Schrei des Entsetzens. Während sich alle um ihn herum noch verschreckt umblickten und versuchten herauszufinden, was passiert war, setzte sich Richard schon in Bewegung. Schnell schob er sich an den Menschen neben ihrem Tisch vorbei und spurtete los, sobald er einigermaßen freie Bahn hatte. Er brauchte nicht lange zu suchen, um die Ursache des Schreis zu finden. Ein wenig entfernt hatte sich schon eine Menschentraube gebildet. Energisch drängte er sich hinein und sah einen jungen Mann auf dem Boden liegen. Um ihn herum hatte sich bereits eine deutliche Lache Blut gebildet. Er lag allein da, die herumstehenden Menschen starrten ihn nur an, im Schock außerstande, ihm zu helfen. Richard stürzte zu ihm. Er versuchte, die Wunde auszumachen. Offenbar war sie im Bereich des Bauches. Wegen des ganzen Blutes war die genaue Stelle gar nicht so leicht festzustellen. Er presste seine Hand einfach dahin, wo er sie vermutete. Da, wo das meiste Blut war. Er sah dem Mann in die Augen.

»Alles wird gut«, sagte Richard automatisch, ohne darüber nachzudenken. »Halt durch.«

Der Verletzte starrte ihn mit aufgerissenen Augen an, als könnte er nicht glauben, was passiert war. Sein Gesicht war schneeweiß, wie er es noch nie gesehen hatte. Auf der Stirn standen die Schweißperlen. Er zitterte am ganzen Körper. Blutverlust, schoss es Richard durch den Kopf. Irgendwie bahnte sich der letzte Erste-Hilfe-Kurs den Weg in sein Bewusstsein. Was sollte er machen? Blutung stillen, klar. Er versuchte, seine Hände fester auf die Wunde zu pressen.

»Alles wird gut«, wiederholte er, um den Mann zu beruhigen. Vielleicht war es auch ein Flehen.

Der Verletzte begann noch stärker zu zittern. Er zog scharf die Luft ein, und dann war Stille. Die Augen wurden glasig, und Richard merkte, wie der angespannte Körper langsam wegsackte. Panisch tastete er nach dem Puls. Er fummelte am Hals herum, spürte aber nichts. Wie sollte er auch etwas spüren, während sein eigener Herzschlag durch die Decke ging. Hilfesuchend blickte er sich um.

»Notarzt!«, schrie er in die Menge der Leute. Alle sahen ihn verständnislos an. Ein paar hatten ihre Handys in der Hand. Jedoch nicht, um einen Notruf abzusetzen, sie schienen das Geschehen zu filmen.

»Notarzt!«, schrie Richard, nun wesentlich energischer und mit Wut in der Stimme. Beinahe alle um ihn herum zuckten zusammen. Wenigstens ein paar erwachten aus ihrer Lethargie. Zwei machten sich daran, die Notrufnummer zu wählen. Noch unter Schock, wie in Zeitlupe. Einige der Anwesenden fingen an zu weinen.

Richard bekam davon nichts mehr mit. Er blickte fassungslos auf den Toten, der vor ihm lag. Und sah dann auf seine Hände, die voller Blut waren.

3

Es war eine seltsame Ruhe, die Richard umgab. Er hatte ein wenig Zeit durchzuatmen, die Ereignisse zumindest ein Stück weit an sich heranzulassen. Alles war so automatisch passiert. Die direkt um die Leiche stehenden Menschen hatte er mit mehr oder weniger Erfolg angewiesen, sich nicht zu entfernen. Es hatte sich offenbar schnell im Lager verbreitet, was sich ereignet hatte. Das führte zu sehr gegensätzlichen Reaktionen. Während viele Leute fluchtartig vor der grausamen Szene davonrannten, bildete sich auch binnen kürzester Zeit eine große Traube aus Schaulustigen um den Ort des Geschehens. Richard hatte versucht, dem Einhalt zu gebieten, dann aber irgendwann aufgegeben. Er allein konnte da wenig ausrichten. Glücklicherweise hatten die Organisatoren des *Cave Gladium* schnell und umsichtig reagiert. Einige hatten sich Decken und Planen besorgt und bildeten damit einen Kreis um den Leichnam, um ihn vor den neugierigen Blicken zu schützen. Richard beobachtete sie nun seit einer Weile. Sie sahen sichtlich mitgenommen aus von dem Anblick, der sich ihnen geboten hatte. Wie er wohl selbst aussah? Zumindest hatte man ihm ein grobes Stofftuch und etwas Wasser gebracht, damit er sich die blutverschmierten Hände hatte reinigen können.

Wenn man den Blick über die Gruppe der Neugierigen hinweg richtete, war zu sehen, dass sich das Lager sehr schnell leerte. Wer wollte schon weiterfeiern, während wenige Meter entfernt jemand brutal abgestochen worden war. Wahrscheinlich hatten auch ein paar Zeugen das Weite gesucht. Aber es war nicht zu ändern. Vielleicht würden sie sich melden, sobald der erste Schock vorbei war. Von dem Mörder fehlte definitiv jede Spur. Richard hatte versucht, die Anwesenden zu befragen, ob sie gesehen hatten, wohin er davongerannt war. Gedeutet wurde in so ziemlich alle möglichen Richtungen. Genau beobachtet hatte niemand etwas. Dazu war er zu schnell verschwunden. Und das blieb er wohl fürs Erste auch.

Irgendwann waren die Sanitäter eingetroffen. Es konnte nur Minuten gedauert haben, aber für Richard war es einer Ewigkeit gleichgekommen. Viel konnten sie nicht tun. Das Opfer war eindeutig tot. Wiederbelebungsmaßnahmen zwecklos.

»Wahrscheinlich verblutet«, meinte einer der Sanis bedrückt. So was sah er wohl auch nicht alle Tage. »Das meiste scheint in die Bauchhöhle hineingelaufen zu sein. Da hast du keine Chance.«

Richard nickte nur. Was sollte er schon darauf antworten?

Und endlich waren seine Kollegen eingetroffen. Erst nur zwei, aber es wurden schnell mehr. Sie waren schließlich in der Lage, die Leute unter Kontrolle zu bekommen. Er hatte sich als Polizist zu erkennen gegeben und half ihnen dabei, die wenigen verbliebenen Zeugen von den Schaulustigen zu trennen. Dann nahm ihn ein älterer Beamter zur Seite. Richard kannte ihn vom Sehen, konnte sich aber an keinen Namen erinnern.

»Passt schon, Kollege.« Er legte ihm den Arm auf die Schulter. »Du hast gute Arbeit geleistet. Jetzt setz dich mal rüber und ruh dich ein wenig aus.«

Richard musste wirklich furchtbar aussehen. Er spürte auch die Erschöpfung. Obwohl sich ein Teil von ihm sträubte, sein Kollege hatte offenkundig recht. Es war wohl besser, wenn er jetzt ihnen die Arbeit überließ und sich erst mal um sich selbst kümmerte. Also suchte er sich eine Stelle in der Nähe, von der er das Geschehen im Auge behalten konnte, ohne im Weg zu sein. Neben einem Pfosten setzte er sich ins Gras, lehnte sich daran und zupfte gedankenverloren ein paar Halme aus. Schließlich lichtete sich der Platz. Die Zeugen wurden separiert, wie es sich gehörte, damit sie sich nicht gegenseitig beeinflussen konnten. Die Neugierigen vertrieb man, was gar nicht so einfach war. Doch mit sanfter Gewalt und teils scharfen Worten gelang es, dass sie sich entfernten. Der Bereich wurde weiträumig abgesperrt, und was blieb, war diese seltsame Ruhe. Als Letztes wurden die Helfer entlassen, die sich um den Sichtschutz gekümmert hatten. Richard sah, wie sich der ältere Kollege ausdrücklich bei ihnen bedankte, weil sie so schnell und umsichtig reagiert hatten. Einer der Helfer brach in Tränen aus, sodass seine Vereinskameraden ihn stützen mussten, als sie ihn in Richtung der Sanitäter fortbrachten.

Mehr war nicht zu tun, bis die Spurensicherung und die Kripo eintrafen. Also saß Richard weiterhin da und starrte auf die Leiche.

»Wenn man dir mal einen freien Tag lässt …«, sprach ihn jemand von hinten an.

Er sah sich um und schenkte seinem Partner Wolfgang ein müdes Lächeln. Der kniete sich neben ihn, legte ihm die Hand auf die Schulter und blickte forschend in seine Augen.

»Alles in Ordnung mit dir?«

Richard nickte. »Wird schon wieder.« Er wuchtete sich hoch und stand träge auf. Die Zeit des Nichtstuns war vorbei. Er brauchte jetzt Beschäftigung, und wenn es eine sinnlose war. Sie traten an die Leiche heran und betrachteten sie eine Weile schweigend. Aus einem Grund, den er nicht verstand, beruhigte ihn Wolfgangs Anwesenheit. Er hatte etwas an sich, dass er in seine Professionalität zurückfand.

Er verwandelte sich vom Zeugen eines grausamen Mordes zurück in einen Polizisten. Und aus der Leiche wurde ein lebloses Objekt, das Teil seiner Arbeit war. Richard sah den jungen Mann in einer inzwischen großen Lache Blut, das schneeweiße Gesicht, die starren Augen. Und irgendwie gewann er Distanz dazu.

»Kennst du den jetzt auch wieder?«, fragte Wolfgang nach einer Weile.

Richard musste schmunzeln. »Nein, ich kenne nicht jede Leiche, die uns über den Weg läuft. Leider. Oder viel mehr Gott sei Dank.«

»Hab ich mir schon gedacht.« Sein Kollege nickte.

»Wieso?«

Er setzte ein schiefes Grinsen auf. »Na, weil du dich nicht übergeben hast.«

»Ganz toll. Schön, dass du immer noch darauf rumreitest.« Die letzte Leiche, die sie gesehen hatten, war der alte Schulkamerad von Richard gewesen. Das hatte ihn so aus der Spur geworfen, dass er erst mal seinen Mageninhalt hatte entleeren müssen.

»Nimm es nicht krumm«, meinte Wolfgang beschwichtigend. Dann schnupperte er. »Sag mal, riechst du das auch?«

Richard zog die Luft ein. Es roch verbrannt. »Da wird wohl das Drachenfleisch anbrennen, weil keiner mehr da ist.«

»Was für eine Verschwendung«, Wolfgang schüttelte den Kopf. »Komm, wir schauen mal, ob wir noch was retten können.«

»Also ehrlich, wie kannst du jetzt nur ans Essen denken?«

»Mei, ich hatte heute Dienst und damit bisher nicht das Vergnügen, mich ritterlich verköstigen zu lassen so wie du. Außerdem, bevor es schlecht wird …«

Also gingen sie zur Essensausgabe, die tatsächlich verwaist war. Behände begab sich Wolfgang hinter die Theke, wo sich die Feuerstelle befand, über der an einem Dreibein die große Pfanne mit bratendem Fleisch hing. Das fing an, sich langsam in Holzkohle zu verwandeln. Am Rand war aber noch einiges ganz passabel. Also schlichtete er so viel davon wie möglich in eine aufgeschnittene Semmel.

»Magst du auch was?«, fragte er und biss hinein. Dabei hätte er es fast nicht geschafft, den Mund ausreichend aufzureißen, so eine Menge hatte er aufgestapelt.

»Danke, nein.«

»Ist dir doch ein bisserl schlecht, oder?«, grinste Wolfgang.

Richard rollte nur mit den Augen.

Ein Hüsteln unterbrach die beiden. Es kam von den zwei Kripobeamten Weidner und Amberger.

»Seid ihr immer dabei, wenn in Cham und Umgebung einer umgebracht wird?«, fragte Weidner. Amberger grüßte nur stumm.

»Guten Abend, die Herren«, antwortete Wolfgang kauend. »Da sehen Sie mal, wie diensteifrig wir sind.«

»Ist schon recht.« Weidner wandte sich an Richard. »Wie man hört, haben wir diesmal aber definitiv einen Mord, gell, Sonnleitner?«

Er nickte nur. Was sollte er auch dazu sagen. War ja nicht seine Schuld, dass alle den Tod von Schorsch für einen Unfall gehalten hatten außer ihm.

»Wo ist denn die Leiche?«, fragte Amberger, der es offenbar etwas eiliger hatte, an die Arbeit zu kommen, als sein Kollege.

»Geradeaus nach hinten«, deutete Wolfgang die Richtung. »Können Sie gar nicht verfehlen.«

»Hat diesmal wieder jemand hingespieben?«, fragte Weidner schmunzelnd.

Wolfgang lachte grunzend und hätte sich beinahe an seinem Essen verschluckt. Richard seufzte nur. Das würde er wohl nie mehr loswerden.

Kurze Zeit später traf auch die Spurensicherung ein und machte sich ans Werk. Das hieß für Wolfgang und Richard, dass sie erst mal nichts zu tun hatten. Also schlenderten sie ein wenig herum und erkundeten das Lager. Die Händlerzelte waren ganz interessant. Vor allem, weil niemand da war. Wolfgang betrachtete fasziniert die mittelalterlichen Waffen. Nachdem Richard gerade erst eine sehr anschauliche Lektion erhalten hatte, was diese so bewirken konnten, empfand er deutlich weniger Enthusiasmus dafür. Aber zumindest ging so die Zeit rum. Irgendwann kam Weidner an ihnen vorbei.

»Und, wie schaut es aus?«, rief Wolfgang ihm zu.

Der Kripobeamte blieb stehen und schüttelte den Kopf. »So was sieht man auch nicht alle Tage.«

»Irgendwas Verwertbares gefunden?«, fragte Richard.

»Nicht wirklich. Täter und Tatwaffe sind weg. Soweit die ersten Befragungen mit den Zeugen gelaufen sind, kann auch niemand was dazu sagen, wohin er verschwunden ist. Spuren werden wir bei dem Haufen an Leuten, die hier durchgelaufen sind, wohl ebenfalls keine brauchbaren finden.« Er lehnte sich an einen der Verkaufstische, der sich bedenklich unter ihm bog, und schürzte nachdenklich die Lippen. »Schon sehr seltsam. Ich meine, auf einem Mittelaltermarkt als Ritter verkleidet jemanden mit einem Schwert abstechen. Also als eine spontane Tat kann man das wohl nicht bezeichnen.«

»Warum?«, wandte Wolfgang ein. »Hier läuft doch jeder Zweite mit einem Schwert oder Messer rum.«

»Ja, schon«, meinte Richard. »Aber von denen hat keiner eine scharfe Waffe.«

Weidner nickte. »In der Regel nehmen diese Mittelalter-Fans das sehr ernst. Die schauen sich gegenseitig auf die Finger, dass niemand was Gefährliches dabeihat. Weil sie ganz genau wissen, dass die Gaudi schnell ein Loch hat, wenn einer meint, es zu realistisch darstellen zu müssen. Mit einem scharfen Schwert rumspazieren und spontan mal einen anderen abstechen, ist da nicht drin. Ich denke eher, dass es eine geplante Tat war.«

»Dann können wir nur hoffen, dass die Schleierfahndung was ergibt«, sagte Wolfgang. »Aber den einen Ritter unter all den Kostümierten finden, das wird wohl auch nicht ganz einfach. Hat sich schon was ergeben?«

Natürlich waren alle freien Beamten gleich ins Umfeld des *Cave Gladium* beordert worden, um den Täter aufzuspüren.

»Ich habe bisher nichts gehört«, antwortete Weidner. »Die Beschreibung der Zeugen war recht eindeutig. Offenbar war er sehr auffällig gekleidet. Dass wir ihn bis jetzt noch nicht gefunden haben, spricht eher dafür, dass er das Ganze gut geplant hat. So ein weißer Tempelritter müsste den Leuten eigentlich schon auffallen. Aber seien wir ehrlich: Hier bei den vielen Zelten und dem Chaos ein Plätzchen zum Umziehen zu finden, dürfte nicht schwer sein. Und weil er einen Helm aufgehabt hat, ist es mit der Täterbeschreibung auch nicht weit her. Na ja, hoffen wir mal, dass er sich irgendwie verrät.«

»Hoffentlich«, pflichtete Richard ihm bei.

Weidner blickte ihn eine Weile forschend an. »Dass du schon wieder direkt dabei bist, wenn es einen spektakulären Mord gibt.«

Er zuckte mit den Schultern. »Darum gerissen hab ich mich nicht …«

»Hm. Mal schauen. Da ihr zwei eh wieder so nah dran seid, könnt ihr uns vielleicht ein wenig behilflich sein. Ich sollte mal mit eurem Chef reden. Wie schaut es aus? Fahren wir zu euch aufs Revier? Von dir, Richard, müssen wir eh noch die Aussage aufnehmen.«

Sie nickten.

»Also dann bis gleich«, verabschiedete sich Weidner.

»Wie schaut es aus, bist du mit dem Auto da?«, fragte Wolfgang Richard.

Der schüttelte den Kopf.

»Aha, wolltest dir heute ein paar Bier genehmigen, oder?«

»Na ja, ist ja offensichtlich nichts daraus geworden.«

»Berufsrisiko«, beschied Wolfgang. »Dann fährst du mit mir. Ich park draußen.«

Als sie Richtung Parkplatz gingen, kamen sie an dem Platz vorbei, wo Richard mit seinen Freunden gesessen hatte. Plötzlich traf es ihn wie ein Schlag. Magdalena!

»Du, ich muss ganz schnell telefonieren«, rief er und wählte schon die Nummer von Haaserer. Es klingelte einige Male, bis endlich jemand abnahm.

»Ser... Ri...rd...wo...istn...?« Der Empfang war furchtbar.

»Haaserer?«, rief er in sein Handy. Lauter zu werden war nicht gerade hilfreich bei schlechtem Netz, aber Richard konnte einfach nicht anders.

»...rte... geh mal raus ... So, jetzt besser?« Sein Freund war nun deutlicher zu verstehen, auch wenn es den Hintergrundgeräuschen zufolge sehr laut um ihn herum war.

»Haaserer, wo bist du denn?«

»Bei *Kleber*. Kommst du rauf? Wir haben dir extra einen Platz freigehalten. Ist richtig was los. Eine Mordsgaudi.«

»Sind die Mädels noch bei euch?«, fragte Richard und flehte innerlich, dass es so war.

»Sorry. Bei dem ganzen Tumult haben wir sie aus den Augen verloren. War ein richtiges Chaos, das kann ich dir sagen.«

»Habt ihr wenigstens eine Handynummer?« Er klammerte sich verzweifelt an diesen letzten Strohhalm.

»Nein, leider nicht.« Auch Haaserer war die Enttäuschung anzuhören. »So weit bin ich nicht mehr gekommen. Wie gesagt, es war ein totales Drunter und Drüber. Richtig Scheiße. Ich glaub, mit einer von den Mädels wär bestimmt was gelaufen. Aber was weg ist, ist weg.«

Richard seufzte. »Ja, wahrscheinlich.«

»Kommst noch rauf zu uns?«

»Kann leider nicht, ich muss in die Arbeit.«

»Warst wieder mitten dabei, oder? Hab schon gehört, was los war. Das ist momentan Stadtgespräch.«

»Ja, leider. Du, wenn ihr die Mädels noch mal seht, lass dir unbedingt die Nummer geben.« Richard dachte kurz darüber nach. »Oder besser, lass Foo das machen.«

»Hey!«, rief Haaserer empört. »Glaubst du etwa, dass ich es nicht draufhabe?«

»Ich glaube, dass du es zu sehr draufhast. Darum soll sich ja Foo drum kümmern.«

»Jaja, schon recht«, schmollte sein Freund. »Meld dich, wenn du wieder Zeit hast. Du musst uns unbedingt erzählen, was passiert ist. Du, ich muss auflegen, mein *Dampfboot* kommt gerade. Servus!«

Und schon war die Leitung tot. Richard blickte auf den Platz, wo Magdalena gesessen hatte. Dann stieß er einen tiefen Seufzer aus und ging zu Wolfgang.

4

Zurück auf dem Revier, wurde Richard gleich von seiner Kollegin Christina aus dem Innendienst abgefangen.

»Na, wie geht's dir?«, fragte sie mitfühlend. »Ausgerechnet an deinem freien Tag muss so was passieren.«

»Halb so wild«, wehrte Richard ab. Hauptsache, nicht als Weichei dastehen.

»Okay. Können wir dann gleich das Protokoll aufnehmen? Um ehrlich zu sein, ich bin total neugierig. Ist ja der Hammer, dass da ein Ritter einfach jemanden vor Hunderten Leuten absticht.«

»Das kann man wohl laut sagen«, pflichtete Richard ihr bei. Er berichtete alles, was passiert war, als er durch die Schreie der Zeugen aufmerksam wurde. Einen großen Beitrag zur Aufklärung des Falles würde das nicht leisten, hatte er doch nicht einmal den Mörder zu Gesicht bekommen. Christina hing trotzdem mit großen Augen an seinen Lippen. Verständlich war es. Zwar bekam man bei der Polizei selbst im Innendienst vieles mit, aber der Fall war doch außergewöhnlich.

»Wahnsinn«, meinte sie, als er fertig war. Sie tippte einige Zeilen an ihrem PC und druckte seine Aussage aus. »Haust du mir noch deinen Servus drauf?«

Er nahm den Ausdruck, machte seine Unterschrift und reichte ihn Christina. Dann wandte sie sich wieder ihrer üblichen Arbeit zu. Richard, der ja eigentlich dienstfrei hatte, ging zu Wolfgang, der hinter seinem Schreibtisch lümmelte.

»Fertig mit Zeugenaussage?«, fragte der.

Richard nickte.

»Bleibst du noch ein bisschen da? Der Weidner ist beim Chef drin und hat vorhin gemeint, er könnte uns vielleicht brauchen.«

»Okay.« Richard zog sich einen Schreibtischstuhl heran und setzte sich. Eigentlich war es ihm ganz recht. Mitternacht lag bereits hinter ihnen, und um wieder nach Furth zu seinen Freunden zu fahren, war es schon zu spät. Na ja, zumindest hatte er jetzt keine Lust mehr dazu. Und an Schlaf war momentan auch nicht zu denken. Dafür war er noch viel zu aufgedreht. Also saßen die beiden schweigend herum. Die Stille wurde nur durch das Brummen der Neonröhre über ihnen und das beständige Tippen von Christina unterbrochen. So verging einige Zeit, bis endlich Weidner das Büro ihres Chefs verließ.

»Ihr zwei«, er nickte ihnen zu. »Euer Boss will euch sprechen. Einen schönen Abend, die Dame.« Und schon war er durch die Tür verschwunden. Christina sah ihm fragend hinterher, ebenso wie Wolfgang und Richard. Sie waren eigentlich der Meinung gewesen, dass er noch mit ihnen hätte reden wollen.

Ein lautes Räuspern ließ sie in die andere Richtung blicken. Ihr Chef stand in der Tür und sah etwas zerknirscht drein. »Gruber, Sonnleitner«, sagte er kurz angebunden. »Habt ihr den Kollegen nicht gehört? Reinkommen.«

Hurtig folgten die beiden der Aufforderung und setzten sich vor den Schreibtisch ihres Chefs. Der schloss die Tür hinter ihnen und ließ sich mit einem Seufzen in seinen Bürosessel fallen.

»Also«, begann er und machte eine Pause. »Der Kollege Weidner hat mich gebeten, dass ihr zwei ihn bei den Ermittlungen in dem Mordfall unterstützen sollt.«

Wolfgang und Richard blickten sich überrascht an, konnten sich aber ein freudiges Grinsen nicht verkneifen.

»Ich rede gar nicht lang drum herum«, fuhr ihr Chef streng fort. »Mir gefällt die Sache überhaupt nicht. Vor allem bei dem, was ihr euch beim letzten Mal geleistet habt. Der Aschinger hat mich auf dem Sommerfest vom Landrat nicht mit dem Arsch angeschaut.«

Gut, das, was sie mit dem Bauunternehmer angestellt hatten, war nicht ganz einwandfrei gewesen, das musste Richard zugeben. Aber geschadet hatte es dem Egomanen auch nicht.

»Nun, sei es drum. Der Kollege von der Kripo will euch haben, und im Sinne der guten Zusammenarbeit stelle ich mich dem Wunsch nicht in den Weg.«

Die beiden Polizisten sahen sich lächelnd an.

»Aber dass mir eines klar ist«, fuhr ihr Chef scharf fort. »Solche Alleingänge wie letztes Mal finden mir nicht mehr statt. Ihr macht nichts, was nicht mit mir vorher abgestimmt ist. Und ihr seid auch nicht die Kripo. Die machen ihren Job, ihr unterstützt bloß.«

»Und darf man fragen, wie diese Unterstützung aussehen soll?«, fragte Wolfgang.

»Ja, was weiß ich denn?« Ihr Chef warf sichtlich genervt die Arme hoch. »Der Herr Weidner wird schon sagen, was er von euch will.«

Die beiden Kollegen sahen sich fragend an. »Also, der ist gerade zur Tür raus«, sagte Wolfgang vorsichtig.

»Herrgott noch mal«, ihr Chef rang um Fassung. »Dann … dann ruft er euch an, wenn er was will. Der wird schon wissen, was er tut. Jetzt stellt euch nicht so an. Beim letzten Mal habt ihr doch auch niemanden gebraucht, der euch sagt, was ihr tun sollt.«

Die beiden wiegten nachdenklich den Kopf hin und her. So ganz unrecht hatte er damit nicht.

»Jetzt sagt bloß nichts Falsches«, warnte sie ihr Chef, bevor sie etwas erwidern konnten. »Am besten wird es sein, ihr sagt gar nichts mehr.«

Also nickten sie nur gleichzeitig.

Ihr Chef verschränkte die Arme und musterte sie missbilligend. »Gut, dann noch mal zum Mitschreiben: Ihr macht nichts, ohne das vorher mit mir abzustimmen. Und egal, was kommt, ihr haltet euch vom Aschinger fern. Ist das klar?«

»Jawohl, Chef.«

»Na gut. Dann schleicht euch. Wolfgang, du hättest eigentlich schon lang Feierabend. Und Sonnleitner, Sie sollten überhaupt nicht da sein. Stunden schinden machen wir hier nicht. Also ab ins Wochenende. Am Montag in der Früh ist Besprechung, da will ich euch ausgeschlafen sehen.«

Wolfgang gähnte ausgiebig, als ihm Richard die Tasse Kaffee hinhielt. Er bedankte sich nur mit einem Nicken, nahm sie an sich und blickte verschlafen vor sich hin. Richard setzte sich neben ihn. Er war ebenfalls hundemüde. Das freie Wochenende war nicht unbedingt so verlaufen, wie er es geplant hatte. Der Mord hatte ihn doch eine Weile beschäftigt. Am meisten um den Schlaf gebracht hatte ihn aber die Grübelei, wie er Magdalena wiederfinden konnte. Trotz durchwachter Nächte war er der Lösung dieses Problems keinen Schritt näher gekommen, und das wurmte ihn zusehends. Eigentlich sollte die Arbeit eine willkommene Abwechslung von der erzwungenen Untätigkeit sein. Eine Besprechung gleich am Montagmorgen war da allerdings der ganz falsche Einstieg. Vorsichtig blies er in seinen Kaffee, der noch viel zu heiß zum Trinken war, und blickte sich im Besprechungsraum um. Der füllte sich nur langsam mit Kollegen, von denen keiner sonderlich motiviert dreinsah. Ihr Chef stand vorne am Rednerpult und ordnete zum fünften Mal seine Unterlagen. Er war sichtlich ungeduldig, räusperte sich immer wieder hörbar. Das schien aber kaum jemanden zu stören. Die anderen Polizisten plauderten ganz ungestört weiter.

Richard nippte an seiner Tasse, als sich Christina neben ihn setzte. Sie sah schon früh am Morgen aus wie das blühende Leben. Wie sie das zustande brachte, war ihm ein Rätsel. Sie machte einen hochmotivierten Eindruck. Außerdem schien sie die Einzige zu sein, die sich ein Klemmbrett und etwas zum Schreiben mitgebracht hatte.

»Morgen«, grüßte sie mit einem Lächeln. Richard konnte nicht anders, als zurückzulächeln. Wolfgang schaffte lediglich eine schlaffe Handbewegung zum Gruß.

Christina prüfte noch mal ihre Unterlagen, setzte sich kerzengerade hin und blickte ihren Chef erwartungsvoll an.

Der schien durch so viel Motivation ebenfalls ein wenig irritiert zu sein. Dann räusperte er sich wieder und tippte mit großer Geste auf seine Armbanduhr. »Also, die Herren, es wird höchste Zeit. Ratschen könnt ihr später. Oder am besten nach Feierabend. Ja, los jetzt«, tadelte er. »Setzt euch hin, sonst werden wir ja nie fertig.«

Eher gemächlich fanden sich die Kollegen auf den Plätzen ein und stellten nur nach und nach ihre Gespräche ein. Der Chef verfolgte das Geschehen äußerst missbilligend. Als endlich einigermaßen Ruhe herrschte, atmete er hörbar aus und ließ seinen Blick noch mal ernst in die Runde wandern.

»So, guten Morgen, Kollegen. Wie ihr sicherlich mitbekommen habt, machen uns die Raser und die Poser neuerdings Ärger. Nachdem die Szene die letzten Jahre einigermaßen zur Ruhe gekommen ist, haben wir dieses Jahr wieder steigende Zahlen bei den Vergehen. Da drängt sich jetzt eine neue Generation rein, die sich offenbar wieder beweisen muss. Die Statistiken sprechen für sich: Geschwindigkeitsübertretungen um 25 Prozent rauf. Und bei der Beanstandung von Fahrzeugen haben wir sogar ein Plus von 40 Prozent! Mit den Kollegen der Nachbarlandkreise habe ich schon gesprochen, da ist es dasselbe. Dazu kommt, dass die Landkreise Schwandorf und Amberg inzwischen harte Linie fahren. Das heißt, dass die Autonarren von dort zusätzlich zu uns rüberschwappen. Und dass die Konkurrenz von außerhalb die Jugendlichen nur noch aufputscht, brauche ich euch nicht zu erzählen. Besonders besorgniserregend ist, dass sich die Hinweise verdichten, dass sich da eine illegale Rennszene zu bilden scheint. In den letzten Wochen haben wir einige sehr bedenkliche Geschichten erlebt. Ich habe am Donnerstag lange mit unserem Bürgermeister gesprochen, wir müssen hier dringend tätig werden. Wir fahren in jedem Fall eine Linie der Deeskalation, zeigen aber auch eine deutliche Präsenz an den Hotspots. Das heißt, jeder Wagen, der unterwegs und nicht gebunden ist, schaut beim *EZO*-Parkplatz vorbei.«

Einige der Kollegen nickten, andere schnaubten abfällig. Der Großparkplatz vor einer Geschäftszeile war seit Jahrzehnten der Treff der Jugend. In Scharen trafen sie sich dort an den Wochenenden. Gerade für die Autoposer war das der Ort, um sich zu präsentieren. Dass dabei einige auch über die Stränge schlugen, lag auf der Hand.

»Warum machen wir denen den Laden dann nicht dicht?«, meldete sich ein Kollege aus der letzten Reihe. Richard sah sich um. Es war Müller, der da locker auf seinem Stuhl fläzte. Die Arme hatte er vor der Brust verschränkt. Richard hatte ihn schon immer für extrem arrogant gehalten. Sein komischer Schnauzbart, der überhaupt nicht zu ihm passte, verstärkte diesen Eindruck zusätzlich.

»Weil, Kollege Müller, wenn wir denen ihren Treffpunkt nehmen«, dozierte der Chef gelassen, »dann suchen sie sich einen neuen. Das *EZO* ist wenigstens außerhalb. Falls die sich in der Innenstadt sammeln, haben wir die ganzen Beschwerden von den Anwohnern am Hals. Außerdem ist es für uns da einigermaßen überschaubar. Wenn sich die Leute zum Beispiel im Parkhaus treffen, schauen wir in die Röhre. Weil, dann sehen sie uns schon von weitem kommen. Also nein, dichtmachen ist keine Lösung.«

Müller sagte nichts darauf, sondern winkte nur grinsend ab. So als wolle er sagen, dass er es eh besser wusste.

»Darüber hinaus«, fuhr der Chef fort, »verstärken wir die Kontrollen an den getunten Autos. Ich will nichts mehr auf der Straße sehen, was nicht durch den TÜV kommt, ist das klar? Da werden auch keine Augen zugedrückt. An der Angelegenheit sind sämtliche Kräfte beteiligt. Wenn nötig, werden wir hart durchgreifen. In jedem Fall müssen wir verhindern, dass so was wie illegale Autorennen abgehalten werden. Sonst haben wir schneller, als wir schauen, den ersten Toten.«

Er warf einen Blick auf seine Unterlagen und fuhr dann fort. »Wodurch wir gleich beim nächsten Thema wären. Wie Sie sicherlich alle mitbekommen haben, hat es am Wochenende einen sehr spektakulären Mord gegeben.«

Im Raum nahm das Interesse der Anwesenden sichtlich zu. Wenn jemand umgebracht wurde, dann war das nun mal deutlich spannender als zu schnell fahrende Jugendliche.

»Nun, die allgemeinen Umstände der Tat dürften bekannt sein. Ich habe an alle ein Memo mit detaillierten Informationen rausgegeben. Aber mehr … ja, ist es bisher nicht. In aller Kürze: Wir suchen jemanden, der, als sogenannter Tempelritter verkleidet, einen Besucher des *Cave Gladium* mit einem Schwert erstochen hat. Die Kripo ermittelt, und wir unterstützen sie natürlich dabei. Also gehen jedwede Hinweise umgehend an mich. Gesucht wird ein weißes langes Gewand mit rotem Kreuz auf der Vorderseite sowie ein Ritterhelm und -schwert. Ich denke, so was dürfte ungewöhnlich genug sein, um aufzufallen. Wenn Sie was sehen, sofort bei mir melden. Ach ja, und bevor ich es vergesse: Die Kollegen Gruber und Sonnleitner sind in dem Fall abgestellt und unterstützen die Kripo. Inwieweit hier Aufgaben von anderen Kollegen übernommen werden müssen, klären wir dann von Fall zu Fall.«

Richard vernahm ein Lachen von Müller. Er sah sich stirnrunzelnd zu ihm um. Der grinste ihn boshaft an.

»Derrick und Harry ermitteln wieder«, sagte er leise zu seinem Nachbarn, jedoch immer noch laut genug, dass es alle im Raum verstehen konnten.

Richard warf ihm einen bösen Blick zu, das schien Müller aber nur umso mehr Freude zu bereiten. Also schwieg er und wandte sich wieder nach vorne.

»Nun gut«, vermeldete der Chef. »Das wäre es dann so weit. Alle zurück an die Arbeit.«

Nach und nach erhoben sich die Polizisten und verließen den Raum. Als Richard zur Tür hinaustrat, pfiff ihm Müller zu. Er hatte sich neben dem Ausgang an die Wand gelehnt und offenbar auf ihn gewartet.

»Hey, Ritchie, spielst du wieder den Mörderjäger?«, rief er ihm zu. Eine Handvoll Kollegen, die sich um ihn gesammelt hatten, lachten hämisch.

»Warum?«, fragte Richard herausfordernd. Er hasste es, wenn ihn jemand so nannte, und das wusste der Müller nur zu gut. »Bist du etwa neidisch?«

»Ach geh. Als hättest du groß was beigetragen, dass sie den Meier Anderl eingesperrt haben. Den hätten sie auch ohne dich erwischt. Bloß weil du durch Zufall über den

Mörder gestolpert bist, brauchst nicht so großspurig daherreden.«

»Was heißt hier zufällig darüber gestolpert?«, ereiferte sich Richard.

Wolfgang, der neben ihm stehen geblieben war, nahm ihn an der Schulter und drückte ihn sanft weiter. »Ach komm, lass die nur reden«, versuchte er, die Situation zu beruhigen.

»Viel Erfolg. Und lasst euch nicht wieder entführen, ihr zwei«, rief Müller ihnen nach und erntete einige Lacher seiner Kollegen.

Mit hochrotem Kopf ließ sich Richard hinaus auf die Straße zu ihrem Dienstwagen schieben. »So ein blöder Hund«, brummte er.

»Reg dich nicht auf«, winkte Wolfgang ab. »Der Müller war schon immer ganz groß drin, andere runterzumachen. Einfach nicht drauf eingehen.«

»Der ist doch bloß neidisch.«

»Gut möglich. So richtig zerrissen hat der noch nie was. Aber ich glaub, es ist besser, wenn du dich nicht auf sein Niveau runterlässt.«

Richard grummelte noch ein wenig vor sich hin, musste jedoch zugeben, dass Wolfgang recht hatte. Bei solchen Typen wurde es nur schlimmer, je mehr man sich aufregte. Sie zu ignorieren, war aber leider kein sehr befriedigendes Gefühl. Er musste es dem Müller wohl mal so richtig zeigen. Also hieß es abwarten, bis sich eine passende Gelegenheit bot. Das hob Richards Stimmung wieder einigermaßen.

»Komm jetzt«, rief Wolfgang und setzte sich auf den Fahrersitz. »Besorgen wir uns mal eine Brotzeit.«

5

»Und schuld bist du!«, rief ihm Haaserer wütend entgegen. Richard, der gerade erst gekommen war, hob abwehrend die Arme.

»An was bitte soll ich schuld sein?«

»Dass ich keine Freundin hab.«

»Ach so, wenn es nur das ist.« Richard setzte sich an den Tisch in ihrem Stammcafé. Dem Füllstand ihrer Getränke nach zu urteilen, mussten Foo und Haaserer schon seit einer Weile anwesend sein. Er bestellte sich bei der Bedienung eine Cola und wandte sich wieder Haaserer zu.

»Und warum bin ich jetzt im Speziellen dran schuld, dass du allein bist?«

»Weil du den Meier Anderl eingesperrt hast!«

Richard zwinkerte ein paarmal. »Okay, der Zusammenhang erschließt sich mir gerade nicht. Oder wolltest du mit dem Anderl was anfangen? Ich weiß zwar nicht, ob die in der JVA wirklich diese Wohnwagen zur Erfüllung der ehelichen Pflichten haben, die man manchmal in Filmen sieht, aber ich kann ja mal nachfragen.«

Foo verschluckte sich vor Lachen fast an seinem Weißbier.

»Depp!« Haaserer warf ihm giftige Blicke zu.

»Du, gar kein Problem«, fuhr Richard grinsend fort. »Ich hab zwar nicht gewusst, dass du geschlechtlich so flexibel bei der Partnerwahl bist, aber ich find das voll in Ordnung!«

Haaserer schnaubte nur wütend und wandte sich demonstrativ mit verschränkten Armen ab.

»Sorry«, entschuldigte sich Richard lachend. »Aber wenn du mir so eine Steilvorlage lieferst …«

»Lieber einen guten Freund verloren, als einen guten Witz«, warf Foo ein.

»Also Spaß beiseite. Was hat der Meier Anderl mit deiner nicht vorhandenen Freundin zu tun?«

»Weil ich jetzt niemanden habe, der mir einen anständigen Auspuff an mein Auto machen kann.«

»Warum? Hat dein alter ein Loch?«

»Ach, das wär ja gut, wenn er ein Loch hätte. Aber das Scheißding ist in bester Ordnung.«

»Und warum brauchst du dann einen anderen?«

»Mei, Richard, du kapierst mal wieder überhaupt nichts«, tadelte ihn sein Freund. »Frauen stehen total auf Autos mit lautem Auspuff. Genauso wie wir Männer auf große Brüste stehen.«

»Und unser Freund Haaserer fährt quasi mit einem akustischen A-Körbchen durch die Gegend«, ergänzte Foo. »Um mal bei dem Bild zu bleiben.«

Richard blickte die beiden skeptisch an. »Das stimmt doch nie im Leben.«

»Wenn ich es dir sag!«, rief Haaserer. »Oder glaubst du, den Jungs mit den tiefergelegten Kisten geht es bloß drum, alte Omas zu erschrecken? Natürlich wollen die damit Mädels abschleppen.«

Richard sah hilfesuchend zu Foo, der nur mit den Schultern zuckte.

»Ich weiß, es hört sich bescheuert an«, meinte er. »Aber ich kann seine Argumente auch nicht abstreiten.«

»Ach was.« Richard machte eine ablehnende Geste, war sich jedoch innerlich nicht so ganz sicher. Sonderlich laut war sein Auspuff ebenfalls nicht. Ob da was dran war? Er versuchte, den Gedanken abzuschütteln, indem er auf das eigentliche Problem zurückkam. »Und warum bin jetzt ich schuld? Einen Sportauspuff kann dir doch jede Werkstatt dranschrauben.«

»Aber der Meier Anderl war da eine ganz große Nummer in der Richtung. Der hatte das mit dem Tunen richtig drauf. Und außerdem …«

»Außerdem was?«

Haaserer druckste eine Weile herum. »Außerdem … macht's mir sonst keiner schwarz. Du glaubst nicht, was die Scheiße kostet.«

»Mein Gott«, Richard warf verzweifelt die Arme hoch, »schlimm genug, dass du deine illegalen Machenschaften bei mir noch ankündigst …«

»Was heißt hier ›illegale Machenschaften‹?«

»Steuerhinterziehung zum Beispiel?«

»Ach was, das macht doch jeder«, winkte Haaserer ab.

»Dann wirst du doch irgendeinen Hinterhof-Mechaniker finden, der es dir ohne Rechnung macht.«

»Eben nicht«, seufzte Haaserer. »Die sind alle so mit Arbeit ausgebucht, dass es keiner nötig hat. Und wenn, dann verlangen sie so viel, dass ich es auch offiziell machen lassen kann.«

»*Ich* könnte es machen«, bot sich Foo an.

Haaserer horchte auf. »Echt?«

»Ja, glaub schon.« Foo zuckte mit den Schultern.

»So, wie du seit vier Jahren dein Moped wieder zusammenbaust?« Richard grinste.

»Ja freilich«, ereiferte sich Haaserer. »Und dann liegt mein Auto auch jahrelang bei dir zerlegt in der Garage. Nein danke!«

Foo zuckte nur mit den Schultern und nahm einen Schluck Weißbier.

»Können wir dann mal zu unserem wirklichen Problem

zurückkommen?«, fragte Richard, um das leidige Thema endlich zu einem Ende zu bringen.

»Welches da wäre?« Haaserer sprang schon mal an.

»Unsere verlorenen Bekanntschaften aus dem *Cave*.«

»Oh, erinnere mich nicht daran.« Haaserer seufzte. »So eine verpasste Riesenchance.«

»Haben wir denn gar nichts? Habt ihr was bei *Facebook* oder so gefunden?«

»Ja wie denn? Nur mit den Vornamen kommst du da nicht weit.«

»Ich hab's ja auch schon probiert. Aber gefunden hab ich nichts«, seufzte Richard.

»Dann müssen wir das Ganze professionell angehen. Wie macht ihr das bei der Polizei?«

»Was?«

»Na, wenn ihr jemanden sucht?«

»Keine Ahnung,« Richard war es fast ein wenig peinlich, dass er keine ordentliche Antwort darauf hatte. Aber die Fahndung nach Verbrechern war dann doch etwas ganz anderes. »Normalerweise suchen wir zuerst Fingerabdrücke und DNA-Spuren, die wir mit der Datenbank abgleichen.«

»Haben wir alles nicht. Außerdem sind die drei Mädels hoffentlich nicht in eurer Datenbank«, schob Haaserer die Argumente beiseite. »Wie geht's weiter, wenn das nichts bringt?«

»Ja, was weiß ich, wenn gar nichts mehr hilft, dann wird ein Phantombild erstellt.«

»Das ist es!«, rief Haaserer mit gestrecktem Zeigefinger. »Wir machen ein Phantombild.«

»Kannst du so was?«, fragte Richard verwundert.

»So schwer kann das nicht sein …«

»Lass mich mal probieren. Schließlich hatte ich in Kunst immer einen Zweier«, wandte Foo ein.

»Na also.« Haaserer schaute sich suchend um. »Hat wer Papier und Bleistift dabei?«

Foo und Richard schüttelten den Kopf. Haaserer knurrte, weil sich seiner tollen Idee gleich zu Anfang Hindernisse in den Weg stellten. Also fragte er die Bedienung, ob sie etwas zum Zeichnen hätte. Sonja war die gute Seele des Cafés. Sie hatte schon hier gearbeitet, als die drei zum ersten Mal durch die Tür getreten waren. Wenn man gemein gewesen wäre, dann könnte man behaupten, ihr Gesicht wäre verbraucht. Ob es mehr Lachfältchen waren oder ob diese von Sorgen stammten, vermochte keiner zu sagen. Da sie aber eine ausgesprochen liebenswürdige Person war, kam niemand auf die Idee, schlecht von ihr zu reden. Definitiv sah man ihr an, dass sie ihr Leben gelebt hatte. Mit allen Höhen und Tiefen.

Sie sah ihn etwas seltsam an, brachte dann aber, ohne ein weiteres Wort zu verlieren, einen Block mit Kindermalvorlagen und Buntstifte. Haaserer schürzte die Lippen. Das war nicht ganz das, was er sich erhofft hatte. Doch so schnell gab er nicht auf. Zumindest die Rückseiten der Blätter waren komplett weiß. Er riss das erste heraus und wendete es.

»Also, Richard, dann beschreib mir mal die Magdalena.«

»Warum soll ausgerechnet ich anfangen?«

»So, wie du sie die ganze Zeit angestarrt hast«, meinte Foo, »müsstest du sie in- und auswendig kennen.«

»Na, von mir aus.« Richard was es zuwider, dass die beiden das bemerkt hatten. Darum besser nicht diskutieren, um von dem Thema abzulenken. Er starrte an die Decke und rief sich ihr Aussehen wieder ins Gedächtnis. »Also, wo fange ich an. Ihre Augen, die hatten so ein Stahlgrau wie ein Gebirgssee. Und von der Form her wie bei einem Reh. Die Nase schlank mit einem glatten Rücken. Die Haut ein klein wenig blass mit einem Hauch von Sommersprossen. Aber ganz zart und ebenmäßig. Die Lippen schön voll, etwas Lippenstift, aber dezent. Die Haare dunkelblond, ganz seidig, zu einem Pferdeschwanz gebunden …«

Foo und Haaserer sahen sich an und schüttelten dann den Kopf.

»Ja, reicht jetzt«, unterbrach Foo ihn bei seinen Ausführungen. »Ich kann mich schon wieder erinnern.«

Richard schielte auf die Zeichnung, aber Foo wollte sich bei der Arbeit nicht von ihm beobachten lassen. »Warte, bis ich fertig bin.« Er griff sich die Speisekarte, klappte sie auf und stellte sie vor sich, was einen prima Sichtschutz abgab. Unfairerweise durfte Haaserer sehr wohl zusehen, was Richard nur mit einem missfälligen Schnauben kommentierte.

»Also, ungefähr so, denke ich, müsste das Gesicht ausgesehen haben …«, sagte Foo nach einer Weile.

»Darf ich ihre Brüste malen?«, fragte Haaserer eifrig.

»Spinnst du?«, rief Richard.

»Ach komm, lass ihm seinen Spaß«, meinte Foo beschwichtigend und reichte das Blatt weiter, jedoch nicht, ohne den Sichtschutz entsprechend zu verschieben.

Richard brummte genervt. Es war ihm überhaupt nicht recht, dass Haaserer die Brüste von seiner hoffentlich zukünftigen Freundin malte. Vor allem, weil er mit sichtlicher Hingabe arbeitete. Aber er sagte lieber nichts.

»So?«, wandte sich Haaserer schließlich an Foo. Der schürzte die Lippen und nickte dann. »Ja, ich denke, das passt.«

Mit einem Strahlen im Gesicht reichten sie das Blatt Papier an Richard weiter und guckten ihn erwartungsvoll an.

Der betrachtete das Bild eindringlich. Das Ergebnis war, nun ja, wohl eher ernüchternd. Die Zeichnung entsprach gefühlt dem Niveau eines Fünftklässlers. Das Gesicht war erkennbar weiblich, aber viel mehr Ähnlichkeit mit Magdalena hatte es nicht. Der restliche Körper darunter war SEHR weiblich geraten. Wenigstens hatte Haaserer den Anstand besessen, sie mit Kleidung zu malen. Die Brüste, die sich unter dem T-Shirt wölbten, waren rein proportional, gelinde gesagt, leicht übertrieben. Das Ganze erinnerte eher an Lara Croft aus *Tomb Raider*. Zumindest in der frühen Version.

»Gut«, sagte er gedehnt. »Und was machen wir jetzt damit?«

»Das gibst du jetzt zur Fahndung raus.«

»Spinnst du? Ich kann doch nicht einfach irgendjemanden zur Fahndung ausschreiben.«

»Für was bist du jetzt noch mal bei der Polizei?«

»Haaserer, krieg dich wieder ein. Du weißt genau, dass das nicht geht. Und außerdem, glaubst du echt, dass irgendwer die Lena anhand von der Schmiererei erkennen würde?«

»Na, also so schlecht ist die jetzt auch nicht«, empörte sich Foo. »Gib noch mal her …« Er griff sich die Zeichnung und betrachtete sie eine Weile. »Okay, vielleicht muss ich das doch noch ein bisschen üben.«

»Und was machen wir jetzt damit?«, fragte Richard, dem schon schwante, dass der ganze Aufwand für die Katz gewesen war.

»Behalt sie«, Haaserer nahm sie Foo aus der Hand und reichte sie ihm. »Die kannst du der Lena dann mal zu eurem 50. Hochzeitstag schenken.«

6

Der Arbeitstag war ein äußerst ruhiger gewesen. Für Richards Empfinden zu ruhig. Eigentlich hatte er gehofft, direkt in dem Mordfall ermitteln zu dürfen. Mangels Anweisungen von der Kripo oder ihrem Chef hatten sie aber erst mal nichts unternehmen können. Folglich hatten sie den ganzen Tag Routineaufgaben erledigt und darauf gewartet, dass etwas passierte. Inzwischen war es bereits später Nachmittag, und sie hatten sich auf der Dienststelle eingefunden. Richards Hoffnung, dass eine Mail von der Kripo eingegangen war, hatte sich zerschlagen. Also saßen er und Wolfgang mehr oder weniger lustlos an ihrem Schreibtisch und warteten auf den Feierabend.

Das Klingeln seines Telefons ließ Richard aufblicken. Das Display zeigte die Vorwahl von Regensburg. Sehr gut.

»Sonnleitner«, meldete er sich, vielleicht einen Hauch zu eifrig.

»Servus.« Es war eindeutig Weidner, auch wenn er sich nicht mit seinem Namen vorstellte. »Und? Wie sieht's aus?«

»Wie sieht was aus?« Richard war verdutzt.

»Habt ihr den Mörder schon?«

»Äh … nein?«

Ein leises Lachen war in der Leitung zu hören. »Schon gut. Hätte ich auch nicht erwartet. Also zur Sache. Der Tote heißt Michael Bäumler. 21 Jahre alt. Wohnhaft bei seinen Eltern. Adresse lasse ich euch noch mit dem Obduktionsbericht zukommen. Die Kurzfassung: Er ist erstochen worden. Der Doc sagt, dass das Schwert eine Aorta erwischt hat. Entweder war das ein saudummer Zufall oder der Mörder hat ganz genau gewusst, was er tut. Schwer zu sagen, solang wir nicht mehr wissen. Auf jeden Fall hat das Opfer deshalb massiv Blut verloren. Das meiste davon ist in die Bauchhöhle gelaufen. Da hättest du so lange auf die Wunde drücken können, wie du willst, es hätte nichts geholfen. Aufgrund des starken Blutverlusts trat der Tod innerhalb von Minuten ein. Viel mehr wissen wir bisher auch nicht. Und in Richtung Mörder schaut es noch schlechter aus. Die Auswertung der Spuren ist noch nicht da, aber da mache ich mir wenig Hoffnung.« Er machte eine Pause. »Tja, mehr gibt es momentan nicht dazu zu sagen. Den Obduktionsbericht hast du morgen. Ansonsten könnt ihr loslegen, wenn ihr wollt.«

»Okay«, sagte Richard gedehnt. »Und was genau sollen wir machen?«

Wieder lachte Weidner. »Am besten, den Mörder finden. Nein, im Ernst. Macht einfach, was ihr beim letzten Mal gemacht habt.«

»Kommen wir euch da nicht in die Quere?«

»Ach was. Schlimmstenfalls müssen die Leute ihre Geschichte zweimal erzählen. Ist doch egal. Um ehrlich zu sein, wir tappen in der Angelegenheit ganz schön im Dunkeln. Der Fall ist so spektakulär, dass wir möglichst schnell den Mörder finden müssen, damit wir uns nicht blamieren. Auf der anderen Seite haben wir jede Menge Zeugen, aber faktisch keine brauchbaren Spuren. Ich denke, da kann uns ein unkonventioneller Ansatz nur helfen. Und der seid in dem Fall ihr zwei. Also tut, was ihr für richtig haltet. Aber übertreibt es nicht. Servus.« Und schon hatte er eingehängt.

»Und?« Wolfgang blickte Richard gespannt an.

Der hielt immer noch den Hörer in der Hand. »Er hat gesagt, wir sollen tun, was wir möchten.«

»Ja, wenn das so ist …«, sein Kollege warf einen Blick auf seine Armbanduhr, »dann machen wir jetzt Feierabend.«

Es stellte sich die Frage, wo sie anfangen sollten. Das Zuhause des Opfers schien da die logischste Wahl zu sein. Der Polizeiwagen rollte langsam in die Hofeinfahrt. Das alte und unregelmäßige Natursteinpflaster machte die Fahrt äußerst ruckelig. Direkt vor der Haustür kamen sie zum Stehen und stiegen aus. Das Bauernhaus sowie der ganze Hof waren sichtlich in die Jahre gekommen. Die hölzerne Tür zeigte deutliche Spuren der Verwitterung. Zumindest eine elektrische Türglocke gab es bereits. Wenn auch das Kabel dafür nicht unbedingt sehr schön außen auf der verputzten Wand verlegt worden war und die Kontakte nicht so recht vertrauenswürdig aussahen. Richard drückte mit spitzem Finger darauf. Wenigstens blieb der befürchtete Stromschlag aus. Es dauerte eine ganze Weile, bis die Tür geöffnet wurde. Die Frau mit verhärmtem Gesicht war vollständig in Schwarz gekleidet. Die Augen waren rot vom Weinen. Sie blickte sie nur stumm an, drehte sich dann um und ging in die Wohnung. Da sie die Tür offen stehen ließ, verstanden die beiden Polizisten das als Zeichen, dass sie folgen sollten. In der Wohnküche wies sie ihnen einen Platz am Tisch und setzte sich selbst neben den Mann, der dort bereits hockte.

»Ich vermute, Sie sind die Eltern von Michael Bäumler«, fragte Richard vorsichtig.

Sie nickte, der Vater gab nur ein schwer deutbares Schnauben von sich. Richard betrachtete ihn näher. Im Gegensatz zu seiner Frau saß er in ganz normaler Arbeitskleidung da. Er schien auch eher wütend zu sein als in Trauer. Nun, die Leute reagierten eben unterschiedlich auf schlimme Ereignisse, dachte er sich.

»Sie wurden bereits über die Umstände des Todes Ihres Sohnes aufgeklärt?« Den Satz hatte sich Richard auf der Herfahrt überlegt. Er klang so richtig professionell, fand er.

Die Frau fing sofort an zu weinen, der Mann grunzte nur abfällig. Vielleicht war es doch nicht der beste Einstieg gewesen.

»Ja, Ihre Kollegen haben uns schon informiert«, antwortete sie schließlich leise, nachdem sie sich wieder einigermaßen beruhigt hatte. »Wir mussten den Michl ja auch identifizieren.«

»Ich weiß, dass es schwer ist«, sagte Wolfgang mit sanfter Stimme. »Aber Sie werden verstehen, dass wir Ihnen einige Fragen stellen müssen, um den Täter zu finden.«

Die Frau nickte gefasst. Richard schielte unauffällig zu Wolfgang. Neidlos musste er feststellen, dass es sein Kollege manchmal so richtig draufhatte.

»Haben Sie eine Vorstellung, wer Ihrem Sohn das angetan haben könnte?«, fuhr Richard fort.

Die Frau schüttelte nur ganz leicht den Kopf, bevor sie antwortete. »Nein, wer sollte denn so was tun? Der Michl hat doch niemandem etwas getan.«

Der Mann schnaubte abfällig.

»Willst was anderes sagen?«, fuhr ihn seine Frau an. »Dann sag es. Weil, sonst hältst lieber dein Maul, du boshafter Drak, du boshafter.«

»Ach«, machte er nur und winkte ab.

»Herr Bäumler«, Richard versuchte eine Spur von Drohung in seine Stimme zu legen. »Wenn Sie etwas wissen, dann sagen Sie uns das bitte auch.«

»Ach, der Michael ist doch selber schuld, bei dem Leben, das er geführt hat.« Es platzte richtiggehend aus ihm heraus. Die Frau fing wieder bitterlich zu weinen an.

»Wenn es doch wahr ist«, verteidigte der Vater sich. »Bloß

in der Gegend rumfahren und den Weibern nachgaffen. Das Geld für seine tiefergelegte Kiste und für Klamotten rauswerfen. Aber nix arbeiten wollen. Meinen Hof kann ich mir sonst wo hinstecken, hat er mir gesagt, der Saufratz, der elendige. Und mit den ganzen Weibergeschichten, da muss man sich nicht wundern, wenn was passiert. Wahrscheinlich hat er dem Falschen die Freundin ausgespannt.«

»Haben Sie einen konkreten Hinweis?«

Der Mann schüttelte nur den Kopf.

»Dann red nicht so dumm daher!«, giftete seine Frau ihn an. »Wenn du nichts weißt, dann brauchst auch keine Lügengeschichten über meinen armen Buben zu erzählen.«

Außer dass er die Arme verschränkte, reagierte der Mann überhaupt nicht.

Richard sah zwischen beiden hin und her. Viel würde das nicht mehr werden.

»Haben Sie sonst irgendeinen Verdacht? Irgendjemand, mit dem Ihr Sohn Streit hatte oder etwas in der Art?«

Sie schüttelte wieder den Kopf, er zeigte gar keine Reaktion.

Richard sah Wolfgang an. Der zuckte nur angedeutet mit den Schultern. Also ließen sie sich von der Mutter noch die Wohnung oder, besser gesagt, das Zimmer des Toten zeigen. Darin befanden sich weder persönliche Bilder noch sonstige Anhaltspunkte, die Ausschlag für Nachfragen gegeben hätten. Also verabschiedeten sich die beiden und rumpelten langsam mit dem Dienstfahrzeug die Hofeinfahrt hinaus.

»Der Vater war schon ein wenig seltsam, oder?«, fragte Richard nach einer Weile. »Mei.« Wolfgang zuckte mit den Schultern. »Jeder verarbeitet seine Trauer anders.«

Die nächste Station war das *Cave Gladium*, der Ort des Geschehens. Christina hatte ihnen die Telefonnummer des Vereinsvorstandes rausgesucht, und sie hatten sich mit ihm verabredet. Dass er sich momentan genau dort befand, traf sich recht gut. Als sie ankamen, waren die Abbauarbeiten in vollem Gange. Unzählige Helfer wuselten auf dem Gelände herum, um die Ausschankbuden, die Bühne und den Turm, der jedes Jahr aufgestellt wurde, wieder zu beseitigen. Zwei Lader fuhren hin und her, zahlreiche Stimmen riefen durcheinander, und irgendwo hörte man jemanden mit einer Motorsäge hantieren. Es war laut und alles in allem ein furchtbares Gewirr. Sie mussten sich lange durchfragen, bis sie den Vorstand endlich fanden. Er war gerade dabei, einen der Lader einzuweisen, was nicht so ganz zu seiner Zufriedenheit zu klappen schien. Er gestikulierte wild herum und wirkte recht gestresst.

»Ja, was ist denn?«, fuhr er Richard an, der ihm auf die Schulter tippte. Als er realisierte, dass er zwei Polizisten vor sich hatte, wurde er schnell freundlicher. »Oh, Entschuldigung. Es ist grad ein wenig stressig.«

»Halb so wild«, beruhigte Richard ihn. Er sah sich um, hier wuselten jede Menge Menschen herum und der Lader verursachte einen Höllenlärm. »Können wir irgendwo hingehen, wo es ruhiger ist?«

»Ach so, ja klar. Kommt mit.« Der Mann schritt so schnell davon, dass Wolfgang und Richard Mühe hatten, mit ihm mitzuhalten. »Eine Frechheit ist das heuer, seht euch das da drüben an.« Er deutete grob auf eine Stelle auf der Wiese. »Da haben sie ein Feuerloch gemacht, ohne die Grassode wieder einzusetzen. Jedes Jahr dasselbe. Wenn sie es nicht können, dann sollen sie halt eine Feuerschale nehmen.«

Richard konnte noch so angestrengt schauen, er sah aber nicht, was das Problem war. Die Wiese sah insgesamt sehr mitgenommen aus.

Schließlich blieb ihr Führer an einer Stelle stehen, die mit Flatterband abgesperrt war. Richard kannte sie nur zu gut.

Wo die Leiche gelegen hatte, konnte man immer noch den großen, dunklen Fleck erkennen, der durch das ausgelaufene Blut verursacht worden war.

»Hier ist es ruhig«, sagte der Mann nachdenklich und seufzte. »Alle meiden die Stelle hier, wenn es geht. Irgendwie gespenstisch.«

»Sie sind der Vorstand?«, nahm Richard das Gespräch auf.

»Ja, das stimmt wohl. Martin Hastreiter.« Er reichte ihnen zur Begrüßung die Hand. »Dieses Jahr ist es nicht gerade ein schönes Amt ...«

»Würden Sie uns ein paar Fragen beantworten?«

»Ja, natürlich. Ich möchte helfen, wo es geht. Auch wenn ich nicht glaube, dass ich viel beitragen kann.«

»Haben Sie von dem Mord etwas mitbekommen?«

»Nicht wirklich. Um ehrlich zu sein, die ganze Geschichte am Laufen zu halten, ist auch so schon viel Arbeit. Wenn dann noch Tausende Menschen auf einmal versuchen, das Lager zu verlassen ... Wir wussten erst gar nicht, was los war. Ein paar Kollegen sind hin, als sie die Schreie gehört haben. Die haben dann versucht zu helfen. Aber um ehrlich zu sein, die waren auch total durch den Wind.«

»Ich war ebenfalls vor Ort und habe gesehen, wie schnell ihr eine Sichtschutzwand zur Leiche improvisiert habt. Von daher würde ich sagen, ihr habt alles richtig gemacht.«

»Danke«, er schien ehrlich erfreut über das Lob zu sein. »Ich werde es den Jungs und Mädels ausrichten. Ich denke, das tut ihnen gut. Auf jeden Fall bin ich erst dazugekommen, als alles rum war. Ich habe bis dahin versucht, die Leute einigermaßen geordnet rauszubringen, damit nicht noch mehr passiert.«

»Wie Sie sicher mitbekommen haben, wurde der Tote mit einem scharfen Schwert erstochen. Haben Sie eine Ahnung, wie der Mörder damit auf das Gelände gekommen ist?«

»Ich habe befürchtet, dass Sie das fragen.« Martin Hastreiter seufzte. »Um ehrlich zu sein, so schwer dürfte das nicht sein. Wir machen schon stichprobenartig Kontrollen, aber ... Na ja, bei der Menge an Leuten ... und es hat vorher auch noch nie Probleme gegeben. Ich meine, wir sind hier so was wie eine Familie. Da passt einer auf den anderen auf und da wird drauf geschaut, dass keiner aus der Reihe tanzt. Wenn wirklich jemand was dabeihat, das nicht erlaubt ist, dann wird das in aller Regel schnell gemeldet. Wir haben eine Menge Leute hier, die das äußerst ernst nehmen. Und die sind sehr bedacht darauf, dass nicht irgendein Depp das kaputt macht.« Er sah die beiden Polizisten an, und langsam weiteten sich seine Augen. »Ihr macht mir jetzt aber nicht den Laden dicht, oder? Okay, das hätte nicht passieren dürfen, aber wir haben uns immer im rechtlichen Rahmen bewegt ...«

»Keine Sorge«, versuchte ihn Richard zu beschwichtigen. »Von unserer Seite machen wir Ihnen keine Vorwürfe.« Er konnte sich gut vorstellen, dass sich das Landratsamt die ganze Geschichte noch sehr genau ansehen würde, bevor es eine Freigabe für das nächste Jahr erteilen würde, behielt es aber lieber für sich. Der gute Mann war auch so schon verzweifelt genug.

»Verdammter Mist«, schluchzte er beinahe. »Warum passiert das ausgerechnet bei uns? Das muss doch ein Verrückter sein! Sticht hier einfach jemanden ab. Wir sind bisher so gut ausgekommen. Und jetzt wird sich keiner mehr hertrauen, weil alle Angst haben, von einem Wahnsinnigen abgestochen zu werden!«

»Beruhigen Sie sich. Wichtig ist erst mal, dass wir die Sache schnell aufklären. Und wenn Sie transparent arbeiten und nächstes Jahr die Kontrollen verschärfen, dann bin ich mir sicher, dass die Leute auch wiederkommen.«

»Ich hoffe es.« Hastreiter wirkte etwas gefasster. »Kann ich Ihnen sonst irgendwie helfen?«

»Kannten Sie den Toten?«

»Den Michael? Nicht gut, nur vom Sehen. Aber ich glaube, er war ein Freund vom Röhrl junior.«

»Wer ist das genau?«

»Der Röhrl Daniel von der Metzgerei Röhrl. Die versorgen uns immer bei internen Feiern. Die beiden müssen recht eng befreundet gewesen sein, soviel ich weiß. Ich kann Ihnen die Nummer geben, wenn Sie wollen.«

»Bitte!« Richard notierte sie sich und war froh, dass sie eine weitere Anlaufstelle gefunden hatten.

»Kann ich Ihnen sonst irgendwie helfen?«, fragte der Vereinsvorstand.

Die beiden Polizisten blickten sich an. »Nein, ich denke, das war es so weit. Eine Bitte hätten wir noch. Wenn Sie Ihre Mitarbeiter ermutigen könnten, noch mal in sich zu gehen, ob ihnen etwas Besonderes aufgefallen ist, das uns helfen könnte. Hier ist meine Karte, dann sollen sie sich bei uns melden.«

»Nachher ist noch ein Treffen, wenn wir heute mit dem Aufräumen aufhören. Dann sage ich es allen. Wir versuchen zu helfen, wo wir können.«

Sie bedankten sich und gingen. Als Richard sich umdrehte, sah er Martin Hastreiter noch an der Absperrung stehen und den Kopf schütteln.

»Und, was meinst du?«, fragte er Wolfgang.

»Na ja, geholfen hat er uns nicht viel. Aber das habe ich auch nicht erwartet. Was soll er schon in dem Tohuwabohu mitbekommen haben, was du nicht gesehen hast.«

»Und, was glaubst du? Können die nächstes Jahr noch mal ein *Cave Gladium* halten?«

»Mei, rechtlich gesehen müsste da alles wasserdicht sein. Der Chef hat das schon von der Christina prüfen lassen. Von daher dürfte es für den Verein kaum Probleme geben. Jetzt kommt es eben auf die Leute an, ob sie sich noch hertrauen.«

»Hoffen wir es.«

»Ja, wär sonst schade drum«, pflichtete Wolfgang ihm bei.

Die Metzgerei Röhrl war schnell gefunden. Es gab auch nur wenige Metzgereien im Landkreis, die Wolfgang nicht bekannt waren.

»Servus«, begrüßte sie die Metzgereifachverkäuferin. »Was darf es sein?«

Wolfgang klebte schon an der heißen Theke und inspizierte die Auslage.

»Den Herrn Daniel Röhrl müssten wir sprechen«, sagte Richard schnell.

»Daniel? Daniel!«, rief sie laut nach hinten.

»Ja, was ist denn?« Die Stimme klang äußerst genervt.

»Da will jemand mit dir reden.« Sie sah die Polizisten dabei mit einem besonderen Blick an. Gerade so, als hätte sie nur darauf gewartet, dass ihr Chef von der Polizei abgeholt würde.

»Herrgott noch mal«, schimpfte die Stimme von hinten, und schließlich erschien der dazugehörige Körper im Türrahmen. Er war groß und ziemlich kräftig gebaut. Die dicken Backen schienen sein Blickfeld nach unten mehr als nur ein wenig zu beeinträchtigen. Und zwischen ihnen prangte eine kleine Schweinchennase. Gekrönt wurde das rote Gesicht durch kurze, schräg nach oben gegelte Haare. Die Augen wurden zuerst groß, als er die Polizisten sah, verengten sich aber gleich zu schmalen Schlitzen.

»Was wollt *ihr* denn?«, fragte er mit einer gewissen Feindseligkeit.

»Wir hätten ein paar Fragen an Sie«, begann Richard.

»Und wegen was?«

»Sie waren ein guter Freund von Michael Bäumler?«

»Ach so.« Er entspannte sich sichtlich. »Hätt ich mir eigentlich denken können.«

Richard musterte ihn. Was er wohl erwartet hatte, warum er Besuch von der Polizei erhielt? Nun, das musste erst mal warten.

»Gibt es einen Platz, an dem wir unter vier Augen sprechen können?«

»Ja, kommt mit.« Er stampfte um die Theke herum, sodass Richard den jungen Mann erstmals in voller Montur sah. Er trug die typische Kleidung eines Metzgers. Das blau-weiß längs gestreifte Hemd, die weiße Hose und Gummistiefel, die bedenklich viele Blutspritzer aufwiesen. Er schritt direkt an ihm vorbei und ging durch eine Holztür in einen Nebenraum. Als er ihm nahe kam, wurde Richard beinahe von dem Geruch von Wienern überwältigt. Er hielt erst mal unwillkürlich die Luft an.

»Kümmer du dich mal um die Sache«, rief ihm Wolfgang zu und wandte sich der Verkäuferin zu. »Und Sie, junge Frau, erzählen mir mal, was wir hier alles haben.«

Richard warf ihm einen missbilligenden Blick zu, der jedoch ignoriert wurde, und ging dann dem Metzger nach. Bei dem Nebenraum handelte es sich um eine kleine Wirtsstube mit recht rustikaler Einrichtung. Daniel Röhrl saß bereits breitbeinig auf der Eckbank und sah den Polizisten herausfordernd an.

Richard schürzte die Lippen. Der Geruch machte es nicht gerade einfach, sich zu konzentrieren. Er beschloss, sich auf einen der Stühle zu setzen, lehnte sich nach vorne und stützte die Arme auf der Tischplatte ab.

»Ich gehe davon aus, dass Sie wissen, was mit Herrn Bäumler passiert ist?«, begann er.

»Das ist doch Stadtgespräch.«

»Sie waren mit ihm befreundet?«

Röhrl zuckte mit den Schultern. »Ja, ich denke schon.«

Harter Brocken, dachte sich Richard. »Können Sie irgendetwas zur Tat sagen?«

»Nein, ich war ja nicht dabei.«

»Wo waren Sie zu dem Zeitpunkt?«

»Wird das jetzt ein Verhör?« Er verschränkte die Arme.

»Bitte beantworten Sie einfach meine Frage.«

Sein Gegenüber verdrehte die Augen. »In der Metzgerei war ich und hab Nachschub geholt. Wenn *Cave* ist, dann ist das ganz normal. Weil, da geht mal die Wurst oder das Fleisch aus, und dann rufen die mich an, damit ich was nachbringe.«

»Gibt es dafür Zeugen?«

»Kannst ja den Hastreiter Martin fragen, der hat mich angerufen. Und genau als ich ihm die Körbe mit Nachschub gebracht hab, haben die Leute geschrien wie verrückt. Ich bin dann gleich weg, wieder in die Festhalle rüber. Dass da der Michael erstochen worden ist, das hab ich erst später mitgekriegt.«

Richard machte sich eine Notiz. Es würde sich wohl noch zeigen, ob es nötig war, das Alibi zu überprüfen. »Haben Sie eine Vermutung, wer den Mord begangen haben könnte?«

»Keine Ahnung.« Mit einem Mal schien er ein wenig offener zu werden. »Das frag ich mich auch schon die ganze Zeit. Ich meine, es gibt einen Haufen Leute, die ihm gerne eins ausgewischt hätten. Aber ihn als Ritter verkleidet abstechen wie eine Sau? Das muss ein Verrückter gewesen sein.«

Richard runzelte dabei ein wenig die Stirn. Abgestochen wie eine Sau? Würde das zu einem Metzger passen? Wenn der Täter absichtlich die Aorta treffen wollte, hätte das gewisse anatomische Kenntnisse vorausgesetzt. War da jemand, der das Schlachten von Tieren gewöhnt ist, nicht verdächtig? Er wischte den Gedanken fürs Erste zur Seite, nahm sich aber vor, die Sache im Auge zu behalten. »Warum waren so viele Leute nicht gut auf ihn zu sprechen?«, fragte er stattdessen.

Daniel Röhrl beugte sich nach vorne und grinste boshaft. »Im Vertrauen, der Michael, der war eine richtige Drecksau. Und ich meine das als Kompliment.«

»Wie darf ich das verstehen?«

Der Metzger lehnte sich wieder zurück und lachte ein wenig in sich hinein. »Der Michael hat sich von keinem was gefallen lassen. Wenn er jemanden nicht leiden konnte, dann hat er es ihm geradeheraus gesagt. Und bei den Weibern hat er überhaupt nichts anbrennen lassen. Der hat jede gekriegt, die er wollte.«

»Auch Frauen, die vielleicht anderweitig gebunden waren?«, hakte Richard nach.

Daniel nickte grinsend. »Wenn er eine haben wollte, dann war ihm das scheißegal. Aber da musst du dich nicht wundern. Wenn es ein Typ nicht bringt, dann schaut sich seine Alte eben auch woanders um. Und in der Hinsicht war der Michael ein Gott.«

»Gab es da vielleicht mal einen besonderen Fall von Eifersucht?«

»Ach«, er winkte ab. »Das waren doch alles Luschen. Das hat von denen wahrscheinlich nicht mal einer mitbekommen, dass er beschissen wurde.«

»Aber irgendeinen Nebenbuhler wird es doch gegeben haben. Egal ob Sie ihm nun die Tat zutrauen oder nicht.«

»Mei, Nebenbuhler gab es schon einen, aber …«, er druckste herum.

»Aber?«, hakte Richard nach.

»Ich will keinen hinhängen, und der Nico würde auch nie so was tun.«

»Also, nachdem es ja jetzt schon halb raus ist: welcher Nico?«

Der Metzger rang mit sich selbst. »Na ja, der Aschinger Nico.«

»Aschinger?«, Richard lief es allein bei Erwähnung des Namens kalt über den Rücken. »*Der* Aschinger?«

»Was heißt hier ›der‹ Aschinger. Der Sohn vom *Aschinger Bau* halt.«

»Hm.« Wolfgang ließ den Blick noch mal über die Auslage schweifen. Die Entscheidung war wirklich nicht einfach. »Der weiße Leberkäs soll bei euch wahnsinnig gut sein, hab ich gehört.«

»Was?« Die Verkäuferin hatte die ganze Zeit in Richtung Gaststube geschielt, während sie ihm aufgezählt hatte, was denn so alles an Spezialitäten in der warmen Theke lagen. »Ach so, ja. Der ist bei uns wirklich besonders gut. Da wollen Sie nie mehr woanders einen essen.«

»Okay.« Wolfgang schürzte die Lippen. »Aber der Pizzaleberkäse schaut auch gut aus.«

»Sagen Sie mal«, die Verkäuferin beugte sich zu ihm vor und flüsterte verschwörerisch, »nehmen Sie den Juniorchef jetzt endlich hoch?«

»Warum sollten wir ihn hochnehmen?«, fragte Wolfgang verblüfft.

»Na wegen seiner Raserei. Das ist doch nicht mehr normal, was der und seine Kumpel da treiben. Bis einer tot im Graben liegt.«

»Dann erzählen Sie mir das mal genauer.«

Sie richtete sich auf, wischte sich die Hände demonstrativ an ihrer Schürze ab und setzte eine unschuldige Miene auf. »Eigentlich sollte ich gar nicht darüber reden. Weil, im Grunde geht es mich ja überhaupt nichts an.«

Wolfgang schenkte ihr einen missbilligenden Blick. »Sie haben damit angefangen, dann reden Sie jetzt auch aus.«

Sie rollte mit den Augen. »Also gut. Der Daniel hat so einen aufgemotzten BMW. Und mit dem rast er durch die Gegend, dass es nur so staubt. Er ist da in so einer Clique von lauter Typen mit schnellen Autos. Die stacheln sich immer gegenseitig auf. Nichts Genaues weiß ich nicht, aber es heißt, dass sie auch richtige Autorennen fahren. Nachts und auf der normalen Straße. Ich hab schon gehört, dass sie sogar ein Rennen mitten durch die Further Innenstadt gemacht haben sollen. Es ist ein Wunder, dass da noch keinem was passiert ist.«

»Können Sie das beweisen?«

»Um Gottes willen. Dann bin ich meinen Job los. Ich hab nichts gesagt!« Sie sah sich nervös um, dass auch sicher niemand zuhörte. »Außerdem kann ich nichts beweisen. Ich kenne die Geschichten auch nur vom Hörensagen. Aber der Daniel hat schon ein paarmal damit angegeben, dass er einen anderen geschlagen hat. Er sagt halt nicht genau, bei was.«

»Aha.« Wolfgang dachte darüber nach. Im Sinne ihrer Aktivitäten gegen die Raserszene sollte er die Hinweise verfolgen. Für Christina dürfte es kein Problem sein herauszufinden, welcher Pkw auf den Herrn Röhrl zugelassen war. Dann würden sie mal ein Auge darauf haben. »Ich denke, wir werden der Sache nachgehen.«

»Aber mich halten Sie raus, gell?«

»Keine Sorge«, winkte Wolfgang ab.

»Und jetzt?«, fragte die Verkäuferin, nach wie vor flüsternd.

»Jetzt geben Sie mir eine Scheibe vom Pizzaleberkäse. Nicht dass der Weiße wirklich so gut ist, dass ich immer extra nach Furth fahren muss.«

Richard drückte dem Metzger beim Verlassen der Gaststube seine Visitenkarte in die Hand. »Wenn Ihnen noch was einfällt, dann kontaktieren Sie mich bitte umgehend.«

»Jaja«, murmelte der und hätte auch genauso gut »Leck mich am Arsch« sagen können.

Wolfgang stand an einem der Stehtische und vertilgte eine Leberkässemmel. Die Verkäuferin hinter der Theke legte eine etwas übertriebene Geschäftigkeit an den Tag, was ziemlich erstaunlich war, da sich sonst keine Kunden im Geschäft befanden. Irgendwie bekam Richard das Gefühl, dass sie ein schlechtes Gewissen hatte. Vielleicht würde ja Wolfgang eine Erklärung dazu liefern können.

»Können wir?«, fragte er ihn.

»Ja, aber du fährst«, antwortete er schmatzend.

Sie stiegen in ihren Dienstwagen, und Richard ließ ihn vorsichtig über das grobe Pflaster des Marktplatzes rollen.

»He, langsam«, rief Wolfgang, dem das Geholper zu viel war. »Ich versuche hier zu essen, wenn es erlaubt ist.«

»Ich fahr ja jetzt schon so langsam«, verteidigte sich Richard. »Wenn es noch langsamer gehen soll, dann muss ich aussteigen und schieben. Warte halt ein wenig, da vorne ist wieder geteert.«

»Von mir aus. Hat dein Verhör denn wenigstens was gebracht?«

»Du meinst, außer dass du dir eine Brotzeit hast besorgen können?«, grinste Richard.

»Das Nützliche mit dem Angenehmen zu verbinden, ist eine Kunst«, konterte Wolfgang. »Also, wie schaut es aus?«

»Viel beitragen konnte der Röhrl nicht. Der weiß auch nicht mehr als die gesamte Further Stadtbevölkerung. Aber interessant ist, dass der Michael ein rechter Weiberer war. Offenbar hat er nichts anbrennen lassen.«

»Aha. Schreit nach Eifersuchtsmord.«

»Ja, das war auch mein erster Gedanke. Leider konnte der Röhrl-Wurschti keinen konkreten Verdächtigen nennen.«

»Warum Röhrl-Wurschti?«, fragte Wolfgang lachend.

»Ach, ich weiß nicht. Der hat so dermaßen nach Wienern gerochen. Ich hab den Geruch jetzt noch in der Nase.«

»Ja, passt, der Spitzname.« Er hielt ihm seine Leberkäsesemmel genau vors Gesicht. »Hier, riech mal da dran. Vielleicht wird's dann besser.«

»Nicht wirklich.« Richard schob seinen Arm genervt weg. »Aber das Beste kommt erst noch. Da haut es dir die Schusser raus.«

»Heute machen wir es aber sehr spannend. Was denn?«

»Der Tote hat einen großen Konkurrenten gehabt.«

»Und der wäre?«

»Der Aschinger!«, rief Richard.

Wolfgang stellte augenblicklich das Essen ein. Mit großen Augen starrte er Richard an.

»Junior«, ergänzte der.

»Du meinst den Sohn vom Aschinger?«

»Haargenau.«

»Ach geh, das hätte es jetzt nicht gebraucht. Wo wir dem Aschinger doch in jedem Fall aus dem Weg gehen müssen.«

»Ja, das hab ich mir auch gedacht. Keine Ahnung, wie wir das anstellen sollen.«

»Nachgehen müssen wir der Sache. Da beißt die Maus keinen Faden ab.«

»Sollen wir unserem Chef Bescheid sagen?«, fragte Richard unsicher.

»Bist du wahnsinnig? Der lässt uns doch keine 100 Meter an den rankommen. Weder an den Junior noch an den Senior. Da sagen wir nichts. Wir müssen halt drauf schauen, dass es nicht eskaliert.« Nach einer kurzen Pause fügte er hinzu: »Nicht schon wieder.«

»Oje, das kann ja was werden«, seufzte Richard. »Ansonsten war es das aber. Mehr hab ich aus dem Röhrl-Wurschti nicht rausgebracht.«

»Dafür hab ich was Interessantes rausgefunden.«

»Wie das?«

»Die Frau Metzgereifachverkäuferin war recht mitteilsam.«

»Ich hab mich schon gefragt, warum die so komisch war, als ich aus der Gaststube rausgekommen bin. Was war denn?«

»Die hat sich mal so richtig über ihren Juniorchef ausgelassen, weil er angeblich illegale Autorennen fährt. Beweisen konnte sie leider nichts. Und aussagen wird sie auch nicht, weil sie Angst um ihren Job hat. Aber ich denke, es reicht, dass wir uns mal an den Röhrl-Wurschti dranhängen.«

»Das wird unseren Chef freuen. Falls die wirklich Rennen fahren, dann könnte uns da ein großer Schlag gelingen.«

»Ja, wenn wir es schlau anstellen, könnte das was werden.«

»Und wenn wir nur den Metzger rausziehen, dann bekommen wir zumindest ein Druckmittel, falls er im Fall von unserem Toten doch mehr weiß, als er verrät.«

»Na also, da kannst du mal sehen, was man so alles erreicht, wenn man einfach mal in die Metzgerei geht.«

7

»Du, da kann ich überhaupt nichts machen. Der Typ ist absolut sauber«, raunte Christina.

»Das kann ich mir beim besten Willen nicht vorstellen«, brummte Richard ebenfalls möglichst leise. »Bei dem Vater hat der garantiert Dreck am Stecken.«

»Das kannst du doch nicht wissen. Vielleicht schlägt er aus der Art.«

»Schön wäre es. Glauben kann ich es aber nicht.«

Richard hatte versucht, bei Christina etwas über den Aschinger junior herauszubekommen. Da er bisher jedoch überhaupt nicht polizeilich in Erscheinung getreten war, gestaltete sich das als sehr schwierig.

»Es tut mir leid, aber außer dass er seinen Wohnort bei seinen Eltern zu Hause gemeldet hat, kann ich dir nichts über ihn sagen«, verteidigte sich Christina.

»Ja, aber genau zu dem können wir eben nicht hin«, rief Richard lauter als beabsichtigt.

»Wo können Sie nicht hin, Sonnleitner?«

Richard zuckte zusammen. Sein Chef trat aus seinem Büro heraus und musterte ihn neugierig. Ausgerechnet das hatte er verhindern wollen.

»Äh … zum … Voldemort?« Richard hätte sich selbst in den Hintern beißen können. Wie war er jetzt nur auf diesen Blödsinn gekommen.

»Voldemort?« Der Chef zog die Stirn in Falten. »Ist das ein tschechischer Staatsangehöriger?«

Richard benötigte einen Augenblick, um sich zu fassen.

Hatte das jetzt echt funktioniert? »Äh … ja, genau. Und deswegen … äh … können wir da nicht hin. Weil der in … äh … Tschechien wohnt.«

»Hmm«, sein Chef nickte. »Um was geht es denn?«

»Ja, die Raserei, das leidige Thema.« Langsam gewann Richard wieder Oberwasser. »Aber wir haben da noch nichts Konkretes.«

»Nun gut. Wenn Sie was haben, kommen Sie zu mir. Dann machen wir ein grenzüberschreitendes Hilfegesuch an die Kollegen. Das wird schon.«

Richard stieß erleichtert die Luft aus, als sein Chef seine Bürotür hinter sich geschlossen hatte. Das war haarscharf gewesen.

»Bist du wahnsinnig?«, zischte Christina ihn an. »Wie kommst du denn ausgerechnet auf Voldemort?«

»Mei«, er zuckte mit den Schultern. »Der, dessen Name nicht genannt werden darf.«

Sie sah ihn zuerst mit großen Augen an, bevor sie laut losprustete. »Richard, du bist nicht von dieser Welt.«

Wolfgang kam aus Richtung der Gefangenenzellen und gähnte herzhaft. Etwas irritiert sah er die beiden an. Christina schüttelte immer noch lachend den Kopf.

Er warf seinem Kollegen einen missbilligenden Blick zu. »Wenn du nichts zu tun hast und die Christina von der Arbeit abhältst, dann können wir auch Streife fahren.«

»So?«, fragte Richard herausfordernd. »Und wo kommst du gerade her?«

»Vom Aktenstudium.«

»Soso.« Es war ein offenes Geheimnis, dass Wolfgang gerne mal ein Schläfchen in den Gefangenenzellen abhielt.

»Also los, auf geht's. Es ist Freitagabend. Sehen wir uns mal um, ob wir nicht ein paar Raser erwischen.«

Das *EZO* war der logische Ausgangspunkt, wenn man der Raser- und Poserszene auf den Zahn fühlen wollte. Also steuerte Wolfgang ihren Dienstwagen erst mal dorthin. Bedächtig langsam fuhren sie auf der Straße am Parkplatz vorbei, wendeten an dem seltsamen ovalen Kreisverkehr und gondelten ebenso gemächlich zurück. Dabei beobachteten sie aufmerksam das Geschehen. Viele Jugendliche hatten sich wieder eingefunden, ihre Autos in Grüppchen geparkt. Zum Teil saßen sie auf Klappstühlen zusammen, andere lehnten einfach an ihren Fahrzeugen. Fast jede Gruppe hatte ihren eigenen Soundtrack mitgebracht, den sie deutlich hörbar über die Musikanlagen abspielten. Von den meisten ertönten irgendwelche Rapper, die … nun ja, eine nicht platonische Beziehung mit der Mutter eines anderen einzugehen gewillt waren. Richard stellte es die Zehennägel auf. Aber so weit lief alles in den üblichen Bahnen. Es bestand kein Grund, die Anwesenden zu belästigen. Während sie weiterfuhren, bemerkte Richard einen Ford Mustang, der ihm besonders ins Auge stach. Irgendwie kam ihm der bekannt vor. Dann fiel sein Blick auf den jungen Mann, der davorstand. Er hatte kurze Haare, hängende Schultern und ein etwas grenzwertiges Lächeln auf den Lippen. Es wirkte beinahe so, als hätte man ihm ein wenig zu fest auf den Kopf geschlagen.

»Ist das nicht der Maik?«, fragte Richard erstaunt.

»Welcher Maik?« Wolfgang war beschäftigt, auf den Verkehr zu achten, und konnte keinen Blick riskieren.

»Na der, dem der Anderl eins übergezogen hat, damit er sein Drogenversteck nicht findet.«

»Ach, der Maik aus dem Osten. Was macht denn der noch hier? Ich dachte, der wär hier nur im Urlaub gewesen.«

Sie waren schon so weit an ihm vorbeigefahren, dass Richard sich auf seinem Sitz umdrehen musste, um ihn zu sehen. Ja, es bestand kein Zweifel, das war Maik Kolchowsky. Dieses grenzdebile Grinsen war unverkennbar. Und wie Richard bemerkte, war er umringt von mehreren Frauen. Äußerst attraktiven Frauen, soweit er es erkennen konnte. Wie machte er das bloß? »Ja, das ist er eindeutig. Der wird doch wohl nicht hergezogen sein?«

»Also, der letzte Besuch ist ja nicht so toll für ihn verlaufen, wenn ich dran denke, was der sich für eine Beule geholt hat. Aber es soll ja Leute geben, die das mögen.«

Richard wollte etwas erwidern, doch da zog der Audi Kombi vor ihnen ihre Aufmerksamkeit auf sich. Mit ziemlich flotter Geschwindigkeit war er auf die Kreuzung zugefahren. Die Ampel zeigte bereits Orange, und gerade, als er sie überquert hatte und mit quietschenden Reifen links abbog, sprang sie auf Rot. Ohne zu zögern, schaltete Wolfgang das Blaulicht ein und setzte ihm nach. Eine Weile fuhren sie ihm hinterher. Es war zwar noch hell, der Abend dämmerte erst langsam, aber das Blaulicht im Rückspiegel musste ihm sicherlich aufgefallen sein. Wahrscheinlich überlegte er gerade, ob er nicht versuchen sollte, sie abzuhängen. Richard schaltete das Martinshorn zu, sodass es keine Ausreden mehr geben konnte, man hätte sie nicht bemerkt. Das schien zu wirken, und der Audi bog gemächlich auf einen Parkplatz vor einem Reifenhandel ein.

»Dann schauen wir uns den jungen Mann mal an.« Wolfgang löste seinen Gurt und stieg aus. Richard folgte seinem Beispiel. Langsam näherten sie sich dem Auto, Wolfgang auf der Fahrer- und Richard auf der Beifahrerseite. Aufmerksam musterte er den Audi. Schwarz, sehr sauber und sicherlich nicht ganz billig. Tiefergelegt, breite Reifen und vier Auspuffrohre. Links unter dem Herstellerlogo prangte das RS6-Signet. Richard warf den Blick auf das Kennzeichen. CHA – NA 98. Es wummerte immer noch ein tiefer Bass aus der

Anlage, während sie das Heck des Wagens erreichten, wurde dann aber leiser gedreht, und das Fenster der Fahrerseite glitt nach unten.

»Führerschein und Fahrzeugpapiere bitte«, sagte Wolfgang in geschäftsmäßigem Ton, als er auf Höhe der Fahrertür stand. Richard warf einen Blick auf den Beifahrersitz, der leer war. Also gab es erst mal nicht viel für ihn zu tun und er beschloss, die Umgebung im Auge zu behalten. Es dauerte eine Weile, bis Wolfgang die Papiere gereicht wurden. Richard bemerkte, dass er die Augenbrauen zusammenzog. Er warf einen langen Blick auf den Fahrer und sah dann Richard überrascht an. Der runzelte die Stirn. Was war denn los?

Er umrundete den Wagen um die Motorhaube herum und warf dabei einen möglichst beiläufigen Blick auf den Fahrer. Auf eine gewisse Weise kam er ihm bekannt vor, er konnte sich aber keinen Reim darauf machen, woher.

Wolfgang räusperte sich und reichte den Führerschein an Richard weiter. Etwas verdutzt nahm er ihn an und fragte sich, was so besonders daran sei, bis ihm der Name ins Auge stach: Nico Aschinger.

Er sah den Fahrer wieder an. Nun wurde ihm auch klar, warum er ihm bekannt vorgekommen war. Sicherlich, er hatte dichtes flachsblondes Haar, und soweit Richard es erkennen konnte, war er ziemlich schlank und sportlich. Aber die Gesichtszüge verrieten ihn. Die Ähnlichkeit zu Aschinger senior war unverkennbar.

Er sah Wolfgang fragend an. Der zuckte nur mit den Schultern, als wollte er sagen: wenn nicht jetzt, wann dann.

Richard studierte noch mal eingehend den Führerschein. »Nico Aschinger«, las er laut vor. »Sind Sie zufällig der Sohn von Winfried Aschinger?«

Sein Gegenüber stieß ein genervtes Seufzen aus. »Ja. Warum?«

»Wir hätten da ein paar Fragen an Sie. Würden Sie bitte aussteigen?«

Er rollte mit den Augen, löste dann aber den Gurt und stieg aus. »So. Und um was geht es?«

»Sie kennen einen Herrn Michael Bäumler?«, fragte Richard geradeheraus. Damit schien er Nico zu überraschen. Das hielt aber nicht lange an. Der junge Mann lehnte sich an sein Auto, verschränkte die Arme und setzte ein überhebliches Grinsen auf.

»Sollte es nicht heißen, ich habe ihn gekannt?«

»Sie wissen, was mit ihm passiert ist?«

»Das hat wohl so ziemlich jeder mitbekommen.«

»Sie scheinen aber nicht sehr betroffen über seinen Tod zu sein«, stellte Richard nüchtern fest.

Aschinger junior schnaubte. »Wenn ihr schon wisst, dass ich den Michael gekannt habe, dann wisst ihr sicher auch, dass wir nicht gerade gute Freunde waren.«

»Ist das so?« Richard stellte sich absichtlich dumm.

Nico lachte humorlos. »Also, wenn ihr es genau wissen wollt: Nein, ich bin nicht betroffen über seinen Tod. Zufrieden?«

»Darf man fragen, was zwischen Ihnen vorgefallen ist, dass Sie ihm keine Träne nachweinen?«

»Vorgefallen? Nichts ist vorgefallen. Ich konnte ihn nicht leiden. So einfach ist das.«

»Und warum?«, hakte Richard nach.

»Der Michael hat immer so großspurig getan. Hat angegeben mit seiner Japsen-Kiste. Dabei hat er sich bloß kein anständiges Auto leisten können. Und dann das Gerede, wie toll er bei den Weibern ankommt.«

»War dem nicht so?«

Nico schnaubte wieder, ging aber nicht weiter darauf ein. »Dabei war er einfach nur ein Gratler. Wart ihr mal bei ihm daheim? Der hat doch nichts. Alles, was er an Kohle hatte, hat er in seinen GTR gesteckt. Der war doch schon froh, wenn am Ende des Monats überhaupt noch ein Euro auf seinem Konto gewesen ist.«

»Ganz im Gegensatz zu Ihnen.«

»Was soll jetzt das heißen?«

Richard ließ ihn zappeln und ging nicht direkt darauf ein. »Haben Sie ihn nur deshalb nicht gemocht, weil Sie einen höheren Kontostand haben als er?«

»Ach was. Der Michael wollte sich immer mit mir messen. Eine Chance hat er natürlich nie gehabt. Also hat er gestichelt, wo es ging. Hat jedes Mal probiert, mir die Frauen auszuspannen. Wenn wir wo hingefahren sind, versuchte er, schneller dort hinzukommen als ich …«

»Haben Sie das mal auf der Straße ausgetragen?«, wollte Richard ihm eine Falle stellen. Aber Nico grinste nur.

»Das würdet ihr jetzt gerne wissen, gell. Nein, wir sind keine Rennen gegeneinander gefahren. Ich hab ihm ja mal vorgeschlagen, dass wir auf eine richtige Rennstrecke gehen. Aber er hat ja nicht mal das Geld für die Startgebühr gehabt.«

»Da hätten Sie ihn doch einladen können. Oder hatten Sie Angst, dass er Sie schlägt?«

»Was soll jetzt das heißen?«, ereiferte sich der Gefragte, beruhigte sich aber schnell wieder. »Ich war es nicht, der unbedingt zeigen wollte, wer der Bessere ist. Das war der Michael ganz alleine. Ich hab das doch nicht nötig.«

Richard seufzte innerlich. Er hatte gehofft, den jungen Mann so wütend zu machen, dass er sich verplapperte. Dafür hatte sich dieser aber offensichtlich zu gut unter Kontrolle. Das hatte er seinem Vater wohl voraus.

»Haben Sie denn eine Ahnung, wer den Michael umgebracht haben könnte?«

»Woher soll ich das wissen? Wird halt einer gewesen sein, dem er die Freundin ausgespannt hat. Das war ja seine Spezialität.«

»Einen etwas konkreteren Verdacht haben Sie nicht?«

»Also die Verlierer interessieren mich nun wirklich nicht.«

»Wo waren Sie denn zum Tatzeitpunkt?« Richard hatte sich die Frage bewusst aufgehoben, und sie hatte ihre Wirkung wie erhofft erzielt. Nico bekam große Augen.

»Bin ich jetzt verdächtig oder was?«

»Würden Sie bitte unsere Frage beantworten.«

»Ja, wo werd ich denn gewesen sein?« Seine Augen bewegten sich schnell hin und her. »In Furth hinten, wie alle anderen auch.«

»Geht es ein bisschen genauer?«

»Ja, keine Ahnung.« Täuschte sich Richard oder kam er ins Schwitzen? »Ich bin so ziemlich alles abgekommen. Ich war auf dem Festplatz, ich war in der Stadt oben …«

»Dann waren Sie sicherlich auch im *Cave Gladium*, oder?«, bohrte Richard nach.

»Ja … wahrscheinlich schon«, rang Aschinger um eine Antwort. »Ich kann auch nicht mehr sagen, wann ich genau wo war. Ich bin eigentlich die ganze Zeit rumgelaufen.«

»Haben Sie was gesucht?«

»Nein, aber meine Rüstung wollt ich rumzeigen, so teuer, wie sie war.« Plötzlich erhellte sich sein Gesicht. »Stimmt, die Rüstung, die müssen zig Leute gesehen haben. Da kann auf jeden Fall einer aussagen, dass ich den Michael nicht umgebracht habe, weil ich woanders war.«

»Na ja, in Rüstung laufen da viele rum. Warum sollen Sie da großartig aufgefallen sein.«

»Ganz einfach. Weil sonst keiner mit einer goldenen rumläuft«, erklärte Nico siegesgewiss.

»Eine goldene Rüstung?«, wiederholte Richard ungläubig. Er hatte sich schon ein paarmal den Festzug angesehen, aber so ein Ritter war ihm noch nie aufgefallen.

»Ja, und mit einer großen roten Feder. Die trage ich auch während der *Drachenstich*-Aufführung. Das Kostüm vergisst so schnell keiner.«

»So, Sie spielen beim *Drachenstich* mit? Ich dachte, man muss in Furth wohnen, um das zu können.«

Nico grinste. »Glaubt ihr wirklich, mein Vater hätte nicht ein paar Wohnungen da? Wenn das nicht reicht.«

»Und da bekommen Sie eine goldene Rüstung gestellt?«

»Nein, das nicht. Zuerst wollten die mich auch zum normalen Volk stecken, die bloß vor dem Drachen davonlaufen.« Er lachte in sich hinein. »Aber das war mir zu blöd. Also hab ich mir selber eine beim Meidinger machen lassen. Komplett mit Gold überzogen, damit auch jeder weiß, dass ich es bin. Und jetzt bin ich gleich am Anfang dabei, wenn die Ritter gegen die Hussiten stürmen.«

»Ach, so einfach geht das?«

Nico zuckte mit den Schultern. »Wer zahlt, schafft an.«

»Na gut.« Richard schürzte die Lippen. »Wir werden sehen, ob wir Ihr Alibi überprüfen können.«

»Da müsst ihr euch keine Mühe machen«, Nico schüttelte schnell den Kopf. »Ich komm schon noch drauf, wo ich genau war, als … na ja, zu der Zeit eben. Und dann finde ich auch sicher einen, der das bezeugen kann. Wie ist eure Nummer?«

Richard sah ihn skeptisch an, gab ihm aber schließlich die Visitenkarte. Er hatte so seine Zweifel, dass das Alibi sehr viel wert war, wenn der Aschinger erst mal einen suchte, der es ihm bestätigte.

Der sah die beiden Polizisten an. »War es das jetzt, oder was?«

Richard sah zu Wolfgang. Der schüttelte andeutungsweise den Kopf. Er hatte also auch keine Fragen, die nicht bereits gestellt worden waren.

»Nun gut, bei der Sache mit dem Mord kommen wir gegebenenfalls noch auf Sie zurück«, fuhr Richard fort. »Aber etwas anderes. Die Ampel vorhin, Sie haben schon mitbekommen, dass die ›dunkelorange‹ war?«

Nico glotzte zwischen den beiden Beamten hin und her. Das Thema hatte er offenbar bereits vergessen. Richard wäre es vor lauter Überraschung darüber, wen sie da aufgehalten hatten, auch fast entfallen. Er entschied sich aber dafür, ihn vom Haken zu lassen. Es war sicher nicht gut, wenn er zu viel Druck ausübte.

»Da passen Sie beim nächsten Mal besser auf. Und immer schön auf die Geschwindigkeit achten«, sagte er deshalb nur.

Nico war sichtlich erleichtert. Schnell setzte er wieder ein selbstgefälliges Grinsen auf. »Sicher, sicher.« Er nahm seinen Führerschein zurück und winkte ihnen damit zum Abschied.

Was für ein eingebildetes Arschloch, dachte Richard, während er vom Platz fuhr.

»So eine arrogante Sau«, sprach es Wolfgang dagegen aus.

»Das wundert mich nicht, bei dem Vater«, pflichtete Richard bei.

»Du, aber komisch war der schon, als du ihn auf den Mord angesprochen hast.«

»Ja, das ist mir auch aufgefallen«, antwortete er nachdenklich. »Also wenn du mich fragst, der musste sich nicht daran erinnern, wo er zur Tatzeit war. Der hat sich doch nur eine Ausrede gesucht, wie er aus der Nummer am besten rauskommt.«

»Ja, den Eindruck hatte ich auch. Aber leider beweist das noch nichts. Und sein Alibi können wir uns wahrscheinlich in die Haare schmieren. So wie ich den einschätze, da zahlt der ein paar Leute dafür, dass sie behaupten, ihn da und dort gesehen zu haben.«

»Das fürchte ich auch«, seufzte Richard. »Aber was sollen wir machen?«

»Also ich würde mal an ihm dranbleiben. Das schadet sicher nicht.«

»Aber der Chef hat doch gesagt, dass wir uns vom Aschinger fernhalten sollen«, gab er zu bedenken.

»Ja, vom Senior. Ich kann mir nicht vorstellen, dass er den Nico gemeint hat.«

»Puh«, machte Richard. »Das wird wieder eine heiße Geschichte für uns, oder?«

»Ich fürchte, schon«, lachte Wolfgang. »Aber du wolltest es ja nicht anders.«

Anschließend setzten sie ihre Runde fort. Vor zum Kreisverkehr, hinter den Baumärkten vorbei und zurück Richtung *EZO*. Auf dem gegenüberliegenden Parkplatz stellte Wolfgang den Motor ab, und sie bezogen erst mal Stellung. So waren sie von der Straße aus nicht gleich zu sehen und konnten hören, wenn jemand sein Auto laut aufheulen und die Reifen durchdrehen ließ. In dem Fall wären sie schnell zur Stelle gewesen und hatten zumindest die Chance, einen der Raser auf frischer Tat zu ertappen. Gleichzeitig waren sie, mitten auf dem Parkplatz, doch so leicht zu erkennen, dass den meisten Anwesenden die Präsenz durchaus bewusst sein dürfte. Für die beiden Polizisten hieß es aber vor allem, dass sie mit offenem Fenster im Wagen sitzen und die warme Abendluft genießen konnten. Wolfgang nutzte die Gelegenheit für ein kleines Nickerchen. Richard ließ leicht gelangweilt den Blick streifen. Eher beiläufig sah er den Corsa an, der nahe an ihnen vorbeifuhr, da blieb ihm auf einmal die Luft weg. Am Steuer saß Magdalena. Er setzte sich so ruckartig auf, dass sogar sein Kollege aufschreckte.

»Was hat dich denn gestochen?«, fragte er schläfrig.

»Kann jetzt nicht reden«, stammelte Richard nur. Er hatte sich richtiggehend am Armaturenbrett festgekrallt und starrte ihr nach. Sie parkte nur ein Stückchen entfernt direkt neben einem anderen Auto. Aus dem stiegen Mona und Lisa aus. Magdalena verließ ebenfalls ihren Wagen, und die drei begrüßten sich herzlich. Er bekam bei ihrem Anblick fast Schnappatmung. Sie trug ein leichtes Sommerkleid, das ihm schier den Atem raubte.

Wolfgang blickte abwechselnd zwischen Richard und den drei Mädchen hin und her. Schnell zählte er eins und eins zusammen. »Haben wir etwa einen Schwarm?«, fragte er grinsend.

»Da drüben … mit dem Kleid«, mehr brachte Richard nicht heraus.

»Ja, das ist doch die Magdalena!«, rief Wolfgang, als er sie genauer in Augenschein genommen hatte.

»Du kennst sie?« Richard bekam große Augen.

»Ja, die ist von uns im Dorf. Aber die ist ja viel zu jung. Du, ich kann mich noch dran erinnern, wie sie mit dem Marmeladenbrot der Blasmusik nachgerannt ist.«

»Warum, wie alt ist sie denn?«, fragte Richard entgeistert.

»Mei, wie alt wird die sein? So um die 20,schätze ich.«

»Und wie alt bin ich?« Seine Stimme triefte vor Sarkasmus.

»Ach so, stimmt auch wieder. Ja, für dich wär die schon was. Schlecht schaut sie ja nicht aus.«

»Hast du ihre Nummer?«, fragte Richard fast flehend.

»Warum sollte ich ihre Nummer haben?«, entgegnete Wolfgang entgeistert. »Bloß weil die im gleichen Dorf wohnt? Die ist ja nicht mal bei uns im Schützenverein.«

»Kannst du mich ihr vorstellen?«

»Ja, spinnst du jetzt total?«, empörte sich Wolfgang. »Geh rüber und sprich sie selber an.«

»Aber ich kann doch nicht einfach ...« Richard wand sich wie ein Aal.

»Geh, da will er ein gestandenes Mannsbild sein, sogar ein Polizist, und fürchtet sich vor drei jungen Mädels. Jetzt geh rüber, oder ich fahr sofort weiter.«

Mit einem Stöhnen stieg er aus und ging etwas zaghaft hinüber. Seine Knie waren weich, und der Magen rebellierte. Aber was blieb ihm schon übrig?

»Mach dir keine Sorgen, die Weiber stehen auf Männer in Uniform«, rief ihm Wolfgang belustigt nach.

Nicht hilfreich, dachte sich Richard. Es war wohl sein Glück, dass gerade wenig auf dem Parkplatz los war. So ferngesteuert, wie er sich im Moment fortbewegte, hätte er leicht in ein fahrendes Auto laufen können.

Schließlich stand er nahe genug bei ihnen. Wie er so weit gekommen war, blieb ihm selbst ein Rätsel. Im Moment drehten sie ihm den Rücken zu, sodass sie ihn nicht gleich bemerkten.

Er räusperte sich hörbar und setzte ein Lächeln auf, von dem er hoffte, dass es nicht vollkommen bescheuert aussah. Sie wandten sich um und musterten ihn. Es dauerte einen Augenblick, bis sie ihn erkannten. Nicht verwunderlich, selbst seine Mutter hatte einen Moment gebraucht, als sie ihn das erste Mal in Uniform gesehen hatte. Dann aber begannen sie zu lächeln. Zumindest Magdalena tat das. Richard hatte nur Augen für sie, da hätten Mona und Lisa Grimassen schneiden und ihm die Zunge herausstrecken können, es wäre ihm nicht aufgefallen.

»Servus«, sagte er leiser, als er es beabsichtigt hatte.

»Hi«, antwortete Lena und strich sich eine Strähne aus dem Gesicht. Richard war hin und weg.

»Ah, der Herr Kommissar!«, rief Mona mit lauter Stimme und holte ihn ein Stück weit in die Realität zurück. »Hast uns beim letzten Mal ja ganz schön sitzen lassen!«

»Entschuldigung«, Richard räusperte sich. Hatten sie ihm das wirklich übelgenommen? »Das macht der Beruf, glaub ich.«

»Jaja, Dienst ist Dienst, gell«, lachte Mona. »Wir sind dann gleich zu Schnaps ist Schnaps übergegangen.«

Das Gespräch geriet ins Stocken. Mona und Lisa warfen sich wissende Blicke zu.

»Ich glaube, wir beide gehen schon mal vor, dann kannst du der Lena ja mal die Zeugenaussage abnehmen«, erklärte Lisa. »Wenn du dann unsere Aussagen auch noch brauchst, wir sind oben im Café.«

»Äh, eigentlich brauche ich keine Zeugenaussage von euch«, sagte er, nach wie vor etwas unsicher. »Es sei denn, ihr hättet was gesehen …«

»Ja, ist schon recht«, rief Mona, und die beiden schlenderten kichernd davon.

»Also, ich wollte euch jetzt nicht verhören oder so«, wandte sich Richard entschuldigend an Magdalena.

»Ja, das war schon klar«, lachte sie.

Eine Weile sahen sie sich nur an. »Sieht gut aus«, brachte er schließlich hervor. »Das Kleid, meine ich.«

Sie blickte an sich herunter, als würde sie es zum ersten Mal sehen. »Danke«, sagte sie und schenkte ihm ein bezauberndes Lächeln. »Deine Uniform ist aber auch nicht schlecht.«

»Mei, die bekommen wir gestellt«, begann Richard, merkte jedoch, dass er sich total verfranzte. »Ich wollt mich noch entschuldigen, dass ich beim letzten Mal einfach so davongerannt bin.«

»Ach was, ist doch nicht schlimm. Das war ja auch ein

Notfall. Um ehrlich zu sein, ich fand es schon beeindruckend, wie du bei dem Schrei fortgestürmt bist.«

»Mei, das lernt man in der Ausbildung. Viel helfen konnte ich ja leider nicht mehr.«

»Ja, leider.«

Wieder stockte das Gespräch. Jetzt oder nie, dachte sich Richard. Er kratzte sich am Hinterkopf.

»Also, ich wollte dich noch fragen, ... also ... ob ich vielleicht ... deine Nummer haben kann?« Er fühlte sich wie ein Fünftklässler mit einem ›Willst-du-mit-mir-gehen‹-Zettel.

Einen schrecklich langen Moment vermochte er ihren Gesichtsausdruck nicht zu deuten. Er dachte bereits darüber nach, wie er am besten mit der Ablehnung umgehen sollte, ohne dass es zu peinlich wurde. Doch dann lächelte sie.

»Ja klar.«

»Echt?«, rutschte es ihm vor Überraschung heraus. »Äh, ich meine, cool.«

Sie lachte ein bezauberndes Lachen und blickte ihn erwartungsvoll an. Richard sah sie etwas hilflos an, weil ihm nicht klar wurde, was sie wollte. »Was?«, fragte er deshalb.

»Möchtest du die Nummer nicht aufschreiben, oder kannst du sie dir merken?«, antwortete sie lachend.

»Ach, mein Gott, natürlich«, er holte sein Handy hervor und tippte die Zahlenfolge ein, die sie ihm diktierte. Vor Aufregung vertippte er sich dreimal und las sie ihr anschließend noch mal vor, um ja keinen Fehler zu machen.

»Ja, stimmt«, bestätigte sie. »Also, ich muss dann zu meinen Freundinnen. Du schreibst mir mal?«

»Sowieso«, brachte Richard nur heraus, dem bei der Frage das Herz aufging.

Sie verabschiedeten sich etwas ungelenk, und er stolperte zu ihrem Dienstwagen zurück. Er musste gegen den

Drang ankämpfen, sich noch mal umzudrehen. Wenigstens der Abgang sollte einigermaßen cool ablaufen. Also versuchte er, so lässig wie möglich zu gehen, und hoffte, dass es nicht wirkte, als hätte er in die Hose gemacht. Am Wagen angekommen, wagte er endlich, den Blick zurückzuwerfen. Aber da war Magdalena schon im Eingang zum Café verschwunden. Ein klein wenig war er enttäuscht, dass sie nicht solang stehen geblieben war, um ihm nachzusehen. Doch das wäre auch etwas übertrieben gewesen. Schnell streifte er den Gedanken ab, nahm sein Handy aus der Tasche und vergewisserte sich, dass ihre Nummer wirklich gespeichert war. Mit einem zufriedenen Seufzen steckte er es wieder ein und setzte sich auf den Beifahrersitz.

Wolfgang starrte ihn erwartungsvoll an, und es schien ihm schwerzufallen, sein Lachen zurückzuhalten. »Und, Casanova? Hast du wenigstens ihre Nummer?«

»Ja«, antwortete Richard nur und sah mit verklärtem Blick zur Stelle hinüber, wo sie gestanden hatte.

»Heiß draußen, hm?«

Richard blickte ihn fragend an. Glucksend deutete Wolfgang auf die großen Schweißflecken, die sich unter seinen Achseln gebildet hatten.

»Oje«, war alles, was er herausbrachte.

»Waren wir ein bisserl nervös?«, lachte sein Kollege. »Komm, wir fahren noch eine Runde durch die Stadt, damit du ein wenig trocknest. Aber mach dein Fenster runter, sonst schweißelt es die ganze Woche im Auto.«

»Okay.« Richard ließ die Scheibe herunter und schnallte sich an. Dann holte er noch mal sein Handy heraus und starrte in Gedanken versunken die Nummer von Magdalena an.

Wolfgang sah ihn an und schüttelte den Kopf. »Noch einmal jung sein.« Dann startete er den Motor und fuhr los.

8

Richard saß in seinem Stammcafé und hielt ihnen das Handy wie eine Trophäe entgegen, während Foo und Haaserer gebannt auf den Bildschirm starrten.

»Unglaublich«, brachte Haaserer heraus. »Und sie ist dir einfach so zufällig über den Weg gelaufen?«

Er nickte.

»Mein Freund, das ist ein Zeichen, das sage ich dir.«

Richard zuckte mit den Schultern. Er hatte schon gelernt, dass Haaserers Prognosen in Liebesdingen mit äußerster Vorsicht zu genießen waren.

»Und was machst du jetzt?«, mischte sich Foo ein.

»Was soll ich denn machen?«

Seine beiden Freunde warfen sich stöhnend zurück. »Das ist wieder mal so typisch Richard. Was du jetzt mit der Nummer vorhast«, rief Haaserer und betonte jedes Wort.

Richard blickte etwas peinlich berührt drein. Um ehrlich zu sein, hatte er noch nicht allzu viel darüber nachgedacht. Er hatte sich in allen Farben ausgemalt, wie es sein könnte, wenn Magdalena und er ein Paar würden.

»Also, na ja …«

»Oje«, Foo massierte sich die Schläfen. »Du hast jetzt drei Möglichkeiten: Du kannst sie anrufen, du kannst ihr schreiben oder du kannst die Nummer löschen. Wähle weise.«

»Ich nehme Tor zwei«, rief Haaserer dazwischen.

»Geh, sei still«, wehrte Richard ihn ab. »Also, ich denke, ich schreib ihr einfach, oder?«

»Ich beglückwünsche dich zu dieser ausgezeichneten Wahl«, fuhr Foo fort. »Und was schreibst du ihr dann?«

»Also ...«, begann Richard und verstummte wieder.

»Da ist wirklich Hopfen und Malz verloren«, stöhnte Haaserer.

»Wenn ich sie frage, ob sie mit mir ins Schwimmbad geht?«, schlug er vor.

Foo pfiff durch die Zähne. »Du willst dir quasi gleich die Auslage ansehen. Mutig, mutig.«

Richard sagte nichts und versuchte nur, nicht schuldbewusst auszusehen.

»Ich würde das lassen«, wandte Haaserer ein. »Weil dann sieht sie ja dich in Badehose.«

»Was soll denn das heißen?«, rief Richard empört.

»Na ja, in der Form deines Lebens bist du nicht gerade. Wenn ich du wäre, würde ich ihr zuerst meine positiven Seiten zeigen, bevor ich mit der Schwarte ankomme.«

»Was heißt hier Schwarte?«, ereiferte er sich.

»Richard, lass es sein«, mischte sich Foo ein. »Kommen wir lieber zu deinem aktuellen Problem. Also, was willst du ihr schreiben?«

»Wenn ich sie vielleicht zum Essen einlade?«, fragte er vorsichtig.

»Jetzt kommen wir der Sache näher«, beschied Foo. »Aber da sollte das Restaurant gut gewählt sein.«

»Wie wäre es denn mit dem *Giovanni?*«, schlug Haaserer vor. »Schön romantisch beim Italiener.«

»Abgelehnt«, blaffte Richard ihn an. Sein letztes Date hatte genau dort mit seiner Ex, Sandra, stattgefunden. Und an das Ergebnis mochte er sich lieber nicht erinnern.

»Ach, versteh schon«, Haaserer winkte lachend ab. »Schlechte Erfahrungen gemacht, gell?«

»Und wenn wir zum Griechen gehen?«, schlug Richard

vor. Er kam sich etwas dumm dabei vor, das mit seinen Freunden zu erörtern. Sollte er das nicht lieber mit der Magdalena klären?

»Oje.« Haaserer schüttelte wieder den Kopf.

»Typischer Anfängerfehler«, beschied Foo.

»Warum denn?«, empörte sich Richard.

»Willst du mit ihr schmusen?«, fragte Foo unverblümt.

»Äh, ja, schon.«

»Und wie, glaubst du, stehen deine Chancen, wenn du aus dem Mund nach Tsatsiki stinkst wie eine Dönerbude?«

»Okay, okay. Ich habe verstanden. Grieche ist raus. Und wie wäre es mit dem *Texmex*-Restaurant, das vor kurzem aufgemacht hat? Da wollte ich sowieso mal hin.«

»Mei, Richard«, sagte Haaserer in einem mitleidigen Ton. »Manchmal finde ich dich fast schon süß in deiner Unwissenheit. Mexikanisches Essen? Mit den vielen Bohnen? Da solltest du dich mindestens eine Woche vor dem Date davon fernhalten. Weil, entweder zerreißt es dir den Darm oder sie stirbt an Vergasung.«

»Ich gebe mich geschlagen.« Richard warf die Arme hoch. Da fiel sein Blick auf die Speisekarte vor ihm. »Und wenn ich einfach hierher mit ihr gehe?«

Foo und Haaserer sahen sich fragend an, zuckten die Schultern und nickten dann.

»Ja, müsste funktionieren«, meinte Foo. »Die Küche ist gut und abwechslungsreich. Und außerdem hättest du quasi ein Heimspiel.«

»Und das Beste ist«, verkündete Haaserer fröhlich, »Foo und ich setzen uns an den Nebentisch und unterstützen dich!«

»Untersteh dich!«, warnte Richard ihn.

»Ach, komm schon«, quengelte Haaserer.

»Geht nicht«, wandte Foo ein, »weil, sie kennt uns ja vom *Cave*.«

»Mist, das stimmt.« Er überlegte schnell. »Und wenn wir uns verkleiden?«

Richard stöhnte auf. Innerlich hatte er das Bild von seinem Freund mit Groucho-Marx-Brille vor sich, mit der Plastiknase, dem Schnurrbart und den buschigen Augenbrauen.

»Lass es bleiben«, beendete Foo zu seiner Erleichterung die Diskussion. »Da wird uns der Richard sonst noch unnötig nervös, und das kann er nicht brauchen.«

»Wenn der feine Herr meint, dass er nicht auf unsere Hilfe angewiesen ist«, murrte Haaserer eingeschnappt, beließ es aber dann dabei.

»Und was schreibst du ihr?«, fragte Foo nach.

»Da weiß ich was«, rief Haaserer begeistert. »Du schreibst ihr: ›Holde Maid, möget Ihr mir die Ehre erweisen, mir bei meinem Abendmahle Gesellschaft zu leisten.‹ Weil ihr euch doch am Mittelaltermarkt kennengelernt habt, verstehst du?«

Richard zog leicht verstört eine Augenbraue hoch. »Äh, nein.«

»Wieso das denn?«

»Weil ich nicht wie ein Psychopath rüberkommen will?«

Haaserer schnaubte nur abfällig. Aber schnell hellten sich seine Gesichtszüge wieder auf. »Dann schreibst du einfach: ›Ich würde gerne mal abends mit dir ausgehen. Was magst du denn zum Frühstück?‹«

»Hä? Abends ausgehen und Frühstück? Was jetzt?« Er stand auf der Leitung.

»Mei, Richard«, Haaserer seufzte. »Du brauchst heute wieder ein bisschen länger, oder? Sie soll gleich bei dir über Nacht bleiben, kapiert? Knick-knack, du weißt schon.« Er zwinkerte.

Richard stöhnte, und Foo fasste sich an die Stirn.

»Ich kann gar nicht verstehen, warum du allein bist, Haaserer«, kommentierte er sarkastisch.

»Ist dir das zu direkt?«, fragte der unschuldig. »Gut, ist eben nicht jeder so ein Hengst wie ich. Oder warte, der ist auch gut: ›Tun dir schon die Füße weh? Weil du mir die ganze Zeit im Hirn rumgehst.‹«

Richard schüttelte missbilligend den Kopf, aber Foo schien noch zu überlegen.

»Du willst jetzt nicht sagen, dass du den gut findest?«, fragte Richard ihn entgeistert.

»Na ja«, Foo wiegte den Kopf. »Wenn sie dir bei dem Spruch nicht abhaut, dann bleibt sie dir für immer.«

»Oh, mein Gott.« Richard schnaufte laut hörbar aus. »Also, ich sage das jetzt einmal, und dann ist Ruhe: keine blöden Anmachsprüche. Ich möchte sie einfach zum Essen einladen. Wie ein ganz normaler Mensch. Aber irgendwie ist es im Moment gerade ungünstig.«

»Warum das? Willst du den Schwanz einziehen?«, fragte Haaserer bestürzt.

»Nein, das nicht. Aber ich habe die nächste Woche Spätschicht und danach Nachtschicht. Da geht es eh nicht. Vielleicht sollte ich noch abwarten.«

»Auf gar keinen Fall«, beschied Foo. »Wenn du sie jetzt warten lässt, dann denkt sie, du hast kein Interesse. Das ist nicht gut.«

»Und was mach ich dann?«

»Ganz einfach. Sei ehrlich! Schreib ihr, dass du gerne mit ihr ausgehen möchtest, dass es aber erst in zwei Wochen geht, weil du Dienst hast.«

»Glaubst du nicht, dass sie das vergrault?« Richard war sich plötzlich etwas unsicher. Würde sie sein Beruf als Polizist nicht vielleicht abschrecken?

Aber Foo schüttelte den Kopf. »Sie weiß, was du arbeitest. Ich halte sie für intelligent genug, dass sie sich bewusst ist, was das bedeutet. Und trotzdem hat sie dir ihre Nummer gegeben. Wenn du mich fragst, dann musst du dir deswegen keine Sorgen machen.«

Richard dachte darüber nach. Klang logisch. Also griff er sich sein Handy und tippte. Er schrieb ihr fast wortwörtlich, was Foo gesagt hatte. Dann schluckte er und drückte auf »senden«. Ehrfürchtig legte er das Gerät vor sich auf den Tisch. Er faltete die Hände und wartete. Auch Foo und Haaserer hielten inne. Alle drei starrten sie schweigend auf das Handy. Niemand wagte etwas zu sagen.

So saßen sie eine ganze Weile da. Richard überlegte schon, wie er es rechtfertigen sollte, wenn sie nicht gleich zurückschrieb. Irgendwie musste er seine Nervosität verbergen. Haaserer schürzte die Lippen und trommelte mit den Fingern auf die Tischplatte. Jeder schien mit sich zu ringen, als Erster etwas zu sagen und den Bann zu brechen, aber keiner wagte es. Gerade in dem Augenblick, als Richard ansetzen wollte, dass sie die Nachricht sicher noch nicht gelesen habe, da vibrierte es. Alle drei starrten sich mit großen Augen an. Etwas unschlüssig griff Richard nach dem Handy. Tatsächlich, eine Mitteilung von Magdalena.

Seine beiden Freunde sahen ihn gespannt an. »Und?«, fragte Haaserer schließlich, weil er die Spannung nicht mehr aushielt.

Richard starrte nach wie vor wie eine Sphinx auf sein Handy. Aber dann breitete sich ein glückliches Lächeln auf seinem Gesicht aus, und er las vor: »Hallo Richard. Sehr gerne. Unter der Woche kann ich eigentlich immer. Schlag was vor.«

Glückselig sah er einfach weiter auf das Display und las die Nachricht wieder und wieder.

Seine beiden Freunde lehnten sich zurück und grinsten.

»Ist es nicht schön, ihnen zuzusehen, wie sie erwachsen werden?«, fragte Haaserer.

9

»Ach geh, das dauert jetzt wieder ewig«, schimpfte Wolfgang. Vor ihnen blinkten die roten Lichter am Bahnübergang, und die Schranke senkte sich. Er hielt an, stellte den Motor ab und ließ die Seitenscheiben nach unten gleiten. Selbst zur abendlichen Stunde war es noch wahnsinnig heiß. Durch die offenen Fenster kam kaum ein Luftzug. Natürlich hätte er den Wagen laufen lassen können, damit die Klimaanlage funktionierte. Aber als Polizisten hatten sie eine gewisse Verantwortung, was ihr Bild in der Öffentlichkeit betraf. Und gerade umweltfreundlich war es nicht, den Motor laufen zu lassen, während man auf den Zug wartete. Vor allem, weil er an dem Bahnübergang in Furth im Wald gern mal zehn Minuten auf sich warten ließ.

Richard seufzte, sank tief in den Beifahrersitz, schob seine Dienstmütze ins Gesicht und lockerte die Krawatte. Im Auto wurde es brütend heiß.

»Gut, dass es uns nicht pressiert«, brummte er.

»Mich nervt das«, grollte Wolfgang. »Immer steh ich stundenlang vor der Schranke, und kein Zug kommt.«

»Jetzt übertreibst du es aber ein wenig.«

»Ja, wenn es doch wahr ist. Schau auf die Uhr, zehn Minuten reichen bestimmt nicht.«

Richard schüttelte den Kopf. Er hatte es nicht eilig. Eher hoffte er auf einen ruhigen Abend mit angenehmen Temperaturen.

Sein Kollege hingegen trommelte ungeduldig mit den

Fingern auf dem Lenkrad herum und vermeldete alle paar Minuten, wie viel Zeit schon vergangen war.

»Bin mal gespannt, ob uns der Hastreiter die Geschichte vom Aschinger junior bestätigen kann«, warf Richard ein, weil ihm die Hudelei von Wolfgang langsam auf die Nerven ging.

»Na, der Vorstand vom *Cave Gladium* wird doch wohl wissen, wer in welcher Rüstung rumrennt«, antwortete der.

»Na ja, da bin ich mir nicht so sicher. Das *Drachenstich*-Festspiel und der Mittelaltermarkt sind doch zwei verschiedene Paar Stiefel.«

»Und wenn schon«, schnaubte Wolfgang und reckte den Kopf Richtung Frontscheibe, als könnte er mittels eines bösen Blickes die Schranken dazu bringen, sich zu öffnen. »Wenn er selber nichts weiß, dann kennt er bestimmt jemanden, der das tut.«

»Da bin ich mal gespannt«, meinte Richard und verscheuchte eine Fliege. Endlich ließ sich der Zug blicken. Zwei gelbe Wagons zogen an ihnen vorbei mit ebenso vielen Passagieren darin.

»Und wegen den beiden Hanseln haben wir jetzt gewartet«, schnaubte Wolfgang. Augenblicke später öffneten sich die Schranken. »Siehst du, volle zwölf Minuten sind wir hier gestanden«, empörte er sich weiter und vergaß dabei ganz, den Motor zu starten.

»Schon gut, ich glaube es dir ja.« Richard setzte sich wieder aufrecht. »Jetzt solltest du aber langsam auch losfahren, sonst werden sie hinten ungeduldig.« Er wandte sich um und sah, dass sich eine beachtliche Schlange gebildet hatte. Die ersten Fahrer hupten bereits.

»Ja, mein Gott, ich fahr doch schon«, ereiferte sich Wolfgang, startete den Motor und fuhr mit viel zu viel Gas los.

»Muss ich mich von den Grantlern anhupen lassen. Es hat einfach niemand mehr Geduld.«

Richard lachte ein bisschen in sich hinein und genoss den Luftzug, der nun, da sie fuhren, durch sein Seitenfenster hereinwehte.

Nach wenigen Minuten Fahrt durch die Stadt hielten sie an einer kleinen Tankstelle. Sie gehörte Martin Hastreiter, und sie hatten sich mit ihm verabredet. Sie stiegen aus und schlenderten hinein.

»Guten Abend, die Herren«, rief der, hinter dem Kassentresen stehend. »Ich habe euch schon erwartet. Wie kann ich euch helfen?«

»Eigentlich haben wir nur eine kurze Frage«, begann Richard, während er sich in dem engen Verkaufsraum an den Warenregalen vorbeischob. »Kennen Sie den Nico Aschinger?«

»Oje«, er lachte verschmitzt. »Ja, schon, wer kennt den nicht. Aber warum fragt ihr ausgerechnet nach dem?«

»Mich würde in erster Linie seine mittelalterliche Verkleidung interessieren«, fuhr Richard fort und stellte fest, dass Wolfgang ihm mal wieder die ganze Arbeit überließ. Der stand jetzt nämlich vor der Gefriertruhe für Speiseeis und studierte aufmerksam das Angebot.

»Ach, darum geht's.« Martin Hastreiter rollte mit den Augen. »Ja, die ist mir natürlich ein Begriff. War eine Riesengeschichte bei uns im Verein. Ein paar regen sich immer noch darüber auf.«

»So? Wieso das?«

»Weil der Aschinger überall rumstolziert ist wie ein Pfau. Eine goldene Rüstung, ich meine, wie klein muss von so einem das Ego sein, wenn man so was braucht. Im Verein haben sie ihn nur noch den *Goldhamster* genannt. Goldener Pelz und kurzer Schwa…, aber belassen wir es dabei.«

»Also gab es Neider?«

»Was heißt Neider. Ihr müsst wissen, einige im Verein nehmen es sehr genau mit der authentischen Verkleidung. Ich meine, ausschließen können wir es nicht, dass in der Schlacht von Taus 1431 einer so rumgerannt ist, für wahrscheinlich halte ich das jedoch nicht. Das wäre eher was für einen König oder so. Aber was willst du machen, wenn die Festspielleitung das zulässt.«

»Ach so, muss das genehmigt werden?«, fragte Richard.

»Bei uns im Lager nicht, da kann jeder anziehen, was er mag. Beim *Drachenstich* selber ist das nicht so einfach. Aber wie es immer ist: Geld regiert die Welt.«

»Das müssen Sie mir jetzt genauer erklären.«

Er sah sich verstohlen im Laden um, damit ihm auch sicher sonst niemand zuhörte. »Der Nico hat sich halt unbedingt eingebildet, dass er beim *Drachenstich* mitspielen muss. Weil aber normal für den Herrn Aschinger junior nicht reicht, hat er sich eben die ausgefallene Rüstung machen lassen. Und so hat er sich auch mehr oder weniger eingekauft, denn er hat zugesagt, dass er die der Kleiderkammer spendet, sobald er nicht mehr mitspielt. Damit hat er denen von der Spielleitung natürlich die Zähne lang gemacht. Weil, Angeberrüstung hin oder her, das Ding ist schon ein edles Teil. So was können die sich in der Regel nicht leisten. Der Meidinger liefert eben nur Spitzenqualität ab.«

Richard musste erst mal im Gedächtnis nach dem Namen graben. »Meidinger. Sie meinen den Mühlschmied aus Arnschwang?«

»Ganz genau. Der macht die richtig guten Sachen. Rüstungen, Schwerter, Helme. Und das wirklich authentisch. Die Schmiede müsst ihr euch mal anschauen. Da komm ich direkt ins Schwärmen. Dafür kostet es bei ihm aber auch ordentlich Geld. Das ist eben noch echte Handarbeit. Fast genauso wie im Mittelalter. Wenn ich könnte, dann würd ich mich voll bei ihm eindecken. Aber so viel wirft der Laden nicht ab.« Er deutete mit ausgestreckten Armen auf seine Tankstelle.

Da kam Richard eine Idee. »Sagen Sie mal, kann es eventuell sein, dass das Outfit von dem Mörder auch der Meidinger gemacht hat?«

»Schwer zu sagen.« Er wiegte den Kopf. »Ich meine, ich hab sie nicht selber gesehen. Vom Hörensagen her heißt es, dass das Kostüm ziemlich gut ausgesehen haben muss. Unmöglich ist es nicht. Auf der anderen Seite gibt es schon eine Handvoll Anbieter für so was. Von den richtigen Fachhändlern über das billige Chinesengraffel lässt sich viel auftreiben.«

Richard nickte und beschloss, dass es sinnvoll wäre, bei dem Meidinger mal vorbeizuschauen. Da war plötzlich das Röhren von Motoren zu hören. Alle drei spähten hinaus, und bereits nach wenigen Augenblicken kam ein BMW in Sicht. Er war tiefergelegt, und der Fahrer ließ ihn vorsichtig über den Bordstein rollen, um auf den Parkplatz vor der Tankstelle zu gelangen. Das hinderte ihn jedoch nicht daran, dabei immer wieder mit dem Gas zu spielen. Die umstehenden Häuser reflektierten und verstärkten damit das laute Brummen des Auspuffs. Nachdem die Schweller die Bordsteinkante unbeschadet passiert hatten, gab er noch mal richtig Gas, nur um ein paar Meter weiter wieder anzuhalten. Er kam schräg mitten auf dem Parkplatz zu stehen, sodass er kaum zu übersehen war. Wenige Sekunden später folgten zwei andere Wagen, beide ebenfalls tief und schnell. Sie parkten neben dem BMW. Die Insassen stiegen aus und lehnten sich an ihre Karossen. Der Fahrer des ersten Autos war Richard inzwischen bekannt. Auch ohne sein Metzgergewand erkannte er Daniel Röhrl an der Schweinchennase.

Die drei Fahrer unterhielten sich angeregt miteinander und schienen Spaß dabei zu haben. Immer wieder nickten sie mit dem Kopf in Richtung von Wolfgangs und Richards Dienstwagen.

Schließlich löste sich einer von der Gruppe und kam zur Tankstelle. Die anderen beobachteten ihn erwartungsvoll.

»Guten Abend, die Herren«, grüßte der Neuankömmling übertrieben freundlich und grinste die beiden Polizisten an. Dann schritt er zum Kühlschrank und entnahm ihm einen Sixpack Bier. Er bezahlte ihn und verließ den Laden wieder. Dabei ging er möglichst nahe an Richard vorbei und schwenkte den Träger so, dass er unbedingt auffallen musste. Richard hoffte, dass er es ausreichend schüttelte, damit ihnen das Bier beim Öffnen gleich ins Gesicht spritzte. Eine derartige Provokation hatte er selten gesehen. Unter großem Gelächter schritt er zu seinen Kumpanen zurück und verteilte die Flaschen. Leider erfüllte sich Richards Hoffnung nicht, als sie sie öffneten. Weiterhin lehnten die drei an ihren Autos und beobachteten gespannt, ob die Polizisten etwas unternehmen würden.

Martin Hastreiter verstaute seufzend das Geld in der Kasse und schüttelte den Kopf.

»Kennen Sie die drei?«, fragte Richard nach, dem sein Missfallen aufgefallen war.

»Ja, natürlich. Aber man soll nicht schlecht von seiner Kundschaft reden.«

Richard warf ihm nur einen erwartungsvollen Blick zu.

»Ist ja schon gut«, seufzte er wieder. »Unruhestifter sind die drei. Rauschen mit ihren aufgemotzten Kisten durch die Stadt, als würde die Straße ihnen allein gehören. Und bei mir decken sie sich meistens mit Getränken ein, wenn sie abends loslegen. Der Parkplatz schaut dann hinterher aus wie die Sau.«

»Ist es die Regel, dass Sie ihnen Alkohol verkaufen?«, hakte Richard nach.

»Schon klar, auf was ihr hinauswollt. Aber soweit ich weiß, ist das euer Job, zu prüfen, ob die noch fahrtüchtig sind, und nicht meiner.«

»Sollte kein Vorwurf sein«, entschuldigte sich Richard.

»Schon gut. Also, wenn sie bei mir wegfahren, dann hat jeder vielleicht ein Bier. Zwei, wenn es hochkommt. Wo die dann hinfahren, kann ich nicht sagen. Hören tut man so einiges.«

»Und was hört man dann so?«

Er sah sich wieder vorsichtig im Laden um. »Also von mir wisst ihr nichts. Man munkelt, dass sie sich im Geheimen treffen und dann so richtig die Sau rauslassen. Die Plätze wechseln dabei immer, und wo sie zusammenkommen, weiß scheinbar nur der innere Zirkel. Da dringt nichts nach außen.«

»Und was versteht man so unter ›die Sau rauslassen‹?«

»Na ja, zum einen wird da etwas mehr getrunken als zwei Bier. Und was man so hört, geht es auch um Autorennen. Ist eh ein Wunder, dass da noch nichts passiert ist.«

Richard blickte zu Wolfgang. Der hatte ebenfalls interessiert zugehört. »Könnten Sie das bezeugen?«, fragte er.

»Ach was«, winkte Hastreiter ab. »Ich geb nur wieder, was sowieso in der ganzen Stadt gesprochen wird. Und seid mir nicht böse, aber sobald ich meine Kundschaft bei der Polizei hinhänge, kann ich die Tankstelle gleich zusperren.«

»Schon gut.« Richard hob beschwichtigend die Arme. »Aber wenn Sie was mitbekommen, dann können Sie uns auch gerne einen anonymen Tipp geben.« Er legte seine Karte auf den Tresen und schob sie zu ihm hinüber. Der Tankstellenbesitzer sah sich noch mal um, steckte sie schnell ein und nickte nur.

Die beiden Polizisten verabschiedeten sich und gingen zu ihrem Wagen. Dabei wurden sie neugierig vom Röhrl-Wurschti und seinen Kumpanen beäugt. Derjenige, der das Bier in der Tankstelle besorgt hatte, winkte ihnen hämisch zu, als sie den Parkplatz verließen.

»Solche Arschlöcher«, ereiferte sich Wolfgang, als sie außer Sicht- und Hörweite waren. »Sich so aufzuführen, pfui Deifl, sag ich.«

»Die müssten wir mal so richtig filzen«, schlug Richard vor.

»Ach was«, winkte sein Kollege ab. »So, wie ich die Brüder einschätze, ist da kaum was zu finden. Den Autos nach zu urteilen, ist bei denen Geld da. Und dann ist wahrscheinlich auch alles eingetragen, was an den Kisten gemacht worden ist. Wenn sie drum fürchten müssten, dass wir sie kontrollieren, dann würden sie uns nicht so provozieren. Die kannst du schon filzen. Falls du Glück hast, ist der Verbandskasten abgelaufen. Aber die ganze Zeit über darfst du dich von ihnen blöd angrinsen lassen. Da hab ich auch keinen Bock drauf.«

»Man müsste ihnen richtig das Handwerk legen«, überlegte Richard. »Wenn wir sie bei einem illegalen Rennen erwischen würden. So direkt in flagranti, dass sie nicht nur für zwei Wochen den Lappen abgeben dürfen. Sondern so, dass es echt wehtut. Da hätten wir beim Chef auch wieder was gut, wenn wir die Bande ausheben würden.«

»Ja, das würde mir schon gefallen. Fragt sich nur, wie wir an sie rankommen. Wenn wir wüssten, wo sie sich treffen. Da ließe sich bestimmt was machen. Aber wie willst du das rauskriegen?«

»Keine Ahnung. Mal sehen. Vielleicht fällt uns noch was ein.«

»Wo sollen wir denn überhaupt als Nächstes hin?«, fragte

Wolfgang, nachdem ihm plötzlich klar geworden war, dass er einfach zurück Richtung Innenstadt gefahren war, ohne zu wissen, wohin er wollte.

»Du, bei dem Meidinger würde ich gerne mal vorbeischauen. Vielleicht kann uns der was zu dem Tempelritter sagen.«

»Einen Versuch wäre es wert«, zuckte Wolfgang mit den Achseln.

Kurze Zeit später trafen sie bei dem Schmied ein. Sie parkten vor einem alten, aber eher unscheinbaren Gebäude am Ortsrand. Richard klingelte, und nach wenigen Augenblicken öffnete ihnen ein Mann. Er mochte um die 50 sein, schätzte er. Seine ansonsten dunklen Haare waren schon an einigen Stellen ergraut, genauso wie sein Vollbart.

»Servus. Kann ich euch helfen?«, fragte er freundlich. Richard bemerkte, dass er weder verwundert noch ängstlich darüber war, von der Polizei besucht zu werden. Er schien eher neugierig zu sein.

»Herr Meidinger?«, fragte er, um sicherzugehen, beim Richtigen gelandet zu sein.

»Original und in Lebensgröße.«

»Wir ermitteln in einem Fall und hoffen, dass Sie uns dabei helfen können.«

»So? Na, da bin ich mal gespannt. Um was geht es denn?«

»Sie haben wahrscheinlich von dem Mord gehört, der auf dem *Cave Gladium* passiert ist?«

»Mei, es gibt ja fast kein anderes Thema mehr. Aber ich wüsste nicht, wie ich euch da helfen könnte.«

»Nun, der Mörder hat ein bestimmtes Ritterkostüm getragen. Und da Sie ja so was herstellen, dachten wir, dass Sie in der Hinsicht gewissermaßen eine Expertise haben.«

»Ach so«, Meidinger kratzte sich am Hinterkopf. »Gut,

aber ob ich euch da was sagen kann, was euch weiterbringt? Wisst ihr was? Gehen wir runter in die Schmiede, da können wir in Ruhe reden.«

Er ging um sein Haus herum, gefolgt von Richard und Wolfgang. Neben dem Gebäude verlief eine steile Treppe nach unten in eine Art Garten. Dieser war von großen alten Bäumen umgeben. Hier war es angenehm kühl. Die Sonne stand bereits tief am Himmel und warf lange Schatten, sodass der Ort richtiggehend geheimnisvoll wirkte. Ein schmaler, schneller Bach floss mitten hindurch. Eine kleine, aber gepflegte hölzerne Brücke führte darüber, und auf der anderen Seite befand sich eine alte Scheune. An der ihnen zugewandten Seite war ein großes Wasserrad angebracht. Richard war äußerst beeindruckt. Er und Wolfgang blieben stehen und ließen den Ort auf sich wirken. Wenn er sich einen Platz vorstellen müsste, an dem Feen und Elfen herumtanzten, der hier käme dem verdammt nahe.

Als Herr Meidinger bemerkte, dass die beiden zurückblieben, lächelte er und sah sich ebenfalls versonnen um. »Gefällt es euch?«

»Hier könnte man es aushalten«, kommentierte Wolfgang.

»Gehen wir in rüber in die Schmiede«, forderte er die beiden Polizisten auf. Sie folgten ihm über die Brücke. An der Scheune angekommen, schob er den einfachen Holzriegel nach oben und öffnete die Tür.

»Keine Angst vor Einbrechern?«, fragte Wolfgang, dem auffiel, dass die Tür nicht mal durch ein gewöhnliches Vorhängeschloss gesichert war.

»Da ist nicht viel Wertvolles drin. Zumindest nichts, was sich in Euro bemessen lassen würde.«

Beim Eintreten mussten sie den Kopf einziehen. Die Tür war offensichtlich nicht für hochgewachsene Menschen gedacht. Das Innere der Scheune war zwar sehr alt, aber trotzdem sichtbar gut gepflegt. Die beiden großen Schmiedehämmer dominierten den Raum. Als Richard sich umblickte, bemerkte er die Esse in der einen Ecke. An den Wänden hingen viele eiserne Werkzeuge. Vor allem verschiedene Zangen, Schürhaken und Hämmer. Er kaum aus dem Staunen gar nicht mehr heraus.

»Und das alles nutzen Sie wirklich?«, fragte er verblüfft.

»Ja, natürlich«, antwortete Meidinger und deutete auf einen kleinen Haufen von Eisenstangen. »Momentan mache ich wieder mal Schwertrohlinge.«

Richard betrachtete sie. Mit etwas Fantasie konnte man erkennen, was mal daraus werden sollte.

»Und das Ding funktioniert noch?« Wolfgang hatte seine Hand auf einen der beiden riesigen hölzernen Balken, an dem der eiserne Hammerkopf befestigt war, gelegt und besah ihn sich interessiert.

»Wollt ihr es sehen?«

»Neugierig wäre ich schon«, meinte Wolfgang verschmitzt.

»Na dann.« Meidinger nahm sich eine lederne Schürze vom Haken und hing sie sich um den Hals. Zuerst entfernte er den Holzblock, der den Hammer oben hielt. Dann zog er an einem hölzernen Hebel, was ein knarzendes Geräusch verursachte.

»Damit leite ich Wasser vom Bach auf das Mühlrad«, erklärte er mit lauter Stimme, weil sich dieses nun auch knarrend in Bewegung setzte.

Schon nach kurzer Zeit fing der Hammer an, auf den Amboss zu schlagen. Das regelmäßige Klopfen verursachte eine ganz schöne Lautstärke. Die beiden Polizisten sahen fasziniert zu.

»Habt ihr ein Zehnerl?«, fragte sie Meidinger.

Die beiden blickten ihn verblüfft an, dann aber zog Wolfgang seinen Geldbeutel aus der Gesäßtasche und kramte in dem Fach für Kleingeld herum.

»20 Cent hätte ich«, meinte er.

»Ja, das geht auch«, lachte der Schmied.

Er nahm das Geldstück an sich, griff sich eine der eisernen Zange. Mit dieser schob er die Münze vorsichtig unter den schlagenden Hammer. Nach drei Schlägen zog er sie wieder heraus und reichte sie Wolfgang. Sie war nun doppelt so lang wie vorher, aber dafür deutlich flacher und ganz glatt. Lediglich der kleine Teil, der in der Zange gesteckt hatte, war heil geblieben.

»Gut, dass es kein Fuchzgerl war«, kommentierte Wolfgang und ließ das geplättete Geldstück zurück in seinen Geldbeutel fallen.

Meidinger drückte den Hebel wieder nach oben, worauf sich das Schlagen des Hammers verlangsamte. Mit geübtem Timing schob er den Holzblock darunter und fixierte ihn damit.

»Wie kommt man auf so was?«, fragte Wolfgang.

»Was genau?«

»Na ja, das alles«, er deutete herum. »Mit so einer historischen Schmiede zu arbeiten.«

Meidinger seufzte. Er lehnte sich an die Wand und verschränkte die Arme. »Die Schmiede hat noch meinem Opa gehört. Der hat hier gearbeitet, bis er nicht mehr konnte. Also grade so, dass sie ihn am Schluss nicht raustragen mussten. Als Kind war ich oft hier. Da hat mich das natürlich schon sehr beeindruckt. Mein Vater hat nicht viel damit am Hut gehabt, und ich hab auch irgendwann das Interesse verloren. Ich bin ins Investment gegangen. Die ganz große Kohle. Hat lange ziemlich gut für mich funktioniert.«

»Und wie wird man vom Investmentbanker zum Schmied?«

»Na ja, ein einfacher Weg war es nicht.« Meidinger senkte den Blick auf den Boden. »Ich war die meiste Zeit unterwegs. Eigentlich war ich nur an den Wochenenden zu Hause, und teilweise nicht mal das. Dafür hab ich eben auch richtig gut verdient. Und solang meine Frau für unsere Tochter, die Maria, da war, ist das einigermaßen gut gelaufen.« Er machte eine Pause. »Als sie dann den Krebs bei meiner Frau diagnostiziert haben, da war auf einmal alles anders. Es ist ziemlich schnell gegangen. Die Metastasen waren schon weit fortgeschritten. Sie ist erst spät zum Arzt gegangen. Ich glaube schon, dass sie was geahnt hat. Wahrscheinlich wollte sie es bloß nicht wahrhaben. Und ich war zu selten da, als dass mir aufgefallen wäre, dass es ihr schlecht geht. Sie hat mir mal anvertraut, dass sie die wenige Zeit, die wir zu dritt hatten, nicht belasten wollte. Na ja, wie gesagt, lange war sie nach der Diagnose nicht krank. Die Maria war da gerade sieben Jahre alt. In der Welt rumreisen und Geld machen war dann eben nicht mehr drin. Um ehrlich zu sein, war ich eine ganze Zeit lang ziemlich neben der Spur. Ich bin mir nicht mal sicher, ob ich mich wirklich um meine Tochter gekümmert habe oder sie sich doch mehr um mich. Wie auch immer, zum Glück hatte ich unser Geld vorher so angelegt, dass wir einigermaßen gut davon leben konnten. Weil, zum Arbeiten war ich damals nicht in der Lage. Irgendwann habe ich dann angefangen, die alte Schmiede vom Opa wieder herzurichten. Vor allem wohl, um mich abzulenken. Und mit der Zeit ist ein Geschäft draus geworden. Am Anfang hab ich nur für mich selber ein wenig rumgebastelt. Dann hat jemand gefragt, ob ich ihm ein Schwert machen könnte. Ich glaub sogar, dass das für das erste *Cave Gladium* war. Na ja, und irgendwann hat mich der alte Ehrgeiz wieder gepackt. Ich hab verschiedene Sachen probiert. Zuerst Schwerter und Dolche, dann Rüstungsteile und so was.«

»Also könnte die Mordwaffe auch von Ihnen sein?«, lenkte Richard das Gespräch zum eigentlichen Thema.

»Was weiß ich.« Der Schmied zuckte mit den Schultern. »Wenn es wirklich ein Schwert war, dann kann ich es nicht ausschließen.«

»Verkaufen Sie Schwerter, die als Mordwaffe taugen?«

»Ach was«, winkte er ab. »Die bleiben alle stumpf, so wie es sein muss. Aber seien wir ehrlich, das Nachschleifen, damit es richtig scharf ist, erfordert zwar ein wenig Übung, aber Hexenwerk ist das keines. Ich meine, ein großes Küchenmesser bekommst du auch in jedem Kaufhaus. Da ist doch auch nicht der Verkäufer schuld, wenn damit jemand erstochen wird, oder?«

»Es geht hier nicht um Schuldzuweisungen«, beschwichtigte Richard. »Uns treibt eher die Frage um, ob Sie das Schwert, wenn es eines von Ihnen ist, eindeutig einem Käufer zuordnen könnten.«

»Kommt drauf an. Wenn es was Ausgefallenes ist, dann kann ich mich in der Regel schon dran erinnern, wer das in Auftrag gegeben hat. Ich mach aber auch einige auf Lager. Die sind mehr oder weniger alle gleich. Ich müsste es sehen, um dazu was sagen zu können. Habt ihr es denn?«

»Bisher leider nicht. Aber dürften wir auf Sie zukommen, wenn wir es finden?«

»Ja, natürlich. Meldet euch einfach.«

»Und wie sieht es mit der Rüstung aus?«, mischte sich Wolfgang ein. »Können Sie uns dazu was sagen?«

»Einen Versuch ist es wert. Habt ihr ein Foto oder so was?«

Richard holte den Ausdruck mit dem Bild heraus, das ihr Chef dem Memo zum Mord beigefügt hatte, faltete ihn auf und reichte ihn an Meidinger weiter.

»Puh«, seufzte der. »Also Tempelritter ist klar, aber das ist ja bloß eine Zeichnung aus einem Geschichtsbuch. Foto habt ihr keines?«

Richard schüttelte den Kopf.

»Na ja, selber gemacht habe ich so was noch nicht. Aber ich betreibe einen Webshop für mittelalterliche Kleidung und Ausrüstung. Etwas in der Art hab ich schon vorrätig.«

»Könnten wir das sehen?«, fragte Richard.

»Ja, da müssen wir rüber ins Haus. Da hab ich das Lager und das Büro.«

Sie verließen die Schmiede und gingen zurück zum Wohnhaus. Gerade in dem Moment kam eine junge Frau eilig heraus. Als sie die beiden Polizisten sah, wirkte sie etwas erschrocken. Richard wunderte sich nicht darüber. Eigentlich war das eine recht häufige Reaktion. Da sie als Gesetzeshüter nicht nur gute Nachrichten überbrachten, war das wohl auch nicht weiter verwunderlich.

»Hi, Papa«, grüßte sie den Meidinger. »Ist was passiert?«

»Nein, nein«, beruhigte er sie schnell. »Die beiden Herren brauchen nur ein paar fachliche Informationen wegen dem Mord am *Cave*.«

»Aha«, sagte sie nur und sah sie mit einer gewissen Skepsis an. Auch Richard musterte sie. Man hätte sie als schlank bezeichnen können. Jedoch war sie das etwas zu sehr, sodass sie eher dürr aussah. Die Augen war groß, schon ein wenig glubschig. Die Haare hatten einen hübschen blonden Ton, waren aber so dünn, dass sie wie ein leichter Vorhang um den Kopf herumhingen. Auf Richard wirkte sie so, als wäre sie von einem Gott erschaffen worden, der zwar in der Theorie gehört hatte, was einen schönen Menschen ausmachte, aber selbst noch keinen gesehen hatte.

»Ich bin dann in der Stadt«, wandte sie sich wieder an ihren Vater. »Es kann später werden, weil die Kollegen nachher noch zum *Kleber* gehen wollen.«

»Ist schon gut«, winkte er ab. »Viel Spaß.«

Sie verabschiedete sich und ging eilig davon.

»Meine Tochter, die Maria«, erklärte Meidinger, obwohl das offensichtlich war. »Die hilft ehrenamtlich bei *Grenzmuseum* aus. Manchmal frag ich mich schon, warum sie sich das nebenher auch noch antut.«

Richard nickte nur. Was sollte er dazu sagen.

»Also, gehen wir rein.« Meidinger setzte den Weg zum Haus fort. Da es am Hang gebaut war, konnten sie von hier unten gerade das Untergeschoss betreten. Er öffnete die Tür. Der Raum dahinter war dicht mit Regalen vollgestellt, die vor Ware nur so überquollen.

»Also«, überlegte er. »Ich glaub, das Templerkostüm hab ich im hinteren Lager liegen.«

Er bahnte sich den Weg durch die Regalreihen. Die Polizisten folgten ihm auf den Gang und dann in den nächsten Raum auf der rechten Seite. Hier sah es genauso aus wie vorne. Offenbar hatte es sich um eine normale Wohnung gehandelt, und die Zimmer waren in Lagerfläche umgewandelt worden.

Meidinger schritt langsam die Reihen ab, zählte mit dem Finger die einzelnen Felder durch. Schließlich wurde er fündig. »Hier ist es!« Er zog eine braune Schachtel aus dem Regal und öffnete sie. Darin befand sich ein Helm, den er Richard reichte. Der drehte ihn hin und her. Ja, das war in etwa dieselbe Art wie auf ihrem Bild.

»Ja, das könnte er sein«, meinte er.

»Die verkaufen sich recht gut«, erklärte der Schmied. »Tempelritter kennt halt jeder. Man könnte fast sagen, dass die zumindest bei Laien einen gewissen Coolnessfaktor haben. So stellen sich eben viele einen echten Ritter vor.« Er nahm den Helm zurück und wiegte ihn prüfend in der Hand. »Ist auch keine schlechte Qualität. Mei, Fabrikware halt, aber an und für sich ganz in Ordnung. Das kann ich eben deutlich billiger anbieten, als wenn ich so was selber in Handarbeit mache.«

»Und haben Sie auch den Rest zum Tempelritter?«, hakte Richard nach.

»Ja, das müsste hier oben sein.« Er kramte etwas herum und zog dann einen Stapel in durchsichtiger Folie eingeschweißter Päckchen aus dem Regal. Er prüfte die Anzahl und runzelte die Stirn. »Seltsam.«

»Was ist seltsam?«, hakte Richard nach.

»Ach, nichts«, sagte Meidinger schnell. »Ich dachte nur, in XL hätte ich keine mehr auf Lager.«

Richard musterte ihn. Sollte er das glauben? Nun, er hatte keinen Anlass, etwas anderes anzunehmen, also beließ er es dabei. Der Schmied riss eine der Folien auf und breitete den weißen Umhang mit dem großen roten Kreuz darauf aus. Richard glich ihn mit seinem Ausdruck ab. Könnte hinkommen.

»Sie haben nicht zufällig eine Liste, wer in letzter Zeit so ein Kostüm gekauft hat?«, fragte er.

Meidinger schürzte die Lippen. »Ja, da kann ich schon nachschauen. Da müssen wir rüber ins Büro.«

Er schritt voran, und sie folgten ihm in einen weiteren Raum. Dieser war wesentlich kleiner als die anderen. Das einzige natürliche Licht kam von einem Lichtschacht, was sich aufgrund der fortgeschrittenen Tageszeit ziemlich in Grenzen hielt. Den größten Teil des Raumes nahm der Schreibtisch ein, an den Meidinger sich setzte. Richard konnte gerade noch hinter ihm stehen, während Wolfgang schon mit dem Türrahmen vorliebnehmen musste. Der PC wurde gestartet. Ein recht altersschwaches Modell. Allein das Hochfahren dauerte ein paar Minuten. Endlich öffnete sich das gewünschte Programm, und Meidinger tippte ein wenig herum.

»Also die letzten sechs Monate habe ich drei Stück der Kutte verkauft und zwei Helme«, erklärte er, nachdem er den Bildschirm studiert hatte. »Ich kann aber noch schauen, wie viele es bis vor einem Jahr waren.«

»Ich denke, ein halbes Jahr sollte durchaus reichen«, warf Wolfgang ein, dem die ganze Sache sichtlich zu lang dauerte.

»Na gut, dann sehen wir uns mal die Käufer an.« Meidinger klickte an, was wohl die einzelnen Bestellungen waren, und scrollte hin und her. »Hm, hat aber niemand aus der Gegend gekauft. Zweimal Helm und Kutte gingen nach Sachsen und eine nach Nordrhein-Westfahlen. Soll ich euch die Liste ausdrucken?«

Richard sah zu Wolfgang, der den Kopf schüttelte. »Ja, machen Sie uns bitte einen Ausdruck«, meinte er trotzdem. »Wahrscheinlich hilft uns das nicht wirklich weiter, aber sicher ist sicher.«

Augenblicke später surrte der Drucker, und er erhielt drei Seiten mit den Daten der jeweiligen Bestellungen.

»Kann ich euch sonst noch irgendwie helfen?«, Meidinger sah erwartungsvoll von seinem Stuhl zu ihnen auf.

»Kannten Sie das Opfer eigentlich?«, versuchte es Richard, weil ihm weiter nichts mehr einfiel.

»Nicht persönlich, nur vom Sehen. Toten soll man ja nicht schlecht nachreden, aber was man so hört, muss es ein rechter Hallodri gewesen sein. Hat mir zumindest meine Tochter erzählt.«

»Kannte sie ihn?«, hakte Richard hoffnungsvoll nach.

»Ja, schon, die beiden sind im gleichen Alter. Da kennt man sich in der Regel.«

»Waren sie befreundet?«

»Puh, ehrlich gesagt, keine Ahnung. Sie müssen sich schon öfter mal getroffen haben. Soweit ich weiß, waren beide zusammen in der *Landjugend.* Sie hat auf jeden Fall mitbekommen, was er so mit den anderen Mädels abgezogen hat.«

»Eventuell auch mit Ihrer Tochter?«, fragte Richard vorsichtig.

»Also, das müsst ihr sie dann schon selber fragen. Weil, so genau möchte ich das gar nicht wissen. Aber so, wie ich die Maria einschätze, denke ich nicht. Sie ist für so was zu vernünftig.«

»Könnten wir trotzdem mit ihr darüber sprechen?«

»Wegen mir schon, aber wie ihr mitbekommen habt, ist sie vorhin weggefahren. Wenn ihr unbedingt mit ihr reden wollt, ihre meiste Freizeit verbringt sie im Museum und drum herum. Ruft einfach bei der Touristinfo an, die können euch sicher sagen, wann sie da ist.«

»Gut, dann schon mal vielen Dank für die Hilfe«, verabschiedete sich Richard. »Dürfen wir auf Sie zukommen, wenn wir weitere Fragen haben?«

»Ja freilich«, antwortete Meidinger gutmütig. »Ihr findet selber raus, oder?«

Er nickte, und Wolfgang tippte sich mit zwei Fingern an die Stirn als Abschiedsgruß. Nachdem sie drei falsche Abzweigungen in den engen Regalreihen gemacht hatten, erreichten sie den Ausgang. Sie warfen einen letzten Blick auf den Garten, in dem nun vereinzelt Glühwürmchen blinkten. Wahnsinn, dachte sich Richard. Dann rissen sie sich los und stiegen die Treppe hinauf zu ihrem Dienstwagen.

»Viel schlauer sind wir jetzt nicht«, sagte Wolfgang, als sie davonfuhren.

»Na ja, wir haben eine Liste von Leuten, die das betreffende Kostüm gekauft haben. Vielleicht sollte die Christina die mal abtelefonieren.«

»Aber die wohnen doch alle ewig weit weg«, wandte Wolfgang ein.

»Aber aufs *Cave* kommen die oft schon von weither, das hört man bei einigen ganz deutlich, wenn man durch das Lager geht.«

»Mag sein«, winkte Wolfgang ab. »Aber gesetzt den Fall, unser Mörder ist dabei und wir rufen ihn an, ob er an dem Tag am Tatort war. Also wenn ich es wäre, dann würde ich natürlich lügen. Sonst lenk ich doch den Verdacht sofort auf mich. Das bringt überhaupt nichts.«

»Dann können wir die Liste auch gleich wegwerfen«, antwortete Richard trotzig.

»Das jetzt auch wieder nicht. Könnte ja sein, dass wir einen Hinweis auf einen der Kunden bekommen. In dem Fall hätten wir mit der Bestellung schon mal ein Indiz auf Lager. Aufheben sollten wir es schon.«

»Na gut«, seufzte Richard. Er lehnte sich zurück und grübelte darüber nach, was sie wohl als Nächstes unternehmen konnten.

10

Richard war in der Regel sehr gut darin, Dinge, die ihn nervös machten, zu ignorieren. Irgendwann mal hatte er kapiert, dass es keinen Sinn hatte, sich Tage vor einem bestimmten Termin Sorgen zu machen. Er blendete so was konsequent aus, bis es wirklich so weit war. Das hatte den großen Vorteil, dass es ihn bis zu dem Zeitpunkt kaum belastete. Der Nachteil daran war, dass die komplette Angst dann zum Ereignis geballt auf ihn einprasselte.

Er stand vor seinem Stammcafé und hatte überhaupt keine Ahnung, was er mit seinen Armen machen sollte. Was taten die denn sonst so, außer dumm nach unten zu hängen? Er hatte sich diese Frage vorher noch nie gestellt, doch in diesem Moment war er einfach hypernervös. Eigentlich versuchte er nur, einigermaßen lässig auszusehen, während er auf Magdalena wartete. Aber wie zur Hölle wirkte man so? Wohin mit den Armen? Mal verschränkte er sie vorm Körper, dann ließ er sie locker hängen, steckte danach doch lieber die Hände in die Hosentaschen und anschließend das Ganze noch mal von vorne. Cool sah er dabei definitiv nicht aus. Wahrscheinlich konnte er sich glücklich schätzen, wenn niemand die Polizei rief, weil man ihn für einen Drogenkäufer hielt, der auf seinen Dealer wartete. Er war viel zu früh dran, denn zu Hause hatte er es nicht mehr ausgehalten. Jetzt vor dem Café warten zu müssen, war aber noch unangenehmer. Er traute sich auch nicht, auf seine Uhr zu sehen. Er wollte Magdalena nicht das Gefühl vermitteln, sie sei zu spät dran, falls sie genau in dem Moment auftauchen würde.

Es schien eine halbe Ewigkeit zu vergehen. Richard hatte sich gerade an einer Elster festgestarrt, die auf dem gegenüberliegenden Bürgersteig an etwas Undefinierbarem herumpickte, als er ein schüchternes »Hi« hinter sich hörte.

Erschrocken wandte er sich um, und da stand sie: Magdalena. Einige Augenblicke starrte er sie einfach an, unfähig, auch nur irgendetwas zu sagen. Irgendwie hatte er erwartet, dass er sie sich im Rückblick schöner ausgemalt hatte und sie nun, wenn er sie wiedersah, im Vergleich zu seiner Fantasie etwas an Glanz einbüßen würde. Nun, dem war nicht so. Sein Blick klebte an ihr, dem blonden Pferdeschwanz, den stahlblauen Augen, dem dezenten Make-up und diesem unglaublichen Lächeln.

»Hi?«, wiederholte sie amüsiert und löste ihn damit aus seiner Erstarrung.

»Oh, äh … hi, Magdalena«, antwortete er und brach in Schweiß aus.

»Sag doch einfach Lena«, forderte sie ihn auf.

»Okay. Hi, Lena.«

»Hi.« Sie schenkte ihm ein umwerfendes Lachen. »Wollen wir reingehen?«

»Ja, klar.« Er stolperte voran. Als er sich gerade fragte, ob er ihr die Tür aufhalten sollte, war er schon drin.

Die Bedienung Sonja stand hinter der Theke und musterte ihn. »Servus, Richard. Seit wann reservierst du denn einen Tisch? Kommen Foo und Haaserer auch?«

Dann sah sie Magdalena neben ihm. Nachdenklich biss sie sich auf die Lippe. »Ach, bitte wartet noch kurz, euer Tisch ist gleich fertig«, sagte sie schnell und verschwand hinter einer Säule.

Die beiden blieben zurück und standen etwas betreten herum. Richard hasste das peinliche Schweigen, aber ihm fiel überhaupt nichts ein, was er hätte sagen können. Na, das fing ja gut an. Das konnte was werden, wenn es so weiterging. Er schalt sich gerade innerlich, dass er sich nicht besser vorbereitet hatte, sondern alles bis auf den letzten Drücker verdrängt hatte, als Sonja wieder auftauchte. Sie schien ein wenig außer Atem zu sein.

»So, jetzt ist alles fertig«, verkündete sie und blies sich eine Haarsträhne aus dem Gesicht.

Sie folgten ihr hinter die Säule. Vor einem kleinen Tisch für zwei Personen blieb sie stehen und bedeutete damit, dass sie sich setzen sollten. Auf ihm stand eine brennende Kerze. Richard registrierte, dass auf keinem der anderen eine war. Auch das Licht war hier etwas gedimmt. Er sah Sonja fragend an, aber sie zwinkerte ihm nur verschwörerisch zu. Sie hatte die Situation blitzschnell erfasst und umgehend das passende Ambiente improvisiert. Die Frau war einfach unbezahlbar.

Sie setzten sich, die Bedienung reichte ihnen die Speisekarten und nahm die Getränke auf. Und schon war sie verschwunden. Richard räusperte sich. Lena sah ihn mit einem etwas angestrengten Lächeln an. Offenbar war auch sie sehr nervös.

»Bist du öfter hier?«, fragte sie schließlich.

»Ja, eigentlich schon. Und du?«

»Ehrlich gesagt, nein. Meistens bin ich mit Mona und Lisa im *Michelangelo* drüben.« Das befand sich genau da, wo Richard ihr zufällig über den Weg gelaufen war. Er und seine Kumpel wären öfter dort gewesen, aber das Café erfreute sich dermaßen großer Beliebtheit, dass sie fast nie einen Platz bekommen hatten. Irgendwann hatten sie es ganz aufgegeben und hier ihr Stammcafé gefunden.

»Eigentlich schade«, fuhr sie fort. »Ich finde es schön hier.«

Sie studierten beide die Speisekarte. Nachdem das erste

Eis gebrochen war, fühlte Richard sich zumindest ein wenig wohler. Schließlich tauchte Sonja wieder auf und nahm ihre Bestellungen entgegen.

»Und, habt ihr schon eine heiße Spur mit eurem Ritter?«, fragte Lena, als sie wieder unter sich waren.

Richard schwirrten 1.000 Gedanken durch den Kopf, was er darauf antworten konnte. Die meisten davon drehten sich darum, dass sie äußerst spannende Ermittlungen führten und dem Täter dicht auf der Spur waren. »Ehrlich gesagt, haben wir gerade überhaupt keine Ahnung, wer der Mörder sein könnte«, antwortete er stattdessen.

»Okay«, lachte sie. »Ich dachte, du bist der große Mordermittler?«

»Ach was«, winkte er lächelnd ab. »Um ehrlich zu sein, hatte ich beim letzten Mal einfach nur unglaubliches Glück.«

»Wie das?«

Und so erzählte ihr Richard die Geschichte, wie er vom Mörder niedergeschlagen und entführt worden war. Und dass Wolfgang, auf der Rückbank ihres Dienstwagens schlafend, aus Versehen mit entführt wurde, und er ihn deswegen gerade noch so raushauen konnte, bevor er selbst zum Opfer geworden wäre.

»Du verarschst mich doch«, rief sie. »Dein Kollege schläft im Polizeiauto, und es fällt dem Mörder nicht auf?«

»Ich schwöre bei meinem Leben, dass es die Wahrheit ist.« Er streckte zwei Finger zum Schwur hoch. »Und dabei schnarcht der sonst wie ein Walross.«

Magdalena lachte schallend, und er entspannte sich ein wenig mehr. Offensichtlich schien sie sich wohlzufühlen.

Sonja brachte das bestellte Essen, und die beiden redeten weiter. Er erzählte von seiner Arbeit, sie von ihrer. Sie sagte ihm, dass sie gerne Musicals sah. Richard hatte damit bisher nichts anfangen können und überhaupt keine Ahnung davon. Aber er hörte ihr überaus interessiert zu, weil sie mit so viel Begeisterung darüber sprach. Sie redeten und redeten, und die Zeit verflog. Plötzlich wurde sie gewahr, dass es draußen bereits deutlich dunkel geworden war. Sie sah auf die Uhr und erschrak.

»Oje, es ist ja schon nach 23 Uhr. Ich glaube, wir sollten dann mal zahlen. Ich muss morgen wieder früh raus.«

Richard wünschte sich, dass sie noch bleiben könnte, wusste aber, dass sie recht hatte. Auch sein Dienst begann um 7 Uhr morgens. Er reckte den Kopf, um in Richtung Theke sehen zu können. Sonja erspähte ihn und nickte. Augenblicke später war sie bei ihnen. Es folgte eine kurze Diskussion, aber er bestand ausdrücklich darauf, die Rechnung zu übernehmen, und ließ sich nicht davon abbringen. Sie bedankte sich, und Sonja wünschte den beiden einen schönen Abend. Und ehe er sich's versah, stand Richard mit Lena in der kühlen Abendluft vor dem Café.

»Ähm«, begann er zögerlich. Jetzt ging es noch mal um alles. »Hat es dir gefallen?«

»Ja«, lächelte sie ihn an. »Ich fand es sehr schön.«

»Und … äh«, er räusperte sich. Ihm wurde heiß und kalt und wahrscheinlich hatte er einen hochroten Kopf. »Würdest du mal wieder mit mir ausgehen?«

»Ja, würde ich gerne.«

Richard fiel ein riesengroßer Stein vom Herzen. »Cool«, war das Einzige, was er herausbrachte.

»Na dann. Schreibst du mir?«, fragte sie.

»Ja, klar. Mach ich«, antwortete er eifrig, doch nun fiel ihm etwas ein. »Es kann aber ein paar Tage dauern, weil ich in nächster Zeit oft Spätschicht habe.«

»Schon in Ordnung, hast ja auch eine wichtige Arbeit. Also dann, gute Nacht.«

Sie ging wenige Schritte und blieb stehen. Nach kurzem Zögern kam sie zurück und gab ihm einen flüchtigen, aber zärtlichen Kuss auf den Mund. »Schaf gut«, hauchte sie.

»Du auch«, stammelte Richard, doch da war sie schon verschwunden. Noch eine ganze Weile stand er wie angewurzelt da. Er musste ausgesprochen bescheuert aussehen, mit diesem verklärten Lächeln im Gesicht. Offensichtlich mochte ihn Lena. Und eines war absolut klar: Sonja würde er in Zukunft deutlich mehr Trinkgeld geben.

11

»Ah, unsere beiden Sonderermittler!«, rief Müller quer durch die Dienststelle. »Gebt ihr euch auch noch mit dem normalen Pöbel ab?«

Richard presste die Lippen zusammen. Diese laufenden Provokationen von ihm machten ihn wütend. »Hast du irgendwelche Probleme? Dann sag es gleich.«

»Ich hab keine Probleme.« Müller verschränkte die Arme vor der Brust. »Aber vielleicht finden es die Kollegen nicht so toll, wenn wir uns dauernd von den jungen Leuten am *EZO* dumm anreden lassen müssen, während ihr sinnlos in der Weltgeschichte rumfahrt.«

»Dir ist aber schon klar, dass es bei uns um einen Mord geht?«, gab Richard zurück.

»Komm, lass gut sein«, brummte Wolfgang neben ihm. Richard war zwar bewusst, dass sein Kollege absolut recht hatte, doch den Vorwurf wollte er nicht auf sich sitzen lassen.

»Und ihr zwei Hilfssheriffs glaubt ernsthaft, dass ihr das besser könnt als die Kripo?«, fragte Müller amüsiert. Inzwischen lauschten alle Anwesenden auf der Dienststelle gespannt der Auseinandersetzung, neugierig darauf, wer sich durchsetzen würde.

»Aber du?«, rief Richard. »Wir haben zumindest schon einen Mörder verhaftet. Wie viele waren es bei dir?«

Müller lachte überheblich. »Ja, weil du dich hast entführen lassen. Und der Wolfgang gleich noch mit. Einen so dummen Mörder hätte auch ein Grundschüler festnehmen können.«

Irritiert stellte Richard fest, dass die anwesenden Kollegen zumindest schmunzelten. Nur die Christina nicht. Wenigstens sie war auf seiner Seite.

»Jetzt aber mal halblang, Kollege«, mischte sich Wolfgang ein, dem das Ganze nun wohl auch etwas zu weit ging. »Sachlich bleiben, gell.«

»Du bist doch bloß neidisch!« Richard hatte seinerseits überhaupt keine Lust mehr, sachlich zu bleiben. Wolfgang schüttelte nur den Kopf.

»Ja«, Müller strich sich über seinen dämlichen Schnurrbart, »neidisch, dass ich mich nicht zum Gespött der Leute hab machen lassen.«

Richard wollte gerade wütend etwas erwidern, als ihr Chef aus seinem Büro trat.

»Guten Morgen, Kollegen.« Er nippte am Kaffee und warf über die Tasse hinweg allen Anwesenden einen warnenden Blick zu. »Was gibt es denn schon in aller Frühe für eine Unruhe hier?«

Richard sah etwas betreten zu Boden.

»Ich hab nur die Kollegen Sonnleitner und Gruber gefragt, ob sie uns auch mal wieder bei unserem Raserproblem unterstützen möchten«, sagte Müller in einem demonstrativ unschuldigen Ton.

»Da hat der Müller wohl nicht unrecht«, beschied der Chef und wandte sich an Wolfgang und Richard. »Wie sieht es aus, habt ihr irgendwelche neuen Aufgaben von der Kripo bekommen?«

»Nein, das nicht. Wir wollten weiter das Umfeld des Toten durchleuchten, als Nächstes seinen Arbeitsplatz«, sagte Richard mit dem unguten Gefühl, sich rechtfertigen zu müssen.

»Na, ich denke, das ist nicht so dringend«, meinte der Chef nach kurzem Nachdenken. »Da hat sich die Kripo sicherlich bereits selber umgehört. Also fürs Erste unterstützt ihr weiter die Kollegen. Die Kripo meldet sich schon, wenn sie eure Hilfe braucht.«

Richard suchte fieberhaft nach einem Argument, um ihn noch umzustimmen.

»Chef«, kam ihm Wolfgang zuvor, »wir haben im Rahmen unserer Ermittlungen Hinweise erhalten, dass es in Furth auch eine sehr aktive Raserszene zu geben scheint. Da war mehrfach von illegalen Rennen die Rede.«

»So?«, der Chef musterte ihn abschätzend. »Ist das auch was Konkretes?«

»Wir haben Aussagen von einer Metzgereiangestellten, deren Chef dran beteiligt sein soll, und von einem Tankstellenbesitzer. Beide wollen sich freilich nicht offiziell äußern, weil bei der einen der Job dranhängt und beim anderen die Kundschaft. Aber was die erzählt haben, ist nicht ohne.«

»Na gut«, gab sich der Chef geschlagen. »Dann habt weiter ein Auge drauf. Aber Priorität bleibt immer noch Cham. Da pfuschen wir den Further Kollegen nicht unnötig ins Handwerk.«

Er wandte sich ab, um wieder in sein Büro zu gehen, verharrte dann jedoch, um noch einen Blick in die Runde zu werfen. »Haben die Anwesenden eigentlich alle Berichte zu schreiben, oder warum ist es so voll hier?«

Die Polizisten verstanden die Aufforderung, und wer nicht Innendienst hatte, schnappte sich Jacke und Dienstmütze und verließ die Dienststelle.

»So ein Arschloch!«, schimpfte Richard, als er im Dienstwagen saß.

»Der Müller?«, fragte sein Kollege.

»Wer denn sonst?«

»Ach, lass dich von dem nicht ärgern«, winkte Wolfgang

ab. »Der hat schon immer jemanden gebraucht, den er fertigmachen kann. Wenn du mich fragst, dann hat der Probleme mit seinem Ego. Wenn du ihn ignorierst, wird es ihm langweilig, und dann hört er von selber auf.«

Richard schnaubte. Die Sache ging ihm gehörig auf den Senkel. Dabei hatte er den Tag mit so guter Laune begonnen. Nach dem Date gestern war er quasi zehn Zentimeter über dem Boden geschwebt, bis ihn der Müller zurück auf selbigen geholt hatte. Doch dann erinnerte er sich wieder an Lena und den Kuss, den sie ihm gegeben hatte. Schlagartig besserte sich seine Laune. Soweit er wusste, war der Müller alleinstehend. Er beschloss, dass er ihm Lena unbedingt vorstellen musste, sobald das mit ihnen was Festes war. Dann würde es ihn bestimmt vor Neid zerreißen. Jawohl! Das hörte sich nach einem Plan an, und Richards Ärger verflog.

»Und, was machen wir heute?«, fragte er nun gut gelaunt Wolfgang.

»Zuerst mal, was uns vom Chef verordnet wurde«, erklärte der, während er durch den morgendlichen Verkehr steuerte. »Wir klappern alle Orte ab, an denen sich die Jugend gerne mit schnellen Autos trifft. Also erst mal *EZO*, und dann schauen wir noch am Parkdeck vorbei. Zu der frühen Stunde wird das kaum was bringen, aber es kann uns keiner vorwerfen, wir würden uns nicht Mühe geben.«

Richard grinste. »Und dann?«

»Na ja, das Übliche. Zwei warme Leberkässemmeln zur Brotzeit, und danach könnten wir, nachdem die uns gestellten Aufgaben erledigt wurden, beim Arbeitgeber des Toten vorbeischauen.«

Richard war von so viel Elan seitens Wolfgang sichtlich überrascht. »Na, du gehst ja mit einem richtigen Eifer an die Sache.«

»Ja, warum auch nicht?«

»Na ja, bei unserer letzten Mordermittlung warst du ja nicht so ganz überzeugt …«

»Da waren wir ja noch mehr oder weniger illegal unterwegs«, wehrte Wolfgang ab. »Und vielleicht habe ich ja ein bisserl Gefallen an der Sache entwickelt?«

»Hast du Blut geleckt, oder?« Richard lachte.

»Nenn es, wie du willst. Aber interessanter ist es schon, als Parksünder aufzuschreiben.«

Sie bogen in die Straße am *EZO* ein. Die Parkplätze füllten sich langsam, jedoch mit einem ganz anderen Publikum. Da die Läden gerade öffneten, waren es in erster Linie Hausfrauen und Rentner. Dementsprechend sah man fast nur Kleinwagen und Familienkutschen und keine getunten Rennschlitten. Was anderes hatten sie auch nicht erwartet. Also setzten sie ihren Weg in Richtung Innenstadt fort, als Wolfgang plötzlich irritiert in den Rückspiegel blickte.

»Was will denn jetzt der Hirsch hinter uns?«

Richard wandte sich um. Sie wurden von einem schwarzen Audi verfolgt, der ihnen andauernd mit der Lichthupe aufblendete.

»Ich glaub, der will, dass wir anhalten«, mutmaßte er.

»Also, das ist jetzt eine ganz neue Situation für mich«, wunderte sich Wolfgang. »Normal geht das genau anders herum.«

Er bog in den nächsten Parkplatz ab, und tatsächlich tat es ihr Verfolger ihnen gleich und kam hinter dem Streifenwagen zum Stehen.

Einen Moment lang saßen die beiden Polizisten irritiert in ihrem Dienstwagen.

»Sollen wir jetzt warten, bis er zu uns vorkommt?«, fragte Richard vorsichtig.

»Spinnst du? Noch bin *ich* die Polizei!«, sagte Wolfgang, als müsse er es sich selbst ins Gedächtnis rufen. Mit einem Ruck stieg er aus und stapfte nicht ohne eine gewisse Gereiztheit in Richtung des anderen Wagens. Richard hatte damit zu tun, sich eilig abzuschnallen und ihm zu folgen.

Bevor sie den Audi erreichten, stieg der Fahrer aus. Richard brauchte ein paar Augenblicke, um ihn wiederzuerkennen. Es war Nico Aschinger mit einer getönten Pilotenbrille auf der Nase und einem breiten Grinsen im Gesicht.

»Servus«, begrüßte er sie betont locker. »Ich hab euch gerade vorbeifahren sehen und mir gedacht, das ist doch eine ganz gute Gelegenheit.«

»Gelegenheit für was?«, knurrte Wolfgang.

»Ich schulde euch noch ein Alibi, oder? Wo ich zum Tatzeitpunkt war.«

»Haben Sie Ihre Erinnerung wiedergefunden?«, fragte Richard sarkastisch.

»Freilich.« Nico ließ sich nicht davon beeindrucken und redete gut gelaunt weiter. »Ich hab euch sogar eine ganze Liste gemacht, wo ich an dem Abend war!« Er zog sein Handy hervor und hielt ihnen das Display entgegen.

Richard musste sich weit nach vorne beugen, um die kleine Schrift entziffern zu können. Es handelte sich tatsächlich um eine Liste mit Uhrzeiten, dazu vermerkten Orten und sogar einer Spalte mit Zeugen und deren Kontaktdaten.

»Toll, gell?«, freute sich Nico, wohl aufgrund der dummen Gesichter, die sie machten. »Wann genau war der Mord?«

»18.45 Uhr«, antwortete Richard knapp.

»Na, mal schauen«, er scrollte sich durch die Liste. »Na also, da war ich am Stadtplatz oben. Da haben mich natürlich mit meiner Rüstung einige Leute gesehen. Zum Beispiel der Wutz Stephan. Der würde das auch bezeugen, hab schon mit ihm geredet. Soll ich euch die ganze Liste schicken?«

Richard nickte nur. Das überhebliche Getue ging ihm gehörig auf die Nerven.

»Sehr gerne. Die Karte mit der E-Mail-Adresse hab ich noch. Schick ich euch gleich durch. Damit wäre das dann erledigt, oder?«

»Wir werden sehen, ob wir Ihre Angaben überprüfen müssen«, sagte Richard säuerlich.

»Macht das, macht das. Wenn es euch nichts ausmacht, dann pack ich es wieder. Hab ja noch was zu tun.« Nico schickte sich an einzusteigen, hielt aber inne, als ihm etwas einfiel. »Ach, bevor ich es vergesse. Ich hab kürzlich mit meinem Vater geredet, und der kennt euch auch. Er hat gemeint, ich soll euch einen schönen Gruß ausrichten. Und von seinem Anwalt auch. Also dann, macht's gut!«

Lachend stieg er ein und fuhr mit röhrendem Auspuff davon.

»Täuscht es mich, oder war das gerade so was wie eine Drohung?«, wandte sich Richard an Wolfgang, während sie ihm nachsahen.

»So würde ich es verstehen.«

»Glaubst du, dass uns der Aschinger senior Probleme macht?«

Wolfgang zuckte mit den Schultern. »Solang wir seinem Junior keine machen, wohl nicht. Aber er hat uns damit schon mal gewarnt. Immerhin hat er einen guten Draht zum Landrat. Und es wäre ja nicht das erste Mal, dass der nach einer Beschwerde vom Aschinger bei unserem Chef anklopft. An den Anschiss beim letzten Mal mag ich mich lieber nicht erinnern.«

»So ein arrogantes Arschloch«, ereiferte Richard sich, und seine Laune war wieder zum Teufel.

»Okay, danke dir«, sagte Richard und beendete das Telefonat. Christina hatte sich wie immer als kompetente Hilfe erwiesen und ihm innerhalb von Minuten die Arbeitsstelle von Michael Bäumler ermittelt. Während er sich die Adresse notierte, ging er zurück zu ihrem Dienstwagen. Sie parkten auf der obersten Ebene des Parkdecks, ganz vorne Richtung Innenstadt, um einen Blick auf die Straßen zu haben. Nun, Wolfgangs Augen waren zwar grundsätzlich in die korrekte Richtung gerichtet. Richard war jedoch sicher, dass sie hinter der stark getönten Sonnenbrille geschlossen waren. Nach der Brotzeit schob er eben gern mal ein Nickerchen ein.

»Und? Hat uns die Christina helfen können?«, wollte er wissen, wenige Augenblicke, nachdem Richard auf dem Beifahrersitz Platz genommen hatte.

»Ich dachte, du schläfst?«, fragte er verwundert. Er hatte sich auch extra leise verhalten, um seinen Kollegen nicht zu stören.

»Ach, es ist einfach viel zu heiß«, seufzte Wolfgang. Die Temperatur war wirklich an der Grenze des Erträglichen. Sie hatten zwar die Seitentüren offen, da aber kaum ein Lüftchen wehte, brachte das so gut wie nichts. Auf der obersten Ebene des Parkdecks knallte die Sonne natürlich richtig herunter, und die aufgeheizte Betonfläche um sie herum tat ihr Übriges.

»Sollen wir gleich hinfahren?«

»Ja, wahrscheinlich ist es besser.« Wolfgang nahm die Sonnenbrille ab und schloss die Tür. »Beim Fahren können wir wenigstens die Klimaanlage laufen lassen. Außerdem können wir uns nachmittags wieder um die Raser kümmern. Dann gibt's mit dem Chef auch keinen Ärger. Wo müssen wir denn hin?«

»Nach Furth wieder mal. *Heizung–Sanitär Albrecht*«, las Richard von seinem Notizblock ab.

»Ach, den kenn ich. Na dann, versuchen wir unser Glück.«

Nach guten 20 Minuten Fahrt standen sie wieder in der Hitze. Die Bahnschranke hatte zum wiederholten Mal vor ihnen geschlossen. Wolfgang fluchte, aber es nützte nichts. Wohl oder übel mussten sie noch mal eine Viertelstunde mit abgestelltem Motor und ohne Klimaanlage ausharren, bis der Zug endlich an ihnen vorbeifuhr.

»Das wurde jetzt aber auch Zeit«, motzte Wolfgang und drehte am Zündschlüssel. Die Lüftung sprang gleich auf höchste Stufe, und Richard zupfte an seinem Hemd, das durch den Schweiß am Körper klebte. Als sie nach wenigen 100 Metern auf den Hof der Sanitärfirma einbogen, hatte es die Klimaanlage aber kaum geschafft, die Temperatur merklich zu senken. Sie parkten hinter einem Transporter mit geöffneter Heckklappe. Ein Mann mit Latzhose, er mochte um die 50 Jahre alt sein, stand davor und räumte ihn aus.

»Ah, das trifft sich gut. Das ist eh der Chef«, stellte Wolfgang fest und stieg aus. Richard folgte ihm.

»Firma Albrecht, Gas, Wasser, Scheiße?«, rief Wolfgang dem Installateur zu.

»Gas, Wasser, Scheiße«, äffte der nach, ohne sich zu ihnen umzusehen. »Immer derselbe Schmarrn, ich kann es nicht mehr hören.«

»Immer noch besser als Elektriker«, meinte Wolfgang gut gelaunt.

»Stimmt auch wieder. Lieber Scheiße als einen Kurzen in der Hose«, lachte der Installateur nun ebenfalls. Er drehte sich um und musterte die beiden, dann blieb sein Blick an Wolfgang hängen. »Wir kennen uns irgendwoher, oder?«

»Vor drei Jahren hast du uns die Heizung neu gemacht«, klärte der ihn auf.

»Stimmt. Gruber, gell? Ich hab mir damals noch gedacht, für einen Polizisten ist er gar nicht mal so zuwider. Was wollt ihr denn?«

»Wir hätten ein paar Fragen wegen Ihres Mitarbeiters, dem Michael Bäumler«, meldete sich Richard zu Wort.

»Schon wieder?« Die Laune des Installateurs kühlte sichtlich ab. »Ich hab doch euren Kollegen von der Kripo schon alles erzählt.«

»Vieraugenprinzip«, behauptete Wolfgang einfach. »Oder in dem Fall acht Augen. Wenn es sich um einen eindeutigen Mord handelt, arbeiten oft zwei Teams dran. Falls dem einen etwas entgeht …«

»Aha.« Albrecht sah sie zweifelnd an, schien aber dann gewillt zu sein, ihnen zu glauben. »Ja, dann stellt eure Fragen. Aber schnell, ich muss noch zum Großhandel, weil die wieder nur die Hälfte geliefert haben.«

»Haben Sie einen Verdacht, wer Ihren Mitarbeiter ermordet haben könnte?«, fragte Richard direkt.

»Wie ich euren Kollegen bereits gesagt habe: keine Ahnung. Der Michael hat seine Arbeit bei mir gemacht, da hat alles gepasst. Es gab keinen Ärger. Was meine Angestellten in ihrer Freizeit machen, geht mich nichts an und interessiert mich auch nicht.«

»Wie war er denn als Mitarbeiter?«, hakte Richard nach.

»Mei«, Albrecht zuckte mit den Schultern, »er hat seine Arbeit gemacht, nicht mehr und nicht weniger.«

»Das hört sich aber nicht gerade wie ein großes Lob an.«

»War auch nicht beabsichtigt. Er hat halt Dienst nach Vorschrift gemacht, wenn ihr wisst, was ich meine. Es gab keinen Grund zur Klage, aber recht engagiert war er eben auch nicht. Ich glaub, wirklich interessiert hat ihn die Arbeit nie. Wenn er die Wahl gehabt hätte, dann hätte er wahrscheinlich was anderes gelernt. Aber bei dem Abschlusszeugnis war wohl nicht viel drin. Und ich schätze, dass ihn seine Eltern dazu gedrängt haben, eine Ausbildung im Handwerk zu machen. Ich hab sie mal kennengelernt. Das sind bodenständige Leute, denen ist der eigenen Hände Arbeit noch was wert. Haben halt selber keinen Knopf Geld in der Tasche. Mich geht es ja nichts an, aber gewundert hat es mich oft schon.«

»Was genau?«

»Ja, wie erklär ich euch das jetzt?« Er kratzte sich am Hinterkopf. Dann beugte er sich etwas vor und sprach leise: »Kann das vertraulich bleiben?«

»Kommt drauf an. Solang es sich um keinen Straftatbestand handelt.«

»Na ja.« Er haderte mit sich selbst, ob er weiterreden sollte. »Sagen wir mal so: In der Regel nutzen die Kollegen in seinem Alter jede Gelegenheit, um ihr Gehalt etwas aufzubessern.«

»Also Schwarzarbeit«, nannte Wolfgang das Kind beim Namen.

»Das habt jetzt ihr gesagt. Und meine Mitarbeiter machen das natürlich überhaupt nicht«, fügte er schnell hinzu.

Wolfgang deutete mit einem Nicken an, dass er in der Sache nicht weiter nachhaken würde und er ruhig weiterreden konnte.

»Aber der Michael war in der Hinsicht überhaupt nicht interessiert. Dabei hätte er sich so schön was dazuverdienen können. Ich meine, bei seinem Lebenswandel müsste er das Geld doch schon gebrauchen können.«

»Was für einen Lebenswandel meinen Sie denn?«, fragte Richard nach.

»Na ja, wenn ich mir da sein hochgezüchtetes Auto anschaue. Grad billig war das nicht. Und dann die Klamotten. Ich meine, seine Kollegen kleiden sich in der Regel beim Engelbert Strauß ein. Unserem Herrenausstatter Nummer eins. Die tragen das meistens auch in ihrer Freizeit. Aber der Michael, der hatte ja nach der Arbeit immer nur Markenklamotten an. Ich kenn mich da ja nicht aus, aber meine Frau hat mir mal gezeigt, was das kostet. Schlecht zahlen tue ich nicht gerade. Aber so gut nun auch wieder nicht.«

»Und wie, glauben Sie, hat er das alles finanziell gelöst?«

»Keine Ahnung. Wie gesagt, angehen tut es mich ja nichts. Hab auch nicht nachgefragt.«

»Und sonst? Gab es mit Kunden irgendwann mal Ärger?«

»Nein, warum?«

»Auch nicht mit weiblichen Kunden?«, bohrte Richard nach.

Albrecht lachte. »Ach so, darauf wollt ihr hinaus. Ja, ich hab schon mitbekommen, was für ein Weiberer der Michael war. Mein Meister, der ihn ausgebildet hat, meinte mal, dass er die Lehre wahrscheinlich nur angefangen hat, weil er zu viele schlechte Pornofilme gesehen hat. Ihr wisst schon, wo dem Installateur eine junge Dame im Bademantel die Tür öffnet, weil er ›ein Rohr verlegen‹ soll.«

»Und, entspricht das der Realität?«, fragte Wolfgang amüsiert nach.

»Also nichts gegen meine Kundschaft«, grinste Albrecht. »Aber 90 Prozent der Damen, die mir da die Tür aufmachen, möchte ich nicht im Bademantel sehen. Und definitiv nicht mit noch weniger Kleidung.«

»Und gab es in der Hinsicht mal ein Problem?«, fragte Richard noch einmal und hatte ein bisschen Angst, dass er bei dem Thema gerade einen roten Kopf bekam.

»Also, falls der Michael mal seinen kleinen Privatporno nachgespielt hat, dann hat es hinterher zumindest keine Klagen gegeben. Reicht das als Antwort?«

»Ja, ich denke schon«, beschied Wolfgang.

»Haben wir es dann? Weil, ich müsste jetzt schon langsam mal los.«

Wolfgang sah Richard an, der zuckte mit den Schultern. »Ja, das wäre fürs Erste alles. Wenn, dann kommen wir noch mal auf dich zu.«

»Alles klar.« Albrecht drehte sich um, zögerte aber und wandte sich an Wolfgang. »Du, sag mal, wenn ich dir vor drei Jahren eine Heizung eingebaut hab, warum bin ich denn da noch nicht zum Service bei dir gewesen?«

»Wie sag ich das jetzt? Da hat sich ein Kollege was hinzuverdient.«

»Ja, ist schon recht«, Albrecht winkte lachend ab.

Wenig später saßen die beiden Polizisten wieder in ihrem Dienstwagen auf dem Weg nach Cham.

»Also gerade erhellend war das jetzt auch nicht«, seufzte Richard, nachdem sich die Lüftung wieder etwas heruntergeregelt hatte und die Lautstärke im Auto auf ein normales Maß gesunken war.

»Ja, leider«, stimmte Wolfgang zu. »Dass der Tote ein rechter Weiberer war, das wussten wir auch vorher schon. Neu ist höchstens, dass sein Chef sich wundert, wo er sein Geld herbekam. Aber dass er dem nicht auf die Nase bindet, was er nebenbei so treibt, ist ja nicht ungewöhnlich.«

»Meinst du, dass er irgendwelche krummen Dinger gedreht hat?«

»Keine Ahnung. Aber wahrscheinlich war es nichts

Schlimmeres als ein bisschen Schwarzarbeit hier und da, schätze ich.«

»Fragt sich, was wir als Nächstes machen.«

»Gute Frage, mir gehen langsam, aber sicher die Ideen aus.«

»Mir fällt eigentlich auch nur noch die Tochter vom Meidinger ein.«

»Stimmt, die kannte ihn angeblich. Meinst du, dass bei der was zu holen ist?«

»In Ermangelung von Alternativen …« Richard zuckte mit den Schultern.

»Da hast du jetzt auch wieder recht. Wo sollen wir anrufen? Bei der Touristinfo, oder? Da kümmerst du dich drum. Aber heute nicht mehr. Sonst fragt sich unser Chef auch noch, wie wir unsere Zeit verbringen. Und das würde ich mir gerne ersparen.«

12

»Jetzt pack halt mal aus.« Haaserer war sichtlich erregt. »Wie ist es denn gelaufen?«

»Gut«, meinte Richard vorsichtig.

»Gut, gut«, äffte sein Freund ihn nach. »Da warte ich seit Tagen drauf zu erfahren, wie es bei deinem Date gelaufen ist, und das ist alles, was dir einfällt?«

»Mei, was soll ich sagen«, der Gefragte zuckte mit den Schultern. »Wir haben geredet, haben gegessen, haben uns gut verstanden … gut eben.« Die Sache mit dem Kuss behielt er lieber für sich. Das fühlte sich besonders an, und es wurde noch besonderer, wenn nur Lena und er davon wussten.

»Details, Richard«, Haaserer tippte mit dem Zeigefinger auf den Tisch, »ich will Details wissen.«

»Sie hat einen Salat gegessen«, erwiderte er mit einer Unschuldsmiene. Genau wissend, dass das nicht die Einzelheiten waren, die Haaserer interessierten.

»Mein Gott, Richard«, sein Gegenüber schlug sich mit der flachen Hand an die Stirn, »na gut, wenn du dich so zierst, dann muss ich eben genauer nachfragen. Also? A, B, C oder D?«

»Was?« Richard hatte keinen Schimmer, wovon sein Freund redete.

»Ich hab sie gesehen. A und D scheiden aus«, mischte sich nun Foo ein.

»Da dürftest du recht haben«, stimmte ihm Haaserer zu. »Also, Richard, B oder C?«

»Von was redest du denn überhaupt?«

»Körbchengröße«, erklärte Foo. »Ich schätze B mit der Tendenz zu C.«

»Also, ihr seid dermaßen ekelhaft!«, rief Richard, ehrlich verärgert. »Schämt ihr euch überhaupt nicht?«

»Entschuldige.« Foo hob die Arme beschwichtigend. »Wir machen doch nur Spaß.«

»Wenn er sich so aufführt, dann ist es ganz sicher C«, raunte Haaserer Foo zu.

»Haaserer«, sagte Richard in warnendem Ton.

»Jaja, ist schon gut. Als du damals mit der Sandra zusammengekommen bist, haben dir solche Scherze nichts ausgemacht«, maulte er.

»Vielleicht bin ich auch nur etwas reifer geworden. Im Gegensatz zu dir«, gab Richard zurück. Rein gefühlsmäßig war die Sache mit Sandra damals ein ganz anderes Level als jetzt mit Lena. Aber das würde er seinen zwei Freunden nicht auf die Nase binden.

»Und? Wann seht ihr euch wieder?«, fragte Foo, um das Gespräch auf weniger explosiven Boden zurückzuführen.

»Ja, das ist gerade ein Problem«, seufzte Richard. »Immer wenn ich Zeit hätte, dann geht es bei ihr nicht und umgekehrt. Mein Dienstplan ist momentan so was von scheiße.«

»Hast schon Druck, oder?« Haaserer grinste dreckig.

»Also gut, dann ist jetzt Schluss damit«, ging Foo dazwischen, bevor Richard eine böse Antwort darauf geben konnte. »Neues Thema. Wie läuft es mit eurem mordenden Raubritter?«

»Schleppend«, sagte er, froh darüber, dass das Gespräch sich nicht mehr um Lena drehte. »Wirkliche Spuren gibt es bis jetzt keine.«

»Und einen Verdächtigen?«, hakte Foo nach.

»Schaut auch schlecht aus. Wie es scheint, war der Tote

nicht gerade zurückhaltend, was die Damenwelt betraf. Egal ob diejenige gebunden war oder nicht, wenn du verstehst, was ich meine. Eifersucht wäre schon ein gutes Motiv, aber wir haben keinen, der darauf passt. Höchstens vielleicht der Aschinger.«

»Der Aschinger?«, fragte Foo mit großen Augen.

»Ach so, nein. Das kannst du ja nicht wissen. Der Aschinger junior. Der hatte scheinbar so was wie eine kleine Fehde mit dem Toten. Ging offenbar drum, wer der Bessere war.«

»Aha. Und jetzt?«

»Keine Ahnung. Wir machen wohl einfach so weiter wie bisher. Klappern jeden ab, der etwas mitbekommen haben könnte. Ist halt anstrengend. Wir müssten in seinen direkten Bekanntenkreis reinkommen, aber das ist schwierig. Um nicht zu sagen unmöglich.«

»Wie das?«

»Na ja, ich vermute, dass sich da einiges in der Raserszene abgespielt hat, die uns momentan Probleme macht. Aber als Polizist kommst du an die eben nicht ran.«

»Warum? Die stehen doch mit ihren aufgemotzten Kisten meistens an denselben Plätzen rum.«

»Ja, das schon. Aber es scheint einen harten Kern zu geben, der sich an verschiedenen und vor allem geheimen Orten trifft. Gerüchteweise laufen dann auch so Sachen wie illegale Rennen ab. Das wäre für uns natürlich doppelt interessant.«

»Hm«, machte Foo und dachte nach. »Und wie verabreden die ihre geheimen Treffen?«

»Keine Ahnung. Wahrscheinlich in einer *WhatsApp*-Gruppe, schätze ich.«

»Und wenn ihr da mitlesen könntet, dann wäre zum einen klar, wer da so alles dabei ist«, Foo kratzte sich nachdenklich das Kinn, »und außerdem hättet ihr *die* Gelegenheit, die Jungs auf frischer Tat zu erwischen.«

»Ja, schon. Aber wie sollen wir in die Gruppe reinkommen?«

»Ihr kommt da als Polizisten nicht rein. Aber vielleicht wir.«

Haaserer, der sich währenddessen schmollend zurückgelehnt hatte, war nun plötzlich ganz aufmerksam. »Sollen wir wieder helfen, den Mörder zu finden?«

»Was heißt hier *wieder*?«, fragte Richard.

»Na, beim letzten Mal haben wir doch auch geholfen.«

Er musste erst mal darüber nachdenken, was sein Freund meinte. »Na ja, wir waren zusammen in der Disco, und Foo hat versucht, Drogen zu kaufen. Ich bedaure, das sagen zu müssen, aber so was läuft bei mir eher unter ›normaler Samstagabend‹.«

»Undank ist der Welten Lohn«, seufzte Haaserer theatralisch.

»Wenn ich deine Undankbarkeit so höre, bin ich versucht, meinen Vorschlag für mich zu behalten«, drohte Foo.

»Schon gut, schon gut. Natürlich seid ihr eine Hilfe gewesen«, beschwichtigte Richard die beiden. »Also, was ist dein Plan?«

»Na ja, Haaserer und ich schmuggeln uns in die Szene ein und bekommen Zugriff auf die *WhatsApp*-Gruppe. Und fortan kannst du alles mitlesen, was da abgeht.«

»Ich möchte dir ja nicht zu nahe treten, aber mit deinem alten Opel und Haaserers Fiat glaube ich nicht, dass ihr euch für die Gruppe qualifiziert. Da müsstet ihr schon mit anderen Geschossen aufwarten.«

»Mist, daran hab ich nicht gedacht. Wie sieht es bei euch aus? Ihr habt doch bestimmt jede Menge schneller Autos beschlagnahmt. Da könnten wir doch eines für einen Undercover-Einsatz nehmen.«

»Ich glaub, du hast zu viel *Fast and Furious* gesehen«,

lachte Richard. »Aber selbst wenn es so was gäbe, wie sollte ich meinem Chef erklären, dass ich euch zwei auf eine verdeckte Ermittlung schicke?«

»Ach, Mist«, ärgerte sich Foo. »Dann können wir das vergessen.«

»Außer …«, überlegte Haaserer laut.

»Außer?«, fragten beide gleichzeitig und sahen ihn neugierig an.

»Na ja, wahrscheinlich ist es eine blöde Idee«, druckste der herum.

»Jetzt red halt aus«, schimpfte Foo.

»Mein Chef hat mir mal versprochen, dass ich seinen Porsche für ein Wochenende ausleihen könnte.«

»Wie denn das?«, wunderte sich Richard.

»Ich hab ihm mal einen Gefallen getan.«

»Damit ich dir einen Porsche in die Hand gebe, da müsstest du mich mindestens wiederbelebt haben«, kicherte Foo.

»Was soll jetzt der Schmarrn? Willst du sagen, dass ich mit so einem Auto nicht umgehen kann?«, ereiferte sich Haaserer.

»Ich bin mir nicht sicher, wovor ich mehr Angst hätte. Dass du die Kiste schrottest oder vor unschönen Flecken auf den Sitzen.«

»Ich fahr auf jeden Fall besser als du«, gab Haaserer zurück. »Und außerdem hat der Ledersitze.«

Darüber musste Foo noch mehr lachen, was bei Haaserer nur weiteres Grummeln auslöste.

»Jetzt lass uns nicht neugierig sterben. Welchen tollen Gefallen hast du denn deinem Chef getan, dass er dir sein Auto überlässt?«, munterte Richard ihn auf.

»Das muss jetzt aber unter uns bleiben.« Haaserer beugte sich verschwörerisch nach vorne. »Er ist einmal zu oft geblitzt worden. Kein Wunder mit dem Porsche, der geht ab wie Sau. Er hätte seinen Führerschein für vier Wochen abgeben müssen. Und da bin ich quasi eingesprungen. Wir haben angegeben, dass ich gefahren bin.«

»Ich wünschte, ich könnte mich einmal mit euch treffen, ohne von irgendeiner Straftat zu hören«, seufzte Richard.

»Wie habt ihr das denn angestellt?« Foo runzelte die Stirn. »Da wird doch das Foto kontrolliert, wenn man jemand anderen als Fahrer angibt.«

»Ja, von der Statur her sind wir uns verhältnismäßig ähnlich, mein Chef und ich«, erklärte Haaserer. »Und als er geblitzt wurde, hat er eine Sonnenbrille getragen. Das kam dann schon einigermaßen hin, dass ich als Fahrer durchgegangen bin.«

»Und wann gibst du dann den Führerschein ab?«, wollte Richard wissen.

»Das ist doch schon lange rum. Das war im Frühjahr.«

»Moment mal«, er setzte sich kerzengerade auf. »Du meinst, da, als wir dich einen Monat lang rumfahren mussten, weil dein Auto angeblich in Reparatur war und nie fertig geworden ist?«

»Ähm«, machte Haaserer nur.

»Wir haben den Chauffeurdienst gespielt, damit du dich jedes Mal volllaufen lassen hast können?«, regte sich Foo auf.

»Ich konnte euch das doch nicht auf die Nase binden«, entschuldigte sich Haaserer. »Da musste eben eine Notlüge her.«

»Und? Wie schaut es mit dem Porsche aus?«, fragte Richard, immer noch aufgebracht, nach. »Können wir den jetzt für die Aktion haben?«

»Eigentlich wollte ich mir das aufheben. Wenn ich mal ein Date habe, das ich beeindrucken will«, gab Haaserer kleinlaut von sich.

Foo und Richard sahen ihn missbilligend an.

»Ja, ist schon recht«, gab er sich geschlagen. »Natürlich helf ich euch. Meine Güte.«

»Ist ja auch das mindeste, nachdem wir für dich Taxi gespielt haben«, murmelte Foo.

»Ein bisschen freundlicher bitte, wenn ich schon solche Opfer für euch bringe«, beschwerte sich Haaserer.

»Also?«, wandte sich Richard an die Runde. »Wie fangen wir es an?«

»Servus, Jungs«, unterbrach sie Sonja. »Richard, du heute ohne deine Begleitung?«

»Ja, leider. Die hat gerade keine Zeit«, erklärte er, nicht ohne ein wenig Stolz.

»Hab mir doch gedacht, dass euer Date gut gelaufen ist. Hab euch draußen beim Knutschen gesehen. Bei euch passt alles? Okay, wenn ihr mich braucht, bin ich hinter der Theke«, sagte sie und verschwand.

Richard zog den Kopf ein wie eine Schildkröte, während seine Freunde ihm durchdringende Blicke zuwarfen.

»Knutschen?«, fragte Haaserer spitz.

13

Das Wetter war wieder ausgesprochen heiß, und so ließen die beiden Polizisten ihre Jacken im Dienstwagen. Die Ärmel der Hemden waren hochgekrempelt, um die Temperaturen einigermaßen erträglich zu machen. Mit an Wahnwitz grenzender Sicherheit waren sie wieder genau zu dem Zeitpunkt am Bahngleis eingetroffen, als sich die Schranken gerade schlossen. Entsprechend zeigten sich die Schweißflecken unter ihren Ärmeln. Da die Tribünen für das *Drachenstich*-Festspiel inzwischen abgebaut worden waren, bot sich auch kein Schatten mehr, als sie an einem Café vorbei Richtung Stadtturm schlenderten. Dort hatten sie sich mit Maria Meidinger verabredet. Sie wartete bereits, als sie eintrafen.

»Was wollt ihr denn eigentlich von mir?«, fragte sie, nachdem sie sich begrüßt hatten. Eine gewisse Anspannung lag in ihrer Stimme. Richard schrieb die Nervosität ihrer wahrscheinlich fehlenden Erfahrung mit der Polizei zu.

»Wir wollten über Michael Bäumler mit Ihnen sprechen. Soweit wir gehört haben, waren Sie mit ihm befreundet«, erläuterte er. »Können wir irgendwo in Ruhe reden?« Der Lärm, den die vorbeifahrenden Autos auf dem Kopfsteinpflaster verursachten, war alles andere als angenehm.

»Ja, okay«, sie zögerte etwas, schien nachzudenken. »Wenn wir auf den Turm raufgehen? Da müssten wir unsere Ruhe haben.«

Die beiden Polizisten legten den Kopf in den Nacken, um die Turmspitze zu sehen.

»Da rauf?« Wolfgang deutete nach oben.

»Ja«, antwortete Maria unsicher.

»Das machst du, mein Freund«, klopfte Wolfgang Richard auf die Schulter und ging davon.

»Und du?«, rief er ihm mit ausgestreckten Armen nach.

»Ich hör mich in der Metzgerei noch mal um, vielleicht bringt das ja neue Erkenntnisse«, teilte ihm Wolfgang mit und murmelte: »Da ist es auch entscheidend kühler.«

Richard seufzte, warf noch einen Blick nach oben und nickte in Richtung Tür. »Wollen wir dann?«

Maria ging voran und stieg die Treppen mit einem ordentlichen Tempo empor. Er hatte einige Mühe, mit ihr einigermaßen Schritt zu halten.

»Der Stadtturm ist Teil des sogenannten ›Schloss Furth im Wald‹. In der jetzigen Form wurde er 1865 im neogotischen Stil errichtet. Er gilt seither als das Wahrzeichen der Stadt. Die Höhe beträgt 35 Meter …«, dozierte sie während des Aufstieges mit einer Sicherheit, als hätte sie es schon 100-mal erzählt. Der Rest des Vortrages ging allerdings an ihm vorbei, da er ausreichend mit Atmen und Schwitzen beschäftigt war. Komplett durchgeschwitzt erreichte er endlich das obere Ende des Turms. Maria stand bereits an die Brüstung zwischen zwei Zinnen gelehnt und blickte hinaus. Schwer atmend lehnte sich Richard auf den Platz daneben. Seine Augen waren anfangs nur nach unten gerichtet, und er benötigte ein paar Augenblicke, um seinen Herzschlag zu beruhigen. Erst dann konnte er seinen Blick in die Ferne richten, und das verschlug ihm den Atem.

»Wow«, war alles, was er hervorbrachte.

»Tolle Aussicht, oder?« Maria lächelte versonnen. Das Panorama, das sich Richard bot, war wirklich beeindruckend.

»Wie weit kann man hier sehen?«, fragte er atemlos.

»Wenn das Wetter passt, bis zu Erdkrümmung«, lachte

sie. »Das hier oben ist mein Lieblingsplatz. Es ist so schön ruhig. Zumindest solang keine anderen Besucher hier sind. Und die Aussicht ist unbezahlbar. Ich komm immer rauf, wenn ich Zeit zum Nachdenken brauch.«

Richard musterte sie vorsichtig von der Seite. Als er sie das erste Mal bei ihrem Vater getroffen hatte und auch vorhin unten auf der Straße war sie sehr verschlossen gewesen. Hier oben aber war sie sichtlich entspannter. Und er hatte das Gefühl, dass sie ihn gerade tief in ihre Seele hatte blicken lassen. Ob beabsichtigt oder nicht. Zumindest in der Hinsicht dürfte sich der beschwerliche Aufstieg gelohnt haben.

»Kann ich Sie dann zu Michael Bäumler befragen?«, begann Richard behutsam, damit die Stimmung möglichst so blieb, wie sie war.

»Ähm, ist es in Ordnung, wenn wir Du sagen?«, fragte sie etwas schüchtern. »Ich komme mir immer so komisch vor, wenn ich mit Sie angeredet werde.«

»Kein Problem, ich bin der Richard.«

»Maria«, sagte sie und machte tatsächlich so etwas wie einen angedeuteten Knicks.

»Also, dein Vater meinte, dass du mit dem Toten befreundet warst?«, fuhr Richard fort.

»Na ja, befreundet ist vielleicht zu viel gesagt. Wir waren miteinander in der *Landjugend*. Zeitweise sogar in der Vorstandschaft, da hat sich Michael aber nicht wirklich drum gekümmert. Ich meine, es hat ihm schon gefallen, dass er gewählt worden ist, aber die Arbeit hat ihn dann nicht mehr interessiert. Da ist alles bei mir und den anderen hängen geblieben.«

»Du hast dich demnach nicht gut mit ihm verstanden?«, hakte Richard nach.

»So kann man das auch nicht sagen. Na ja, manchmal hat es schon genervt, dass er sich aus jeder Arbeit rausgewunden hat. Aber der Michael ist halt so, wie er ist. Oder … eher war.« Sie senkte den Blick.

»Und sonst hattet ihr keinen Kontakt?«

»Schon. Wenn man bei uns in der Gegend wohnt, dann läuft man sich zwangsläufig über den Weg.« Als sie das sagte, musste Richard augenblicklich an seine Ex-Freundin Sandra denken und nickte zustimmend. »Ich gehe ja nicht so oft in die Disco, aber bei den ganzen Festen sieht man sich doch mal und redet miteinander. Und im Freundeskreis wird natürlich auch oft mal erzählt, was so abgeht. Gerade beim Michael. Aber richtig mit ihm weggegangen bin ich nie. Was Mädchen betrifft, war ich nicht wirklich sein Beuteschema.« Sie lachte dabei, doch Richard hatte das Gefühl, dass sie damit einen tiefer liegenden Schmerz verbergen wollte.

»Okay. Hast du vielleicht irgendwas mitbekommen, dass er mit jemandem Streit hatte?«

»Also, ich hab mehr als einmal mit eigenen Augen gesehen, wie er von einer Frau eine Ohrfeige bekommen hat. War wohl bei seinem Lebenswandel nicht zu vermeiden.«

»Vielleicht auch ein Streit, der über eine Watschen hinausging?«, hakte Richard nach.

»Hm. Gute Frage. Knatsch gab es wohl öfter. Der Michael war eben sehr von sich selber überzeugt. Und damit hat er nicht wirklich zurückgehalten. Reibereien hat es da schon gegeben. Manchmal konnte er auch ein richtiges Arschloch sein.«

»Wie das?«

»Mei, in der Jugendgruppe hat es natürlich schnell jeder mitbekommen, wenn einer ein bestimmtes Mädchen anhimmelt. Für Michael war es dann fast so was wie ein Sport, dass er sie demjenigen wegschnappt. Leider muss ich sagen, dass er damit meistens sogar Erfolg hatte.«

»Das war dann nicht so toll, oder?«

»Oh, erinnere mich nicht daran. Zwei-, dreimal war es fast so weit, dass sich die ganze *Landjugend*-Gruppe im Streit auflöst. Das sind die Zeiten, in denen du nicht der Vorstand sein magst. Irgendwie haben wir es dann wieder hingebogen. Weil, lange hat so eine Beziehung mit ihm eh nicht gehalten. Aber ein paar Mitglieder haben wir wegen dem Schmarrn schon verloren.«

»Fällt dir irgendwer ein, der Michael auch mehr antun würde, als ihm eine Ohrfeige zu geben?«

»Seinen Mörder, meinst du?«

Richard nickte.

Maria atmete tief ein. »Ich hab mir natürlich schon gedacht, dass ihr mich das fragen würdet.«

»Und?« Er war gespannt, was jetzt kommen würde.

»Ich möchte niemanden zu Unrecht beschuldigen …«, begann sie zaghaft.

»Du kannst dir sicher sein, dass wir alles diskret behandeln, was du sagst«, versicherte er ihr.

»Wahrscheinlich ist es nichts, und ich trau es ihm auch nicht zu …«

»Wem traust du es nicht zu?«, bohrte Richard nach, als sie eine Pause machte.

»Ich hab mitbekommen, dass der Dennis einen richtig großen Streit mit Michael hatte. Das war am *Drachenstich*-Fest hinter der Festhalle. Ich bin da zufällig vorbeigekommen, und sie haben mich nicht bemerkt. Aber da sind wirklich die Fetzen geflogen.«

»Um was ging es bei dem Streit?«

»Das hab ich leider nicht mitbekommen. Auf jeden Fall war Dennis über irgendetwas stinksauer, was Michael gemacht hat. Eine Zeit lang habe ich wirklich Angst gehabt, dass er ihm an die Gurgel geht.«

»Hast du nicht die Polizei gerufen?«

»Ich war schon kurz davor, aber irgendwie ist es Michael dann scheinbar doch gelungen, den Dennis wieder einzuwickeln. Das konnte er auch wie kein Zweiter. Wie er das genau gemacht hat, das habe ich nicht verstanden. Dafür war ich zu weit weg. Was ich gehört habe, war, dass er mit der Sache bald das ganz große Geld machen würde, und dann würde Dennis auch so richtig mitkassieren.«

»Aber was die Sache war, hast du nicht mitbekommen?«

»Nein. Leider.«

»Okay, dann werden wir uns diesen Dennis wohl mal vornehmen. Wie heißt er mit vollem Namen?«

»Dennis Schwarzfischer. Er arbeitet als Krankenpfleger im Chamer Krankenhaus.«

»Gut, das sollte reichen, damit wir ihn ausfindig machen. Danke für den Tipp.«

»Aber bitte nicht sagen, dass ihr es von mir habt. Ich hab ehrlich gesagt ein wenig Angst vor ihm.«

»Keine Sorge, er erfährt nichts davon.« Richard war schon gespannt darauf, was das für ein Kerl war, wenn Maria sich vor ihm fürchtete. »Weißt du sonst noch etwas, das uns weiterhelfen könnte?«

Sie zuckte mit den Schultern. »Wie gesagt, der Michael hatte nicht nur Freunde. Aber dass ihn jemand gleich umbringen würde …«

»Wie steht es denn mit dem Aschinger Nico?«, fragte er einer plötzlichen Eingebung folgend.

»Der Nico? Warum der?«

»Ich frage nur aus Neugier«, behauptete Richard. Er konnte ja auch schlecht sagen, dass er beim Bauunternehmersohn ein seltsames Gefühl hatte.

»Na ja, die beiden waren schon so was wie Dauerkonkurrenten. Ich glaub, dass die einen ziemlich ähnlichen Charakter haben, und das passt wohl nicht gut zusammen. Soweit ich es mitbekommen hab, sind die im ständigen Wettbewerb gelegen. Da war es auch egal, um was es ging. Um das bessere Auto, das neuere Handy oder wer die schärfere Freundin hat. Aber dass er ihn deswegen ersticht?«

»Wie gesagt, es war nur eine Frage«, wiegelte Richard ab.

Da nun wohl alles besprochen war, überreichte er ihr seine Karte und bat sie, sich zu melden, wenn ihr etwas Wichtiges einfallen sollte. Noch einmal warf er einen Blick auf das Panorama und machte sich alleine auf den Weg nach unten. Im Turm war es stickig, aber die dicken Mauern hielten zumindest die größte Hitze ab. Und abwärts ging es auf den Treppen um einiges einfacher als aufwärts.

Unten angekommen, lehnte Wolfgang im Schatten und nippte an einer *Fanta*-Flasche.

»Und, was gibt es Neues, Columbo?«, begrüßte er ihn.

»Erzähl ich im Auto. Aber so viel kann ich dir sagen: Eine kleine Spur haben wir. Und bei dir?«

Sein Kollege winkte ab. »Die freundliche und vor allem mitteilsame Verkäuferin vom letzten Mal hat heute frei. Da war nicht viel zu holen.«

»Und was hast du dann in der ganzen Zeit gemacht, wo ich oben war?«

»Wie gesagt, der Leberkäse vom Röhrl-Metzger ist ein Traum«, grinste Wolfgang.

»Hast du schon wieder Brotzeit gemacht oder was?«

Statt einer Antwort hielt Wolfgang nur eine Kugel aus zusammengeknüllter Alufolie hoch. In der hatten sich offensichtlich die Leberkässemmeln befunden. »Hättest du auch was gewollt?«

»Ach, lass gut sein. Bei der Hitze mag ich eh nichts Schweres essen. Packen wir es lieber wieder.«

Richard ging Richtung Wagen, und Wolfgang folgte ihm,

nachdem er die Kugel aus Alufolie mit einem Drei-Punkte-Wurf im nächstgelegenen Mülleimer versenkt hatte.

Den Weg ins Krankenhaus hatten sie kurz entschlossen eingeschlagen. Zurück nach Cham mussten sie sowieso. Da konnten sie ihr Glück auch gleich dort versuchen. Sie betraten die Eingangshalle durch die Schiebetür und stellten erfreut fest, dass hier deutlich angenehmere Temperaturen herrschten als draußen. Der Empfangsschalter war gerade belegt, sodass sie warten mussten.

Die Frau, die davorstand, hatte leicht zerzauste Haare und lehnte an der Theke. Sie atmete schwer und hielt sich ihren kugelrunden Bauch. Offensichtlich hatte sie Schmerzen. Der Mann neben ihr dagegen war die Nervosität in Person. Der Schweiß, der auf seiner käseweißen Stirn stand, war wohl nicht nur den Temperaturen geschuldet. Er gestikulierte heftig, während er mit der Dame hinter dem Schalter redete, und musste die drei Taschen, die über seinen Schultern hingen, mehr als einmal wieder in Position bringen. Endlich schaffte es die Frau vom Empfang, die beiden einen Stock tiefer in Richtung Kreißsaal zu schicken. Dort würde eine Hebamme bereits auf sie warten. Schritt für Schritt machte sich die Schwangere auf den Weg, während ihr Partner wie ein junger Hund um sie herumhopste. Die beiden Polizisten hörten noch, wie sie ihn freundlich, aber bestimmt bat, er möge sich zusammenreißen. Weil er sie mit seiner Scheißnervosität ganz verrückt mache und überhaupt er für die ganze Scheiße verantwortlich war, die sie seit neun Monaten durchmachte und die nun im Begriff war, ihren Höhepunkt zu erreichen.

Richard starrte den beiden leicht erschrocken nach. Sein Kollege dagegen lehnte sich grinsend gegen den Empfangsschalter. »Erstes Kind, oder?«

»Vermutlich«, pflichtete die Dame dahinter lachend bei.

»Anfänger«, schnaubte Wolfgang. Gut, als vierfachem Vater konnte man ihm eine gewisse Erfahrung in dem Bereich nicht absprechen. »Wir würden einen Pfleger suchen …« Er zögerte und wandte sich hilfesuchend an Richard.

»Einen Dennis Schwarzfischer«, sprang der ein.

»Einen Moment«, bat die Dame und griff zum Telefon. Wenige Augenblicke später legte sie wieder auf. »Der Pfleger Dennis ist auf Station 1. Sie können direkt gerade durch die Tür durch. Im Zweifel fragen Sie im Schwesternzimmer nach.«

Die Polizisten bedankten sich artig und schlugen den genannten Weg ein. Irgendwie fühlte sich Richard in Krankenhäusern immer unwohl. Auf dem Gang, dem sie folgten, war wenig los. Ein älterer Herr im Bademantel mühte sich gerade damit ab, in die Richtung zu gelangen, aus der sie kamen. Die eine Hand am Handlauf, mit der anderen hielt er das fahrbare Metallgestell, an dem ein Tropf hing. Ihren knappen Gruß ignorierte er vollkommen. Abgesehen von seinem schweren Atmen war es ruhig, und das machte das quietschende Geräusch, das ihre Schuhe auf dem Linoleumboden verursachten, noch unangenehmer. Schließlich erreichten sie das Schwesternzimmer. Hinter der Glasscheibe saß eine Frau, sie mochte um die 50 sein. Die toupierten Haare waren blondiert, und sie sah angestrengt durch ihre Brille mit knallrotem Gestell auf einen Stapel Papiere, der vor ihr lag. Auf den zweiten Blick fiel Richard auf, dass sie stark geschminkt war, sodass sie wohl eher auf die 60 zuging. Erst als Wolfgang gegen die Scheibe klopfte, sah sie auf.

»Kann ich helfen?«, fragte sie streng mit einem deutlich osteuropäischen Akzent. Sie war offensichtlich nicht erfreut über die Störung.

»Äh, ja«, stammelte Richard, der von dem Kasernenton erst mal überrumpelt war. »Wir müssten mit dem Pfleger Dennis Schwarzfischer reden.«

Sie rollte mit den Augen. »Was hat er denn jetzt schon wieder angestellt?«

»Bis jetzt nichts«, antwortete Wolfgang. »Wir hätten nur ein paar Fragen an ihn.«

»Na gut«, meinte sie kopfschüttelnd. »DENNIS!« Der Schrei hallte über den ganzen Flur und wäre in der Lage gewesen, Tote wieder zum Leben zu erwecken. Wahrscheinlich eine sehr hilfreiche Gabe für eine Krankenschwester. Richard vermutete, dass während ihres Dienstes niemand das Zeitliche segnen würde, einfach weil man zu viel Angst vor ihr hatte.

»Ja, Herrgott noch mal. Ich bin doch nicht taub.« Ein Kopf erschien in einer recht weit entfernten Tür. »Was ist denn los?«

»Komm her!«, befahl der Feldwebel in Weiß in kaum geringerer Lautstärke. Der Ton ließ weder Widerworte noch Aufschub zu.

Sichtlich genervt stampfte der Pfleger, mutmaßlich Dennis, auf sie zu. Er war ziemlich schwer. Richard vermutete, dass er die 100-Kilo-Marke bereits überschritten hatte. Sein Gesicht war rotfleckig, und als er näher kam, sah Richard, dass seine Oberlippe voller Schweißtropfen stand. Die halblangen dunklen Haare wirkten ein wenig ungepflegt und fettig. So gesehen passten sie recht gut zum Rest des Körpers.

»Was willst du denn schon wieder?«, wandte er sich schroff an seine Kollegin. Wolfgang und Richard ignorierte er dabei komplett.

»Da, die Herren von der Polizei wollen mit dir reden«, antwortete sie unbeeindruckt.

Nun warf Dennis den beiden Polizisten zum ersten Mal einen Blick zu. Er betrachtete sie von oben bis unten mit demonstrativ zur Schau gestellter Verachtung.

»Um was geht es denn?«, maulte er sie an.

»Vielleicht können wir irgendwo reden, wo wir unter uns sind?«, schlug Wolfgang vor.

Dennis rollte mit den Augen und stapfte den Gang wieder hinunter, geradewegs in eines der Zimmer.

Wolfgang und Richard sahen sich wissend an. Das konnte ja heiter werden mit dem Kerl. Also folgten sie ihm. Als sie den Raum betraten, stellten sie jedoch fest, dass er belegt war. Ein alter Mann, sichtlich angeschlagen, lag in seinem Bett und blickte die Neuankömmlinge nervös an.

»Wir wollten alleine mit Ihnen reden«, wandte sich Wolfgang mit ernstem Ton an den Pfleger.

»Ach, der«, Dennis deutete mit einem Nicken auf den Patienten. »Der hört eh nichts mehr. Gell, du taube Nuss?« Er stieß ein böswilliges Lachen aus.

Der alte Mann schaute ängstlich zwischen ihnen hin und her. Kein Wunder, konnte er ja wohl nicht verstehen, was hier vorging. Er versuchte, sich aufzurichten, scheiterte aber kläglich.

»Jetzt hör mir mal zu, Bürscherl«, zischte Wolfgang und packte den Pfleger unsanft am Arm. »Du lässt sofort den armen Mann in Frieden, und wir gehen wohin, wo wirklich niemand ist, verstanden?«

Dennis schüttelte seinen Arm brüsk ab, verließ aber dann angefressen ohne weitere Widerworte das Zimmer. Dicht gefolgt von Wolfgang, der dafür sorgte, dass er keine Dummheiten machte. Richard, dem die Situation äußerst unangenehm war, machte eine entschuldigende Geste in Richtung des Patienten und bedeutete ihm, er könne sich wieder beruhigt hinlegen. Während er das Zimmer verließ, hoffte er, dass Dennis seine Wut nicht nachher an ihm auslassen würde.

Zwei Räume weiter waren sie dann wirklich allein. Richard schloss die Tür hinter sich.

»Um was geht es denn?« Dennis war immer noch ziemlich verärgert.

Wolfgang atmete hörbar ein und aus. Dann warf er Richard einen Seitenblick zu, um ihm zu verstehen zu geben, dass er lieber das Gespräch führen solle. Weil, andernfalls könne es gut sein, dass er nicht die notwendige Zurückhaltung aufbringen würde.

»Sie kannten Michael Bäumler?«, schnitt Richard das Thema deshalb direkt an.

Dennis' Blick flackerte zuerst etwas nervös zwischen den beiden hin und her, aber dann entspannte sich seine Miene. »Ja, schon«, schnaubte er. Er legte sich mit demonstrativ zur Schau gestellter Lockerheit auf das leere Krankenbett und verschränkte die Hände hinter dem Kopf. »Ist ihm was passiert, gell?«

»Sie sind offenbar gut informiert.«

Dennis zuckte nur mit den Schultern.

»Es heißt, dass Sie Streit mit ihm hatten«, fuhr Richard ungerührt fort.

»So?« Die Augen des Angesprochenen verengten sich zu Schlitzen. »Und wer sagt so was?«

»Das tut nichts weiter zur Sache.«

»War es irgendwer aus seiner Scheißclique? Vielleicht der fette Metzgersohn, wie heißt der noch? Der Röhrl? Oder vielleicht seine Freundin, die Maria? Mit der hat er sich doch auch andauernd unterhalten. Weil, für mehr als zum Reden war sie ja viel zu hässlich.«

»Beantworten Sie einfach nur meine Frage«, blaffte Richard und hoffte inständig, dass sein Pokerface hielt. Dass er gleich als Zweites auf Maria gekommen war, hätte ihn fast aus dem Konzept gebracht. Dass sich Michael mit ihr angeblich gerne und ausführlich unterhalten hatte, war ein Detail, das er sich merken musste. Schließlich widersprach es genau dem, was sie ihm erzählt hatte.

»Von mir aus«, gab sich Dennis kopfschüttelnd geschlagen. »Ja, wir haben uns gestritten.«

»Und aus welchem Grund?« Richard ging es denkbar auf die Nerven, ihm jedes Detail aus der Nase ziehen zu müssen.

»Weil er ein Arschloch war«, antwortete Dennis ungerührt.

»Ein bisserl ausführlicher bitte.«

»Das geht euch nichts an«, knurrte er und starrte demonstrativ zum Fenster hinaus.

»Jetzt hör mir mal zu, Bürscherl«, schaltete sich nun Wolfgang ein, weil ihm der Kragen platzte. »Dein Bekannter Michael ist brutal umgebracht worden. Wir wissen, dass du kurz vorher Streit mit ihm hattest, und das offenbar ziemlich heftig. Wenn du unbedingt willst, dass du der Hauptverdächtige in dem Fall bist, dann kannst du gern so weitermachen. Andernfalls würde ich dir dringend empfehlen, ein wenig kooperativer zu sein.«

Dennis sah immer noch zum Fenster hinaus und versuchte, möglichst ungerührt auszusehen. Aber dass er an seiner Unterlippe kaute, verriet, dass es durchaus in ihm arbeitete. Wahrscheinlich rang er mit sich, ob er es darauf ankommen lassen sollte oder nicht.

»Also?«, riss ihn Richard schroff aus seinen Gedanken.

»Ja, wir haben gestritten«, gab er gehässig zurück. »Aber warum, sage ich nicht. Das ist meine Privatsache.«

Richard blickte zu Wolfgang. Der schüttelte genervt den Kopf. Also weiter im Text.

»Haben Sie dann wenigstens ein Alibi für den betreffenden Zeitpunkt?«

»Und wann soll das gewesen sein?«

»Samstag, der 20. August, gegen Abend.«

»Samstag«, wiederholte er nachdenklich. Dann schüttelte er den Kopf. »Da hatte ich keinen Dienst.«

»Und wie haben Sie Ihre Freizeit verbracht?«, fragte Richard genervt.

»Ich war zu Hause.«

»Zeugen?«

Dennis schob nur die Unterlippe vor und schüttelte den Kopf.

»Gut, dann fasse ich zusammen: Sie hatten Streit mit dem Toten, damit ein Motiv. Zum Tatzeitpunkt gibt es kein belastbares Alibi«, zählte Richard an den Fingern ab. »Das sieht nicht gut aus.«

»Und trotzdem hab ich den Michael nicht umgebracht«, zeterte Dennis. »Und wenn ich ihn um die Ecke gebracht hätte, was er durchaus verdient hätte, dann hätte ich mich nicht dermaßen dumm angestellt. Mitten vor allen Leuten als Ritter verkleidet einen abstechen, wie bescheuert ist das denn? Wo es doch viel einfachere Wege gibt, jemanden loszuwerden.«

»Beispielsweise?«, hakte Richard nach.

»Als Krankenpfleger hat man Zugriff auf das eine oder andere Medikament, wenn ihr versteht, was ich meine«, grinste der junge Mann böse.

Für Richard war damit der Punkt erreicht, an dem er den Typen nicht mehr ertragen konnte. Er sah Wolfgang an, und auch der schien gewillt zu sein, zum Ende zu kommen.

»Können Sie sonst noch etwas zur Sache beitragen?«, fragte er deshalb abschließend.

Dennis schüttelte nur langsam den Kopf.

»Na gut«, seufzte Richard, um dann mit ernstem Ton fortzufahren. »Ihnen ist klar, dass es gerade nicht gut für

Sie aussieht? Und Ihr Verhalten uns gegenüber trägt nicht dazu bei, es besser zu machen. Ich schlage daher vor, dass Sie Ihre Einstellung noch mal deutlich überdenken. Wir werden uns nämlich definitiv noch mal sprechen.« Leider, fügte er in Gedanken hinzu.

Dennis grunzte nur als Antwort, und so verließen die beiden Polizisten grußlos den Raum.

»Mein Gott, ist das ein Arschloch«, platzte es aus Richard heraus, als sie endlich in ihrem Wagen saßen.

»Unglaublich«, pflichtete Wolfgang bei. »Da müsste man meinen, wenn jemand Krankenbruder ist, dass er dann ein wenig umgänglicher ist.«

»Was ist denn ein Krankenbruder?«, fragte er überrascht.

»Na, da der Dennis grade.«

»Das heißt Krankenpfleger«, lachte Richard.

»Ach was, wenn es eine Krankenschwester gibt, dann muss es auch einen Krankenbruder geben«, behauptete Wolfgang.

»Alles klar, wegen mir darf er ein Krankenbruder sein«, winkte Richard ab. »Gott sei Dank ist jetzt auch Zeit für Feierabend. Nach dem Gespräch gerade habe ich das starke Bedürfnis zu duschen.«

14

»Wo bleibt er denn wieder?« Richard war genervt.

»Der kommt schon«, beruhigte ihn Foo. »Wahrscheinlich muss er sich erst mal an das Auto gewöhnen.«

Die beiden standen auf dem Parkplatz etwas abseits vom Chamer Biertor. Wie erhofft war hier am späten Freitagnachmittag vergleichsweise wenig los.

»So, wie ich ihn kenne, baut er wahrscheinlich schon einen Unfall, bevor er 500 Meter gefahren ist«, knurrte Richard.

»Jetzt sei halt nicht so nervös. Der macht das schon. Du, ich glaub, ich hör ihn kommen.«

Tatsächlich war das tiefe Brummen eines lauten Auspuffs zu hören. Kurze Zeit später kam das knallrote Porsche Cabrio in Sicht. Für diese Art von Auto fuhr es jedoch eher gemächlich. Trotzdem ließ es sich der Fahrer nicht nehmen, den Motor ab und an etwas aufheulen zu lassen, nur um dann wieder schnell abzubremsen. Schließlich kam er vor den beiden zum Stehen.

»Servus, Mädels«, grüßte Haaserer breit grinsend. Die Augen waren hinter einer stark getönten Fliegerbrille verborgen. »Na, was sagt ihr?«

Die beiden begutachteten den Wagen. Richard nickte anerkennend, und Foo pfiff durch die Zähne. »Nicht schlecht.«

»Gell? Porsche 911 Carrera Cabrio«, dozierte Haaserer. »Sechszylinder-Boxermotor mit Biturbo und 385 Pferdchen unter der Haube. In vier Komma vier Sekunden von null auf hundert.«

»Das hast du aber schön auswendig gelernt«, lobte ihn Foo.

»Sowieso. Ich will ja bei unserem Undercover-Einsatz auch überzeugend rüberkommen.«

»Das sieht man«, meinte Richard mit gerunzelter Stirn und musterte Haaserers Kleidung. Er trug ein hellgelbes Poloshirt und eine seltsam karierte Stoffhose. Fehlte eigentlich nur noch ein Goldkettchen für das Proletenoutfit. »Fahrerhandschuhe hast du wohl keine mehr auftreiben können?«

Haaserer schlug sich mit der flachen Hand gegen die Stirn. »Ich wusste, dass ich was vergessen hab.«

Richard schüttelte nur den Kopf. Das konnte ja was werden. Er beschloss aber, das Thema nicht weiter zu vertiefen. »Jetzt fahr halt mal auf den Parkplatz rein, damit wir noch mal den Plan durchgehen können. Du stehst ja mitten auf der Straße.«

»Auf den Parkplatz?« Haaserer reckte umständlich den Kopf heraus, um ihn inspizieren zu können. »Im Leben nicht. Was glaubst du, wie schnell mir da einer mit der Autotür dranhaut oder so was. Außerdem hab ich Durst. Fahren wir doch vorher ins Café. Ist ja eh noch früh.«

»Das nenn ich eine Idee!«, rief Foo und machte Anstalten, auf der Beifahrerseite einzusteigen.

»Stopp«, schrie Haaserer dazwischen. »Wer von euch beiden ist gefahren?«

»Ich«, meldete sich Richard wahrheitsgemäß, auch wenn er keine Ahnung hatte, worauf die Frage abzielte.

»Dann fährst du selber mit deinem Auto«, bestimmte Haaserer.

»Aber ich will auch mal mit einem Porsche mitfahren«, protestierte Richard.

»Nix da. Mit deinen langen Haxen passt du doch im

Leben nicht auf den Rücksitz. Und du«, wandte er sich an Foo, »Schuhe herzeigen.«

»Wieso das denn?«

»Ja, meinst du, ich lass mir von deinen Asphaltbeleidigern den Innenraum versauen? Also, herzeigen!«

Foo rollte mit den Augen, hielt dann aber die Sohlen seiner roten Chucks nacheinander Haaserer entgegen.

»Na ja, das will ich gerade noch mal durchgehen lassen. Also spring rein. Und du, Richard, fahr mir einfach hinterher. Das heißt, wenn du das schaffst.« Er grinste spöttisch.

»Alles klar«, seufzte Richard. »Fahren wir übers Biertor, oder?«

»Ja, spinnst du?«, ereiferte sich Haaserer. »Glaubst du, ich fahr mit dem Auto durch das enge Tor? Und wenn einer entgegenkommt? Nein, nein. Ich dreh da vorne um, und wir fahren außen rum.«

»Oje«, sagte Richard nur. Nickte dann aber und ging zu seinem Auto. Haaserer mochte schon recht haben, das Wahrzeichen von Cham war jetzt nicht unbedingt die beste Durchfahrt, die es weit und breit gab. Und dass er mit dem Wagen seines Chefs vorsichtig umging, war ja auch verständlich. Aber wenn er sich die ganze Zeit so hasenfüßig verhielt, dann hatte er wohl kaum Chancen, sich in die Raserszene reinzuschummeln.

Kurze Zeit später saßen sie in ihrem Stammcafé. Wobei »kurz« nicht wirklich zutreffend war. Richard wäre dem Porsche beinahe hinten reingekracht, weil er nicht damit gerechnet hatte, dass Haaserer so langsam fuhr. Anschließend hatte er 15 Minuten lang Kreise gedreht, um einen Parkplatz zu finden, in den man einfach nur gerade reinfahren konnte und ebenso leicht wieder herauskam. Gottlob fand er zwei freie Parklücken hintereinander, sodass er auf den hinteren durchfahren konnte. Später würde er nicht einmal mehr rückwärts ausparken müssen.

»Haaserer, deine Vorsicht in allen Ehren«, mahnte ihn Richard, als sie endlich saßen. »Aber wenn du die Raser beeindrucken willst, dann musst du schon ein bisserl schneller fahren.«

»Mein Chef bringt mich um, falls ich einen Kratzer verursache«, brummte der finster.

»Dann lass doch mich fahren«, schlug Foo vor. »Ich hab da keine Hemmungen.«

»Geht nicht. Ich hab ihm hoch und heilig versprechen müssen, dass nur ich fahre und kein anderer.«

»Muss er ja nicht mitkriegen«, versuchte es Foo erneut. Offenbar hatte er richtig Bock drauf, den Porsche zu fahren.

»Ja freilich«, giftete Haaserer ihn an. »Dann baust du einen Unfall, und ich muss sagen, dass ich es war. Wenn ich mich schon zusammenscheißen lasse, dann wenigstens für etwas, was ich selber gemacht hab.«

»Du musst ja nicht mit 100 Sachen durch Furth durchheizen«, versuchte Richard, auf ihn einzuwirken. »Es reicht ja schon, wenn du auffällig fährst. Den Motor aufheulen lassen, ein bisserl scharf anfahren und erst kurz vorher abbremsen. Halt einen auf dicke Hose machen. Verstehst du?«

»Jaja, das krieg ich schon hin«, maulte Haaserer.

»Okay«, seufzte Richard. »Also noch mal zum Plan. Du und Foo fahrt miteinander nach Furth. Ein paar Stadtrunden drehen, sodass ihr auffallt. Sobald ihr eine Gruppe mit aufgemotzten Autos seht, hängt ihr euch unauffällig dran. Mit dem Porsche müsstet ihr eigentlich deren Interesse wecken können, hoffe ich zumindest. Schaut, dass ihr mit denen ins Gespräch kommt. Dann lasst ihr durchblicken, dass ihr gerne mal zeigen wollt, was euer Wagen alles kann. Am liebsten in einem Rennen.«

»Ich fahr aber kein Rennen mit dem Auto von meinem Chef. Ich bin doch nicht wahnsinnig«, protestierte Haaserer.

»Musst du ja auch nicht«, beruhigte ihn Richard. »Im besten Fall lassen sie euch in die *WhatsApp*-Gruppe rein. Das wäre der Jackpot, wenn wir mitlesen könnten, was sie veranstalten. Oder vielleicht bekommt ihr wenigstens raus, wo das nächste Treffen stattfindet. Das wäre dann zumindest schon mal ein Anfang.«

»Kein Problem«, winkte Foo ab. »Das machen wir doch mit links.«

»Und Haaserer«, wandte sich Richard mit ernstem Blick an ihn, »halt dich bei den Frauen zurück.«

»Aber bei den ganzen aufgemotzten Kisten sind bestimmt jede Menge heißer Weiber dabei!«, protestierte der lautstark.

»Eben darum.«

»Und der Foo darf machen, was er will, oder was?«, schnaubte Haaserer aufgebracht.

»Ich will doch nur, dass du einen klaren Kopf behältst. Da darfst du dich nicht ablenken lassen.«

»Hmpf«, machte Haaserer eingeschnappt.

»Ich mein ja nicht, dass du keine Chancen hättest. Ganz im Gegenteil«, log Richard. »Ich brauch doch deine Hilfe. Für die Mission?«

Haaserer blickte ihn skeptisch von der Seite an. Man konnte aber erkennen, dass die Worte ihre Wirkung nicht verfehlt hatten.

»Also gut. Für die Mission«, seufzte er.

Langsam, aber sicher bekam Haaserer ein Gefühl für den Porsche. Damit ging einher, dass er etwas mutiger wurde. Wenn auch nur ein bisschen. Seit einer halben Stunde drehten Foo und er nun mit offenem Verdeck Runden durch die Further Innenstadt. Er musste zugeben, es gefiel ihm ausgesprochen gut, das Cabrio langsam über das Kopfsteinpflaster am Marktplatz rollen zu lassen, vorbei an den voll besetzten Eisdielen und Cafés. Wie sie ihn ansahen und wahrscheinlich noch neidisch nachstarrten, als er vorüber war. Das war schon ein tolles Gefühl. Mit dunklen Sonnenbrillen auf der Nase ließen Foo und er sich nichts anmerken. Sie taten so, als würden sie das überhaupt nicht beachten.

Mit dem eigentlichen Ziel ihrer Ausfahrt sah es aber eher schlecht aus. Bisher war noch niemand aufgefallen, der zur Raserszene gehören könnte. Von einer Gruppe ganz zu schweigen. Sorgenvoll warf Haaserer einen Blick auf die Tankanzeige. Auf dem Weg nach Furth, immer, wenn die Straße zweispurig wurde, hatte er der Versuchung nachgegeben und hatte mal so richtig das Gaspedal runtergedrückt. Das rächte sich jetzt aber beim Tankfüllstand. In weiser Voraussicht hatte sein Chef ihm den Wagen nicht vollgetankt übergeben.

»Du, ich glaub, ich tank mal lieber«, ließ er Foo wissen, der das nur mit einem Schulterzucken quittierte.

Wenig später bugsierte Haaserer den Porsche vorsichtig über die niedrige Bordsteinkante und ließ ihn dann unter sparsamem Einsatz des Gaspedals in Richtung Zapfsäule rollen.

»Ich hol mir ein Eis!«, meinte Foo und sprang, ohne die Tür zu öffnen, aus dem Wagen.

»Spinnst du?«, rief Haaserer ihm nach. »Du saust mir doch das ganze Auto voll.«

»Dann eben nicht.« Foo rollte mit den Augen und schlenderte trotzdem in den Tankstellenshop. Haaserer hoffte inständig, dass er seine Warnung nicht ignorierte. Unterdessen war er erst mal mit einem anderen Problem beschäftigt. Er hatte nämlich auf der falschen Seite der Tanksäule geparkt, denn der Tankdeckel befand sich auf der gegenüberliegenden Seite. Aber umparken wollte er jetzt auch nicht mehr. Also blieb ihm nichts anderes übrig, als den Schlauch hinten am Fahrzeug vorbeizuziehen, peinlich darauf achtend, dass er den Lack nicht berührte. Es reichte gerade so. Als er endlich die Betankung gestartet hatte, warf er einen Blick auf den Benzinpreis, danach auf die rollenden Ziffern der Preisanzeige, die besorgniserregend schnell nach oben gingen. Und sein Chef hatte ihm eingebläut, ausschließlich Super Plus zu tanken. Na, das konnte ja was werden. Bevor ihm noch schwindlig wurde, beschloss er, lieber woanders hinzusehen als auf die Zapfsäule. Erst da fielen ihm die drei Autos auf, die etwas abseits auf dem Parkplatz standen. Alle waren sichtbar aufgemotzt. Die Fahrer lehnten an den offenen Türen und beobachteten ihn mit Interesse. Oha, dachte sich Haaserer, jetzt geht's also los.

Er beendete den Tankvorgang und versuchte, dabei so lässig wie möglich auszusehen. Bei einem Blick auf die Preisanzeige gestaltete sich das gar nicht so einfach. Das würde er mit Karte zahlen müssen.

Derweil schlenderte Foo auch wieder aus dem Laden und nippte an seiner Cola. Beim Anblick der Flasche, auf der sich das Kondenswasser in Tröpfchen sammelte, bekam Haaserer selber Durst.

»Und wo ist meine Cola?«, fragte er deshalb.

»Du musst doch eh rein zum Bezahlen«, zuckte Foo mit den Schultern. »Hol dir halt eine.«

Haaserer rollte mit den Augen. Da musste er schon den teuren Sprit zahlen, und dann wurde ihm nicht mal eine Cola spendiert.

»Komm mal her zu mir«, wandte er sich im Flüsterton an Foo.

»Hmm?«, machte der nur, als er sich neben ihn an die Karosserie gelehnt hatte.

»Schau mal da hinten«, forderte er ihn auf, genau darauf

achtend, selber in eine andere Richtung zu sehen, damit es nicht auffiel. »Das könnte doch unser Ziel sein, oder?«

»Ja, könnte passen. Sollen wir mal rüberschauen?«

»Wenn ich bezahlt habe, dann fahren wir hin und schauen, was geht.«

Er hängte die Zapfpistole wieder in die Halterung und ging zum Bezahlen. Die Cola verkniff er sich, die Benzinrechnung alleine sprengte schon seinen persönlichen Rahmen. Zurück am Wagen, kontrollierte er noch mal den Kragen seines Poloshirts und dann im Rückspiegel den Sitz der Sonnenbrille.

»Kann losgehen«, flüsterte er mehr zu sich selbst als zu Foo. Wie aufgetragen, ließ er die Maschine aufheulen und betete dabei inständig, er möge nirgends anfahren. Mit wummerndem Motor brachte er – Gott sei Dank ohne Zwischenfall – den Wagen vor den anderen zum Stehen.

»Servus«, sagte er gedehnt.

Die drei tauschten belustigte Blicke und grüßten dann ebenfalls.

»Na, alles senkrecht?«, fragte Haaserer.

»Gestern war es noch so«, antwortete der Typ, der am nächsten stand. Ein riesiger, dicker Kerl mit Schweinchennase, der an einem BMW lehnte.

»Schöne Autos habt ihr da«, versuchte Haaserer, das Gespräch in Gang zu bringen. Dass er plötzlich einen unerklärlichen Duft von Wiener in der Nase hatte, ignorierte er lieber.

»Ja, deiner ist aber auch nicht schlecht«, meinte die Schweinsnase.

»Gell?« Haaserer fühlte sich ehrlich geschmeichelt. »Den hab ich ganz neu.«

»Sieht man.« Schweinchen Dick löste sich von seinem Wagen und schritt neugierig um den Porsche herum. »Was kann der denn so?«

»Der hat einen Sechszylinder-Boxermotor mit Biturbo. Da stecken 385 Pferdchen unter der Haube. Die 100 schaff ich damit locker in vier Komma vier Sekunden«, erklärte Haaserer, stolz darauf, was er auswendig gelernt hatte.

»Soso«, der Dicke hob die Augenbrauen und grinste. »Beeindruckend.«

»Ja, schon, gell?«, meinte er, um dann einen theatralischen Seufzer auszustoßen. »Leider kann ich das Mädchen ja kaum austesten.«

»Fahr halt auf die Autobahn.«

»Ach, da war ich schon.« Natürlich hatten die drei bei der Vorbesprechung die Antwort vorausgesehen und sich eine passende Erwiderung zurechtgelegt. »Aber es ist eben nicht dasselbe, als wenn man sich mit einem anderen Fahrer messen kann.«

Die Schweinchennase warf seinen Kumpels einen fragenden Blick zu. Die zuckten mit den Schultern. »Kannst ja mal auf den Nürburgring fahren …«

»Pff«, schnaubte Haaserer. »Das ist mir alles zu brav.«

Sein Gegenüber blickte noch mal zu den Kollegen. Während der eine wiederum nur mit den Schultern zuckte, nickte der andere.

»Na ja«, er kratzte sich am Hinterkopf. »Vielleicht kenne ich ein paar Leute, die ähnliche Interessen haben.«

»So?«, fragte Haaserer und versuchte, möglichst desinteressiert zu klingen.

»Also, wenn du dich wirklich mal mit jemand anderem messen willst, da gäbe es morgen Nacht eine Veranstaltung. Nur für geladene Gäste, versteht sich.«

»Aha«, sagte er demonstrativ cool. Innerlich freute er sich wie ein Schnitzel, weil alles wie am Schnürchen lief. »Und was muss man tun, um geladener Gast zu werden?«

»Ich kann dich reinbringen. Aber die ganze Veranstaltung ist streng geheim. Es wird mit niemand anderem darüber geredet. Und es darf auch niemand eigenmächtig dazu eingeladen werden.«

»Was im *Fight Club* passiert, bleibt im *Fight Club*«, zitierte Foo, der sich bisher zurückgehalten hatte.

Der Dicke deutete grinsend mit ausgestrecktem Finger auf ihn. »Genau richtig.«

»Von mir aus«, schaltete sich nun Haaserer wieder ein. »Also? Wie läuft das jetzt?«

»Gib mir mal deine Handynummer«, forderte Schweinchen Dick ihn auf und zog sein eigenes hervor. »Pass auf, morgen Nacht steigt eine Party. Der Startpunkt für dich ist die Straße von Großaign nach Neuaign bei der Abzweigung Richtung Seugenhof. Ich füg dich nachher in eine *WhatsApp*-Gruppe ein. Um 23 Uhr bekommst du den Code, wie es von da aus weitergeht. Wenn du ein wenig was in der Birne hast, kommst du damit zu uns. Alles verstanden?«

»Sowieso. Ich hoffe nur, dass ich dort eine etwas bessere Konkurrenz zu sehen bekomme als eure Kisten«, rief Haaserer, mit dem nun endgültig die Pferde durchgingen.

Die drei lachten schallend auf. »Werden wir sehen.«

»Na, dann. Servus!« Er nickte ihnen zu und ließ den Motor aufbrüllen. Nur um Millimeter verfehlte er die Stoßstange eines nahe parkenden Autos beim Wenden. Foo zuckte richtiggehend zusammen. Haaserer versuchte dagegen, sich nichts anmerken zu lassen, während er heftig am Lenkrad drehte.

»Puh, gerade noch mal gutgegangen«, seufzte er, als sie weit genug entfernt waren.

»Was heißt hier gutgegangen? Astrein ist das gelaufen, Agent Haaserer.« Foo streckte ihm die Faust entgegen.

»Hast du daran ernsthaft gezweifelt?« Er klopfte ihn

breit grinsend ab. »Da wird der Richard spitzen. Die Tankfüllung zahlt er mir.«

15

»Ja, ist gestern super gelaufen, oder?« Haaserers breites Grinsen war selbst durchs Telefon zu spüren.

»Kannst du wohl sagen«, stimmte ihm Richard zu. »Ehrlich gesagt hatte ich meine Zweifel, ob das alles so glattgeht. Und du bist jetzt wirklich in der Chatgruppe?«

»Ja, wenn ich es dir sage. Kaum eine halbe Stunde, nachdem wir weitergefahren sind, war ich drin. Ist aber bis jetzt noch nichts los.«

»Na ja, wird schon werden, denke ich«, wandte Richard ein. »Spätestens heute Nacht, wenn dann bei denen wieder was steigt.«

»Das ist überhaupt das größte Glück, dass genau heute noch was geht. Weil, am Montag muss ich den Porsche ja zurückgeben. Und so bald darf ich den bestimmt nicht mehr fahren. Ich schätze mal, wenn wir da heute nicht auftauchen, dann bin ich wahrscheinlich gleich wieder raus aus der Gruppe.«

»Das kannst du laut sagen. Meine Befürchtung war, dass da so schnell nichts geplant ist. Ich hatte gehofft, dass wir zumindest aus der Gruppe so lange wie möglich Informationen rausziehen könnten. Aber so haben wir die Chance, direkt in die Veranstaltung reinzukommen. Besser geht es eigentlich gar nicht.«

»Geil, gell?«, meinte Haaserer. »Du, übrigens, Richard. Ich hab da noch die Tankquittung von gestern …«

»Du, Haaserer, ich muss jetzt dringend Schluss machen«, wiegelte er schnell ab. »Wir sehen uns dann wie besprochen heute Nacht.« Und schon hatte er aufgelegt. Eine Weile blickte er noch auf das inzwischen abgeschaltete Display seines Handys und dachte nach. Die erste Aktion war besser gelaufen, als er es sich erhofft hatte. Falls sich Foo und Haaserer nicht zu dämlich anstellten, konnte das eine richtig große Nummer werden. Sofern sie damit Erfolg hatten, würde er wohl um die Tankrechnung nicht herumkommen. Na ja, wenn er sich das dumme Gesicht vom Müller vorstellte, wenn er fast im Alleingang die komplette Rasergang auffliegen ließ … Das wäre ihm schon das Spritgeld wert.

Dann schüttelte er den Gedanken ab. Es musste ja auch erst mal klappen. Bis dahin sollte er besser den Ball flach halten. Also ging er zurück in das Esszimmer seiner Eltern. Seine Schwester Maria samt Tochter Anna war zu Besuch.

»Was musst du denn so lange telefonieren«, rügte ihn seine Mutter. »Ist dein Kaffee jetzt kalt geworden?«

Richard nippte an der Tasse. »Nein, nein. Der geht schon noch.«

»Dann können wir endlich mit dem Kuchen anfangen«, beschloss sie und stellte den Gugelhupf auf den Tisch.

»Ich mag das Scherzl*!«, rief er schnell. Immer wenn seine Nichte zu Besuch war, dann machte er sich einen Sport daraus, sie möglichst oft zum Lachen zu bringen. Schließlich wollte der Titel des Lieblingsonkels verteidigt werden.

»Du bist so ein Depp!«, tadelte ihn seine Schwester, konnte aber ein Grinsen auch nur schwer unterdrücken.

»Worum ging es denn bei dem Telefonat überhaupt?«, hakte seine Mutter nach.

---

* Das Scherzl ist das Endstück zum Beispiel bei Brot, einem kastenförmigen Kuchen oder Leberkäs. Speziell beim Letzteren gibt es nur zwei Sorten von Menschen: die einen, die das Scherzl sehr gern mögen, oder die, die es überhaupt nicht ausstehen können. Hinzuzufügen ist, dass beim runden Gugelhupf ein Scherzl konstruktionsbedingt nicht existiert.

»Nur was wegen der Arbeit«, wimmelte er sie ab.

»Sogar noch an deinem freien Tag?«, wunderte sich seine Schwester Maria.

»Das Verbrechen kennt kein Wochenende«, verkündete er übertrieben ernst. »Und wenn uns die Kriminellen durch die Lappen gehen, weil wir beim Kaffee sitzen, dann ist das halt Kacke.«

»Pscht«, machte die kleine Anna und lehnte sich zu Richard hinüber, um ihm zuzuflüstern: »Kacke sagt man nicht, Onkel.«

»Scheiße! Da hast du recht!«, rief er laut und zwinkerte ihr dann verschwörerisch zu. Anna hielt sich vor Lachen die Hand vor den Mund.

Maria dagegen rollte genervt mit den Augen. »Hoffentlich bekommst du bald selber Kinder, damit ich denen dann auch lauter Schmarrn beibringen kann.«

»Du, den Schmarrn bring ich meinen Kindern dann schon selber bei. Da brauch ich dich nicht dazu«, grinste Richard.

»Apropos Nachwuchs«, begann seine Schwester und machte eine bedeutungsschwere Pause. Dabei bekam sie einen gefährlichen Blick. »Kann es sein, dass du eine neue Flamme hast?«

»Ich?«, antwortete er eine Spur zu schrill, und sein Kopf wurde augenblicklich knallrot. »Wie kommst du darauf?«, fragte er nach einem Räuspern.

»Na ja, weil du vor kurzem ein Date mit einer jungen Dame gehabt hast?«

»Woher weißt denn du das?«, wollte Richard verwundert wissen.

»Der Philip hat dich gesehen«, sagte sie spitz.

»Lasst ihr den kleinen Buben nachts noch allein durch die Stadt laufen?«, ereiferte er sich in der Hoffnung, vom Thema abzulenken.

»Du, der kleine Bub ist jetzt auch schon 16 Jahre alt. Das müsstest du als selbsternannter bester Onkel der Welt eigentlich wissen. Und mit 16 fängt man bekanntermaßen das Fortgehen an.«

»Und wo hat er mich dann gesehen?« Richard konnte sich beim besten Willen nicht daran erinnern, dass ihm Philip bei seiner Verabredung mit Magdalena über den Weg gelaufen war.

»Der ist auch im Café gesessen, in dem du dein Date hattest. Er hätte dir eigentlich gewunken, aber er hat gemeint, du hattest nur Augen für deine Freundin gehabt, da hast du ihn gar nicht bemerkt.«

»Das ist ja schlimmer als bei der Stasi«, schimpfte Richard.

»Soll eine recht Hübsche gewesen sein«, fuhr Maria fort, ohne auf seinen Protest einzugehen.

»Wie heißt sie denn dann?«, mischte sich nun seine Mutter ein, die dem Gespräch äußerst neugierig gefolgt war.

»Magdalena«, brummte Richard und versuchte, sich hinter seiner Kaffeetasse zu verstecken.

»Und? Wie läuft es dann so? Wann stellst du sie uns denn mal vor?«, fragte seine Schwester voller Schadenfreude.

»Jetzt mal langsam«, wiegelte er ab. »Ich war erst einmal mit ihr aus.«

»Geknutscht haben sie aber schon«, wandte sich Maria im Plauderton an ihre Mutter. »Der Philip hat sie durchs Fenster gesehen.«

Richard vergrub den Kopf unter den Armen und stöhnte.

»Magst du sie vielleicht am nächsten Sonntag zu uns einladen?«, schlug seine Mutter vor. »Dann koch ich so richtig auf. Was isst sie denn gerne?«

»Jetzt lasst euch doch mal Zeit. Wir sind erst einmal miteinander ausgegangen. Wir sind noch gar nicht fest zusammen.«

»Ja, dann streng dich mal an«, forderte Maria ihn auf. »Sonst ziehst du ja nie aus und irgendwann bist du ein einsamer alter Junggeselle. Und die Mama muss dir bis zu deinem Lebensende die Klamotten zum Anziehen rauslegen.«

»Ja, so weit kommt's noch«, regte sich seine Mutter auf. »Du ziehst dich gefälligst weiterhin selber an.«

»Mama«, seufzte Richard. »Die Maria übertreibt doch bloß.«

»Ich will dich doch nur ein bisserl ärgern«, meinte die etwas versöhnlicher. »Aber streng dich mit deiner Magdalena gefälligst an. Nicht dass du es wieder versaust.«

»Was heißt hier wieder versauen?«, fragte er scharf. Auch wenn er das Thema Sandra inzwischen abgehakt hatte, hatte seine Schwester doch einen wunden Punkt erwischt.

»Jetzt lasst mal den Onkel Richard in Ruhe!«, schritt nun Anna entschieden ein.

Maria lachte, zog es aber dann Gott sei Dank vor, es dabei zu belassen, und schwieg.

»Danke, Anna«, wandte er sich an seine Nichte. »Wenigstens du hältst zu mir.«

»Sowieso, Onkel. Stellst du mir dann deine Freundin vor?«

»Ja«, grinste er. »Ich verspreche dir, wenn die Magdalena meine Freundin ist, dann stelle ich sie zuallererst dir vor.«

16

»Aber egal, was ihr tut, macht nichts Illegales«, flehte Richard die beiden an.

»Pff«, Foo winkte ab. »Der Haaserer fährt doch eh nicht schneller als 100, weil er sich nicht traut.«

»Innerorts ist 100 auch zu schnell«, warf Richard ein.

»Jetzt hab dich nicht so«, wehrte sich Haaserer genervt. »Du bist ja schlimmer als meine Mutter. Dabei weißt du doch ganz genau, dass wir nie was Verbotenes machen würden.«

Richard sah ihn einfach nur an, ohne etwas zu sagen.

»Du weißt schon, wie ich das meine«, brummte der Freund nur, nachdem er seinem Blick nicht lange standgehalten hatte.

»Also noch mal zusammenfassend: Ihr geht rein, seht euch um und versucht, dabei so unauffällig wie möglich zu sein. Wenn es geht, dann schießt ein paar Fotos. Aber in Gottes Namen so, dass es unverdächtig wirkt. Falls euch jemand fragt, dann interessiert ihr euch für die Autos. Und unter keinen Umständen macht ihr bei einem Rennen mit. Verstanden?«

»Ja, Papa«, leierte Foo. »Können wir jetzt endlich fahren?«

»In Ordnung«, seufzte der junge Polizist. »Und haltet mich auf dem Laufenden.«

»Was machst dann du heute Nacht eigentlich?«, fragte Haaserer.

»Keine Ahnung«, Richard zuckte mit den Schultern, »ich werde mich schon irgendwie wachhalten.«

Haaserer furchte die Stirn und sah ihn forschend an. »Na gut«, sagte er schließlich gedehnt. Er startete den Motor und ließ ihn aufheulen. »Dann bis morgen. Und du bringst die Weißwürste mit. Servus.«

Richard sah den beiden nach, wie sie in die Dunkelheit davonfuhren. Haaserer hatte offensichtlich was geahnt. Na ja, dann war es eben so.

Er zog sein Handy aus der Hosentasche und tippte die Antwort an Magdalena: »Na klar komm ich vorbei. Freu mich.« Er wartete die Häkchen für »Zugestellt« und »Gelesen« ab. Augenblicke danach erhielt er ein Smiley-Gesicht mit drei kleinen Herzen darum. Er lächelte, während er es betrachtete. Dann schob er sein Handy zurück in die Tasche und seufzte. Eigentlich sollte er sich freuen, sie zu sehen. Nur irgendwie kam es ihm als keine gute Idee vor, wenn gleichzeitig Foo und Haaserer ihre Undercover-Mission durchführten. Aber schließlich hatten sie momentan ja kaum Zeit, sich zu treffen. Und er wollte unbedingt jede sich bietende Möglichkeit nutzen, sie zu sehen. Er hoffte inständig, dass alles gutgehen würde.

Die Nacht war immer noch angenehm warm, sodass sie das Verdeck des Porsche offen ließen. Foo hatte darauf bestanden, dass sie während der Fahrt das Album »Under Cöver« von *Motörhead* hörten.

»Für einen Undercover-Einsatz braucht man den passenden Soundtrack. Und besser geht's eigentlich gar nicht«, erklärte er.

»Ja, warum nicht«, meinte Haaserer schulterzuckend.

Lemmy Kilmister grölte gerade seine Version von David Bowies Klassiker »Heroes« aus den Lautsprechern, als sie die vereinbarte Abzweigung erreichten. Beim ersten Mal waren sie direkt daran vorbeigefahren. Also bogen sie von der anderen Seite ein. Zu sehen war nichts, aber das war zu erwarten gewesen. Sie fuhren noch das Stückchen weiter bis Seugenhof, um zu wenden, da sich vorher nicht die Gelegenheit dazu ergab. Auch deshalb, weil Haaserer darauf bestand, dass ein Feldweg eben keine Wendemöglichkeit war. Er parkte den Porsche kurz vor der kleinen Verkehrsinsel am Straßenrand. Um diese Zeit war hier wohl nicht mit erhöhtem Verkehrsaufkommen zu rechnen. Und ein einzelnes Auto würde problemlos an ihnen vorbeikommen.

»Und jetzt?«, fragte Haaserer. Eine gewisse Nervosität in seiner Stimme konnte er nicht verbergen.

»Geduld, Geduld.« Foo lehnte sich in den Beifahrersitz zurück und warf einen Blick auf seine Uhr. »Ist ja auch noch nicht 23 Uhr. Irgendwas wird schon passieren.«

»Und wenn der mit seinem BMW gleich neben uns auftaucht und mich zu einem Rennen herausfordert?«, fragte Haaserer aufgeregt. »Was soll ich dann tun?«

»Schneller fahren als er«, antwortete Foo schulterzuckend.

»Spinnst du? Ich mach doch mit dem Auto von meinem Chef kein illegales Rennen im Further Outback.«

»Reg dich ab«, beruhigte ihn Foo. »Ich glaub nicht, dass er uns direkt zu einem Rennen auffordert. Es hat doch geheißen, wir kriegen einen Code, wie es von hier aus weitergeht.«

»Na hoffentlich«, knurrte er. »Wie lang ist es noch bis 23 Uhr?«

»Fünf Minuten.«

Also blieb ihnen nichts anderes übrig, als zu warten. Lemmys Reibeisenstimme sang weiter, nun, da sie parkten, deutlich leiser, weil Haaserer die Lautstärke zurückgedreht hatte. Da vibrierte sein Handy. Eilig zog er es heraus und las die Nachricht.

»Der Richard«, erklärte er augenrollend.

»Was will er denn?«, fragte Foo.

»Wie es bei uns läuft.«

»Mein Gott, ist der ungeduldig. Schreib ihm, dass wir uns schon rühren, wenn was Interessantes passiert.«

»Manchmal nervt er richtig«, meckerte Haaserer, während er Richard zurückschrieb. Kaum hatte er die Nachricht abgeschickt, vibrierte das Handy wieder. Diesmal war es die erwartete Mitteilung.

»Jetzt geht's los!«, rief er ganz aufgeregt.

»Los, sag schon, was drinsteht.« Foo, der bisher in seinem Sitz herumgelümmelt hatte, sprang richtiggehend auf.

Haaserer runzelte die Stirn und zwinkerte ein paarmal, bevor er laut vorlas. »Follow the White Rabbit.«

»Was?«, fragte Foo verblüfft.

»Das steht da: Follow the White Rabbit.« Er hielt ihm das Display entgegen, sodass der Freund es selbst lesen konnte. »Was soll denn das heißen?«

»Folge dem weißen Kaninchen«, brummte Foo nachdenklich. »Ist das nicht aus *Alice im Wunderland*?«

»Also, wenn das was mit Drogen zu tun hat, dann machst du das«, ereiferte sich Haaserer.

»Ach, Schmarrn. Das wird irgendein Code sein.«

»Und was soll dann der Code heißen?«

»Das weiß ich leider auch nicht«, erwiderte Foo.

Ratlos sahen sich die beiden um, bis Foo ihn plötzlich anstieß.

»Siehst du das da vorne an dem Baum? Mach mal das Fernlicht an.«

Haaserer kniff die Augen zusammen. Tatsächlich, am letzten Baum vor der Querstraße hing etwas kleines Weißes, das da nicht hinzugehören schien. Er blendete auf, und im hellen Scheinwerferlicht war mit ein wenig Fantasie zu erkennen, dass es sich um eine Hasenfigur handelte. Er startete den Motor und ließ den Porsche näher an den Baum rollen. Bei genauerer Betrachtung stellten sie fest, dass es ein Stück Papier war, so gefaltet, dass es der Silhouette eines Hasen entsprach.

Foo sprang blitzschnell auf, stellte sich auf seinen Sitz und riss die Figur, die mit einem Reißnagel am Stamm befestigt war, ab.

»Spinnst du?«, schimpfte Haaserer. »Geh mit deinen Quadratlatschen sofort von den teuren Sitzen runter.«

»Schon gut«, beruhigte ihn Foo. Er setzte sich wieder und betrachtete das Papier. Es war blütenweiß. Auch nachdem er es aufgefaltet hatte, kam nichts weiter zum Vorschein. »Mist. Ich hatte gehofft, dass da drinstehen würde, wo wir hinmüssen. Den weißen Hasen haben wir, und wie geht es jetzt weiter?«

»Schau, da vorn«, rief nun Haaserer. »Unten an dem Wegweiser.«

Tatsächlich hing dort ebenfalls etwas Weißes.

»Ich wette, das ist noch ein Hase.« Er wurde euphorisch.

»Follow the White Rabbit!« Foo schlug sich mit der flachen Hand an die Stirn. »Dass wir da nicht gleich draufgekommen sind. Aber wo müssen wir jetzt hin?«

»Der Hase hängt links am Schild«, erklärte Haaserer. »Ich denke, das heißt, dass wir links fahren sollen.«

»Klingt logisch«, stimmte Foo ihm zu. Also bog er entsprechend ab. Angestrengt starrten sie in die Nacht, aber schon bald entdeckten sie den nächsten Hasen. Sie waren auf der richtigen Spur. Schließlich war es einfacher, als sie befürchtet hatten. Wenn man wusste, worauf zu achten war, dann war das reinweiße Stück Papier mit Fernlicht recht leicht zu finden. So bogen sie mal rechts, mal links ab. So oft, dass sie schnell die Orientierung verloren. Die spärlichen Wegweiser, an denen sie vorbeikamen, wiesen auf kleine Dörfer und einzelne Weiler hin, von denen sie im Leben noch nie gehört hatten. Die Straßen wurden von Abbiegung zu Abbiegung immer schmäler. Schließlich landeten sie auf einem Feldweg, auf dem nur die Fahrspuren mit Betonplatten belegt waren. Dazwischen spross das Gras.

»Das kann doch unmöglich richtig sein«, nörgelte Haaserer, der Angst hatte, sich die Ölwanne aufzureißen.

»Der letzte Hase da hinten war eindeutig für diesen Weg«, versuchte Foo ihn zu beruhigen. »Also bleib locker und fahr einfach weiter.«

Nach kurzer Zeit gelangten sie an einen Waldrand, und der Feldweg wurde durch eine Schranke versperrt.

»Und jetzt?«, fragte Haaserer. Er betrachtete die rotweiße Stange, die ziemlich stark verschmutzt war und nicht den Eindruck erweckte, als würde sie sich ohne Weiteres öffnen lassen.

»Da bin ich jetzt auch überfragt«, zuckte Foo mit den Schultern. Sie sahen sich suchend um, konnten in der Dunkelheit aber kaum etwas erkennen.

»Und wie zur Hölle soll ich hier wenden?«, schimpfte Haaserer, während er den Kopf nach hinten reckte.

»Wart mal«, sagte Foo plötzlich aufgeregt und deutete in den Wald. »Schau, da vorne.«

Haaserer kniff die Augen zusammen. War das der Lichtkegel einer Taschenlampe?

»Mach doch mal das Fernlicht aus«, drängte ihn Foo.

Er zog den Schalthebel zurück. Tatsächlich, im nun nicht mehr ganz so grellen Licht war eindeutig der Strahl einer Taschenlampe zu erkennen, die auf sie zukam. Nach kurzer Zeit erschien ein junger Mann. Zuerst zielte er mit seiner unangenehm hellen Lampe den beiden direkt ins

Gesicht. Dann auf ihr Nummernschild. Schließlich holte er ein Klemmbrett hervor, warf einen Blick darauf und nickte.

Gelassen schlenderte er zu ihnen und blieb neben Haaserer stehen.

»Servus«, grüßte er sie. »Was macht ihr hier draußen?«

»Äh, wir sind dem weißen Hasen gefolgt«, antwortete Haaserer unsicher.

»Passt schon«, grinste der Unbekannte. Dann nahm er ein Handfunkgerät von seinem Gürtel. »Kannst aufmachen«, sprach er hinein.

Nun erschien ein zweiter Typ bei der Schranke und öffnete sie mühelos. Offenbar war sie trotz ihres verwahrlosten Zustands gut geölt.

»Viel Spaß«, meinte der Mann neben ihnen und schlenderte zurück in den Wald.

Haaserer sah Foo fragend an. Der zuckte nur mit den Schultern und bedeutete ihm mit einem Kopfnicken, dass er einfach weiterfahren sollte.

Der Weg, den sie fuhren, war denkbar schlecht. Die Betonplatten waren deutlich gegeneinander verschoben, was das Ganze zu einer ziemlich schaukeligen Angelegenheit machte. Entsprechend langsam kamen sie voran. Doch nach kurzer Zeit wurde ein Lichtschein sichtbar. Schließlich verließen sie den Wald und erreichten eine Lichtung, die von zahlreichen Flutlichtstrahlern taghell erleuchtet war. Hier befand sich vor ein paar baufälligen Hallen ein sehr großer betonierter Platz. Auf ihm tummelten sich bereits einige Autos. Allesamt getunt und auf Hochglanz poliert. Laute Musik wummerte aus irgendwelchen Boxen. Eine beachtliche Menge an Personen, dem ersten Augenschein nach alles junge Leute, war locker über den Platz verteilt. Einige davon begutachteten neugierig die Neuankömmlinge, andere nahmen überhaupt keine Notiz von ihnen.

Haaserer ließ den Porsche langsam vorwärts rollen, etwas unsicher, was er nun machen sollte.

»Schau mal, da vorne«, deutete Foo nach links. Dort sahen sie den bekannten BMW, dessen Fahrer sie eingeladen hatte. »Fahr mal zu dem rüber.«

Haaserer tat wie geheißen, schlug einen großen Bogen und parkte dann mit respektvollem Abstand parallel zum BMW.

»Und jetzt?«, fragte er Foo. Aber da kam bereits Schweinchen Dick auf sie zu, die Arme ausgebreitet und in der rechten Hand eine Bierflasche.

»Servus!«, rief er. »Ich dachte schon, ihr kommt nicht mehr!«

»War ja auch ein weiter Weg«, antwortete Haaserer und schlug in die entgegengestreckte Hand ein. Dabei stieg ihm wieder dieser seltsame Geruch nach Wienern in die Nase.

»War Absicht«, zwinkerte der andere. »Ich bin der Röhrl Daniel. Kommt, ich führ euch ein wenig rum.«

Ah, der Röhrl-Wurschti. Von dem hatte ihm Richard schon erzählt. Hätte er sich eigentlich denken können. Haaserer öffnete die Tür und stieg aus. Foo dagegen sprang einfach durchs offene Verdeck heraus.

»Nehmt es mir nicht übel«, erklärte Daniel, während sie über den Platz schlenderten, »aber unsere kleine Veranstaltung hier ist eine eher exklusive Angelegenheit. Und da wollen wir nicht, dass jeder Hanswurst herkommt. Am allerwenigsten die Polizei.«

»Und deshalb veranstaltet ihr so eine Gaudi mit den Hasen?«

»Geil, oder?«, meinte Daniel stolz. »War meine Idee mit ›Follow the White Rabbit‹.«

»Und wenn ich jetzt jedem verrate, wo eure Partylocation ist?«, wandte Foo ein.

»Kannst du schon machen«, grinste Röhrl-Wurschti. »Bringt bloß nix. Weil, den Ort wechseln wir jedes Mal. Das hier war früher ein Sägewerk.«

»Cool«, sagte Haaserer.

»Ja, geht so«, meinte Daniel mit einer wegwerfenden Geste. »Für Driften und so ist es nicht schlecht. Aber für meinen Geschmack sind wir hier zu weit von anständigen Straßen weg, um richtige Rennen zu fahren. Wir haben noch drei andere Plätze, da ist das besser.«

»Da betreibt ihr ja einen ganz schönen Aufwand, um das geheim zu halten«, meinte Haaserer.

»Sowieso. Die Hinweise wechseln wir auch jedes Mal. Letztes Mal waren es schwarze Schleifen. Das hat nicht so gut hingehauen, weil man die in der Nacht schlecht sieht. Na ja ... Fix sind nur ein paar Startpunkte, so wie der von euch bei Seugenhof. Da hat jeder vom Inneren Kreis einen zur Verfügung für neue Mitglieder. Übrigens würde ich euch nicht raten, irgendjemandem etwas über die Party hier zu erzählen. Momentan seid ihr quasi auf Probezeit. Das heißt, wenn irgendwer spitzkriegt, was hier läuft, dann fliegt ihr sofort raus aus der *WhatsApp*-Gruppe. Also kein Wort zu niemandem. Wenn ihr euch an die Regeln haltet, dann kommt ihr vielleicht irgendwann in den Inneren Kreis. Dann braucht ihr keine Schnitzeljagd mehr zu machen. Weil, die Stammmannschaft kennt natürlich die direkten Orte, wo unsere Partys steigen. Aber das müsst ihr euch erst mal verdienen. Wollt ihr was trinken?«

Sie waren an einem alten Ford Transit Feuerwehrauto angekommen. Das war aufwendig zum Partymobil umgerüstet worden. Die hintere Heckklappe war offen, und dort, wo eigentlich die Pumpe sitzen würde, befand sich ein Kühlschrank mit Glastür. Der war zum Bersten mit Alkohol gefüllt.

»Wow«, entfuhr es Foo. Er war sichtlich hin und weg.

»Bier oder was Stärkeres?«, fragte der Typ im offenen Hawaiihemd, der seitlich an dem Feuerwehrauto lehnte.

»Was hast du denn?«, wollte Foo wissen.

»Na, dann komm mal mit.«

Er öffnete die hintere Tür und schlüpfte in den Mannschaftsraum. Foo folgte ihm. Darin befand sich eine voll eingerichtete Bar.

»Hast du das alles eingebaut?«, fragte Foo ihn.

»Sowieso.«

»Geiler Scheiß«, sagte Foo ehrfürchtig.

»Na ja, ein bisserl unbequem, weil man nicht stehen kann, aber sonst geht's«, zuckte er mit den Schultern. »Wie wäre es mit einem *Zombie*?«

»Ja, mach mal.«

»Passt das?«, er hielt Foo ein normales Glas entgegen.

»Hast du was Größeres auch?«

Das Hawaiihemd schürzte die Lippen und zog dann einen Maßkrug hervor.

»Sag mal, spinnst du?«, schimpfte Haaserer, als Foo mit seiner *Zombie*-Maß wieder aus dem Feuerwehrauto auftauchte.

Daniel lachte dagegen nur. Er holte ein Bier aus dem Kühlschrank und reichte es Haaserer. Der nahm es dankend an und nippte. Da er ja noch fahren musste, würde es das Einzige heute bleiben und daher eine Weile reichen.

»Und was treibt ihr hier so?«, fragte er.

»Alles, was Spaß macht«, zuckte Röhrl-Wurschti mit den Schultern. »Wir trinken, hören Musik, zeigen unsere Autos her.«

In dem Augenblick legte einige Meter entfernt jemand einen Kavaliersstart hin, dass es nur so qualmte. Der Geruch nach verbranntem Gummi war grausam.

»Genau so was«, grinste er. »Und vor allem geht uns die Polizei nicht auf den Sack.«

»Ja, die sind voll nervig, oder?«, fragte Haaserer ein bisschen nervös.

»Ach was.« Daniel machte eine wegwerfende Geste. »Mit denen werden wir schon fertig. Aber heute sind sie wieder ein wenig aktiver, die Bullen. Da verhalten wir uns stiller als sonst.«

»Echt? Wie kriegt ihr das denn mit?«

»Wir haben unsere Strecken, wo man auch mal ein kleines Rennen fahren kann, wenn es passt. Und in der ganzen Stadt haben wir ein paar Leute sitzen, die sich anschauen, was die Bullen machen. Momentan sind sie wieder verstärkt im Einsatz, aber hier draußen finden die uns ja nicht mal. Bloß aus unserem Rennen heute wird nichts, fürchte ich.«

»Ach, Scheiße, oder?«, schimpfte Haaserer übertrieben empört. Innerlich fiel ihm ein riesiger Stein vom Herzen. »Immer diese Dreckspolizei.«

»Vielleicht beim nächsten Mal.«

Da erinnerte er sich wieder an seine Aufgabe. Er holte sein Handy hervor und schickte sich an, ein paar der Autos zu fotografieren.

»Hey«, rief Röhrl-Wurschti forsch. »Keine Fotos, verstanden?«

»Ich wollte bloß das Auto fotografieren«, antwortete Haaserer entschuldigend.

»Lass das mal lieber bleiben. Ich möchte keine Bilder auf *Facebook* oder so sehen. Sonst will noch jeder Hanswurst hier her. Keine Fotos, das ist die Regel.«

»Okay, okay!« Haaserer schob sein Handy wieder ein. Dann musste er sich eben alles merken.

»Hey, Daniel«, rief jemand.

»Ich muss dann mal«, entschuldigte der sich. »Also, lasst es euch gutgehen.« Anschließend verschwand er dorthin, woher er gerufen worden war.

»Oh Mann, der *Zombie* ist echt stark.« Foo hatte bereits den halben Maßkrug geleert.

»Du säufst dich aber jetzt nicht ins Koma und überlässt mir die ganze Arbeit allein«, beschwerte sich Haaserer.

»Ich will nur nicht auffallen«, zuckte Foo mit den Schultern und nahm einen weiteren ordentlichen Schluck.

Neugierig schlenderten sie über den Platz und beobachteten alles. Haaserer versuchte anfangs, sich die Autokennzeichen einzuprägen, stellte aber bald fest, dass das ein hoffnungsloses Unterfangen war. Er hatte absolut kein Zahlengedächtnis. Also musste für Richard eine Beschreibung reichen, was hier so alles passierte.

Plötzlich blieb er wie angewurzelt stehen. Foo, der weitergehen wollte, packte er am Arm. Der sah ihn fragend und mit bereits etwas glasigem Blick an.

»Schau dir das an!« Haaserer nickte in die betreffende Richtung. Vor dem Auto, aus dem die laute Musik ertönte, tanzten drei leicht bekleidete Damen.

»Ich werd wahnsinnig!«, rief er aus. »Schau dir die Fahrgestelle an.«

»Haaserer, du musst dich jetzt konzentrieren«, beschwor ihn Foo, etwas lallend. »Für die Mission.«

Er rollte mit den Augen. »Aber schau sie dir doch mal an …«

»Für die Mission«, wiederholte Foo eindringlich.

»Richard, du schuldest mir was«, murmelte er.

»Was wird denn der überhaupt heute machen?«, fragte Foo.

»Daheim warten, dass wir uns rühren«, meinte Haaserer. »Aber zur Strafe lassen wir ihn jetzt lange warten.«

»Auch gut«, beschied Foo und starrte in seinen leeren Maßkrug. »Komm, gehen wir noch mal zur Feuerwehr.«

Das Joy war nie Richards Stammdisco gewesen. Ab und zu war er mit seinen Freunden hier gelandet, aber so recht warm geworden war er nie damit. Wahrscheinlich lag es an der Musik. Schon nach wenigen Augenblicken stellte er fest, dass sich das inzwischen wohl nicht geändert hatte. Nun, sei's drum, dachte er sich. Schließlich war er auch nicht deswegen hier. Als Erstes besorgte er sich ein Pils an der Bar. Er hatte die Hoffnung, dass er mit einem Bier in der Hand etwas cooler rüberkommen würde. Zumindest, dass ihn ein paar Schlucke Alkohol ein wenig entspannen würden. Nicht nur, dass er Angst hatte, es mit Lena zu vermasseln. Auch dass Foo und Haaserer bei seiner Ermittlung zugange waren und er absolut keinen Einfluss darauf hatte, machte ihn nervös. Um diese Zeit war noch nicht der Teufel los. Deshalb dauerte es nicht lange, bis er sie fand. Sie winkte ihm bereits von weitem. Als er bei ihr angekommen war, blieben sie etwas unschlüssig voreinander stehen. Er war sich unsicher, ob er sie umarmen sollte, und Lena biss sich nervös auf die Lippe. Doch dann war der Moment auch schon vorbei. Immerhin strich sie ihm sanft über den Arm.
»Hi«, sagte sie mit einem schüchternen Lächeln.

»Hi.« Richard lächelte sie ebenfalls an.

Ein Räuspern riss die beiden aus ihrer Welt heraus.

»Hi«, sagten Mona und Lisa gleichzeitig, die hinter Lena an der Wand lehnten. Sie schlürften an den Strohhalmen ihrer Cocktails und schienen sich köstlich auf ihre Kosten zu amüsieren.

Richard begrüßte die beiden ebenfalls und prostete ihnen zu.

»Na?«, fragte Mona. »Heute mal dienstfrei?«

»Mehr oder weniger«, antwortete er, was einigermaßen der Wahrheit entsprach.

»Dann wollen wir mal hoffen, dass diesmal nicht noch mal jemand abgestochen wird«, grinste sie. »Sonst müssen wir uns wieder allein um deine Lena kümmern.«

»Mona«, zischte Lena, der es offensichtlich peinlich war.

»Ich glaube nicht, dass die Security einen Tempelritter hier reinlässt«, wandte er ein.

»Wie ist denn das Ganze auf dem *Cave* überhaupt abgelaufen?«, fragte nun Lisa.

Richard, dankbar um das Thema, bei dem er einigermaßen sicheren Boden unter sich verspürte, erzählte die Geschichte gerne noch mal. Eine Weile überbrückte er so, bis das Gespräch langsam in andere Themen mündete. Irgendwann ging es um Personen aus dem Freundeskreis der drei Mädchen, wozu er wenig beitragen konnte. Also verlegte er sich aufs Zuhören. Ab und an warf er einen Blick auf sein Handy, da er darauf hoffte, Nachricht von Foo und Haaserer zu erhalten. Anfangs dachte er sich nichts dabei. Als es aber auf Mitternacht zuging, wurde er langsam nervös. Inzwischen mussten sie doch was gefunden haben. Warum meldeten sie sich dann nicht? Bilder stiegen in ihm auf mit verunfallten Porsches und so was in der Art. Der sicherste Fahrer war Haaserer noch nie gewesen. Was, wenn er die vielen PS unter seinem Hintern überschätzt hatte? Sollte er den beiden schreiben? Nein, das war wohl eine dumme Idee. Falls alles nach Plan lief, dann waren sie jetzt mitten in der Raserszene. Eine Nachricht zum falschen Zeitpunkt konnte ihnen Probleme bescheren. Oder waren sie vielleicht sogar bei den Rasern in Schwierigkeiten geraten? Was, wenn sie aufgeflogen waren? Ob die wohl in der Lage waren, seinen Freunden was anzutun? Noch mal warf er einen nervösen Blick auf sein Handy. Wieder nichts, das Display blieb leer. Falls ihnen etwas zustieß, dann war er schuld. Es war eine bescheuerte Idee gewesen, die beiden allein loszuschicken. Was hatte er sich nur dabei gedacht?

»Richard?«

Er schreckte hoch und sah Lena, die ihn etwas besorgt anblickte. »Alles in Ordnung?«

»Jaja.« Er räusperte sich. »Entschuldigt mich, ich glaub, ich hol mir noch eine Cola. Möchte jemand was?«

Die drei Mädchen verneinten. Mit einem schlechten Gefühl ging er zur Bar und bestellte sein Getränk. Ein weiterer sinnloser Blick auf sein Handy, weil immer noch keine Nachricht eingetroffen war. Er fluchte innerlich. Nicht nur, dass er seine Freunde möglicherweise in eine gefährliche Situation gebracht hatte, nun hatte er es wahrscheinlich auch mit Lena verkackt.

»Richard?«

Wieder zuckte er hoch. Lena stand hinter ihm, immer noch besorgt blickend.

»Ist wirklich alles okay mit dir?«

»Oh, entschuldige«, stotterte er. »Ich war gerade in Gedanken …«

»Tut mir leid«, meinte sie. »Mona und Lisa können ganz schön anstrengend sein. Wahrscheinlich hätte ich noch ein wenig warten sollen, bis ich die beiden auf dich loslasse. Ich dachte nur … es wäre schön, wenn du dich mit ihnen verstehst, weil sie meine besten Freundinnen sind.«

»Oh«, brachte Richard zuerst nur hervor. Das hatte sie wohl ganz falsch interpretiert. Gegen Foo und Haaserer waren die beiden richtiggehende Engel. »Nein, nein. Die beiden sind toll, ehrlich.«

Lena schüttelte lachend den Kopf. »Okay, mehr Übertreibung geht eigentlich gar nicht. Ich konnte die beiden heute unmöglich versetzen, aber … ich wollte dich einfach sehen.«

Richard wurde rot. »Nein, ehrlich. Ich mag sie. Es ist nur …«, stockte er. Verdammt, warum druckste er überhaupt rum? »Tut mir leid. Das klingt jetzt total bescheuert, aber ich habe meine beiden Freunde auf eine Undercover-Mission geschickt, und jetzt hab ich Angst, dass ihnen etwas passiert ist.«

»Was?« Lena zwinkerte mehrmals.

Gut, das musste sich wirklich verrückt für sie angehört haben, dachte Richard. Also erklärte er ihr die ganze Angelegenheit.

»Okay«, meinte sie nachdenklich, als er geendet hatte. »Ehrlich gesagt, hört sich das sogar irgendwie cool an.«

»Cooler wäre es, wenn ich wüsste, dass es ihnen gutgeht«, seufzte Richard. Aber allein die Tatsache, dass er sich seine Sorgen vom Herzen hatte reden können, machte es ihm schon etwas leichter.

»Also, so wie ich die beiden kennengelernt habe, glaube ich nicht, dass du dir Sorgen machen musst. Foo sieht irgendwie aus, als könnte er sich aus allem rauswinden, egal wie verrückt die Situation ist.«

»Da könntest du sogar recht haben«, lachte er.

Sie sah ihn einen Moment lang forschend an. »Du würdest jetzt lieber nach Hause gehen, oder?«

Richard wollte ihr sofort widersprechen, stockte dann aber. Er hatte keine Ahnung, wie sie das machte, doch in diesem Augenblick schien sie ihn besser zu verstehen als er sich selbst.

»Ich würde gern mehr Zeit mit dir verbringen. Aber ich fürchte, dass ich heute keine gute Gesellschaft mehr abgebe«, sagte er entschuldigend.

»Schon gut.« Sie schenkte ihm ein Lächeln und schaffte es beinahe, ihre Enttäuschung damit vollends zu verbergen.

»Ich hoffe, du bist mir nicht böse …«, begann Richard. Doch sie umarmte ihn und gab ihm einen langen Kuss.

»Schlaf gut«, hauchte sie. Danach löste sie sich behutsam von ihm. »Und ich drücke dir die Daumen, dass mit deinen Freunden alles in Ordnung ist.«

Dann wandte sie sich ab und verschwand in der Menge. Richard blieb zurück, mit sich selbst hadernd, ob er ihr nachgehen sollte. Seine Gedanken wanderten zu Foo und Haaserer, und er verwarf es wieder. Nein, heute war nicht der richtige Tag dafür. Also wandte er sich zum Gehen. Irgendwie gelangte er durch die Menge zum Ausgang, ohne wirklich Notiz von irgendetwas zu nehmen. Das Hochgefühl in ihm rang mit der Sorge um seine Freunde und der Angst, bei Lena doch etwas falsch gemacht zu haben. Ziemlich durcheinander stieg er in sein Auto und seufzte erst mal. Auf seinen Lippen schmeckte er immer noch Lenas Lippenstift. Sein Blick ging zurück auf die Disco, dann auf sein nach wie vor leeres Handydisplay. Er atmete dreimal tief durch und startete den Motor. Es war wohl besser, wenn er versuchte, wenigstens ein paar Stunden Schlaf zu finden.

17

Richard knallte den Topf mit den Weißwürsten auf den Tisch, sodass etwas heißes Wasser überschwappte.

»Hey!«, rief Haaserer und sah ihn böse an.

Mit finsterer Miene setzte sich Richard an den Tisch und sah erst zu Haaserer, der sich kopfschüttelnd ein Paar Würste mit der Gabel aus dem Topf fischte. Dann blickte er auf Foo, der den Kopf auf die Tischplatte gelegt hatte und offensichtlich schlief.

»Magst du nichts?«, fragte Haaserer, nachdem er die enthäutete Weißwurst in den süßen Senf getunkt und abgebissen hatte.

Er schnaubte nur. Die letzte Nacht hatte er kaum Schlaf gefunden. Stundenlang hatte er gegrübelt, ob ihm Lena wirklich nicht böse war. Und sobald er diese Gedanken hatte abschütteln können, machte er sich Sorgen um seine beiden Freunde. Wohlgemerkt die, von denen sich einer bis zum Verlust der Muttersprache besoffen hatte und der andere einfach zu faul war, ihm zu schreiben, dass alles mit ihnen in Ordnung war. Er nippte an seinem Weißbier, das zu einem anständigen Weißwurstfrühstück gehörte, und versuchte, seinen Groll zu unterdrücken.

»Glaubst du, dass er schon was mag?«, fragte er dann Haaserer und nickte in Richtung Foo.

»Gute Frage.« Sein Freund zuckte mit den Schultern. »Gibt wohl nur eine Möglichkeit, es rauszufinden.« Er gab Foo einen ordentlichen Rempler, sodass dieser stöhnend erwachte. Zuerst blickte er sich verwirrt um, bis er offenbar realisierte, wo er war. Dann stützte er seinen Kopf auf die Hände und starrte mit halb geöffneten Augen ins Leere.

»Da, damit dein Rausch weggeht«, sprach Richard ihn an und hielt ihm ein Paar Weißwürste mit der Gabel hoch.

Foo machte große Augen, als er sie sah, und musste aufstoßen, sodass Richard schon Angst bekam, er müsse sich übergeben.

»Ich bring nix runter«, stöhnte er, nachdem er sich wieder einigermaßen in den Griff bekommen hatte.

»Also in deinem Alter müsstest du doch eigentlich genug Vernunft beieinanderhaben, damit du weißt, wann du mit dem Saufen aufhören solltest«, meinte Richard tadelnd.

»Ja, schon«, brummte Foo. »Aber immer nach dem zweiten Cocktail wirft die Vernunft wütend die Tür hinter sich zu und kommt mindestens zwei Tage nicht mehr aus ihrem Zimmer.«

Währenddessen hatte sich Haaserer eine Flasche Weißbier geschnappt und ein Glas. Gekonnt schenkte er ein, schüttelte den letzten Rest und zauberte dann eine beeindruckende Schaumkrone auf das Bier.

»Da.« Er reichte es an Foo weiter. »Ein Reparaturweißbier.«

»Bist du sicher, dass das eine gute Idee ist?«, fragte Richard zweifelnd. »Der kriegt doch einen dermaßen aufgewärmten Rausch, dass es staubt.«

»Ach was«, winkte Haaserer ab. »Der verträgt das schon. Und außerdem, so wie er sich gestern aus dem Leben geschossen hat, da schläft er den Rest des Tages sowieso durch.«

»Hast du keine Angst gehabt, dass er dir in den Porsche kotzt?«

»Erinnere mich nicht daran«, stöhnte Haaserer. »Blut und Wasser habe ich geschwitzt. Aber du kennst ihn ja. Was er mal hat, das gibt er ungern wieder her.«

Foo nippte zuerst zögerlich und wartete, was passierte. Nachdem er sicher war, dass sein Körper auf Gegenwehr verzichtete, nahm er einen ordentlichen Schluck. Nach wenigen Augenblicken stellte sich ein zufriedenes Lächeln auf seinem Gesicht ein. Wie erwartet, beziehungsweise befürchtet, hatte er die Betrunkenheit von gestern erneuert. Nun, zumindest hatte das den Vorteil, dass er wieder ansprechbar war.

»Gib mir mal eine Breze rüber. Vielleicht saugt die den Rausch im Magen auf«, forderte er Richard auf.

Der tat wie gebeten und sah dann den beiden beim Frühstücken zu. Bei ihm selbst wollte sich kein rechter Appetit einstellen.

»Ihr hättet mir zwischendurch schon mal schreiben können, dass bei euch alles in Ordnung ist«, sagte er dann irgendwann mit einer Stimmlage, von der er hoffte, dass sie möglichst viele Schuldgefühle bei seinen Freunden auslösen würde.

»Warum hätten wir denn schreiben sollen?«, wandte Haaserer ein. »Ist ja nichts passiert.«

»Vielleicht, weil ich mir Sorgen gemacht habe?«, warf Richard ihm vor.

»Mei, süß. Hat sich der kleine Schlingel tatsächlich Sorgen um uns gemacht«, säuselte Foo, dessen Rausch sich nun eindeutig wieder eingestellt hatte.

»Ach was«, meinte Haaserer kauend. »Nachdem nichts wirklich Aufregendes passiert ist, da wollten wir dich einfach nicht wecken.«

Richard atmete tief ein und aus und schluckte seinen Ärger runter. Jetzt war es auch schon egal.

»Also ist nix dabei rausgekommen.«

»Na ja, nix würd ich nun auch nicht sagen«, erklärte Haaserer. »Wenigstens haben wir jetzt einen Hinweis, wie die zusammenkommen. Angeblich treffen sie sich jedes Mal woanders, aber in der *WhatsApp*-Gruppe bin ich noch drin. Also wenn das nächste Treffen ist, kriegen wir zumindest mit, was diesmal der Wegweiser ist. Aber ich kann dann da nicht mehr hin.«

»Wieso?«, fragte Richard.

»Also ich glaub nicht, dass ich den Porsche so schnell mal wieder von meinem Chef geliehen bekomme.«

»Ach so«, nickte er. »Schon klar. Da müssen wir uns was überlegen, wie wir das machen. Aber so was richtig Illegales ist da gestern nicht gelaufen, oder?«

»Na ja, ob da noch jeder fahrtüchtig gewesen ist, der in seinem Auto saß, da hab ich schon so meine Zweifel. Und seinen Reifenbelag auf den Teer zu radieren, ist jetzt auch nicht die feine Art. Aber so richtig, *richtig* illegal war nichts dabei.«

»Also keine Straßenrennen?«

Haaserer schüttelte den Kopf. »Dafür sei der Platz zu schlecht, und außerdem scheinen die an allen infrage kommenden Straßen jemanden zu haben, der schaut, was die Polizei macht. Zumindest hat der Röhrl-Wurschti gemeint, dass ihr gestern zu aktiv wart für ein Rennen.«

»Ja, ich habe schon vermutet, dass das eine richtige Community ist, die sich gegenseitig auf dem Laufenden hält. Aber dass die so gut organisiert sind, überrascht mich dann doch etwas.«

»Du, da könnte sich so manche Eventagentur eine Scheibe davon abschneiden«, fuhr Haaserer fort. »Die ziehen das richtig professionell auf. Aber ehrlich gesagt, ich war heilfroh, dass mich der Röhrl nicht zu einem Rennen herausgefordert hat. Aus der Nummer wär ich doch nicht mehr rausgekommen.«

»Ist schon gut«, beschwichtigte ihn Richard. »Du sollst

ja auch nichts Illegales machen. Stell dir vor, euch hält dabei die Polizei auf. Dann wäre die Kacke richtig am Dampfen.«

»Das schon. Aber wirklich weiter bringt uns das Ganze jetzt auch nicht, oder?«

Richard seufzte. Mit dem Gedanken plagte er sich ebenfalls, seit er gehört hatte, wie die letzte Nacht gelaufen war. »Na ja, Fotos hätten uns schon geholfen. Dann wüssten wir, wer da alles unterwegs ist.«

»Hey, keine Chance.« Haaserer hielt die Hände abwehrend hoch. »Da haben die aufgepasst wie die Schießhunde.«

»Schon klar. Aber hast du dir wirklich keines der Kennzeichen merken können?«

»Mei, ich und Zahlen …«, sagte Haaserer entschuldigend.

»Und er?« Richard nickte in Richtung Foo.

»Was is los?«, fragte der mit einem albernen Grinsen im Gesicht. Er versuchte bereits seit einigen Minuten, sich Weißwürste aus dem Topf zu fischen. Im Gegensatz zu seiner Feinmotorik war wohl zumindest sein Appetit wiedergekehrt.

»Da brauchst du dir keine Mühe zu machen«, winkte Haaserer ab. »Der kann schon froh sein, wenn er heute seinen eigenen Namen noch weiß.«

»Na gut.« Richard schürzte die Lippen. »Wenigstens wissen wir jetzt in etwa, was da so abläuft. Dann müssen wir eben sehen, was wir beim nächsten Mal draus machen. Steht in der *WhatsApp*-Gruppe schon was Neues drin?«

Haaserer zog sein Handy hervor und sah nach. »Da ist immer noch Funkstille.«

»Macht nichts, Hauptsache, du bist noch drin. Sobald sich was rührt, meldest du mir das gleich. Wenn wir die Wegweiser kennen, finden wir auch den nächsten Ort des Geschehens.«

»Und da willst du dann mit deinen Polizeikollegen aufkreuzen, oder was?«

»Das wäre wohl nicht unbedingt zielführend«, erklärte Richard. »Weil, wie du ja sagst, so wirklich schlimme Sachen treiben die da nicht. Aber wenn wir wissen, wo sie sich treffen, lässt sich vielleicht auch abschätzen, wo sie ihre Rennen fahren. Dann könnten wir zumindest ein paar davon auf frischer Tat ertappen.«

»Okay, das hört sich nach einem Plan an«, freute sich Haaserer. »Wir sind auf jeden Fall wieder am Start.«

»Wieso?«, wunderte sich Richard. »Ich dachte, mit dem Porsche wird das so schnell nichts?«

»Ach was. Den brauchen wir auch nicht. Weil, die Spur können wir mit jedem normalen Auto verfolgen. Wenn ihr das mit dem Polizeiauto macht, dann fallt ihr doch sofort auf. Nein, nein, wir haben die Sache mit dir angefangen, jetzt wollen wir auch weiter dabei sein.«

»Okay, meinetwegen«, meinte Richard, der der Argumentation seines Freundes nicht wirklich widersprechen konnte.

»Aber diesmal fährt er!« Haaserer deutete auf Foo.

»Ich fahr euch überall hin«, antwortete der sofort. »Wohin soll es gehen? An den Gardasee auf eine Kugel Eis?«

»Ein anderes Mal«, sagte Richard seufzend.

»Guten Morgen«, begrüßte Christina ihn beim Hereinkommen. »Du, der Weidner von der Kripo hat angerufen. Du sollst ihn bitte zurückrufen.«

Das ließ Richard aufhorchen. So schnell er konnte, schlüpfte er in seine Uniform und eilte zu seinem Schreibtisch. Wolfgang war inzwischen ebenfalls eingetroffen und grüßte ihn schläfrig.

»Muss die Kripo zurückrufen«, teilte er ihm knapp mit.

»Dann stell auf laut«, forderte sein Kollege ihn auf. »Das interessiert mich auch.«

Er wählte und drückte die entsprechende Taste auf dem Telefon, damit Wolfgang mithören konnte.

»Ja«, meldete sich Weidner nach kurzer Zeit forsch.

»Äh, guten Morgen. Sonnleitner«, antwortete Richard ein wenig unsicher.

»Ah, Servus. Danke für den Rückruf. Wir bräuchten eure Hilfe. Wie sieht es aus, habt ihr heute noch Luft? Wäre dringend.«

»Ja klar!« Das hörte sich wichtig an. »Um was geht es denn?«

»Ja, das ist ein wenig peinlich«, sagte Weidner etwas zögerlich. »Aber irgendwie ist das scheinbar so durchgerutscht …«

»Ja?«

»Na ja, wir hatten das Auto des Opfers nicht wirklich auf dem Schirm. Bei euren Kollegen in Furth ist eine Anzeige deswegen eingegangen. Als sie das Kennzeichen überprüft haben, ist dann irgendjemandem aufgefallen, dass es der Pkw des Toten ist, und hat das an uns weitergeleitet.«

Richard freute sich innerlich ein wenig, dass die Kripo in mancherlei Hinsicht auch etwas nachlässig sein konnte. Bei ihrem letzten Fall hatten Wolfgang und er ein ähnliches Erlebnis mit einem Handy gehabt. Wenn das Auto des Toten nicht in dessen Garage stand, sondern irgendwo in der Stadt, dann wäre es von Vorteil, sich dort nach Spuren umzusehen, bevor ein Angehöriger es abholte und etwaige Hinweise beseitigte. Ob wissentlich oder nicht.

»Auf jeden Fall wäre es gut, wenn ihr dorthin fahrt und euch das anseht. So wie es aussieht, ist das Auto beschädigt worden. Sagen zumindest eure Kollegen, die kurz vor Ort waren. Die wollten der Sache aber nicht weiter nachgehen, nachdem sie gecheckt haben, dass es mit dem Mord in Verbindung stehen könnte. Wie sieht es aus? Wäre das ein Job für euch?«

Richard sah Wolfgang an. Der nickte nur schnell.

»Kein Problem«, antwortete er. »Wir sehen uns das umgehend an.«

»Sehr gut«, meinte Weidner. »Am besten macht ihr Fotos und schickt sie uns. Also dann, viel Erfolg.« Und schon hatte er eingehängt.

»Dürft ihr wieder Derrick und Harry spielen?«, rief Müller spöttisch aus seiner Ecke. Richard warf ihm einen genervten Blick zu. Der erwiderte ihn dämlich grinsend.

»Obwohl, so wie der Wolfgang aussieht«, feixte er weiter, »gibt's heute wohl eher *Der Alte*.«

»Gib mir eine Lederjacke und ich mach dir den Matula«, konterte der.

»Das möchte ich sehen, wie du mit deiner Wampe unter dem sich schließenden Garagentor durchrollst«, rief Müller und erntete sogar ein paar Lacher, was er selbstzufrieden zur Kenntnis nahm.

»Hast du eigentlich nichts Besseres zu tun? Zum Beispiel deinen Schnurrbart kämmen oder so was?«, meinte Wolfgang.

»Nein«, antwortete Müller und strich sich über seine dämliche Oberlippenbehaarung.

»Also, wir schon. Komm, Richard, wir packen es. Habedieehre«, grüßte er zum Abschied, und sie verschwanden nach draußen.

»Dass du da so cool bleibst, wenn dich der Müller derart blöd anredet«, sagte Richard, als sie im Dienstwagen saßen. Innerlich ganz froh darüber, dass diesmal nicht er Ziel des Spottes gewesen war.

»Ach was«, winkte Wolfgang ab. »Unter Kollegen ist das normal. Wobei ich ehrlich gesagt schon zugeben muss, dass mich das ausgerechnet beim Müller doch ein wenig ärgert.«

»Wie das?«

»Na ja«, Wolfgang zuckte mit den Schultern, »an sich blödeln wir uns alle ab und zu mal untereinander aus. Aber das ist dann immer zwischen Kollegen, die sich gegenseitig respektieren.«

»Ach, und den Müller respektierst du nicht?«, fragte Richard spöttisch.

»Der hat doch nur ein großes Maul und nichts dahinter. Wenn es drauf ankommt, dann drückt er sich, wo es nur geht.«

»Und warum lässt du es dir dann von ihm gefallen?«, hakte er nach.

»Wie ich es dir schon gesagt habe, wird es bei dem nur noch schlimmer, wenn man drauf einsteigt. Da hilft nur ignorieren. Auch wenn es oft anstrengend ist.«

»Wovon habt ihr denn vorher überhaupt geredet?«

»Was meinst du?«, fragte Wolfgang stirnrunzelnd.

»Irgendwas mit *Derrick* und *Der Alte* …«

Wolfgang stieß einen tiefen Seufzer aus. »Also ich weiß nicht. Bist du einfach nur viel zu jung oder muss ich mich jetzt alt fühlen.«

Wolfgang schimpfte immer noch vor sich hin, als sie auf dem Parkplatz ausstiegen. »Das kann es doch nicht geben, dass wir jedes Mal genau dann an diese Dreckbahnschranke kommen, wenn sie zumacht.«

Richard war auch der Meinung, dass es langsam lächerlich wurde, aber er konnte sich nicht mit so einer Hingabe darüber aufregen wie Wolfgang. Im Grunde war er ganz froh, dass sie der Bahnübergang ausgebremst hatte. Denn auf der gesamten Herfahrt hatte er einen kulturgeschichtlichen Vortrag über die deutsche Fernsehlandschaft der 80er-Jahre erhalten. Angefangen hatte sie mit dem Satz: »Als ich so alt war wie du, da hatten wir nur drei Programme. Und die Fernbedienung war ich, weil die richtige schon seit Ewigkeiten kaputt war.«

Die geschlossene Bahnschranke hatte dann zumindest diesen Vortrag beendet. Die anschließende Schimpftirade zulasten der *Deutschen Bahn* ging ihm nun aber auch langsam auf die Nerven.

Richard verschaffte sich Überblick auf dem Parkplatz, was nicht viel Zeit beanspruchte. Es standen nur wenige Wagen darauf, und der Nissan war nicht gerade unauffällig. Gemeinsam gingen sie zu dem Sportwagen und nahmen ihn in Augenschein. Schnell wurde klar, was die besagte Beschädigung war. Alle vier Reifen waren platt, sodass er faktisch auf den Felgen stand. Richard bückte sich und untersuchte den Vorderreifen der Fahrerseite genauer. Als er mit dem Finger über den Gummi fuhr, entdeckte er die Einstichstelle. Sie war außergewöhnlich klein, aber doch gut erkennbar.

»Aufgestochen«, sagte er zu Wolfgang, der ebenfalls neben ihm in die Hocke ging.

»Ungewöhnlich klein«, wunderte der sich. »Ein normales Messer war das nicht.«

Richard stand auf und überprüfte die anderen Reifen. Bei allen fand er die gleiche Einstichstelle.

Dann richtete er sich auf und kratzte sich am Kopf. »Also, eine Klinge war es. Aber was für eine? Und wer macht so was?« Nachdenklich sah er sich das Umfeld an, bis sein Blick an einem großen Mietshaus hängen blieb. Genauer gesagt an einem älteren Mann, der sie, die Arme auf die Fensterbank gestützt, aus einem der Fenster beobachtete.

Richard räusperte sich, um seinen Kollegen auf sich aufmerksam zu machen, und nickte dann in Richtung ihres Beobachters.

»Aha«, meinte Wolfgang. »Schau mal, ob der was weiß.«

»Grüß Gott!«, rief der junge Beamte dem Mann zu, während er sich dem Gebäude näherte.

»Sorgt ihr jetzt endlich dafür, dass die scheiß Kiste von meinem Parkplatz verschwindet?«, fragte der, ohne die Begrüßung zu erwidern.

»Ach, das ist Ihr Parkplatz?«

»Der vom Haus«, grummelte der Alte. »Aber schließlich zahle ich ja für den Stellplatz.«

»Gehört Ihnen einer der Wagen hier?«, fragte Richard, ein wenig daran zweifelnd, ob der Mann angesichts seines Alters überhaupt noch fahrtüchtig war.

»Da, der dunkelblaue«, schnaubte er und nickte in eine bestimmte Richtung. Richard warf einen Blick auf den verrosteten Ford Sierra. Das beruhigte ihn ein wenig, denn der sah nicht so aus, als wäre er in letzter Zeit bewegt worden. Genauer gesagt durfte man berechtigte Zweifel haben, dass er sich überhaupt noch starten ließ.

»Nehmt ihr das Auto jetzt endlich mit?«, blaffte der Alte. »Als eure Kollegen vor ein paar Tagen da waren, dachte ich schon, dass endlich mal was passiert. Aber die sind einfach wieder abgehauen.«

»Ist Ihnen aufgefallen, dass der Wagen vier platte Reifen hat?«, versuchte Richard, das Gespräch in eine konstruktive Richtung zu lenken.

»Ja, sowieso. Sonst würde er ja wahrscheinlich nicht mehr da stehen, wenn er fahren könnte, oder?«

»Ihnen ist nicht zufällig jemand aufgefallen, der für die kaputten Reifen verantwortlich sein könnte?«, hakte Richard nach.

»Schau ich so aus, als hätte ich nichts Besseres zu tun, als den ganzen Tag auf den scheiß Parkplatz zu glotzen?«

Ja, schoss ihm als Antwort in den Kopf, er behielt es aber für sich. »Würden Sie bitte einfach meine Frage beantworten.«

»Zufälligerweise habe ich wirklich was in der Richtung gesehen.«

»So?« Richard wurde hellhörig. »Dann erzählen Sie mal.«

»Na ja, ich habe ein komisches Geräusch gehört. Da bin ich zum Fenster, um nachzusehen. Hab aber nur noch jemanden vom Auto wegrennen sehen. Mir ist aber gleich aufgefallen, dass die Reifen platt sind.«

Oha, dachte sich Richard. Das war interessant. Er zückte seinen Notizblock. »Darf ich fragen, wie Sie heißen?«

»Adolf Hirmer«, antwortete der Alte schroff.

Er notierte den Namen, bevor er fortfuhr. »Und wann haben Sie das beobachtet, Herr Hirmer?«

»Das war an einem Samstag vor ein paar Wochen.«

»Können Sie das vielleicht ein wenig genauer eingrenzen?«

Der Mann grunzte und stierte vor sich hin. »Das letzte *Drachenstich*-Wochenende muss das gewesen sein.«

Richard zögerte ein wenig, bevor er mit seinen Notizen fortfuhr. Das würde heißen, dass die Reifen genau am Tag des Mordes zerstochen worden waren. »Können Sie mir vielleicht noch die Uhrzeit sagen?«, fragte er hoffnungsvoll.

»Sonst noch was?«, murrte Adolf Hirmer. »Glaubst du, ich bin von der Stasi und schreib genau auf, wenn jemand einen fahren lässt, oder was? Keine Ahnung, wann das war. Irgendwann am Abend.«

»Und haben Sie gesehen, wer die Reifen zerstochen hat?«

»Das hab ich doch gesagt«, schimpfte er. »Der ist gerade weggelaufen. Ich hab ihn bloß von hinten gesehen.«

»Können Sie ihn mir zumindest beschreiben?«, hakte Richard nach.

»Ja, was weiß denn ich? Groß war er auf jeden Fall. Und gerade ein Leichtgewicht war er auch nicht. Ich hab mich noch gewundert, dass der überhaupt so schnell abhauen kann. Dunkle Haare hatte er und beim Friseur war der auch nicht. Direkt schlampig, mit den langen Haaren.«

»Hatte er die Haare ungefähr in der Länge?« Richard deutete auf den unteren Bereich des Nackens. Er hatte da so eine Ahnung.

»Ja, ich glaub schon.«

»Gut, das wäre dann alles«, schloss er. »Wir kommen auf Sie zu, wenn wir noch Fragen haben.«

»Hoffentlich nicht«, murrte der Alte. »Und schaut, dass dieses greisliche Auto endlich wegkommt.«

Ein reizender Mensch, dachte sich Richard, während er zu Wolfgang zurückschlenderte.

»Und?«, fragte der. »Was herausgefunden?«

»Vielleicht«, antwortete er. »Ich habe eine Beschreibung unseres Reifenstechers. Groß, schwer und halblange dunkle Haare. Klingelt da was bei dir?«

»Ah«, machte Wolfgang. »Unser Krankenbruder, der Dennis.«

»Vermute ich auch.« Richard seufzte. »Leider hat ihn der gute Mann nur von hinten gesehen. Beweisen können wir also nichts.«

»Hm«, grübelte Wolfgang. »Da fällt mir ein, die Stichspuren könnten von einem Skalpell stammen. Die Größe würde passen. Spräche dann auch für unseren Dennis.«

»Da könntest du recht haben«, pflichtete Richard ihm bei. »Beweisen tut es aber noch nichts.«

Ratlos sahen sie sich um. Dann blieb sein Blick an etwas auf der anderen Straßenseite hängen.

»Schau mal, da drüben«, forderte er seinen Kollegen auf und nickte in die entsprechende Richtung.

Wolfgang sah hinüber und schürzte die Lippen. »Ein Schuhgeschäft. Und weiter?«

»Schau mal genauer hin. Rechts oben neben der Tür.«

Mit zusammengekniffenen Augen starrte sein Kollege auf die genannte Stelle. Dann erhellten sich seine Gesichtszüge. »Eine Kamera!«

»Versuchen wir unser Glück?«, fragte Richard.

»Zu verlieren haben wir nichts«, meinte Wolfgang schulterzuckend. Gemeinsam schlenderten sie auf die andere Straßenseite. Der Schuhladen war ziemlich klein und, von außen betrachtet, auch etwas heruntergekommen. Das Schaufenster zeigte eine Auswahl von Schuhen, die nun wirklich nicht den aktuellen Trends entsprachen. Das Angebot schien eher auf die Generation 60 plus abzuzielen. Ein handgemaltes Schild pries Schuhreparaturen aller Art an. Wahrscheinlich war es das, was den Laden noch am Leben hielt.

»Und, was meinst du?«, wandte sich Richard an Wolfgang.

»Ehrlich gesagt, hab ich so meine Zweifel, ob die Kamera überhaupt funktioniert«, meinte der. »Wahrscheinlich zeichnet die noch auf Videokassette auf. Gott sei Dank sind wir auf dem Revier so modern ausgestattet, dass wir das abspielen können.«

»Echt?«, wunderte sich Richard. »Wir haben noch einen Videorekorder rumstehen?«

»Ja, im Keller«, bestätigte Wolfgang. »Aber ob das alte Ding noch funktioniert?«

»Na ja, lassen wir es darauf ankommen«, sagte er und öffnete die Ladentür.

»Grüß Gott«, rief er hinein, nachdem er niemanden entdecken konnte. Ein wetzendes Geräusch zeugte zumindest davon, dass jemand anwesend war. Augenblicke später erschien ein Mann aus einem Nebenzimmer. Richard wunderte sich ein wenig darüber, dass er einigermaßen jung aussah. Augenscheinlich war er erst in den 20er-Jahren. Beim Anblick des Ladens hätte er eher getippt, dass der Inhaber aus den 20er-Jahren des letzten Jahrhunderts stammen würde.

»Kann ich helfen?«, fragte der junge Mann, offensichtlich ebenso erstaunt wie Richard.

»Eine Frage: Funktioniert die Kamera da draußen?«

»Ja«, kam die Antwort gedehnt.

»Und ist darauf zu sehen, was auf dem Parkplatz da drüben passiert?«

»Oje!« Der junge Mann war sichtlich verzweifelt und fing an zu jammern. »Ich hab meinem Chef die ganze Zeit gesagt, dass er den Winkel nicht so weit einstellen soll. Weil er nur sein eigenes Grundstück filmen darf und nicht den öffentlichen Raum. Aber er hat unbedingt darauf bestanden, dass der Parkplatz auch zu sehen ist. Sie müssen verstehen, ich wollte das gar nicht. Aber er ist ja mein Chef …«

Richard versuchte, mit einer beschwichtigenden Geste die Jammerei zu beenden.

»Alles in Ordnung. In dem Fall ist es sogar ganz gut, dass der Parkplatz mit drauf ist. Ist Ihr Chef denn da?«

»Nein, der sitzt beim Doktor«, stammelte der Mann unsicher.

»Haben Sie Zugriff auf die Kamera?«

»Ja, schon.«

Mit wenigen Sätzen legte Richard ihm die Situation dar. Der junge Mann sah ihn skeptisch an. Dann aber brach sich die Erkenntnis ihren Weg, dass er jetzt nicht wegen illegaler Videoaufnahmen eingekerkert werden würde. Augenblicklich entspannte er sich.

»Dann müssen wir aber nach hinten.« Er deutete mit dem Daumen zu der schmalen Tür, aus der er erschienen war.

»Na dann.« Richard forderte ihn mit einer Geste auf vorauszugehen und folgte ihm durch den engen Durchgang in eine kleine Werkstatt. Wolfgang war ihnen ebenfalls gefolgt, als er aber feststellte, dass der vorhandene Platz kaum für alle drei reichte, zog er es vor, draußen zu warten. In der Werkstatt standen einige Schuhe herum, allesamt vermutlich eher Modelle aus dem vergangenen Jahrtausend. Sämtliche Werkzeuge und Gerätschaften waren sichtlich in die Jahre gekommen, aber Richard stellte fest, dass es sehr sauber und aufgeräumt war.

»Wir müssen an den Computer«, bedeutete der junge Mann und setzte sich vor den Bildschirm. »Ich heiße übrigens Roland.«

Er startete den Rechner, der äußerst mühselig anlief. Es dauerte mehrere Minuten, bis er endlich das benötigte Programm öffnen konnte.

»Mein Chef hat es nicht so mit moderner Technik. Aber ohne PC geht es eben inzwischen auch nicht mehr. Um die Sachen muss ich mich kümmern. Was wollen Sie denn sehen?«

»Den 26. August«, antwortete Richard. »Abends.«

Roland scrollte durch mehrere Ordner, bis er den richtigen fand. Anschließend öffnete er ein Video und schob den Zeitregler mehrmals hin und her, bis er eine bestimmte Stelle gefunden hatte.

»Da!«, rief er. »Da gehe ich gerade aus dem Geschäft. Hm, was für ein Wochentag war denn der 26.?«

»Ein Samstag.«

»Puh.« Roland kratzte sich am Kopf. »Wann bin ich denn da nach Hause gegangen? Na ja, das haben wir gleich.«

Er sprang auf und ging neben den Eingang zur Werkstatt. Dort war ein klobiger Metallkasten an die Wand geschraubt. Auf der Vorderseite befand sich eine kleine analoge Uhr. Roland griff nach einer gelblichen Pappkarte, die daneben hing. Richard stutzte, es schien sich wirklich um eine alte Stechuhr zu handeln.

»Ah, da haben wir es«, rief Roland, nachdem er die Karte eine Zeit lang studiert hatte. »Am 26. August bin ich um 17 Uhr gegangen. Wollen Sie vorher was sehen oder nachher?«

»Gute Frage«, murmelte Richard. »Schauen wir es mal ab hier an. Kann man das schneller laufen lassen?«

Roland schürzte die Lippen. »Ja, ich denke schon.« Er klickte sich durch die Menüs, bis er den richtigen Eintrag fand. Nun lief das Video mit zehnfacher Geschwindigkeit dahin. Viel passierte nicht. Wenige Passanten gingen an der Kamera vorbei. Na ja, momentan rasten sie eher vorbei. Trotzdem war alles erstaunlich gut zu erkennen.

»Ja, an der Qualität hat mein Chef nicht gespart«, meinte Roland auf eine entsprechende Frage von Richard. »Ich weiß auch nicht. Irgendwie hat er panische Angst, dass ihm jemand seinen Laden ausraubt. Was das betrifft, da ist das Beste gerade gut genug.«

»Halt«, unterbrach ihn Richard, weil er etwas entdeckt hatte. »Bitte noch mal ein Stück zurück und dann mit normaler Geschwindigkeit.«

Ein paar weitere Klicks später lief das Video wieder mit einfachem Tempo. Nach wenigen Augenblicken erschien ein Mann darauf, aber leider nur von hinten zu sehen. Groß und nicht gerade schlank war er, wie beschrieben. Die halblangen dunklen Haare standen etwas im Nacken ab. Auch wenn er nicht seine Krankenpfleger-Kluft trug, sondern normale Klamotten, war sich Richard ziemlich sicher, dass es sich um Dennis handelte. Aber nur von hinten gefilmt taugte es wohl kaum als Beweis. Die Gestalt sah sich etwas nervös um und ging dann zielstrebig auf den Nissan zu. Dort beugte er sich zum Vorderreifen und ließ den Arm einmal nach vorne schnellen. Dasselbe wiederholte er beim Hinterreifen. Anschließend wechselte er auf die andere Seite, sodass er teilweise durch das Fahrzeug verdeckt wurde. Dennoch konnte man eindeutig erkennen, dass er dabei war, die Reifen zu zerstechen. Danach machte er sich eilig davon. Glücklicherweise aber genau in Richtung Kamera. Als er dann den Sichtwinkel der Linse verließ, blieb kein Zweifel mehr übrig. Dennis' Gesicht war klar zu sehen.

Richard ballte triumphierend die Faust. »Welche Uhrzeit ist das?«, fragte er.

»Äh, keine Ahnung«, stotterte Roland, ein wenig irritiert darüber, was er gerade gesehen hatte und wohl auch über die Reaktion des Polizisten.

»Normalerweise ist doch ein Zeitstempel auf so einem Video«, dachte er laut nach.

»Ähm, ich glaube, das hätte man einstellen können. Ich kenne mich da auch nicht so aus. Wäre das wichtig gewesen?«, frage Roland vorsichtig.

Richard ersparte sich eine Antwort darauf. Es wurde bei diesem blöden Programm nicht mal angezeigt, seit wie vielen Minuten das Video lief. Dann hätte er den Zeitpunkt leicht ausrechnen können. Wahrscheinlich ließ sich das auch irgendwo einstellen, aber es würde wenig bringen, den Schuhverkäufer danach zu fragen.

Mist. Richard presste die Lippen zusammen. Die genaue Zeit könnte sich als äußerst wichtig herausstellen, wenn sie ihm den Mord an Michael beweisen wollten. Er blickte sich nachdenklich um. Dann blieb sein Blick an der Stechuhr hängen.

»Wann genau haben Sie den Laden verlassen?«, fragte er hastig.

»Um 17 Uhr, das hab ich doch schon gesagt.«

»Ich brauche die exakte Zeit«, drängte Richard.

Mit einem leichten Kopfschütteln stand Roland auf und holte seine Stempelkarte.

»Also um 17.02 Uhr habe ich ausgestempelt«, las er ab.

»Haben Sie sich nachher noch im Laden aufgehalten oder sind Sie gleich raus?«

»Nein, ich bin gleich raus. Zusperren musste ich noch, aber das dauert kaum eine Minute.«

»Also gut. Sagen wir, dass Sie circa um 17.05 Uhr auf der Kamera erscheinen.«

»Ja, könnte hinkommen«, meinte Roland schulterzuckend. »Plus/minus eine Minute.«

»Das sollte reichen«, beschied Richard. »Können Sie mir das Video kopieren?«

Roland kramte in den Schubladen herum, bis er einen USB-Stick gefunden hatte. Er stöpselte ihn ein und kopierte die Videodatei darauf. Viele Minuten später, die von beiden nur mit peinlichem Schweigen überbrückt wurden, war die Kopie fertig. Christina im Revier würde ihm sicherlich helfen können. Er nahm den Stick entgegen, bedankte sich und verließ den Laden.

Draußen lehnte Wolfgang an der Hauswand und sah gelangweilt drein.

»Und?«, fragte er Richard.

»Rate mal, was wir hierauf sehen«, forderte der ihn auf, während er ihm den Datenträger entgegenhielt.

»Hoffentlich einen dicken Krankenpfleger.«

»Bingo!« Richard grinste. »Damit können wir ihm definitiv nachweisen, dass er die Reifen zerstochen hat. Und außerdem, dass er uns angelogen hat.«

»Weil er am Tag der Tat nachweislich in Furth gewesen ist und nicht daheim, wie er erzählt hat«, ergänzte Wolfgang.

»Genau. Das beweist zwar noch nicht den Mord, aber vielleicht reicht es aus, ihn so unter Druck zu setzen, dass er gesteht.«

»Haben wir die genaue Zeit, wann er die Reifen zerstochen hat?«, fragte Wolfgang.

»Leider nicht«, seufzte Richard. »Es wird kein Zeitindex eingeblendet. Aber ich weiß zumindest, wann der Mitarbeiter den Laden verlassen hat. Das ist auf dem Video zu sehen. Vielleicht kann uns die Christina daraus den genauen Zeitpunkt ermitteln.«

»Hm, das könnte knifflig werden«, sagte sein Kollege nachdenklich. »Aber wenn es jemand hinkriegt, dann die Christina.«

»Dann würde ich sagen, wir kassieren den Dennis ein, oder?«

»Unbedingt!«, pflichtete Wolfgang ihm bei.

Eine gute halbe Stunde später standen sie am Empfang des Chamer Krankenhauses und fragten nach, ob Pfleger Schwarzfischer gerade Dienst hatte.

»Ja, der müsste auf seiner Station sein«, antwortete die Dame hinter der Glasscheibe, nachdem sie ihren Bildschirm konsultiert hatte. »Das ist durch die Tür …«

»Schon gut«, unterbrach Wolfgang sie. »Wir wissen, wo es langgeht.«

Sie bedankten sich und schlenderten den Gang hinunter. Kurz bevor sie das Schwesternzimmer erreicht hatten, trat Dennis gerade aus einer der Türen, ein orangefarbiges Tablett mit Geschirr in der Hand. Er blieb wie angewurzelt stehen, als er die beiden Polizisten sah.

Wolfgang und Richard stoppten ebenfalls, gespannt darauf achtend, wie er weiter reagieren würde. Wenige Augenblicke verharrten alle drei so. Ganz plötzlich und ohne Vorwarnung schleuderte Dennis ihnen das Tablett entgegen und rannte den Gang hinunter. Das Geschirr landete laut krachend auf dem Boden und zersplitterte in unzählige Scherben. Trotz des Schrecks setzte Richard ihm umgehend nach.

»Stehen bleiben!«, brüllte er. Zu seiner eigenen Überraschung hatte er einige Mühe, den Krankenpfleger einzuholen. Er hatte zwar ein wenig Vorsprung gehabt, aber für seine Gewichtsklasse legte er ein außergewöhnlich hohes Tempo vor.

Aus dem vorletzten Zimmer des Ganges lugte eine Krankenschwester mit verwirrtem Blick heraus, offenbar durch den Lärm aufgeschreckt. Es war die Kollegin mit dem osteuropäischen Akzent, die auch bei ihrem letzten Besuch Dienst gehabt hatte. Gerade als Dennis an ihr vorbeirannte, streckte sie schnell ihren Fuß aus. Unfähig, rechtzeitig zu reagieren, stolperte dieser darüber. Einen Wimpernschlag lang schien er waagrecht in der Luft liegend zu verharren. Dann erholte sich die Schwerkraft von ihrem Schreck und machte sich wieder an die Arbeit. Dennis setzte ziemlich unsanft mit dem Gesicht zuerst auf dem Linoleumboden auf. Der Rest seines Körpers folgte umgehend. Aufgrund seiner Geschwindigkeit war der Schwung ausreichend, dass er weiterschlitterte und dann krachend von einer kleinen Sitzgruppe am Ende des Gangs gebremst wurde. Leise stöhnend blieb er dort liegen. Richard, selbst von dem überrascht, was sich gerade abgespielt hatte, bremste scharf ab und blieb neben der Krankenschwester stehen. Wolfgang, etwas geistesgegenwärtiger, ging schnellen Schrittes an ihm vorbei und fesselte den immer noch benommenen Dennis mit Handschellen. Nur wenige Meter hatten ihn von der

Tür zum Treppenhaus getrennt. Hätte seine Kollegin ihn nicht so unsanft gestoppt, wer weiß, ob er Richard nicht entkommen wäre.

»Danke«, wandte er sich schnaufend an sie.

»Ihr braucht euch nicht zu bedanken«, antwortete sie mit rollendem R. »Hat mir Spaß gemacht.« Dann lachte sie auf und ging wieder ihrer Arbeit nach.

Auf dem Revier wurde Dennis schnell ins Verhörzimmer verfrachtet. Auf dem Weg hierher hatte er keinen Ton von sich gegeben, sondern nur böse dreingeblickt, was auch daran liegen konnte, dass sein Gesicht sichtlich lädiert war. Nachdem sie dafür gesorgt hatten, dass er das Zimmer nicht verlassen konnte, holten sie sich die Erlaubnis von ihrem Chef ein. In der Hinsicht hatten sie schon mal schlechte Erfahrungen gemacht. Außerdem würde es nicht schaden, Dennis ein bisschen schmoren zu lassen.

Mit wenigen Sätzen legten sie ihrem Chef die Situation dar. Der hörte sich alles an und musterte die beiden dann eingehend.

»Denkt ihr, dass er der Mörder ist?«, fragte er schließlich.

»Keine Ahnung.« Richard zuckte mit den Schultern. »Fakt ist, er war zum Tatzeitpunkt zumindest in der Nähe und er hat uns deswegen angelogen. Außerdem wissen wir, dass er vorher Streit mit dem Toten hatte.«

»Ich sehe ihn mir mal an«, beschied ihr Chef und ging zum Verhörzimmer. Wolfgang und Richard folgten ihm auf dem Fuß. Er schloss die Tür auf und öffnete sie. Ohne ein Wort zu sagen, stand er einfach im Türrahmen und musterte Dennis. Der setzte an, sich zu beschweren, blieb dann jedoch stumm. Richard hatte keine Ahnung, wie sein Chef das anstellte, aber allein durch seine Anwesenheit schien Dennis um einige Zentimeter geschrumpft zu sein. Schließlich hielt er dem Blick nicht mehr stand und starrte stumm auf den Tisch. Ihr Chef schloss die Tür wieder und überlegte kurz.

»Ich hoffe, es wart nicht ihr, die ihn so zugerichtet haben?«, fragte er mit bedrohlichem Ton.

»Nein«, antwortete Wolfgang kopfschüttelnd. »Auf seiner Flucht hatte er eine etwas unglückliche Begegnung mit einer Arbeitskollegin und einer Sitzgruppe.«

»Gut«, beschied der Chef und atmete tief aus. »Eigentlich wäre das ein Job für die Kripo. Aber so wie der Junge aussieht, könnt ihr nicht viel kaputt machen, wenn ihr ihn schon mal verhört. Zur Not können wir die Kollegen immer noch holen, falls wir nicht weiterkommen. Und lasst die Christina unbedingt das Video analysieren. Wenn er nicht von selbst gesteht, dann werden wir beweisen müssen, dass er nach dem Zerstechen der Reifen genug Zeit hatte, sich umzuziehen und den Mord zu begehen.«

»Außer er hat die Reifen nach dem Mord zerstochen«, wandte Richard ein.

»Halte ich für unwahrscheinlich. Warum sollte er das dann noch tun, wenn sein Widersacher doch schon ausgeschaltet ist? Es kommt mir eh etwas seltsam vor, dass er zuerst auf das Auto des Opfers losgeht und danach den Mord verübt«, fügte er nachdenklich hinzu. Das war einer der seltenen Momente, an denen Richard bewusst wurde, warum ihr Chef … nun ja, der Chef war. Wenn es darauf ankam, hatte er einen messerscharfen Verstand. »Na ja, wie auch immer. Jetzt schauen wir mal, was rauskommt. Also, ab zu Christina, und dann knöpft ihr euch den Typen ordentlich vor.«

Die beiden nickten eifrig. Richard machte sich auf den Weg zu seiner Kollegin. Viel brauchte er ihr nicht zu erklären. Schnell schrieb sie sich ein paar Notizen auf und nahm dann den USB-Stick an sich.

»Das kann aber ein bisschen dauern«, meinte sie.

»Das kann das da drin auch.« Richard nickte in Richtung Verhörzimmer.

»Warte mal«, hielt sie ihn zurück, als er verschwinden wollte. »Ich habe euren Krankenpfleger schon mal durchgecheckt.«

»Und? War was Interessantes dabei?«, fragte er neugierig.

»Das kann man wohl sagen!« Sie drehte ihren Bildschirm so, dass Richard ihn einsehen konnte.

Der überflog den Text und pfiff durch die Zähne. »Eine Anzeige wegen versuchter Vergewaltigung.«

»Ja«, bestätigte Christina. »Ist aber dann offenbar im Sande verlaufen. Scheinbar weil das Opfer keine Aussage machen wollte.«

Richard las den Text weiter quer, bis sein Blick an einem Namen hängen blieb. »Ach du Scheiße!«, entfuhr es ihm.

»Was denn?« Christina sah ihn verwirrt an und studierte dann ebenfalls eilig den Text, um herauszufinden, was ihn so sprachlos machte.

»Da.« Richard deutete auf eine Stelle des Bildschirms. »Der Name des Opfers. Maria Meidinger. Das ist die Tochter von dem Schmied, den wir wegen der Mordwaffe in Verdacht hatten.«

»Ja und?«

Richard seufzte. »Ausgerechnet diese Maria Meidinger war es, die uns überhaupt auf die Spur von Dennis gebracht hat.«

»Ach du Scheiße!«, rief nun auch sie.

»Das kannst du laut sagen.«

»Bestimmt ist das nur ein blöder Zufall«, meinte Christina. In ihrer Stimme schwang aber eine nicht überhörbare Unsicherheit mit.

»Hoffen wir es.« Richard stieß einen tiefen Seufzer aus. »Wie auch immer. Es wird höchste Zeit, dass wir uns den Typen vorknöpfen.« Er bedankte sich bei ihr und ging zu Wolfgang, der vor der Tür zum Verhörzimmer wartete. Schnell brachte er ihn auf den neuesten Stand. Tiefe Sorgenfalten bildeten sich auf der Stirn seines Kollegen, während er erzählte.

»Na ja«, brummte er. »Dass der Typ ein Dreckhammel ist, das wussten wir schon vorher. Am besten, wir konzentrieren uns auf das Verhör. Für alles andere ist später auch noch Zeit. Komm, lass uns loslegen.«

Wolfgang griff nach der Türklinke, atmete einmal tief durch und öffnete sie dann so rasch, dass sie noch sahen, wie Dennis auf seinem Stuhl zusammenzuckte. Möglichst lässig nahmen die beiden Polizisten auf den Stühlen ihm gegenüber Platz. Eine Zeit lang musterten sie ihn nur eingehend.

»Herr Schwarzfischer, Sie haben uns angelogen«, brach Richard schließlich das Schweigen in strengem Ton.

»Was soll ich gelogen haben?«, blaffte der zurück.

»Sie haben angegeben, am Samstagabend des 26. August zu Hause gewesen zu sein«, fuhr Richard sachlich, aber ernst fort.

Dennis schnaubte und verschränkte die Arme vor sich. »War ich auch.«

»Wir haben eindeutige Beweise, dass Sie am betreffendem Abend in Furth im Wald waren.« Er klopfte mit dem Zeigefinger auf den Tisch. »Weiter wissen wir, dass Sie die Reifen am Auto des ermordeten Michael Bäumler zerstochen haben.«

»Und wenn schon.« Der Pfleger grunzte und wandte den Blick demonstrativ ab.

»Ich glaube, Sie verstehen den Ernst Ihrer Lage nicht!« Richard schrie ihn beinahe an. »Sie waren in der Nähe des

Tatorts, Sie haben ein Motiv und Sie haben uns wegen Ihres Alibis angelogen.«

Wolfgang schüttelte langsam den Kopf. »Das schaut nicht gut für dich aus, Bub.«

»Ich hab ihn aber nicht umgebracht«, schleuderte Dennis ihnen entgegen.

»Dann erzählen Sie uns mal Ihre Geschichte«, forderte Richard ihn mit nun wieder ruhigerer Stimme auf. Sie hatten ihn sturmreif geschossen, mal sehen, was dabei rauskam.

Dennis beugte sich nach vorne, die Hände ineinander verkrampft, den Blick auf die Tischplatte gerichtet. Zuerst presste er die Lippen zusammen, man konnte sehen, wie es in ihm arbeitete. Schließlich brummte er ein paar kaum verständliche Wörter.

»Ein wenig deutlicher bitte«, herrschte Richard ihn an.

»Ja, ich hab die Reifen vom Michael zerstochen«, stieß er hervor. »Aber umgebracht hab ich ihn nicht.«

»Das wird sich noch zeigen«, kommentierte der junge Beamte trocken. »Also los, packen Sie aus. Warum haben Sie die Reifen zerstochen?«

»Wir hatten Streit, der Michael und ich«, antwortete Dennis nach langem Kopfschütteln.

»Ja, das wissen wir schon«, mischte sich Wolfgang ein. »Kommen wir zu dem Teil, den wir noch nicht wissen. Also, warum habt ihr gestritten?«

»Er hat mich beschissen«, sagte der Krankenpfleger nur.

»Mit einer Frau?«, hakte Richard nach. Auch wenn er sich das schwer vorstellen konnte. Dennis spielte definitiv nicht in der Liga des Ermordeten.

»Nein, bei einem Geschäft«, brummte er.

»Mein Gott, müssen wir Ihnen jetzt alles einzeln aus der Nase ziehen?«, fragte Richard genervt.

»War es bei was Illegalem?«, hakte sein Kollege nach.

Dennis nickte, ohne den Blick von der Tischplatte zu lösen.

»Na ja, dann ist ja die Hälfte schon gesagt. Also, pack aus: Um was für ein Geschäft ging es?«, fragte Wolfgang.

»*Tramadol*«, brummte Dennis nur kleinlaut.

Wolfgang warf Richard einen fragenden Blick zu. Der musste erst mal in seinem Gehirn herumkramen, bis es ihm wieder einfiel. Nach ihrem letzten Fall hatte er sich ein wenig mit Drogenmissbrauch beschäftigt. Und dabei war er auch über *Tramadol* gestolpert.

»Also illegaler Medikamentenhandel«, stellte er fest. An Wolfgang gewandt, erklärte er: »Ein Opiat. Wird als Schmerzmittel verabreicht und erfreut sich unter Süchtigen zunehmender Beliebtheit.«

»Ich hab die Tabletten besorgt, und Michael hat sie verkauft. Selber war mir das zu heiß. Ich wollte ja nicht meinen Job verlieren«, presste Dennis hervor.

»Der Plan dürfte nach hinten losgegangen sein«, kommentierte Richard. »Also, raus mit der Sprache. Wie hast du das Zeug organisiert?«

»Na ja, wir haben viele Schmerzpatienten auf der Station liegen. Da ist es nicht ungewöhnlich, dass wir *Tramadol* verabreichen. Und ich hab eben öfter mal eingetragen, dass ich eine Dosis gegeben habe, sie dann aber selbst eingesteckt.«

»Und die Kranken die Schmerzen ertragen lassen«, ergänzte Richard trocken.

Dennis zuckte nur mit den Schultern.

Richard schloss die Augen und stöhnte. »Und wie viele Tabletten sind da zusammengekommen?«

»Das werden so an die zehn Streifen gewesen sein. Im Monat«, gestand Dennis, nachdem er eine Weile herumgedruckst hatte. »In einem Streifen sind 100 drin.«

Richard warf seinem Kollegen einen Blick zu. Das war

definitiv keine kleine Sache mehr. »Und wie ging es weiter?«, fragte Wolfgang. »Die Tabletten hast du dann an Michael Bäumler weitergegeben?«

»Ja«, antwortete der Pfleger einsilbig.

»Woher kanntet ihr euch überhaupt?«, hakte Richard nach.

»Mei, man kennt sich eben«, meinte Dennis schulterzuckend. »Er hat mich mal gefragt, ob ich nicht was wüsste, wie man an Geld kommen kann. Weil er immer knapp bei Kasse war. Genauso wie ich. Die Sache mit dem *Tramadol* hatte ich schon eine ganze Weile im Kopf. Das Zeug auf die Seite zu schaffen, dass es nicht auffällt, war nicht das große Problem. Aber ich hatte keine Ahnung, wo ich es verkaufen sollte. Außerdem hatte ich Angst, dass ich auffliege, wenn ich es selber verscherble. Der Michael hat dann gemeint, er wüsste da schon, wo er es loswerden könnte.«

»Und wo wäre das?«, fragte Richard nach.

»Ich hab ihn nie gefragt. Hat mich auch nicht interessiert.« Dennis zuckte mit den Schultern.

»Und wie lief das dann zwischen euch?«

»Anfangs gut. Ich habe ihm die Pillen vorbeigebracht und er hat mir am Monatsende das Geld in die Hand gedrückt. Wir hatten halbe-halbe vereinbart. Lief eine Zeit wirklich wie geschmiert.«

»Und weshalb habt ihr euch dann zerstritten?«, wollte Richard wissen.

Dennis atmete tief aus. »Das war erst während dem *Drachenstich*. Ich hab einen alten Bekannten getroffen. Wir haben uns ein wenig erzählt, was wir machen. Als ich ihm gesagt habe, dass ich im Krankenhaus arbeite, da hat er mich auf die Seite genommen und gefragt, ob ich ihm *Tramadol* besorgen könnte und was es kosten würde. Zuerst hab ich ein bisschen gezögert, ob ich ihm was verkaufen sollte, quasi am Michael vorbei. Dann hab ich mir aber gedacht: Warum nicht? Also habe ich ihm gesagt, dass ich zwei Euro die Pille nehme. Da hat er mich groß angesehen und gefragt, ob das mein Ernst sei. Ich dachte erst, das wäre ihm zu teuer. Michael hat mir erzählt, dass er sie zu dem Preis verkauft. Es sind die harten mit 200 Milligramm Wirkstoff, habe ich ihm erklärt. Die wären die zwei Euro auf jeden Fall wert. Er meinte dann aber, dass das ein super Preis sei. Bisher kaufe er sie immer für fünf Euro das Stück. Innerlich hab ich noch gelacht, dass er sich so über den Tisch ziehen hat lassen. Ich hab ihn dann gefragt, bei wem er denn sonst das *Tramadol* kaufe. Danach ist mir das Lachen vergangen.«

»Lassen Sie mich raten.« Richard lehnte sich in seinem Stuhl zurück. »Es war Michael Bäumler.«

»Die Drecksau hat mich beschissen«, ereiferte sich Dennis. »Mir erzählt er, dass er die Pille für zwei Euro verkauft, dabei verlangt er mehr als das Doppelte! Mich hat er mit 1.000 Euro abgespeist und selber 4.000 Euro behalten!«

»Und dann haben Sie ihn zur Rede gestellt?«, fragte Richard, dessen Mitleid für Dennis sich einigermaßen in Grenzen hielt.

»Angeschrien hab ich ihn. Weil ich doch meinen Job riskiere mit der Sache und nicht er. Wenn er mit 100 Tabletten erwischt worden wäre, dann hätte er eine Strafe gezahlt. Wenn das bei mir in der Arbeit auffliegt, dann werfen die mich achtkantig raus.«

Das würde auch mit ziemlicher Sicherheit bald passieren, dachte sich Richard, schwieg aber, um den Redefluss nicht zu unterbrechen.

»Ich hab ihm gesagt, dass ich sofort 10.000 Euro von ihm will, weil er mich schon drei Monate bescheißt. Und weil ich außerdem einen größeren Anteil verdiene als er. Aber er hat gemeint, dass er das Geld nicht mehr hat. Und ich sollte mich nicht so haben, weil, schließlich hätte ich ohne ihn keinen einzigen Euro verdient.«

»Und dann haben Sie beschlossen, ihn umzubringen«, unterbrach Richard mit eiskalter Stimme.

Dennis' Augen traten fast aus dem Kopf. »Nein. NEIN!«, schrie er. »Ich hab ihn nicht umgebracht! Ich wollte mich an ihm rächen, ja. Darum hab ich ihm seine Reifen zerstochen. Aber ich bringe doch niemanden um!«

»Sie waren am Tatort«, zählte Richard an seinen Fingern ab. »Sie haben ein starkes Tatmotiv. Die Forensik sagt, der Täter müsse anatomische Kenntnisse gehabt haben, um die Hauptschlagader zu treffen, damit das Opfer schnell verblutet. Die haben Sie als Krankenpfleger. Ebenso haben Sie die Kraft, die es braucht, jemanden mit einem Schwert zu erstechen. Soll ich weitermachen?«

»Nein, nein«, wiederholte Dennis immer wieder. Inzwischen war er käseweiß geworden, und auf seiner Stirn stand der Schweiß. Bevor Richard aber zum nächsten Schlag ansetzen konnte, wurden sie von einem Klopfen an der Tür unterbrochen. Christina steckte ihren Kopf herein. Sie sah ihre Kollegen ernst an und forderte sie mit einem Nicken auf, zu ihr nach draußen zu kommen. Die beiden tauschten fragende Blicke. Ohne ein Wort zu sagen, standen sie auf und ließen ihren Verdächtigen einfach sitzen. Sie verschlossen sorgsam die Tür von außen und blickten ihre Kollegin gespannt an. Die lehnte mit verschränkten Armen an der Wand und sah finster drein.

»Er kann es nicht gewesen sein«, war alles, was sie sagte.

18

»Wie kommst du darauf?«, fragte Richard verdutzt.

»Ich habe das Video, das du mir gegeben hast, gecheckt. Mit dem Verlassen des Mitarbeiters hatte ich eine genaue Zeitdifferenz. Dann hab ich es mit fünffacher Geschwindigkeit laufen lassen, bis euer Verdächtiger die Reifen zersticht. Die Datei hatte irgendein seltsames Format, das ich erst mal umwandeln musste. Jetzt zeigt es an, wie viel Zeit zwischen zwei Punkten vergeht. Da konnte ich leicht ausrechnen, wann genau er das Auto beschädigt hat. Das war exakt zu der Zeit, als der Mord passiert ist.«

»Und da gibt es keine Zweifel?«, fragte Wolfgang ernst.

»Keine.« Christina schüttelte entschieden den Kopf. »Ich hab es dreimal geprüft. Ich hab mich sogar mit der Stoppuhr drangesetzt, und mit Abspielgeschwindigkeit multipliziert. Hat auch genau gepasst. Ich habe mir dann noch eine Viertelstunde das Video bei Normalgeschwindigkeit angesehen, ob die Aufzeichnung vielleicht ein bisschen schneller läuft, um Speicherplatz zu sparen. Aber nichts, das läuft ganz normal in Echtzeit. Es gibt keine Zweifel, euer Verdächtiger hat die Reifen genau zum Zeitpunkt des Mordes zerstochen. Maximal fünf Minuten plus oder minus.«

Richard massierte sich die Schläfen. Das konnte doch einfach nicht wahr sein.

Wolfgang presste die Lippen zusammen. »Also von dem Parkplatz zum *Cave Gladium*, das ist in fünf Minuten nicht zu schaffen. Das Anlegen eines Ritterkostüms noch gar nicht eingerechnet.«

Da platzte Richard der Kragen. Mit einem unterdrückten Ächzen schlug er mit der Faust gegen die Wand, dass sie schmerzte. »Verdammte Scheiße«, presste er hervor. »Ich war mir so sicher, dass er es war.«

»Es hilft nichts«, seufzte Wolfgang. »Leider hat er uns selber das perfekte Alibi geliefert.«

»Nimm es nicht so schwer.« Christina legte ihm mitfühlend die Hand auf die Schulter.

»Na ja, zumindest wegen der zerstochenen Reifen haben wir ihn dran«, versuchte sein Partner, ihn aufzumuntern. »Und außerdem hat er uns seinen Medikamentendiebstahl gestanden. Und den illegalen Handel damit noch dazu.«

»Was?«, fragte Christina stirnrunzelnd.

»Den Bericht bekommst du nachher«, winkte Wolfgang ab. »Das ist eine längere Geschichte. Aber ungeschoren kommt der damit auf keinen Fall davon.«

»Also gut.« Richard atmete tief aus, langsam bekam er sich wieder unter Kontrolle. »Kannst du dem Chef eine kurze Info geben, dass wir nicht den Mörder haben, Christina? Nicht dass er noch bei der Kripo anruft.«

»Mach ich.« Sie nickte ihm aufmunternd zu und ging dann in Richtung Chefbüro.

»Schade drum«, brummte Wolfgang, als sie allein waren. »Dennis hätte einen guten Mörder abgegeben.«

Richard nickte. »Ich hätte drauf gewettet, dass er es war. Da hat einfach alles zusammengepasst.«

»Mei, es hat eben nicht sollen sein. Aber eines muss ich dir lassen. Den *Bad Cop* hast du da drin wirklich gut gespielt.«

»Danke.« Bei Richard stahl sich ein kleines Lächeln auf die Lippen. »Ehrlich gesagt, wenn ich so ein Arschloch gegenübersitzen habe, dann muss ich gar nicht viel spielen.«

»Oh Gott, damit hast du so was von recht. Am liebsten würd ich ihm eine reinhauen.«

Richard lachte. Dann seufzte er. »Gehen wir rein?«

»Ja, bringen wir es zu Ende«, stimmte Wolfgang zu.

Gemeinsam betraten sie den Raum wieder, setzten sich Dennis gegenüber und starrten ihn eine Weile nur an. Sie konnten beobachten, wie er von Sekunde zu Sekunde nervöser wurde, während sie ihn nur schweigend musterten.

»Also, die Reifenstecherei haben wir als Beweis auf Video«, brach Wolfgang schließlich die Stille. »Das Motiv, würde ich sagen, war Rache, weil er dich übers Ohr gehaut hat. Hast du dem noch was hinzuzufügen?«

Dennis senkte den Blick und schüttelte nur den Kopf.

»Gut«, fuhr Wolfgang fort. »Die Geschichte mit dem Medikamentenklau und dem illegalen Handel hast du uns auch hinreichend erklärt. Bist du bereit, dazu ein volles Geständnis abzulegen?«

Dennis schluckte schwer. Dann, kaum merkbar, nickte er.

»Auch gut. Wir setzen das Ganze auf, und du unterschreibst uns das. Wir werden nachher noch mit dem Staatsanwalt reden müssen, aber ich schätze mal, dass du danach nach Hause gehen kannst.«

Langsam hob Dennis den Kopf und sah die beiden Polizisten abwechselnd groß an. »Und der Mord an Michael?«

»Kannst du uns was dazu sagen?« Richard lehnte sich vor, seine Augen verengten sich zu Schlitzen.

»Ich war es nicht«, stammelte Dennis, die Hände nach oben haltend.

»Okay«, sagte Wolfgang, nachdem er ihn einige Augenblicke gemustert hatte. »Das Video, das wir von dir haben, beweist die Beschädigung von Michaels Auto, entlastet dich aber gleichzeitig vom Mord.«

Dennis atmete auf. »Gott sei Dank«, murmelte er, mehr zu sich selbst.

»Was kannst du uns zu Maria Meidinger sagen?«, blaffte Richard ihn unvermittelt an, einer plötzlichen Eingebung folgend.

»Was? Nichts … der hab ich nichts getan«, stammelte Dennis und erbleichte von einem Augenblick zum anderen.

»Und was war das mit der Anzeige wegen versuchter Vergewaltigung?«, herrschte Richard ihn an.

»Das … das war nichts.« Er schüttelte schnell den Kopf. Seine Arme zitterten. »Ja, ich meine, ich war an dem Abend ein wenig betrunken. Aber ich habe ihr nichts getan. Das … das war nur ein Missverständnis. Und sie hat die Anzeige ja dann auch zurückgezogen.«

»Aha«, sagte Richard nur, mit bösem Funkeln in den Augen.

»Also gut«, wandte Wolfgang schließlich ein. »Dann sollte es das fürs Erste sein. Du wartest hier, während wir das Geständnis tippen.« Er stand auf und ging in Richtung Tür, bis er merkte, dass sein Kollege immer noch dasaß und Dennis böse anstarrte. »Richard, kommst du?«

Ohne den Blick von dem Krankenpfleger abzuwenden, stand er langsam auf und folgte dann Wolfgang nach draußen.

Der Rest war eine Sache von einer halben Stunde. Christina tippte das Geständnis nach ihren Angaben runter. Ihr Chef telefonierte mit dem Staatsanwalt, der keine erhöhte Fluchtgefahr sah und somit einwilligte, dass sie Dennis erst mal laufen lassen konnten, bis seine Verhandlung stattfinden würde. Nicht ohne gewisse Genugtuung rief Richard anschließend bei der Personalabteilung des Krankenhauses an und setzte ihnen mit wenigen Worten auseinander, was Dennis gerade im Begriff war, als offizielles Geständnis von sich zu geben. Das führte erst mal zu einer Schimpfkanonade, die reinste Musik in seinen Ohren war. Nachdem diese vorbei war, wurde ihm zugesichert, dass der Mitarbeiter ab sofort und bis zum Abschluss seiner Verhandlung beurlaubt sein würde. Und selbst wenn bei der etwas anderes als die erwartete Verurteilung herauskommen würde, dann stand in seiner Akte genug, um ihn auch so hochkant rauszuwerfen. Dieser Schritt wäre sowieso längst überfällig. Schließlich bedankte man sich bei Richard und legte auf.

Wolfgang verschwand mit dem ausgedruckten Geständnis im Verhörzimmer und erschien bereits Minuten später wieder, ihnen das unterschriebene Blatt entgegenstreckend. Knapp dahinter folgte Dennis, mit gesenktem Blick nach draußen schlurfend. Ohne ein Wort des Abschieds ging er, und auch Richard verschwendete keine Worte, während er ihm zusah, wie er durch die Tür verschwand.

»Jetzt sind wir also wieder am Anfang«, meinte Wolfgang, als er sich auf den Bürostuhl neben ihm fallen ließ.

»Ja, leider«, seufzte Richard.

»Und was machen wir jetzt?«

»Ganz ehrlich?« Er schürzte die Lippen. »Ich habe absolut keine Ahnung.«

»Das darf doch nicht wahr sein!«, regte sich Richard auf. Die beiden Worte an der Tür ließen seine Stimmung gegen null sinken: »Heute Ruhetag«.

»Ja, das ist jetzt blöd«, kommentierte Haaserer. »Da hättest du dich vorher informieren sollen.«

»Ich will doch nur ein *Dampfboot*«, jammerte Richard. Wegen des Reinfalls mit Dennis hätte er etwas Seelenbalsam benötigt. Gerade deshalb hatte er seine beiden Freunde überredet, nach Furth zum *Kleber* zu fahren. Dass der ausgerechnet heute Ruhetag hatte, war ihm nicht in den Sinn gekommen.

»Und was machen wir jetzt?«, fragte Foo.

»Dann holen wir uns eben eine Pizza«, schlug Haaserer vor.

»Auch gut«, meinte Foo und schlurfte schon hinauf Richtung Stadtplatz.

Richard blieb mit hängenden Schultern vor der Tür stehen und betrachtete traurig das Ruhetagsschild.

»Ach komm«, versuchte Haaserer, ihn aufzumuntern. »Wir waren doch eh erst am *Drachenstich* beim *Kleber*.«

»Ja, du schon«, brummte Richard. »Ich hab währenddessen eine blutige Leiche bewacht.«

»Ups«, kicherte Haaserer. »Hab ich doch glatt vergessen.«

»Na danke schön.«

»Ach geh.« Sein Freund klopfte ihm auf die Schulter. »Fahren wir eben ein anderes Mal wieder her. Und jetzt komm, ich hab schon Hunger.«

Richard stieß einen letzten Seufzer aus und folgte den beiden dann. Als sie über das Kopfsteinpflaster des Stadtplatzes schlenderten, blieb sein Blick an einem dunkelbraunen VW-Bus hängen. Bei der offenen Heckklappe stand Maria Meidinger, vor sich eine große Holzkiste, die sie offenbar einladen wollte.

»Ich komme gleich nach«, rief er seinen Freunden hinterher und lief kurzentschlossen zu ihr hinüber.

»Hallo«, grüßte er sie.

Einen Augenblick sah sie ihn verwirrt an, aber dann klärte sich ihr Blick. »Oh, hallo. Ohne Uniform habe ich dich erst gar nicht erkannt.«

»Kann ich dir helfen?«, fragte er und deutete auf die Holzkiste.

»Ja, das wäre nett.« Sie ergriff die Seilschlaufe, die sich auf ihrer Seite befand, und Richard nahm die auf anderen. Gemeinsam hoben sie die Kiste an. Er war äußerst überrascht vom Gewicht. Das Ding war bleischwer. Mit Ach und Krach schaffte er es, sie auf die Ladefläche des VW-Busses zu hieven. Viel fehlte nicht, und er hätte die Kiste fallen lassen müssen. Verwundert stellte er fest, dass es Maria kaum Mühe gekostet hatte, das große Gewicht anzuheben.

»Als Tochter von einem Schmied muss man einfach Kraft in den Armen kriegen«, erklärte sie lächelnd, als sie seinen Blick bemerkte.

»Was ist denn da überhaupt drin?«, fragte Richard.

»In der Kiste sind lauter Schwerter«, erzählte sie. »Mein Papa verleiht während dem *Drachenstich* immer welche an die Geschäfte in Furth als Deko für ihre Schaufenster. Das ist dann gleichzeitig Werbung für ihn.«

»Ach so.« Richard rieb sich die Handflächen, weil sich die Seilschlaufen ganz schön eingeschnitten hatten. »Wo ich dich gerade treffe, wollte ich dir erzählen, dass wir den Schwarzfischer Dennis überprüft haben. Den Streit mit Michael hat er zwar zugegeben, aber als sein Mörder scheidet er definitiv aus.«

»So?« In ihren Augen zeigte sich einen Augenblick lang ein nervöses Flackern. »Na ja, ich habe ja auch nur gemeint, weil ich sie streiten hab sehen ...«

»Schon gut«, winkte Richard ab. »Ich darf dir leider nicht viel darüber sagen, aber er hat anderweitig genug Dreck am Stecken, dass wir ihn nicht zu Unrecht verdächtigt haben. Also alles gut, du musst kein schlechtes Gewissen haben.«

»Und jetzt?«, fragte Maria.

»Gute Frage. Ehrlich gesagt stehen wir wieder ziemlich am Anfang.«

»Hm.« Sie schürzte die Lippen. »Und wie sieht es mit dem Nico aus?«

»Mit dem Aschinger?«, fragte er etwas überrascht.

»Ja. Ist der noch verdächtig?«

Richard dachte darüber nach und zuckte dann mit den Schultern. »Na ja, nicht direkt. Aber wir haben ein Auge auf ihn.« Er machte sich eine geistige Notiz, dass sie noch die Alibis überprüfen mussten, die Nico ihnen gegeben hatte. Er hatte immer wieder vergessen, Christina darauf anzusetzen.

»Na ja, es geht mich ja eigentlich auch nichts an«, wiegelte Maria schnell ab.

»Du, was ich dich fragen wollte: Als wir Dennis durchleuchtet haben, da bin ich durch Zufall auf eine Anzeige gestoßen …«

Maria bekam große Augen und die Haut wurde noch etwas blasser als sonst. »Anzeige?«

»Ja«, antwortete Richard mit möglichst sanfter Stimme. »Aber laut unseren Unterlagen hast du dann keine Aussage dazu gemacht, darum wurde die Anzeige fallengelassen. Darf ich fragen, was da los war?«

»Ach, das war gar nichts«, wiegelte sie schnell ab.

»Aber es ging immerhin um versuchte Vergewaltigung«, begann Richard.

»Das war nicht so schlimm«, sagte sie bestimmt. »Ich muss dann auch mal weiter.« Unvermittelt wandte sie sich um und eilte davon.

Gerade in diesem Moment kam ihr Vater, mehrere Holzkisten auf einer Sackkarre über das Kopfsteinpflaster ziehend.

»Wo willst du denn hin?«, fragte er Maria verwundert, als sie an ihm vorbeirauschte.

»Ich geh kurz rauf und sag der Ursula Hallo«, presste sie knapp hervor, und schon war sie verschwunden.

Hans Meidinger sah seiner Tochter verwundert nach und blickte dann Richard fragend an. »Was war denn los?«

»Es tut mir leid«, antwortete der etwas betreten. »Ich

habe Ihre Tochter zu einer alten Anzeige befragt. Da bin ich wohl zu weit gegangen.«

Die Miene des Schmieds verdunkelte sich augenblicklich. »Wegen der Sache mit dem Schwarzfischer, oder?«

»Entschuldigung, hätte ich gewusst, dass ihr das so nahegeht ...«

»Schon gut«, meinte Hans ernst. »Das konnten Sie ja nicht wissen. Die Geschichte hat Maria damals ganz schön zugesetzt.«

»Würden Sie mir erzählen, was da passiert ist?«

Hans Meidinger stellte die Sackkarre ab und setzte sich auf die Ladefläche seines Busses. Eine Weile starrte er nur vor sich hin, dann stieß er ein tiefes Seufzen aus.

»Das war wirklich eine schlimme Geschichte. Sie hat mir bis heute nicht erzählt, was genau passiert ist. Das war auf einem Feuerwehrfest, ziemlich spät in der Nacht. Der Schwarzfischer hat wohl schon den ganzen Abend versucht, sie anzugraben. Irgendwann hat er es dann geschafft, dass sie ihm in eine stille Ecke gefolgt ist. Wie er das gemacht hat, weiß ich auch nicht. Auf jeden Fall ist er sehr zudringlich geworden. Und als sie sich gewehrt hat und gehen wollte, da wurde er ziemlich brutal. Maria hatte nur Glück, dass drei von ihren Freundinnen aufmerksam geworden sind. Die haben mir dann erzählt, dass er ihr schon die Unterhose ...« Mitten im Satz stockte er, unfähig weiterzureden.

»Schon gut«, sagte Richard sanft. »Sie brauchen nicht ins Detail zu gehen.«

Meidinger schüttelte den Kopf. »Ich kann den drei Mädels nicht genug danken. Die müssen auf den Schwarzfischer losgegangen sein wie die Furien. Die haben ihm das halbe Gesicht zerkratzt und eine hat ihm in die Hand gebissen, dass er den Verband noch dran hatte, als ich ihn drei Wochen später gesehen hab. Da hatte er großes Glück, dass ein paar gute Freunde von mir dabei waren, die mich zurückgehalten haben. Wahrscheinlich war es eher mein Glück, sonst säße ich jetzt im Gefängnis. Ich habe da fast keine Erinnerung dran, weil ich so sehr rotgesehen habe, dass mir die Sicherungen durchgebrannt sind. Meine Freunde hatten auf jeden Fall die größte Mühe, mich daran zu hindern, dass ich ihn umbringe.«

Richard musste schlucken. Hans Meidinger war wirklich ein Bär von einem Mann. Er konnte sich gut vorstellen, was dabei rauskam, wenn der richtig zuschlug.

»Darf ich fragen, warum Ihre Tochter dann keine Aussage gemacht hat?«, fragte er vorsichtig.

»Ich hab sie lange gedrängt, sie solle es tun.« Er vergrub das Gesicht in seinen Händen. »Aber sie wollte einfach nicht. Sie war wochenlang total durch den Wind. Sie wollte die Sache nur noch vergessen. Ich glaube, sie hatte riesige Angst davor, dass sie das alles vor Gericht noch mal aussagen müsste. Ich meine, ich kann sie ja verstehen. Aber dass die Drecksau da einfach so rauskommt …«

»Falls es Ihnen hilft, für das, was er jetzt angestellt hat, wird er eine Strafe bekommen«, sagte Richard. »Ich kann leider nicht ins Detail gehen, aber seinen Job ist er auf jeden Fall los.«

Hans Meidinger blickte eine Weile still vor sich hin, schließlich nickte er kaum merkbar. »Das ist gut, aber besser geht es mir deswegen auch nicht.«

Richard verstand, was er meinte. »Ich muss dann wieder weiter. Ich hoffe, dass ich Ihrer Tochter nicht zu nahe getreten bin.«

»Schon gut«, winkte der Schmied ab. »Vielleicht schadet es nicht, wenn sie sich der Sache mal stellen muss.«

Richard verabschiedete sich mit einem immer noch

schlechten Gewissen und ging zu Foo und Haaserer. Die hatten es sich auf einer Bank gemütlich gemacht und grinsten ihn breit an.

»Wegen was seid denn ihr so gut drauf?«, fragte er sie.

»Rate mal, wer sich wieder gemeldet hat«, meinte Haaserer geheimnisvoll.

Richards erster Gedanke war bei Magdalena, aber das konnte nicht sein. Er musste eine Weile nachdenken, bis der Groschen fiel.

»Ist mal wieder Raserparty?«

»Bingo! Freitag ist *Fast and Furious für Arme* angesagt.«

»Sehr gut. Da hab ich Dienst. Dann können wir sie uns mal vornehmen. Steht drin, wo es diesmal stattfindet?«

»Leider nein.« Haaserer schüttelte den Kopf. »Und wegen dem Porsche brauchst du mich gar nicht erst zu fragen.«

»Hatte ich auch nicht vor«, winkte Richard ab.

»Wie ist dann der Plan?«, wollte Foo wissen.

»Na ja, wenn wir die Wegweiser kennen, folgen wir denen so weit, bis klar ist, wo der Treffpunkt ist. Und dann suchen wir uns eine Stelle, wo wir warten, bis sie mit viel zu hoher Geschwindigkeit vorbeikommen.«

»Mit dem Polizeiauto?« Foo warf ihm einen skeptischen Blick zu.

»Ja, wie denn sonst?«

»Ach geh, da fallt ihr doch auf, bevor ihr bis auf drei Kilometer rangekommen seid«, beschied er augenrollend. »So wird das nichts.«

»Vorschläge?« Richard konnte eine gewisse Genervtheit in seiner Stimme nicht unterdrücken.

»Na, wir machen das!«, rief Foo.

»Genau!«, stimmte Haaserer mit ein. »Schließlich ist das ja auch unser Fall.«

»Glaubst du, dass sie euch mit einem von euren Autos reinlassen?«, fragte Richard skeptisch.

»Das nicht. Aber reingekommen wärt ihr mit dem Polizeiauto auch nicht. Wie du gesagt hast: Wir folgen so weit, bis absehbar ist, wo sie sich treffen. Und den Ort melden wir dann, damit ihr euch auf die Lauer legen könnt.«

Richard dachte kurz darüber nach. Es war nichts dagegen einzuwenden. Tatsächlich dürften sie so bessere Chancen haben.

»Also gut. Aber sobald ihr den Ort habt, müsst ihr euch zurückziehen. Ich kann euch nicht brauchen, wenn wir die Autos anhalten.«

»Da hab ich sowieso keinen Bock drauf«, winkte Foo ab. »Am Schluss schlagen sie euch noch zusammen und wir müssten euch helfen. Nein, nein, den Teil überlassen wir schön dir.«

»Alles klar.« Richard schüttelte den Kopf. Als würden zwei bewaffnete Polizisten ein paar Möchtegern-Rennfahrern nicht Herr werden.

»Du, wenn wir eh schon in Furth sind«, wandte Haaserer grinsend ein, »dann könnten wir hinterher doch zum *Kleber* auf ein *Dampfboot* fahren. Weil, am Freitag hat er keinen Ruhetag.«

»Ihr seid wirklich solche Ärsche!«, rief Richard.

19

Der Plan war schnell zusammengeschustert. Wolfgang hatte erst Bedenken, dass Richards Freunde mithelfen würden. Diese konnte sein junger Kollege aber entkräften, als er ihm darlegte, dass sie eher eine kleine Rolle spielen würden. Im Zweifel konnten sie ja immer noch behaupten, dass sie sich verfahren hatten. Also willigte er ein. So konnte es am Freitagabend losgehen. Die beiden Polizisten stellten sich zuerst an den Grenzübergang zu Tschechien. Das war erst mal ziemlich unauffällig, und wenn sie jemand sah, dann würde man eher davon ausgehen, dass sie ein Auge auf Zigarettenschmuggler hätten und weniger auf Raser. Foo und Haaserer hingegen fuhren zu ihrem bekannten Startpunkt. Den Hinweis zum Wegweiser hatten sie zwar noch nicht erhalten, doch wenn man wusste, wonach zu suchen war, dann war es nicht weiter schwer. Diesmal waren es kleine Papier-Tintenfische. Sie sahen sich fragend an, zuckten anschließend mit den Schultern und folgten dem markierten Weg. Schon bald wurde klar, dass es heute woanders hinging als beim letzten Mal. Als sie eine Weile auf dem verschlungenen Weg unterwegs waren, wurde eine neue Nachricht in die Gruppe gestellt.

»Release the Kraken«, las Haaserer vor. »Was soll denn das heißen?«

»Da schaut jemand zu viele alte Filme«, meinte Foo nur. »Aber zumindest wissen wir jetzt sicher, dass wir richtig sind.«

So folgten sie weiter der Spur, bis sie an eine Abzweigung kamen, auf der nur noch ein Auto Platz hatte. An dieser fuhren sie vorbei und parkten ein kleines Stück davon entfernt. Dann rief Haaserer seinen Freund an und gab ihm die Position durch.

»Okay«, sagte Richard am Handy zu ihm. »Ich denke, es war eine gute Entscheidung, dass ihr nicht weitergefahren seid. Wir checken, ob wir so herausfinden, wo das Treffen ist, und melden uns wieder.« Er legte auf, öffnete die Karten-App auf dem Tablet, das er mitgebracht hatte.

»Also an der Abzweigung sind sie stehen geblieben«, erklärte er Wolfgang, nachdem er die Stelle gefunden hatte.

»Und wo soll das sein?« Sein Kollege legte den Kopf schief und betrachtete das Gerät skeptisch.

Richard zoomte heraus. »Also, da ist Furth und ...«, umständlich strich er mit den Fingern hin und her, um einen Überblick zu bekommen, »... und da ist die Abzweigung ...«

»Ach geh, mit dem neumodischen Klump«, schimpfte Wolfgang. »Da kommt doch kein Mensch damit klar. Zieh mal deine Füße ein.«

Er konnte der Anweisung gerade noch nachkommen, bevor sein Partner ihm die Klappe des Handschuhfachs gegen die Knie geknallt hätte. Nach einigem Herumkramen förderte sein Kollege schließlich eine Faltkarte hervor. Richard wunderte sich darüber, dass sie das alte Ding überhaupt noch dabeihatten. Unversehens stieg Wolfgang aus und breitete die Karte auf der Motorhaube aus.

»Kommst jetzt auch mal, oder was?«, motzte er Richard an. Also verließ der ebenfalls den Wagen und stellte sich mit verschränkten Armen neben seinen Kollegen.

»Also, wo sind die beiden jetzt?«, fragte Wolfgang ungeduldig. Richard beugte sich über die Karte und konsultierte noch mal sein Handy. Schließlich tippte er mit dem Finger auf einen bestimmten Punkt.

»Okay«, brummte Wolfgang. »Auf jeden Fall ist das eine Sackgasse. Lass mal das Satellitenbild sehen.« Richard legte sein Handy ebenfalls auf die Motorhaube. Wolfgang zoomte so weit hinein, wie es möglich war.

»Schaut aus, als wäre das eine alte Fabrik oder so was in der Art«, meinte er schließlich. »Und wenn du mich fragst, dann sieht es ziemlich verlassen aus.«

Richard sah sich die Satellitenaufnahme ebenfalls genau an und kam zum selben Schluss wie sein Partner.

»Also, wenn sie sich hier treffen, dann können sie die Straße nehmen, die in Richtung Tschechien geht, oder die nach Süden.« Wolfgang fuhr die drei Wege mit dem Finger auf der Karte nach. Richard musste zugeben, dass der altmodische Faltplan hier wirklich seine Vorteile hatte.

»Hm, dann haben wir nur eine Chance von zwei zu eins«, seufzte er.

»Nicht so schnell.« Wolfgang schürzte die Lippen. »Wir wollen sie erwischen, während sie ein illegales Rennen fahren. Dann scheidet die Straße schon mal aus, weil, die ist zu schmal. Da kommen kaum zwei Autos aneinander vorbei. Wenn keiner überholen kann, dann braucht man da auch kein Rennen fahren. Bleiben noch die beiden Strecken hier.«

»Gut, so haben wir zumindest eine Fifty-fifty-Chance. Also, an welche stellen wir uns?«

Wolfgang betrachtete nachdenklich die Karte. Dann klopfte er mit dem Finger auf eine Straße. »Die nehmen wir.«

»Und warum genau die?«, fragte Richard neugierig.

»Die hat mehr Kurven. Die andere ist ziemlich gerade und übersichtlich. Würde ich ein Rennen fahren wollen, würde ich die hier nehmen. Weil die wesentlich herausfordernder ist. Soll ja schließlich spannend sein, oder?«

»Gegen deine Logik kann ich nichts einwenden«, meinte Richard schulterzuckend.

»Na dann, fahren wir hin und verschaffen uns einen Überblick.« Er nahm die Karte und unternahm einen Versuch, sie wieder ordentlich zusammenzufalten. »Ach, mach du das«, rief er schließlich entnervt, nachdem er zum wiederholten Male gescheitert war, und warf sie Richard hin.

»Das geht am Tablet einfacher, gell«, grinste der.

Wolfgang schnaubte nur als Antwort. Das Grinsen verging Richard aber auch schnell, während er versuchte, die Straßenkarte zu bändigen.

Eine Stunde später hatten sie den passenden Ort für ihren Hinterhalt gefunden. Die Strecke war hier ausreichend gerade, dass sie die herankommenden Autos schon aus einiger Entfernung kommen sehen würden und so mit der mitgebrachten Laserpistole die Geschwindigkeit messen konnten. Gleichzeitig gab es eine Abzweigung in einen Waldweg, in dem sie ihr Polizeiauto versteckten. Mit seinen reflektierenden Flächen würden sie sonst schon von Weitem auffallen wie eine Leuchtreklame. Nun blieb ihnen nichts anderes übrig, als zu warten. Am helllichten Tag würde kaum etwas passieren. Also konnten sie auch in ihrem Wagen sitzen bleiben und zumindest das Radioprogramm als Ablenkung hören. Währenddessen musste sich Richard unnütz ärgern, weil ihm Haaserer Fotos von zwei *Dampfbooten* schickte, die er und Foo gerade im Begriff waren zu verspeisen. Die beiden waren also wirklich schon wieder ohne ihn zum *Kleber* gegangen. Und so was nannte sich Freunde. Als es dunkel wurde, verlegten sie ihren Beobachtungsposten dann auf die Straße und hielten die Laserpistole bereit. Die Strecke war wenig befahren, sodass sie schnell mitkriegen würden, wenn sich jemand mit überhöhter Geschwindigkeit näherte. Die vereinzelten Pkws, die vorbeikamen, schienen sie gar nicht zu bemerken, was sie als positives

Zeichen werteten. Offensichtlich hatten sie sich einen guten Platz ausgesucht. Kurz vor 23 Uhr kam von der anderen Fahrtrichtung ein Auto angefahren. Zuerst schenkten sie ihm kaum Beachtung. Als es jedoch sehr langsam wurde und auf ihrer Höhe fast auf Schritttempo herunterbremste, sahen sie sich stirnrunzelnd an.

»Was ist denn mit dem los«, schimpfte Wolfgang.

»Wenn der nicht gleich weiterfährt, dann versaut er uns die ganze Tour«, knurrte Richard.

Schließlich riss Wolfgang der Geduldsfaden. Er knipste das Licht an seiner Kelle an und forderte den Fahrer mit energischem Winken auf, dass er gefälligst weiterfahren sollte. Kurz konnten sie das Gesicht eines jungen Mannes hinterm Steuer erkennen, dann gab er Gas und fuhr davon.

»So ein Depp«, brummte Wolfgang.

»Moment mal.« Richard spitzte die Ohren. »Ich glaube, ich höre was.«

Tatsächlich war ein tiefes Motorengeräusch zu vernehmen.

»Okay, ich schätze, das könnte was sein. Nimm du die Radarpistole, ich halte sie dann mit der Kelle auf«, wies Wolfgang ihn an. Täuschte er sich, oder war da eine gewisse Aufgeregtheit in der Stimme seines Partners?

Angestrengt starrte er ins Dunkel, konnte jedoch nichts sehen. Es war hier ruhig, daher hörten sie die Autos schon aus großer Entfernung. Das Geräusch der sich nähernden Wagen war aber durchaus aggressiv. Da kam definitiv jemand mit hoher Geschwindigkeit auf sie zu. Das Vibrieren seines Handys ließ Richard aufschrecken. »Wer will denn ausgerechnet jetzt was?«, schimpfte er leise vor sich hin, zog es aus seiner Hosentasche und warf einen Blick auf den Bildschirm. Eine Nachricht von Haaserer war gekommen. Er wollte sich schon ärgern, weil er ihm wahrscheinlich bloß wieder ein Foto schickte, wie er und Foo es sich gutgehen ließen. Es war jedoch kein Bild. Ein Hinweis zeigte an, dass es sich um eine weitergeleitete Nachricht handelte. Diese enthielt nur zwei Wörter in Großbuchstaben: »ABBRUCH ABBRUCH«.

Zuerst konnte er sich keinen Reim darauf machen, was das zu bedeuten hatte. Dann aber wurde es ihm schlagartig klar. Die Mitteilung stammte aus der Rasergruppe. Im selben Augenblick erschienen vier Scheinwerfer vor ihnen. Sie kamen so schnell über die Straßenkuppe, dass es ein Wunder war, dass sie nicht abhoben. Doch dann waren im Dunkeln die Bremslichter zu erkennen, die den Bereich hinter den Autos mit rotem Licht bestrahlten. Sie wurden deutlich langsamer.

»Scheiße, wir sind aufgeflogen!«, schrie Richard.

»Was?« Wolfgang starrte ihn entgeistert an.

»Die haben in die Chatgruppe geschrieben, dass das Rennen abgebrochen wird.« Er hielt seinem Kollegen das Handydisplay entgegen.

»Aber wie …«, begann Wolfgang, als ihm ein Licht aufging. »Der eine, der gerade so langsam an uns vorbeigeschlichen ist.«

»Mein Gott, klar, der hat die Strecke vorher abgecheckt und die anderen vor uns gewarnt. Was machen wir jetzt?«

»Mir egal.« Wolfgang sah ihn entschlossen an. »Ich halte die jetzt trotzdem an. Und wenn wir bloß einen abgelaufenen Verbandskasten finden.« Er stellte sich mitten auf die Straße und hielt seine Kelle vor sich. Richard visierte die Wagen mit der Radarpistole an, ahnte aber schon, dass es sinnlos war. Die beiden fuhren nun 60 Stundenkilometer bei erlaubten 80. Kurz vor den Polizisten wurden sie noch mal deutlich langsamer. Wolfgang bedeutete den Fahrern anzuhalten. Der erste Wagen, ein Mustang, kam direkt vor ihnen zu stehen. Der zweite hielt einige Meter entfernt am Straßenrand.

Wolfgang seufzte. »Also, du checkst den hier, und ich nehm den da hinten.«

Richard nickte. Er nahm die Taschenlampe, die an seinem Holster hing, in die Hand und näherte sich langsam dem Mustang. Als er bei der Fahrertür angekommen war, leuchtete er dem Fahrer ins Gesicht. Der wandte sich zuerst geblendet ab, aber als er ihn mit zusammengekniffenen Augen anblickte, war Richard ziemlich überrascht. Das war doch der Maik aus dem Osten. Nun erkannte er auch den Mustang wieder.

»Fahrzeugpapiere und Führerschein«, sagte er mit möglichst geschäftsmäßigem Ton und ließ den Lichtstrahl auf den Beifahrersitz gleiten. Darauf saß eine äußerst attraktive Frau mit langen braunen Haaren und winkte ihm amüsiert zu. Maik öffnete das Handschuhfach und streichelte dabei über ihre nackten Beine, bevor er die Papiere herausholte.

»Guten Abend, Herr Wachtmeister«, säuselte er in seinem starken sächsischen Akzent und hielt ihm die Unterlagen entgegen. »Darf ich fragen, warum Sie uns anhalten?« Sein Ton ließ vermuten, dass er sehr genau wusste, was hier abging, und sich einen Spaß daraus machte. Richard beschloss, sich nichts anmerken zu lassen. »Reine Routinekontrolle«, sagte er deshalb nur und warf einen Blick auf die Dokumente. Sie schienen so weit in Ordnung zu sein. »Steigen Sie bitte mal aus.«

Maik folgte der Anweisung, ebenso seine Beifahrerin.

»Haben Sie Verbandskasten und Warndreieck dabei?«, fragte er.

»Natürlich, Herr Wachtmeister«, antwortete Maik ergeben.

»Dann zeigen Sie mal«, forderte Richard ihn auf.

»Sag mal, kennen wir uns nicht?«, fragte Maik, als er mit seinen hängenden Schultern Richtung Kofferraum schlurfte. »Sie sind doch der Polizist, der den geschnappt hat, der mich im Wald niedergeschlagen hat, oder?«

Richard gab ihm keine Antwort.

»Äh, Leute«, meldete sich seine Begleitung. »Ich müsste mal schnell wohin.« Sie nickte mit dem Kopf in Richtung Wald. Offensichtlich ging es um ein dringendes Geschäft.

»Ja, wenn es sein muss«, brummte Richard.

Er konnte nicht anders, als der Frau nachzusehen, wie sie mit ihren langen Beinen, die kaum von den knappen Hotpants verdeckt wurden, in Richtung der Bäume davonstakste.

»War die nicht beim letzten Mal noch blond?«, wandte er sich mit gesenkter Stimme an Maik. Als er ihn zum ersten Mal getroffen hatte, wurde er ebenfalls von einer sehr attraktiven Dame begleitet. Aus welchen Grund auch immer hatte Richard da eine lebhafte Erinnerung daran. Und brünett war die damals sicher nicht gewesen.

Maik zog eine Grimasse und kratzte sich am kurzbehaarten Schädel. »Nee. Aber ich kenne die auch erst seit letzter Woche.«

Richard zog unwillkürlich die Augenbrauen hoch. Wenn er genau drüber nachdachte, dann war das auch nicht die Frau, die er mit Maik auf dem Parkplatz vorm *EZO* gesehen hatte. Wie machte der Kerl das nur?

Schließlich hielt er ihm wie gefordert den Verbandskasten und das Warndreieck entgegen.

»Möchten Sie die Schutzwesten auch noch sehen? Die habe ich aber vorne im Fahrerraum.« Maik machte sich definitiv lustig über ihn.

Richard öffnete den Beutel mit Verbandszeug. Nicht mal der war abgelaufen. »Haben Sie etwas getrunken?«, fragte er und versuchte, die Enttäuschung in seiner Stimme zu verbergen. Viel Hoffnung hatte er nicht, denn eine Alkoholfahne konnte er beim besten Willen nicht feststellen.

»Hey, Richard, komm mal rüber«, rief Wolfgang, bevor Maik etwas antworten konnte.

Er blickte zu seinem Kollegen hinüber. Dem Ton nach schien es wichtig zu sein. Nun, hier würde er sowieso nicht viel ausrichten können.

»Sie warten hier«, wies er Maik an und eilte zu Wolfgang. Sein Handy in der Hosentasche vibrierte. Irgendjemand versuchte, ihn anzurufen. Da im Moment ihr Plan den Bach hinunterschwamm, war er gerade viel zu genervt, um mit jemandem zu telefonieren. Außerdem befanden sie sich mitten in einer Verkehrskontrolle. Also ignorierte er den Anruf.

»Schau mal, wen wir da haben«, raunte Wolfgang, als er bei ihm angekommen war. Richard blickte den Audi an, der ihm sehr bekannt vorkam. Dann bemerkte er den Mann, der hinter der offenen Heckklappe auftauchte. Es war Nico Aschinger. Am liebsten hätte er durch die Zähne gepfiffen, doch er verkniff es sich.

»Da ist der Verbandskasten«, rief der in Richtung Wolfgang und hielt ihm den Plastikbehälter entgegen. Richard überlegte gerade, ob das ein glücklicher Zufall war, aus dem sich was machen ließ, als sein Blick auf den Platz des Beifahrers fiel. Es war, als würde sein Herz stehen bleiben. Beinahe hätte er seine Taschenlampe fallen lassen. Im Licht der Innenraumbeleuchtung war eindeutig zu erkennen, dass da Magdalena saß.

20

Augenblicklich drehte sich alles um Richard herum. Er konnte nichts anderes tun, als dazustehen und Magdalena anzustarren. Was zur Hölle hatte sie im Auto vom Aschinger zu suchen? Sie wirkte nervös, soweit er das auf die Entfernung beurteilen konnte. Unsicher sah sie sich um, bis sich unvermeidlich ihre Blicke trafen. Aus ihrer Reaktion konnte er eindeutig schließen, dass sie ihn trotz der Dunkelheit erkannt hatte. Ihre Augen wurden groß. Aber sie hielt seinem Blick nur kurz stand, bevor sie sich abwandte. Richard hatte aufgehört zu atmen. Es war, als würde eine Hand in seine Brust greifen und sein Herz quetschen.

Wolfgang registrierte, dass mit ihm etwas nicht stimmte. Fragend sah er ihn an und folgte dann seinem Blick. »Scheiße«, brummte er nur, als er ebenfalls Magdalena erkannt hatte. Offenbar hatte er sie bisher noch gar nicht bemerkt.

»Okay, ich schätze, das Ganze bringt sowieso nichts mehr«, raunte er Richard zu und griff ihm behutsam an die Schulter. »Schau, dass du den anderen abgefertigt bekommst, und ich kümmere mich um den Aschinger.«

Wie ferngesteuert drehte sich Richard um und ging zurück. In seinem Kopf lief in Dauerschleife das Bild, wie Magdalena den Blick von ihm abwandte. Dass sein Handy schon wieder vibrierte, bekam er nur am Rande mit.

»Schleichts euch«, brummte er, als er auf Höhe des Mustangs war. Dass ihn Maik aufgrund des Dialekts nicht verstehen konnte, war ihm gerade ziemlich scheißegal.

»Wir können weiterfahren«, übernahm seine Begleitung die Übersetzung, als Maik ratlos stehen blieb.

Ungerührt ging er weiter zurück in Richtung Polizeiwagen, während Maik mit aufheulendem Motor an ihm vorbeifuhr. »Leck mich doch«, schleuderte Richard hinterher. Die Entfernung war bereits zu groß, als dass er befürchten musste, gehört zu werden. Aber auch wenn, kümmerte es ihn überhaupt nicht. Inzwischen schlug der Schock in Wut um. Und welcher penetrante Arsch versuchte denn schon wieder, ihn anzurufen, dachte er, als sein Handy zum wiederholten Male vibrierte. Er ignorierte es weiter. Auf dem Weg zu ihrem Polizeiwagen mussten ein paar junge Bäume dran glauben, die er mit kräftigen Fußtritten köpfte. Angekommen, lehnte er sich an die Seitentür. Im Inneren des Wagens ertönte das Rufsignal des Funks. Und wenn schon, dachte er sich. So wichtig konnte es gar nicht sein. Er war gerade nicht in der Lage zu antworten. Sollte Wolfgang das übernehmen. So lehnte er am Auto und wusste nicht, was er tun konnte. Er hatte eine unglaubliche Wut im Bauch, doch kein Ventil, um sie herauszulassen. Er hätte schreien wollen, aber Angst, dass man es vorne an der Straße hören würde. Und die Genugtuung wollte er ihnen nicht geben. Weder dem Arschloch von Aschinger noch Magdalena. Besonders nicht Magdalena. Was zur Hölle dachte sie sich bloß dabei? Mit ihm rumschmusen und dann ausgerechnet mit dem Aschinger spazieren fahren? Wahrscheinlich würden sie hinterher in seinem Auto … er mochte gar nicht darüber nachdenken. Er ballte die Hände zu Fäusten und knurrte. Warum musste das immer ihm passieren. Immer wenn er Hoffnung hatte. Immer wenn er sich am Ziel wähnte. Es war doch so verdammt gut gelaufen, oder? Wieso küsst sie ihn zweimal, obwohl sie gar nichts von ihm will? Hat sie ihn sich nur warmgehalten, und jetzt ist einer mit einem tollen

Auto und jeder Menge Kohle dahergekommen? Und wenn der Aschinger mit ihr fertig ist, dann darf er sich wieder Hoffnungen machen? Nein, das würde er nicht. Jäh erinnerte er sich an seine Ex-Freundin Sandra. Nicht noch mal. Magdalena war für ihn gestorben. So sah es aus.

Schließlich hörte er den Motor vom Aschinger junior laut aufheulen und ihn davonfahren. Kurze Zeit später stapfte Wolfgang heran. Er lehnte sich neben ihm an den Wagen und seufzte. »Scheiße?«

Er grunzte nur als Antwort.

»Ist nicht gut gelaufen mit dir und der Magdalena?«, fragte sein Partner behutsam.

»Will nicht drüber reden«, brummte Richard. Er wusste, dass sein Kollege es nur gut meinte. Deswegen wollte er seine Wut nicht an ihm auslassen, was aber gerade alles andere als leicht war.

»Schon gut«, sagte Wolfgang. »Irgend so ein Penner will mich die ganze Zeit anrufen.«

Das ließ Richard aufhorchen. Ihn auch? Er war noch gar nicht auf die Idee gekommen nachzusehen, wer versuchte, ihn zu erreichen. Sein Partner nestelte ebenfalls sein Handy aus der Hosentasche, aber er war schneller. Fünf Anrufe von der Christina.

»Puh«, Wolfgang pfiff durch die Zähne. »Die Christina hat es dreimal probiert. Bei dir auch?«

Richard hielt ihm nur das Display hin. Sein Ärger wich echter Besorgnis.

»Scheiße, das kann nichts Gutes bedeuten.«

In diesem Augenblick piepste wieder der Funk. Mit für ihn unglaublicher Geschwindigkeit war Wolfgang im Wagen, presste den Hörer ans Ohr und drückte die Sprechtaste.

»Was ist denn los?«

Richard war ebenso schnell auf dem Beifahrersitz und hielt sein Ohr so nahe wie möglich an den Hörer, um mitzuhören.

»Na endlich!«, rief Christina. Ihrer Stimme nach zu urteilen, war sie äußerst aufgeregt. Richard konnte sich nicht daran erinnern, dass sie sich schon einmal so aufgekratzt angehört hatte. »Wo zur Hölle seid ihr denn? Ich versuche euch die ganze Zeit zu erreichen. Über Funk, über Handy, und ihr geht nicht ran!«

»Tut mir leid«, antwortete Wolfgang schuldbewusst. »Es war gerade schlecht. Was ist denn passiert?«

»Kommt sofort nach Cham. Wir brauchen jeden verfügbaren Beamten. Am *EZO* eskaliert die Lage gerade.«

Als sie in Cham eintrafen, war das Desaster schon so gut wie gelaufen. Am frühen Abend hatten sich auf dem Parkplatz immer mehr junge Leute versammelt. Die Kollegen hatten Präsenz gezeigt. Alles lief eigentlich in normalen Bahnen, bis ein stark alkoholisierter Mann begann zu randalieren. Offenbar hatte er die Absicht gehabt, einen der Einkaufswagen beim Drogeriemarkt für sportliche Zwecke zu missbrauchen. Allerdings scheiterte er alkoholbedingt bereits daran, diesen von den restlichen zu lösen. Das brachte ihm das schadenfrohe Gelächter der umstehenden Personen ein. Dies wiederum stärkte seine Aggression, die er nun an der Drogerie auslassen wollte. Kurz bevor er die Eingangstür des geschlossenen Marktes mit einem der Mülleimer auf eher unkonventionelle Weise öffnen konnte, waren die Kollegen zur Stelle und legten den jungen Mann auf den Boden. Aufgrund starker Gegenwehr ging dies auch nicht ganz ohne Blessuren vonstatten, was aber objektiv gesehen nicht die Schuld der Polizisten war. Die umstehende Menge sah das – ebenfalls alkoholbedingt – jedoch etwas anders. Kurz und gut, die Stimmung begann sich aufzuheizen. Um dem zu begegnen, wurde kurzerhand die Präsenz der Exekutive erhöht. Offenbar hatte sich in der Stadt schnell herumgesprochen, dass am *EZO* wohl etwas geboten wurde. Es kam zu einem regelrechten Zustrom weiterer Jugendlicher. Als es den Polizisten zu bunt wurde, sperrten sie die Zufahrten mittels quergestellter Einsatzwagen inclusive Blaulicht. Nun witterten die Anwesenden staatliche Regulierung ihrer Freizeit, was die Stimmung noch mehr kippen ließ. Die Presse vor Ort würde sich später zu der Aussage hinreißen lassen, ein Hauch von 68 hätte durch Cham geweht. Irgendwann zu fortgeschrittener Stunde geriet die Situation außer Kontrolle. Bereits vorher hatten die Polizisten einzelne Randalierer teils auch mit physischem Nachdruck des Platzes verweisen müssen. Keine brutalen Sachen, bei weitem nicht, aber genug, um die Stimmung weiter anzuheizen. Am Höhepunkt stand eine große Gruppe Jugendlicher frontal der Polizeisperre gegenüber und drückte ihren Unmut mittels Anbrüllen der Beamten aus. Langsam bewegten sie sich auf die Sperre zu. Und dann geschah der vielleicht entscheidende Fehler. Die Einsatzleitung vor Ort beschloss, sich ein paar Meter zurückzuziehen, um die Situation zu deeskalieren. Nun, wie allgemein bekannt, ist gut gemeint die kleine Schwester von Scheiße gebaut. Das Zurückweichen stachelte den aggressiven Mob nur weiter an. Unter siegesgewissen Jubelrufen drängten sie hinterher, fest entschlossen, die Staatsmacht ganz des Platzes zu verweisen. Die verbalen Entgleisungen nahmen die Polizisten stoisch hin, als ihnen jedoch die ersten Flaschen entgegengeflogen, war dann endlich Schluss mit lustig. Schnell und professionell wurden die Rädelsführer ausgemacht, und ehe sie sich's versahen, schmiegten sich ihre Körper an den Straßenbelag. Von der Schnelligkeit überrascht und ihrer Wortführer beraubt, zog sich die Menge umgehend zurück. Dem einen oder anderen mochte erst jetzt klar geworden sein, in welche Situation er da gerade geraten war. Einige der männlichen Teilnehmer wurden auch von ihren Freundinnen lautstark zurückgepfiffen. Die zur Vernunft gekommenen nahmen die stark alkoholisierten unter gutem Zureden mit sich. So schnell, wie er begonnen hatte, war der Spuk wieder vorbei.

Als Richard und Wolfgang endlich eintrafen, konnten sie nicht mehr tun, als das Chaos zu begutachten, das übrigblieb. Die Straße war mit Müll und Glasscherben übersät. Der Rettungsdienst behandelte kleinere Blessuren bei Beteiligten beider Seiten. Gott sei Dank hatte es keine schwereren Verletzungen gegeben. Bei den festgenommenen Rädelsführern wurden noch vor Ort die Personalien aufgenommen. Später würde sich die Öffentlichkeit darüber wundern, dass es sich ausnahmslos um Minderjährige und Milchbubis handelte, die dazu beigetragen hatten, dass die Situation so eskalierte.

Einen Beitrag leisten konnten Richard und sein Kollege nicht und standen mehr oder minder betreten herum.

»Wo zur Hölle wart ihr zwei denn?«, zischte ihr Chef, als er an ihnen vorbeihetzte. »Also …«, setzte Wolfgang zu einer Antwort an.

»Ach was, ich will es gar nicht wissen«, winkte er ärgerlich ab. »Schaut lieber, wo ihr euch nützlich machen könnt.« Und schon war er wieder verschwunden.

Auf der Nachbesprechung am nächsten Tag suchten sie sich einen möglichst unauffälligen Platz. Ihr Plan, ein paar illegalen Rennfahrern das Handwerk zu legen, war kläglich gescheitert. Das allein wäre nicht so schlimm gewesen, aber dass sie in einer Notsituation weder auf Funk noch auf Anrufe reagiert hatten, das war eine vollkommen andere

Geschichte. Das würde wahrscheinlich ein Nachspiel haben. Ganz zu schweigen davon, dass Richard die Sache mit Magdalena nach wie vor dermaßen schwer im Magen lag, dass er es heute fast nicht aus dem Bett geschafft hatte. Die letzte Nacht hatte er kaum geschlafen. Immer wieder spielte er alles im Kopf durch. Wo war es schiefgelaufen? Hatte er was falsch gemacht? In der Endlosschleife seiner Gedanken gefangen, hatte er sich nur unablässig von der einen Seite auf die andere gerollt, ohne dass sich der erlösende Schlaf hatte einstellen wollen. Dementsprechend hatte er große Mühe, den Ausführungen seines Chefs zu folgen, der gerade den gestrigen Einsatz Revue passieren ließ. Verstohlen holte Richard sein Handy aus der Hosentasche und starrte zum 50. Mal die Nachricht darauf an. Absichtlich hatte er sie nicht geöffnet, damit sie bei Magdalena nicht als gelesen erschien. Die Vorschau zeigte ihm auch so den ganzen Text und er konnte so tun, als hätte er sie noch nicht gesehen. Wieder las er die Worte, obwohl er sie auswendig kannte: »Hallo Richard, tut mir leid wegen gestern Nacht. Können wir reden?«

Niedergeschlagen steckte er sein Handy wieder ein. Nein, er wollte nicht reden, hatte er beschlossen. Über was auch? Nur um sich sämtliche Standardsprüche anzuhören? »Wir können doch gute Freunde sein«, oder »Du bist so ein netter Kerl, du findest bestimmt bald jemanden«. Nein, danke. Darauf konnte er gut verzichten. Sollte sie nur sehen, was der Aschinger für einer war. Lange würde das eh nicht dauern. Und dann brauchte sie sich nicht einzubilden, dass er auf sie wartete. Innerlich seufzte er, weil er wusste, dass er sich selbst belog. Was hatte er einem wie Nico schon entgegenzusetzen? Der hatte das Auto, die Kohle, gehörte quasi zur High Society. Da hatte er als stinknormaler Polizist doch keine Chance.

Solche Gefühle wie bei Magdalena hatte er noch nie gehabt. Es tat weh. Es tat verdammt weh. Permanent sah er ihr Gesicht vor sich, als sie ihn gestern Abend bemerkt hatte. Was war das für ein Gesichtsausdruck? War sie erschrocken? War es ein Ausdruck von Schuldbewusstsein? Oder war es Mitleid, was er in ihrem Blick sah? Das Letzte war definitiv das Schlimmste. Je häufiger er ihr Gesicht vor seinem geistigen Auge sah, umso mehr verzerrte es sich. So lange, bis die Magdalena in seiner Erinnerung ihn auslachte. Richard schüttelte sich. Er musste diese Gedanken loswerden. Zumindest für den Moment. Sonst wurde es ihm zu viel. Also konzentrierte er sich auf den Vortrag seines Chefs.

»… ist die Resonanz in der Presse heute Morgen durchweg positiv. Der allgemeine Tenor in den Berichten lautet, dass wir als Polizei umsichtig vorgegangen sind und der Lage schnell Herr werden konnten. In den sozialen Medien ist die vorherrschende Meinung ebenfalls positiv. Hauptsächlich wird die Schuld an der Eskalation bei der Poserszene gesehen. Einige Nutzer, die sich selbst dieser Szene zuschreiben, distanzieren sich von den gestrigen Ereignissen. Wie Sie also sehen können, haben wir in einer schwierigen Situation richtig reagiert. Ich darf deshalb ein großes Lob an alle Kollegen aussprechen.«

»Na, an alle wohl nicht«, raunte jemand Richard von hinten zu. Er sah sich um und blickte in das grinsende Gesicht von Müller. Der hatte ihm gerade noch gefehlt. Natürlich war ihm aufgefallen, dass er und Wolfgang erst spät am *EZO* eingetroffen waren. Sein Kollege hatte bei der Materialausgabe angeben müssen, warum sie die Radarpistole brauchten. Richard zweifelte nicht daran, dass Müller nachgefragt hatte, wo sie gestern gewesen waren. Die Frage war nur, wie viel er rausgefunden hatte.

»Der Bürgermeister hat sich heute Morgen schon telefonisch für den Einsatz bedankt«, fuhr der Chef mit seiner Ansprache fort. »Ich werde ihn nachher treffen, damit wir das weitere Vorgehen abstimmen. Dass so was nicht ein zweites Mal vorkommen darf, brauche ich nicht extra zu betonen. Also noch einmal ein herzliches Danke an euch alle für euren Einsatz. Und jetzt zurück an die Arbeit.«

Die Lautstärke stieg schlagartig an. Das laute Geräusch der Stühle, die beim Aufstehen über den Boden knarzten, erfüllte den Raum. Die Kollegen waren ausnahmslos bester Laune. Den meisten steckte noch der Rest Adrenalin von gestern im Körper, und die Lobrede vom Chef heizte die Stimmung weiter auf. Es wurden lautstarke Gespräche geführt, und es bildeten sich die ersten Legenden über die gestrigen Ereignisse, die noch in den kommenden Jahren erzählt werden würden.

Nur Richards Laune war nach wie vor im Keller. »Können wir rausfahren?«, fragte er Wolfgang. »Ich pack das hier nicht.«

Sein Partner nickte nur. Auch er war wegen des Misserfolgs nicht in Feierlaune. Also schlichen sie so unauffällig wie möglich zu ihrem Arbeitsplatz, um sich ihre Jacken zu holen.

»Na, habt ihr an der falschen Stelle nach den Rasern gesucht?«, fragte Müller hämisch. Er saß etwas abseits in einer Ecke des Büros. Offenbar hatte er nur auf sie gewartet.

»Das geht dich nichts an«, knurrte Richard ihn an.

»Und euer Mörder war wohl auch der Falsche, weil er schon wieder auf freiem Fuß ist, oder?«, plapperte Müller ungerührt weiter.

»Zumindest haben wir einen Fall von illegalem Medikamentenhandel aufgedeckt«, fuhr Richard ihn an. Inzwischen hatte sich eine nicht geringe Anzahl an Kollegen eingefunden, die den sich anbahnenden Streit gebannt verfolgten.

»Blinde Hühner und Körner«, winkte Müller ab.

Richard ging schnell einige Schritte auf ihn zu und beugte sich zu seinem sitzenden Kollegen. »Was ist eigentlich dein Problem?«

»Lass gut sein, Richard«, versuchte Wolfgang, der hinter ihm stand, ihn zu beschwichtigen.

»Mein Problem?« Sein Kontrahent sprang auf und rückte ihm so nahe, dass sich ihre Nasenspitzen beinahe berührten. Er konnte Müllers Mundgeruch wahrnehmen. »Mein Problem ist, dass du kleiner Pisser dich aufführst, als wärst du der Allergrößte. Bloß weil du mal zufällig irgendeinen Volldeppen von Mörder gefunden hast.«

»Nenn du mich nicht Pisser!«, schrie Richard und schubste ihn von sich weg.

In Müllers Augen konnte er jetzt den blanken Hass sehen. Wütend starrte er ihn an und gab Richard einen solchen Rempler, dass er beinahe über einen der Bürostühle gefallen wäre. Und in dem Augenblick brannte bei ihm eine Sicherung durch. Er sah nicht mehr seinen Kollegen Müller vor sich, sondern Nico Aschinger, der ihn auslachte. Und hinter ihm stand Magdalena, die lachend mit dem Finger auf ihn zeigte. Die höheren Gehirnfunktionen waren schlagartig abgeschaltet. Jetzt hatte das Stammhirn die Kontrolle, und es verlangte nach Blut. Er hob die Faust. Hätte Wolfgang ihn nicht geistesgegenwärtig gepackt, er hätte Müller eine verpasst. Genau auf seinen bescheuerten Schnurrbart. Der wiederum wollte Richards Lage ausnützen und bei ihm seinerseits einen Fausthieb landen. Die umstehenden Kollegen konnten es gerade noch verhindern, auch wenn sie sichtlich Mühe hatten, die beiden Streithähne zu trennen. Richard versuchte loszukommen. Er spürte, wie das Blut durch seine Adern pumpte. Seine Zähne knirschten.

»Jetzt ist hier sofort Ruhe!« Der Chef schrie in einer Lautstärke, die kaum jemand für möglich gehalten hätte. Augenblicklich herrschte Stille im Raum. Nachdem sich die Kollegen versichert hatten, dass Richard und Müller nicht mehr aufeinander losgehen würden, wurden sie losgelassen.

»Ihr zwei geht jetzt sofort auseinander. Müller in den Pausenraum. Sonnleitner, ab in mein Büro«, befahl der Chef in einer Tonlage, die jeden Widerspruch unmöglich machte.

So fand sich Richard wenige Sekunden später im Büro des Dienstellenleiters wieder und wusste nicht, wohin mit seiner Wut. Er hatte ein unbändiges Verlangen, mit der Faust gegen die Wand zu schlagen oder zumindest seinen Frust hinauszuschreien. Doch die Mauern waren so dünn, dass es draußen zweifellos alle mitbekommen würden. Es hätte auch geholfen, wenn er den Abfalleimer in die Ecke kicken könnte, dass es nur so schepperte, aber das war ebenfalls keine Option. Also blieb ihm nichts anderes übrig, als vor Wut bebend stehen zu bleiben und die Fäuste so sehr zu ballen, bis es schmerzte.

Sein Chef war definitiv kein Anfänger, denn er ließ ihn exakt so lange alleine warten, bis seine Wut so weit verraucht war, dass ausreichend Platz für Schamgefühl vorhanden war. Dann trat er schweigend ein und schloss die Tür leise hinter sich. Ohne ein Wort zu verlieren, ging er zu seinem Schreibtisch und setzte sich. Anschließend faltete er die Hände und sah ihn durchdringend an. Richard schaffte es nicht, seinen Blick zu erwidern, also starrte er nur stur geradeaus.

»Möchten Sie irgendwas dazu sagen, Sonnleitner?«, fragte der Chef mit ebenso ruhiger wie bedrohlicher Stimme. Richard schüttelte kaum merklich den Kopf.

»Dachte ich mir«, brummte der Chef und lehnte sich

in seinem Stuhl zurück. »Sonnleitner, ich halte mich für sehr umgänglich. Ich kontrolliere nicht alles, ich lasse viele Sachen einfach laufen, solang der Laden funktioniert. Aber eines dulde ich nicht: dass meine Kollegen gegeneinander handgreiflich werden. Verstehen wir uns?«

Richard nickte nur.

»Gut, dann sehen Sie das hier als gelbe Karte. Und glauben Sie mir, die rote wollen Sie nicht zu Gesicht bekommen.« Eine Weile musterte er Richard, bevor er fortfuhr. »Warum sind Sie denn so aggressiv, Sonnleitner? So kenne ich Sie gar nicht. Sind Sie frustriert? Wegen dem Mord, bei dem Sie nicht vorankommen? Weil Ihr Verdächtiger sich als falsche Spur entpuppt hat? Vergessen Sie nicht, dass Sie nur ein Polizist sind. Die Morde klären andere auf, zum Beispiel die Kollegen von der Kripo. Vielleicht sollten Sie sich mehr auf Ihre eigentlichen Aufgaben konzentrieren. Sonnleitner, wie soll ich es sagen … Vielleicht ist nicht jeder für so was geeignet. Vielleicht sollten Sie bei den einfachen Sachen bleiben.«

Richard fühlte sich, als hätte man ihm ein Brett direkt vors Gesicht geknallt. Hatte ihm sein Chef gerade wirklich durch die Blume gesagt, dass er kein guter Polizist war? Dass er bestenfalls Durchschnitt war und wahrscheinlich nicht für mehr geeignet? Das zog ihm erst mal den Boden unter den Füßen weg.

»Sie sollten mal drüber nachdenken, wo Sie im Leben hinwollen, Sonnleitner. Und genau dafür gebe ich Ihnen jetzt Gelegenheit. Weil, ganz ungeschoren kommen Sie mir nicht davon. Mitkommen.« Er stand auf und bedeutete Richard, ihm zu folgen. Unter den neugierigen Blicken der Kollegen gingen sie in den Putzraum.

»Hier.« Der Chef drückte ihm einen Putzeimer in die Hand. »Vollmachen mit heißem Wasser und etwas Putzmittel. Die Umkleide muss schon lange wieder ordentlich saubergemacht werden.«

Ohne Widerworte tat Richard wie befohlen. Als er sich den Schrubber und einen Putzlappen nehmen wollte, wurde er aber zurückgehalten.

»Den brauchen Sie nicht«, beschied der Chef und ging mit ihm zu den Umkleiden. Dort fingerte er an einem Spind herum, den ein verblichenes Namensschild als seinen eigenen auswies. Richard hatte sich schon oft gefragt, was er darin aufbewahrte, weil er ihn noch nie geöffnet gesehen hatte. Nach kurzem Herumkramen wurde ihm eine alte und ziemlich zerschundene Zahnbürste überreicht.

»Damit machen Sie mir den Boden so sauber, dass ich mich darin spiegeln kann, klar? Bis heute Abend dürften Sie damit fertig sein. Und ich gehe mal davon aus, dass Sie dabei so motiviert sind, dass Sie die Mittagspause freiwillig ausfallen lassen. Haben wir uns verstanden?« Ohne eine Antwort abzuwarten, ging er und ließ Richard mit offenem Mund zurück.

Das Fenster in der Umkleide verdiente diesen Namen kaum. Bestenfalls konnte man es als rechteckiges Guckloch bezeichnen. Und selbst ganz geöffnet vermochte es nicht gegen den Mief anzukommen, der hier drin herrschte. Richard konnte sich nicht entscheiden, was mehr schmerzte: die Knie, die Ellbogen oder sein Rücken. Auf allen vieren lag er am Boden und schrubbte ihn mit der Zahnbürste. Er hatte sich selbst verboten, immer wieder auf seine Uhr zu sehen, weil dann die Zeit noch viel langsamer verging, aber es musste bereits Nachmittag sein. Sein Magen knurrte inzwischen bedenklich, doch wagte er es nicht, sich etwas zu essen zu holen. Der Boden war wirklich wahnsinnig schmutzig, und so unglaublich es war, er konnte ihn mit seiner Zahnbürste sauber bekommen. Nur war das Ding so verdammt klein im Vergleich zum Raum. Mit einem Seufzen rutschte er ein paar Zentimeter weiter, was wiederum neue Schmerzen an Knien und Ellbogen verursachte. Außerdem war er nun so nahe an den Dingern, die ihm bereits die ganze Zeit über die größten Sorgen bereitet hatten, dass er sie nicht mehr ignorieren konnte. Er verzog das Gesicht, als er das Paar rote Turnschuhe anblickte. Die lagen schon länger hier, als er hier arbeitete. Und sie hatten sich seitdem noch keinen Millimeter bewegt. Selbst die Putzfrau schien einen ziemlichen Bogen darum zu machen. Bis heute hatte er nicht herausgefunden, wem sie gehörten, und offensichtlich fühlte sich auch niemand für sie verantwortlich. Vorsichtig näherte er sich ihnen und wagte es, ein wenig zu schnuppern. Schnell zog er sich zurück und stöhnte. Viel hätte nicht gefehlt, dass sein Würgereiz einsetzte. Als er sich wieder unter Kontrolle hatte, reckte er den Kopf, um einen Blick auf das Innere der Schuhe zu werfen. Er wäre nicht überrascht gewesen, wenn dort einige Pilze sprießen würden. Was sollte er nur mit diesen Scheißdingern machen? Ohne Handschuhe und Atemschutzmaske fasste er sie auf keinen Fall an. Wer wusste schon, was man sich da für Krankheiten holen konnte. Blieb also nur eine Möglichkeit. Verstohlen sah er in Richtung Tür. Als er sicher war, dass sich niemand in der Nähe befand, kickte er die Treter schnell in die hinterste Ecke unter die Spinde. Ein kurzer Kontrollblick reichte aus, um sicherzugehen, dass man sie nur sehen konnte, wenn man flach auf dem Boden lag. Angewidert stellte er fest, dass er damit zwei schwarze Spinnen aufgeschreckt hatte, die das finstere Loch offenbar als Unterschlupf genutzt hatten. Falls sein Chef darauf bestehen sollte, das auch noch aufzuräumen, bekam er also ein doppeltes Problem. Andererseits standen die Chancen ganz gut, dass die Mistviecher vom Gestank der Schuhe dahingerafft wurden. Er musste es wohl oder übel darauf ankommen lassen und das Beste hoffen. Nachdem er sich weiter daranmachte, die nun freie Fläche zu reinigen, öffnete sich hinter ihm die Tür. Besorgt sah er sich um. Als er merkte, dass es Wolfgang war und nicht sein Chef, entspannte er sich wieder.

»Ui, Zahnbürstendienst«, grinste der. »Das hatten wir auch schon lang nicht mehr.«

»Danke für die seelische Unterstützung.« Richard stöhnte, setzte sich auf und lehnte sich mit dem Rücken an die Bank in der Mitte der Umkleide.

»Ach, hab dich nicht so. Zahnbürstendienst haben schon ganz andere machen dürfen. Da reihst du dich in eine Riege von legendären Kollegen ein. Eigentlich kannst du fast stolz drauf sein.«

»Hast du das auch schon mal gemacht?«

»Pf«, machte Wolfgang nur, ohne eine eindeutige Antwort zu geben.

»Na ja, verdient habe ich es ja«, seufzte Richard.

»Selber schuld, ich hab dir ja gesagt, du sollst den Müller ignorieren. Warum bist denn überhaupt so mies drauf, sag mal?«

»Ach, egal«, winkte er ab.

»Ist es, weil wir mit dem Mord nicht weiterkommen?«, fragte Wolfgang.

Richard zuckte nur mit den Schultern.

»Oder vielleicht wegen einer gewissen Magdalena?«, bohrte sein Kollege nach. Darauf antwortete er gar nicht, sondern starrte nur finster vor sich hin.

»Dachte ich es mir doch. Was ist denn nun eigentlich zwischen euch gelaufen? Und warum sitzt sie mitten in der Nacht beim Aschinger junior im Auto?«

»Keine Ahnung«, sagte Richard nach einer Weile. »Eigentlich dachte ich, dass es gut zwischen uns gelaufen wäre. Aber offenbar hat sie was Besseres gefunden.«

»Oje. Kein Wunder, dass du so einen Frust fährst. Glaubst du nicht, dass du vielleicht noch eine Chance bei ihr hast?«

»Komm, lass uns über was anderes reden«, brummte Richard.

»Verstehe schon. Außerdem gibt es ja noch jede Menge andere Frauen. Aber wenn du lieber über unseren Ermordeten reden willst, dann landen wir auch wieder beim Aschinger. Weil, der ist aktuell unser einziger Verdächtiger. Bloß eher ein schlechter, weil er ja ein Alibi hat.«

»Ja, genau.« Richard grunzte abfällig. »Die Aussage von ein paar Freunden, die ihn gesehen haben wollen. Der drückt jedem einen Fünfziger in die Hand, und die sagen, was sie sollen. Und das haben wir noch nicht mal überprüft.«

»Stimmt schon, aber meinst du, dass das was bringt?«

»Außerdem hätten wir ihn auf frischer Tat bei einem illegalen Autorennen erwischt, wenn wir nicht vorher aufgeflogen wären.«

»Schon gut, schon gut«, wehrte Wolfgang ab. »Dass der Aschinger nicht ganz sauber ist, das ist mir auch klar. Aber jetzt mal ehrlich, willst du dich mit ihm anlegen? Ich meine, ich verstehe ja, dass du wegen der Magdalena einen Hass auf ihn hast. Nach den Erfahrungen, die wir mit seinem Vater gemacht haben, sollte dir aber klar sein, was für Konsequenzen das haben kann.«

»Das ist mir egal«, beschied Richard.

»Wegen mir.« Wolfgang zuckte mit den Schultern. Er setzte sich auf die Bank und blickte sich eine Weile suchend um.

»Nach was hältst du denn Ausschau?«

»Ach nichts. Ich hab den Boden bloß noch nie so sauber gesehen«, grinste er.

»Ja, das ist aber auch eine scheiß Arbeit hier.«

»Ach, sieh es einfach von der positiven Seite.«

»Was soll daran bitte positiv sein?«, fragte Richard verärgert.

»Na ja, zum Beispiel, dass du mich diesmal nicht in die Scheiße mit hineingezogen hast.«

Er musste schlucken. Zu den letzten Strafarbeiten waren sie gemeinsam verdonnert worden. Er hatte nach wie vor ein schlechtes Gewissen, weil er Wolfgang zu dem überredet hatte, weswegen sie die Strafe erhalten hatten.

»Schon gut«, meinte sein Partner versöhnlich. »Außerdem hast du es immer noch besser erwischt als der Müller.«

»Warum?« Richard war bisher noch gar nicht der Gedanke gekommen, was der zur Strafe machen musste.

»Der muss den Rasen im Hinterhof von Zigarettenkippen befreien.«

»Ach komm. Das ist doch wesentlich angenehmer, als hier den Boden mit der Zahnbürste zu schrubben.«

»Das glaubst auch nur du. Zum einen sind es wirklich verdammt viele Kippen, die da rumliegen. Und zum anderen ist der Rasen voller Tretminen. Weil alle Nachbarn ihre Hunde dort scheißen lassen.«

»Ist nicht wahr!«, rief Richard überrascht aus.

»Doch.« Wolfgang musste mühsam das Lachen unterdrücken. »Den Müller hat es ein paarmal so antriebn*, dass wir gemeint haben, dass er gleich schbeibt**. Wir haben ihm die ganze Zeit zugeschaut. Wenn ich nicht Angst gehabt hätte, dass uns der Chef sieht, dann hätte ich es für dich gefilmt. Das war echt eine Schau.«

---

* Wörtlich *angetrieben*. Bayrisch für *mit dem Würgereiz ringend*.

** Schbeim – bayrisch für *sich übergeben*.

21

»So eine Drecksau!«, rief Haaserer. Seine Freunde kannten Richard einfach zu gut, als dass er ihnen so was wie die Geschichte mit Magdalena und dem Aschinger hätte verschweigen können. Natürlich hatten sie gemerkt, dass er mies drauf war, und ihn solang bequatscht, bis er widerwillig mit der Sprache rausgerückt war.

»Ich hätt ihn gleich mal auf den Boden gelegt und mit Handschellen gefesselt. Sicher ist sicher«, fuhr Haaserer fort. »Und dabei schön mit dem Gesicht auf den Teer gedrückt.«

»Ach geh«, winkte Richard ab. »Wegen was hätte ich ihn denn festnehmen sollen?«

»Hey, der hat dir immerhin die Freundin ausgespannt. Wenn das nicht reicht.«

»Mir schon, aber der Polizei eben nicht«, erwiderte er müde.

»Das hätte bei der Lena bestimmt Eindruck gemacht.«

»Mit so was erreicht man immer nur das Gegenteil«, winkte Foo ab. »Dann bist du der Brutalo, und sie kümmert sich umso mehr um den anderen.«

»Ich verstehe es einfach nicht.« Haaserer nippte an seinem Weißbier und stützte den Kopf nachdenklich auf die Hand. »Zwischen euch zweien ist es doch gut gelaufen. Warum sitzt sie dann bei dem Angeber im Auto?«

Richard seufzte. »Das weiß ich auch nicht.«

»Und was sagt sie dazu?«, fragte Foo.

»Keine Ahnung.« Er zuckte mit den Schultern.

»Wie, keine Ahnung?« Foo runzelte die Stirn. »Irgendwas wird sie doch gesagt haben.«

»Sie ist nur im Auto gesessen und hat mich angeschaut«, erklärte Richard.

»Ja, schon klar. Aber hinterher?«

»Ich hab seitdem nicht mit ihr geredet.«

»Wie? Hat sie sich gar nicht bei dir gemeldet?«, hakte Foo nach.

»Geschrieben hat sie mir, dass sie mit mir reden will. Aber ich hab nicht geantwortet.«

»Magst nicht hören, was für ein netter Mensch du bist, oder?« Haaserer sah ihn wissend an.

Richard zuckte mit den Schultern.

»Okay, verstehe schon.« Foo schürzte die Lippen. »Und jetzt? War's das dann?«

»Wahrscheinlich«, sagte der junge Polizist nur und nahm einen tiefen Schluck.

»Und der Aschinger?«, fragte Haaserer. »Willst du dem keine reinwürgen?«

Richard sah ihn mit ernstem Blick an. »So was von.«

»Das ist mein Richard«, grinste Haaserer. »Also, wie stellen wir es an?«

»Wieso wir?«

»Du glaubst doch nicht, dass wir dich mit so was alleine lassen«, rief Haaserer.

»Also, wie kriegen wir ihn an den Eiern?«, stimmte Foo mit ein.

»Puh.« Richard blies die Backen auf. »Gute Frage. Ich meine, wir müssen schon noch seine Alibis überprüfen, wegen dem Mord. Aber ich glaube ehrlich gesagt nicht, dass da was dabei rauskommt. Rivalität hin oder her, und er ist beileibe kein guter Mensch. Aber dass er jemanden umbringt, trau ich ihm auch nicht zu. Zumindest nicht auf so eine Art.«

»Gut möglich.« Haaserer Blick ging nachdenklich hin und her. »Und wenn du ihn wegen der Raserei drankriegst?«

»Stimmt«, meinte Foo. »Schließlich hättet ihr ihn letztes Mal fast auf frischer Tat ertappt.«

»Schon, aber das ist ja auch mächtig in die Hose gegangen. Auflauern bringt da gar nichts. Da fliegen wir bloß wieder vorher auf. Wenn, dann müssten wir alles großflächig abriegeln. Aber dazu bring ich meinen Chef nicht mehr, nachdem es schon mal schiefgelaufen ist.«

»Dann müssen wir eben selber tätig werden«, beschloss Haaserer.

»Und wie willst du das anstellen?«

»Was weiß ich. Aber wir kriegen immer noch die Nachrichten, wenn die Partys steigen. Dann schleichen wir uns eben rein. Vielleicht ergibt sich ja irgendeine Gelegenheit. Wenn wir zum Beispiel sehen, dass er zu viel trinkt, rufst du schnell deine Kollegen, und die kassieren ihn ein.«

»Ach, ich weiß nicht«, erwiderte Richard unwillig. »Und falls nichts dabei rauskommt?«

»Ach so.« Haaserer sah ihn böse an. »Willst du also lieber nichts tun, damit er in Ruhe die Magdalena vö…«

»Schon gut, schon gut«, schnitt Richard ihm das Wort ab. »Hast ja recht.«

»Alles klar. Dann also Spezialkommando-Einsatz am nächsten Wochenende«, beschloss Foo.

»Saugeil!«, rief Haaserer.

Richard seufzte nur ein weiteres Mal.

22

Der junge Mann lehnte an der Mauer des Bekleidungsgeschäfts und schien so ziemlich jeden zu grüßen, der an ihm vorbei über den Stadtplatz fuhr. Wolfgang und Richard musterten ihn aus der Ferne. Er trug eine schwarze Hose und einen ebenso schwarzen Kapuzenpulli. Darauf war ein Einhorn zu sehen, das so aussah, als wäre es von einem Fünfjährigen gemalt worden, und darunter stand in ungelenken Buchstaben »Death Metal«. Ein ordentlicher Bauch wölbte sich unter dem Pulli. Die lockigen blonden Haare standen vom Kopf ab, als hätte er gerade eine mittlere Explosion überstanden. Die beiden Polizisten vermuteten stark, dass es sich bei ihm um ihren letzten Zeugen handelte. Schon den halben Tag hatten sie damit verbracht, die Liste von Nico Aschinger abzuarbeiten. Bisher hatte sich nichts Auffälliges ergeben. Alle hatten so ziemlich das Gleiche erzählt. Wenn sie also sein Alibi widerlegen wollten, dann war der Typ ihre letzte Chance dazu. Gerade vielversprechend sah er nicht aus.

»Servus. Ihr sucht mich oder?«, rief er ihnen entgegen, als sie sich ihm näherten. Richard musste ein paarmal zwinkern. Seine Stimme klang ungewöhnlich hoch und sehr heiser. Im Grunde war sie das genaue Gegenteil von dem, was man bei seinem Anblick erwarten würde.

»Wenn Sie Stephan Wutz sind«, antwortete er, nachdem er die Überraschung überwunden hatte.

»Sowieso. Also raus mit der Sprache. Was kann ich für euch tun?« Richard empfand es bereits jetzt sehr anstrengend, seiner Fistelstimme zuhören zu müssen.

»Wir überprüfen ein paar Angaben, die Herr Nico Aschinger gemacht hat …«

»Ach so«, unterbrach Stephan ihn. »Ja, da hat der Nico vor einiger Zeit schon was zu mir gesagt.«

»Und?«

»Und was?«

»Haben Sie Nico Aschinger zum betreffenden Zeitpunkt gesehen?«

»Wann genau?«

Richard seufzte innerlich. Er holte seine Liste heraus, die sie von ihm bekommen hatten. Dann nannte er Datum und Uhrzeit.

»Ja, stimmt. Da hab ich den Nico am Stadtplatz gesehen. Zu übersehen war er ja nicht in seiner goldenen Rüstung.«

»Und haben Sie mit ihm gesprochen?«, hakte Richard nach.

»Hm«, er überlegte. »Wir haben uns kurz gegrüßt, und dann ist er eigentlich gleich weiter. Viel geredet haben wir wahrscheinlich nicht.«

Das war so ziemlich dasselbe, was ihnen alle Zeugen erzählt hatten. Jeder hatte ihn gegrüßt, dann war er auch gleich wieder weitergezogen.

»Und das sollen wir Ihnen jetzt glauben?« Richard war genervt. Insgeheim hatte er gehofft, dass er seinem Konkurrenten irgendwas anhängen könnte.

»Ja, warum nicht?«, fragte Stephan arglos.

»Vielleicht hat Ihnen der Herr Aschinger ja vorgesagt, was Sie uns erzählen sollen. Vielleicht hat er Ihnen sogar noch ein paar Euro dafür gegeben.« Richard wusste, dass er sich mit solchen Vermutungen viel zu weit aus dem Fenster lehnte. Aber es war ihm gerade ziemlich egal.

»Der Nico mir Geld geben?« Sein Bauch hüpfte vor Lachen auf und ab. »Der ist doch viel zu knickert* dafür.«

*Bayerisch für *geizig*

»Also können wir uns nur auf Ihr Wort verlassen?«

»Mei, wie ihr wollt.« Stephan zuckte mit den Schultern. »Oder hilft euch ein Video mehr?«

»Wollen Sie sagen, dass Sie ein Video haben, dass ihre Aussage deckt?« Richard machte große Augen. »Und damit rücken Sie erst jetzt raus?«

»Ihr habt ja auch nicht gefragt«, antwortete er lapidar und kramte sein Handy aus der Hosentasche. Nach kurzem Suchen hielt er es ihnen unter die Nase und ließ das Video laufen. Das Display war zwar links oben gesplittert und vollflächig mit fettigen Fingerabdrücken bedeckt, trotzdem konnte man alles gut erkennen.

»Hast mich drauf?«, fragte der kleine Stephan Wutz auf dem Bildschirm jemanden, der offenbar das Handy hielt, um ihn zu filmen. Er stand direkt neben dem *Further Drachen*, einem riesigen mechanischen Ungetüm. Richard musste immer wieder darüber staunen, wie lebensecht er aussah, wenn er auf allen vieren dahinschritt und dabei den Kopf bewegte und Feuer spie. Im Video befand er sich aber gerade im Ruhemodus und sah aus, als würde er schlafen. Wahrscheinlich stand er für seinen Einsatz beim Festspiel bereit. Im Hintergrund konnte man die Außenseiten der Kulissen erkennen. Stephan ließ sich dabei filmen, wie er vor dem Roboter herumblödelte. Gerade steckte er seinen Arm zwischen die riesigen Zähne und tat so, als würde er von ihm gefressen. Dann wurde er auf etwas aufmerksam, das sich außerhalb des Aufnahmebereichs der Kamera befand. »Hey, Aschi! Servus!«, rief er. Richard stellte erschüttert fest, dass seine Stimme auf dem Video ebenso rau und hoch war. Bisher hatte er vermutet, dass es sich um die Nachwirkungen einer durchzechten Nacht gehandelt hatte. Offensichtlich war dem nicht so, es war wohl tatsächlich seine normale Stimme. Die Kamera folgte seinem Blick und zeigte nun in einiger Entfernung, aber immer noch ziemlich deutlich, Nico Aschinger in seiner goldenen Rüstung samt Helm mit geschlossenem Visier. Er winkte grüßend zurück und ein dumpfes »Servus« war zu vernehmen.

»Geh, komm rüber«, forderte Stephan ihn auf. Der goldene Ritter folgte der Aufforderung, und so posierten sie zusammen vor dem Drachen. Nachdem andere, für die Kamera nicht sichtbare Personen offensichtlich ein paar zufriedenstellende Fotos von den beiden geschossen hatten, entspannten sie sich und klopften freundschaftlich die Fäuste aneinander.

»Alles fit?«, fragte Stephan.

»Sowieso«, kam es dumpf aus dem geschlossenen Visier. »Ich muss auch wieder weiter. Servus!« Nico winkte in die Kamera und verschwand dann. Damit endete das Video.

»Wann genau war das?«, fragte Richard tonlos. Er ahnte bereits, dass ihm die Antwort nicht gefallen würde.

»Moment«, krächzte Stephan. Er wischte ein paarmal über den Bildschirm und hielt ihm dann die Daten entgegen. Übersichtlich waren dort Datum und Uhrzeit der Aufnahme zu sehen: 26. August, 18.43 Uhr. Natürlich entsprach das fast haargenau dem Zeitpunkt, an dem der Mord stattgefunden hatte.

»Soll ich euch das Video schicken?«, fragte er.

»Schon gut«, wiegelte Wolfgang ab. Wohl weil er Angst hatte, dass Richard nicht nachgeben wollte. So ganz unrecht hatte er damit auch nicht. »Wenn wir noch was brauchen, dann melden wir uns.«

»Alles klar! Servus«, rief ihr Zeuge so fröhlich, dass es in den Ohren schmerzte, und machte sich davon.

»Also wieder nichts«, stellte Wolfgang fest, als niemand mehr in Hörweite war.

Richard brummte nur als Antwort. Dann fiel ihm plötzlich etwas ein.

»Sag mal, ist dir auch aufgefallen, dass in dem Video immer das Visier des Helms unten war?«

»Keine Ahnung«, Wolfgang runzelte die Stirn. »Kann schon sein. So genau hab ich darauf nicht geachtet.«

»Doch, die ganze Zeit hat man sein Gesicht nicht gesehen. Wer sagt denn, dass es wirklich der Aschinger war und nicht jemand anderes«, redete er aufgeregt.

»Wer soll es denn sonst gewesen sein, in seiner Rüstung? Du hast doch gehört, wie extra er mit dem Ding war.«

»Trotzdem kann da ein anderer dringesteckt haben. Das Video beweist also nicht eindeutig, dass der Aschinger zum Tatzeitpunkt am Stadtplatz war.«

»Aber unser Zeuge gerade mit der Fistelstimme hat ihn doch erkannt«, wandte Wolfgang ein.

»Und wenn er ihn nur wegen der Rüstung für den Niko gehalten hat?«

Sein Kollege rollte mit den Augen. »Richard, du verrennst dich da in was. Lass es gut sein.«

Einen Moment lang wollte Richard widersprechen, aber schließlich erkannte er, dass sein Partner wahrscheinlich recht hatte. Also schwieg er lieber.

»Packen wir es dann wieder, oder hast du noch was vor?«, fragte Wolfgang vorsichtig.

Er seufzte. Offenbar hatte es keinen Sinn. Er musste sich etwas anderes suchen, um dem Nico eins reinwürgen zu können. Er wollte schon antworten, dass sie fahren konnten, als sein Blick zufällig auf Maria Meidinger fiel. Aus einem Impuls heraus beschloss er, ihr Hallo zu sagen. Er bat seinen Kollegen, noch etwas zu warten, und schnitt ihr den Weg ab. Sie eilte den Stadtplatz hinunter und schleppte schwer an einer länglichen Stofftasche, die mit einem Reißverschluss geschlossen war.

»Hallo, Maria«, grüßte er. »Musst du noch ein Schwert nach Hause schleppen?«

Sie sah ihn an, ihr Mund klappte auf und zu. Sie starrte auf die Tasche, dann entspannten sich ihre Gesichtszüge. »Ach so, ja. Wie hast du das denn erkannt?«

»Na ja. So eine lange Tasche ist als Handtasche eher ungewöhnlich. Noch eins, das dein Vater verliehen hat?«

»Ja. Das ist aber jetzt das letzte.«

»Soll ich dir helfen? Das ist doch bestimmt sauschwer. Wo ist denn dein Auto?« Richard machte Anstalten, ihr das Gewicht abzunehmen.

»Ach, schon gut. So schwer ist sie nicht«, antwortete sie schnell und brachte die Tasche hinter ihren Körper. »Aber danke.«

»Okay.« Er machte eine kurze Pause. »Ich wollte mich eigentlich nur entschuldigen wegen letztem Mal. Die Sache geht mich nichts an, und ich hätte nicht so penetrant nachfragen sollen.«

»Schon gut.« Sie schüttelte den Kopf. »Ich ... ich rede nicht gerne drüber. Eigentlich versuche ich nur, es irgendwie zu vergessen.«

»Kann ich verstehen.«

Es entstand eine peinliche Pause und Richard hatte keine Ahnung, was er weiter sagen sollte.

»Habt ihr eigentlich noch eine Spur wegen Michael?«, brach sie die Stille.

»Na ja.« Er sah etwas betreten zu Boden. »Wie schon gesagt, Dennis war es mit Sicherheit nicht. Zwischenzeitlich hatten wir Nico Aschinger in Verdacht. Der hat aber zur Tatzeit auch ein Alibi, wie wir gerade herausgefunden haben. So ganz wasserdicht ist es zwar nicht, aber na ja.«

»Könnte er es also doch gewesen sein?«, fragte sie.

Richard seufzte. »Ein winziger Zweifel besteht, aber wahrscheinlich ist es nichts.«

»Aha. Und jetzt?«

»Also, um ehrlich zu sein, momentan tappen wir ziemlich im Dunkeln.«

»Oh«, machte Maria. »Dann werde ich mal die Augen und Ohren offenhalten. Wenn mir was auffällt, melde ich mich bei dir, okay?«

»Ja, gut. Ich muss dann auch mal weiter.« Richard verabschiedete sich und ging zurück zu Wolfgang.

»Machst du schon wieder die Nächste klar?«, fragte ihn der mit verschmitztem Grinsen.

»Was?« Richard brauchte einen Moment, um zu kapieren, was sein Kollege meinte. »Ach so, nein. Ich wollte nur Hallo sagen.«

»Schon gut. Wenn man aus dem Sattel fällt, dann muss man gleich wieder aufsteigen, sag ich immer.«

Richard wollte widersprechen, beschloss aber, es lieber sein zu lassen. So unrecht hatte Wolfgang da nämlich gar nicht. Also mehr allgemein. An der Maria hatte er jetzt in der Hinsicht kein Interesse. Sie war eher so der Typ »gute Freundin«, nicht *die* Freundin.

»Ich werd dran denken«, sagte er deswegen nur.

23

Die Woche verging ziemlich schnell. Auch deshalb, weil sich Richard immer mit irgendetwas beschäftigte, nur um nicht an Magdalena denken zu müssen. Foo und Haaserer blieben ebenfalls nicht untätig. Als sie wieder eine Nachricht aus der Rasergruppe erhielten, schmiedeten sie sofort einen Schlachtplan. Obwohl, ein richtiger Plan war es vielleicht nicht unbedingt. Eigentlich sagten sie Richard nur, wann sie ihn abholen würden, um sich an die nächste Party ranzuschleichen. Alles Weitere würde sich dort dann schon ergeben, meinten sie. Er ließ sich notgedrungen darauf ein. Schließlich wollte er den Aschinger immer noch in die Pfanne hauen, und recht viele Möglichkeiten blieben ihm dazu nicht mehr.

So stand Richard am frühen Samstagabend an der Straße und wartete darauf, abgeholt zu werden. Gut 15 Minuten später als vereinbart hielt Foos alter Kombi vor ihm an. Er öffnete die Tür und warf einen Blick hinein. Foo saß auf dem Fahrersitz, hatte eine dunkle Sonnenbrille auf und blickte ihn ernst an. Haaserer auf der Rücksitzbank trug ebenfalls eine getönte Brille und sah ihn auch emotionslos an.

»Was ist denn mit euch beiden los?«, fragte Richard.

Foo bedeutete mit dem ausgestreckten Zeigefinger, dass er sich gedulden sollte. Dann betätigte er eine Taste an seinem Radio. Augenblicklich erklangen aus den Lautsprechern die ersten Takte von »Sabotage« der *Beastie Boys*, dass die Bässe nur so wummerten.

»Sehr subtil«, bemerkte Richard und rollte mit den Augen.

»Schon, gell?« Foo grinste.

Mit einem Seufzen stieg er ein, und Foo fuhr mit quietschenden Reifen los. Nachdem sie die Übung nun bereits zum dritten Mal absolvierten, fiel es ihnen diesmal nicht schwer, die Spur aufzunehmen. Schnell stellten sie fest, dass die Party wohl am selben Ort stattfinden sollte wie beim ersten Mal.

»Also, wie gehen wir vor?«, fragte Foo, als sie angehalten hatten, um einen Schlachtplan zu entwerfen.

»Wenn ich einfach zu Fuß hingehe und sage, der Porsche hat einen Platten? Vielleicht lassen sie uns ja rein«, schlug Haaserer vor.

»Ich glaube nicht, dass das funktioniert«, meinte Richard kopfschüttelnd. »Bestenfalls wollen sie dir beim Reifenwechseln helfen, und dann sind wir fertig.«

»Hm«, brummte Haaserer, »stimmt wohl. Was machen wir dann?«

»Wenn wir uns einfach einschleichen?«, fragte Richard. »Ich meine, das Gelände muss doch riesig sein, so wie ihr es beschrieben habt. Das können die unmöglich alles überwachen.«

»Stimmt eigentlich auch wieder«, sagte Foo.

»Dann schauen wir es uns mal an.« Richard holte sein Handy heraus und öffnete die Satellitenkarte. Er brauchte eine ganze Weile, um das alte Sägewerk zu finden. Es lag wirklich ziemlich abgelegen und war inzwischen so umwuchert vom Wald, dass es auf der Karte kaum noch auffiel. Die sich widersprechenden Hinweise von Foo und Haaserer machten es nicht gerade einfacher. Aber irgendwann hatte er es doch gefunden und zoomte hinein, so weit es ging.

»Also Zufahrt gibt es offenbar nur die eine«, brummte Richard nachdenklich. »Aber rundherum ist Wald. Zu Fuß dürfte es kein großes Problem sein, sich anzuschleichen.

Wenn wir hier parken und dann über die Wiesen gehen, müsste es eigentlich klappen.« Er deutete auf eine Straße, die sich genau gegenüber der Zufahrt zum Sägewerk befand. »Gibt es sonst irgendeine Begrenzung? Einen Zaun oder so was?«

»Hm.« Foo dachte angestrengt nach. »Da war schon ein Maschendrahtzaun drum herum.«

»Und wie war der Zustand? Kommen wir da irgendwie durch?«, hakte Richard nach.

»Keine Ahnung!« Foo zuckte mit den Schultern. »So genau hab ich da nicht aufgepasst.«

Richard rollte mit den Augen und wollte schon einen Kommentar machen, dass er es hätte wissen können, wenn er nicht nur ans Saufen gedacht hätte.

»Kameraden«, kam ihm Haaserer jedoch zuvor. »Ich denke, es ist Zeit für Plan B.«

Unter den fragenden Blicken seiner Freunde öffnete er die Hintertür von Foos Auto und holte einen schwarzen Rucksack heraus. Er schien ziemlich schwer zu sein.

»Hey!«, rief Foo verärgert, als er ihn scheppernd auf die Motorhaube wuchtete. Er ließ sich aber davon nicht beirren, sondern zog freudestrahlend am Reißverschluss. Richard machte große Augen, als er den Inhalt sah, und Foo pfiff anerkennend. Der Rucksack war vollgestopft mit einem Seitenschneider, Brecheisen, Fernglas und allem, was man sonst für einen gepflegten Einbruchsversuch brauchen würde.

Haaserer fischte eine kleine Stabtaschenlampe hervor, steckte sie sich so in den Mund, dass sie wie eine Zigarre daraus hervorstand. »Ich liebe es, wenn ein Plan funktioniert«, zitierte er etwas undeutlich.

»Okay.« Richard blies die Backen auf. »Scheint so, als hätten wir halbwegs einen Plan. Dann würde ich sagen, wir verlegen unseren Standort und warten, bis es dunkel wird.«

»Und was machen wir solang?«, fragte Haaserer. Er musste dazu zwei Anläufe nehmen und erst, als er die Taschenlampe aus dem Mund genommen hatte, war er zu verstehen.

»Ich bin auch vorbereitet«, verkündete Foo, der nun seinerseits grinste. Ohne ein weiteres Wort ging er zum Kofferraum und holte eine Kühlbox hervor. Klirrend nahm er drei Flaschen Bier heraus. Die unzähligen Tröpfchen Kondenswasser auf dem Glas zeugten davon, dass sie eiskalt sein mussten.

Das Bier ließen sie sich erst schmecken, nachdem sie einen Platz erreicht hatten, wo sie Foos Auto parken und das Sägewerk bei Einbruch der Nacht zu Fuß erreichen konnten. Es kostete Richard viel Überredungskunst, damit es bei einem Bier blieb. Erst der nachdrückliche Appell, dass sie an die Mission denken mussten, überzeugte seine Freunde davon, einigermaßen nüchtern zu bleiben. Glücklicherweise war es angenehm warm, sodass sie sich einfach in die Wiese setzen konnten und die Sonnenstrahlen genossen. Während die Stunden verstrichen, redeten sie über Gott und die Welt. Richard war erleichtert, dass niemand das Thema Magdalena anschnitt. So verging die Zeit ziemlich schnell. Als sich die Sonne langsam dem Horizont näherte, war spürbar, dass bei allen die Anspannung stieg. Die Gespräche rissen immer öfter ab, und irgendwann warteten die drei nur noch schweigend auf die Dunkelheit.

»So«, sagte Richard, nachdem er sich geräuspert hatte. »Ich denke, es wird Zeit, dass wir loslegen.« Es war düster, und der Mond spitzte im Osten hinter den Baumwipfeln hervor, sodass ausreichend Licht vorhanden war, damit sie ohne Taschenlampen ihr Ziel finden würden. Also machten sie sich auf den Weg, querfeldein über die Wiesen. Die Entfernung war größer, als es auf der Karte ausgesehen hatte. Richard warf immer wieder einen Blick auf sein Handy, um sicherzugehen, dass sie nicht am Sägewerk vorbeiliefen. Im Dunkeln war die Orientierung sonst gar nicht so einfach. Als sie gut 20 Minuten später am Waldrand angekommen waren, setzten sie sich erst mal schnaufend hin.

»Also ab jetzt leise verhalten«, flüsterte Richard sinnloserweise, nachdem er wieder zu Atem gekommen war. Schließlich hatten sie auf dem ganzen Weg hierher geschwiegen. Er und Foo wollten sich aufmachen, wurden aber von Haaserer aufgehalten.

»Jetzt wartet doch erst mal. Wir sind noch gar nicht bereit.« Er nahm seinen Rucksack ab und holte etwas daraus hervor, das er ihnen entgegenhielt. Im fahlen Mondlicht brauchte Richard eine Weile, um zu erkennen, dass es sich um eine olivgrüne rechteckige Plastikschachtel handelte.

»Was ist das?«, fragte er so leise wie möglich.

»Tarnschminke«, antworte Haaserer. Er öffnete den Deckel, und im schwachen Licht seiner kleinen Taschenlampe waren darin eine hellgrüne und eine dunkelgrüne Masse zu erkennen.

»Übertreiben wollen wir es jetzt auch nicht«, kommentierte Foo.

»Wollt ihr mir sagen, dass ich die umsonst gekauft habe?«, fragte Haaserer enttäuscht.

Statt einer Antwort drehten sich die beiden um und setzten ihren Weg durch den Wald fort.

»Dann wartet wenigstens auf mich«, grummelte Haaserer, während er die Schminke wieder in seinem Rucksack verstaute.

Zwischen den Bäumen kamen sie nur langsam voran. In der Dunkelheit mussten sie stets damit rechnen, mit dem Kopf an einen tief hängenden Ast zu schlagen. Außerdem waren sie darauf bedacht, so wenig Geräusche wie möglich zu machen. Richards Anspannung stieg mit jedem Schritt. Bei jedem Zweig, der knackend unter seinen Schuhen brach, zuckte er zusammen. Als sie sich jedoch langsam dem Sägewerk näherten, zeigte sich, dass seine Sorgen in der Hinsicht unnötig gewesen waren. Die laute Musik war bereits zu hören, bevor sie das Licht der Scheinwerfer erkennen konnten. Als klar war, dass sie ihrem Ziel nun ganz nahe waren, bedeutete Richard seinen Freunden per Handzeichen, dass sie sich nun besonders vorsichtig verhalten sollten. Foo nickte, Haaserer verzog verständnislos das Gesicht.

»Was?«, zischte er.

»Ruhig verhalten sollst du dich«, wisperte Richard.

»Dann fuchtel doch nicht so komisch rum«, brummte er beleidigt.

Die letzten Meter krochen sie auf Knien dahin. Kurz vor dem maroden Maschendrahtzaun hatte sich glücklicherweise dichtes Buschwerk gebildet, sodass sie eine verhältnismäßig gute Tarnung hatten. So robbten sie zu dritt nebeneinander bis an die Absperrung und sahen … gar nichts. Na ja, so gut wie gar nichts. Hinter dem Zaun waren einige Autos geparkt, und deren Rückseite versperrte ihnen die Sicht auf den Platz. Sie konnten Stimmen hören, wodurch zu erahnen war, dass bei den Fahrzeugen auch Menschen standen. Verstehen, was sie sagten, vermochten sie aufgrund der lauten Musik nicht. Richard wollte sich schon zurückziehen, doch Haaserer rechts neben ihm nestelte umständlich in seinem Rucksack herum. Neugierig beobachtete er, was sein Freund wohl vorhatte. Zu seiner Verwunderung zog er ein Fernglas hervor und starrte damit auf die Autos, die ziemlich genau zwei Meter von ihnen entfernt waren. Foo war es, der ihm einen recht unfreundlichen Rempler verpasste.

»Was denn?«, flüsterte Haaserer verständnislos.

Der Freund bedeutete ihm mit einem genervten Kopfnicken, dass sie sich wieder zurückziehen sollten. Als sie sicher waren, dass sie vom Platz aus nicht gesehen werden konnten, machten sie sich daran, den Zaun in gebückter Haltung zu umrunden. Ab und an streckte Richard vorsichtig den Kopf hoch, um zu sehen, ob sich nicht eine bessere Stellung finden würde. Beim fünften Mal Ausschau halten wurde er schließlich fündig. Bei dem kurzen Blick glaubte er, Nico erkannt zu haben. Also bedeutete er seinen Freunden, sich wieder durch die Büsche zum Zaun vorzuarbeiten. Dort angekommen, stellte er fest, dass er tatsächlich richtig gesehen hatte. Da stand Aschinger junior, offenbar in ein Gespräch mit dem Röhrl-Wurschti vertieft. Richard kroch weiter nach vorne, so weit er sich wagen konnte, ohne das Risiko einzugehen, entdeckt zu werden. Aber es half nichts. Die beiden waren zu weit entfernt, als dass er irgendetwas verstehen konnte, was sie sagten.

»Du hast da nicht zufällig ein Richtmikrofon in deinem Rucksack«, fragte er Haaserer leise.

Der schüttelte nur den Kopf. »Wenn die so weit weg stehen, dann bringt uns das gar nichts.«

Also blieb nichts anderes übrig, als die Stellung zu halten und zu hoffen, dass etwas passierte, das ihnen half. Bei was auch immer. Die Minuten verstrichen lächerlich langsam, während sie so dalagen. Bestürzt musste Richard feststellen, dass Nico eine Flasche Mineralwasser in der Hand hatte, von der er regelmäßig nippte. Nicht mal den Gefallen, sich ordentlich besoffen von der Polizei aufhalten zu lassen, tat er ihm. So ein Arsch, dachte er. Gut war nur, dass er Magdalena weit und breit nicht entdecken konnte. Der Gedanke, dass sie hier sein könnte, war ihm erst vorhin gekommen. Ein Glück, denn er wusste nicht, wie er das hätte ertragen können, falls er sie an seiner Seite gesehen hätte. Ob er sie wohl schon abgeschossen hatte? Auch egal. Wenn sie sich mit so einem schmierigen Typen einließ, dann konnte sie ihm gestohlen bleiben. Mit jeder Sekunde, die verstrich, wurde Richard wütender. Zum einen, weil sich absolut nichts tat, das ihm helfen würde, sich an Nico zu rächen. Hauptsächlich aber, da er jetzt wieder an Magdalena dachte.

»Gib mal das Fernglas«, raunte er Haaserer zu. Als er es hatte, ließ er den Blick über den Platz streichen. Irgendeine Chance, denen hier die Tour zu vermasseln, musste es doch geben. Schließlich blieben seine Augen an einem bestimmten Auto hängen. Er kannte den schwarzen Audi RS6-Kombi. Er gehörte Nico Aschinger. Der Plan reifte innerhalb von Augenblicken in ihm. Schnell robbte er rückwärts. Seine Freunde folgten ihm, nachdem sie verwirrte Blicke ausgetauscht hatten.

»Was ist denn los?«, fragte Haaserer, als sie die Büsche verlassen hatten.

»Da hinten ist dem Aschinger sein Auto«, sagte Richard knapp und machte sich ohne ein weiteres Wort auf den Weg dahin. Die beiden hatten Mühe, mit ihm Schritt zu halten. Ungefähr auf der Höhe, wo Nicos Wagen geparkt sein musste, blieb er stehen.

»Und?«, fragte Foo, als sie zu ihm aufgeschlossen hatten.

»Ich lass ihm die Luft aus den Reifen.« Richards Augen funkelten böse.

»Glaubst du wirklich, dass das eine gute Idee ist?« Haaserer blickte ziemlich ängstlich in Richtung des Sägewerks. »Wenn die uns erwischen …«

»Dann mach ich es eben alleine.« Schon war er wieder auf allen vieren und kroch zum Zaun vor.

Foo seufzte und folgte seinem Freund.

»Das können wir doch nicht machen«, zischte ihm Haaserer hinterher. »Das ist verrückt.«

»Schon«, meinte Foo ärgerlich. »Aber ich lass meinen Freund auch nicht alleine, wenn er Scheiße baut.«

Haaserer sah sich flehentlich um, doch er war nun ganz einsam. »Dann wartet halt wenigstens auf mich«, flüsterte er und folgte den beiden widerstrebend.

»Seitenschneider«, forderte Richard, als er neben ihm angekommen war. Ungeduldig riss er ihn aus der Hand seines Freundes und knipste schnell die einzelnen Drähte des Zauns durch, bis ein Loch entstanden war, das ausreichend Platz bot, um hindurchzukriechen. Flink war er hindurchgeschlüpft und am Wagen. Foo folgte ihm, und als Letzter kroch Haaserer zögerlich hinterher. Augenblicke später hockten sie hinter dem Auto. Richard mit wütender Entschlossenheit, Foo mit düsterer Miene und Haaserer schnell atmend und sich nervös umsehend.

»Kombizange«, befahl Richard.

»Was?« Haaserer sah ihn mit ängstlichem Blick an.

»Ich brauche eine Kombizange, um das Ventil rauszuziehen«, brummte Richard ärgerlich.

»Hab ich nicht dabei.«

»Sonst hast du doch auch alles dabei«, zischte er.

»Nimm einfach den Seitenschneider«, versuchte Foo, die Situation zu entschärfen. Da fiel ein Schatten auf sie. Richard schluckte. Langsam ging sein Blick nach oben.

»Was macht ihr denn hier?«

24

Richard wurde unsanft am Kragen gepackt und ins Licht gezerrt. Ebenso Foo und Haaserer. Er blinzelte, weil ihn einer der Flutlichtstrahler blendete. Dann wurde er durch das breite Gesicht von Daniel Röhrl verdeckt.

»Scheiße!«, fluchte der. »Den kenn ich, der ist von der Polizei.«

Sie waren jetzt von einer Gruppe von Männern umstellt. Einige blickten finster drein. Andere schienen nicht sicher zu sein, ob es besser war, Reißaus zu nehmen.

»Lass mich mal sehen«, hörte er eine bekannte Stimme. Nico Aschinger schob einige der Anwesenden beiseite, kam vor ihm zu stehen. Dann ging er in die Knie und musterte die drei auf Augenhöhe.

»Er ist von der Polizei«, wandte er sich schließlich an die Umstehenden und deutete auf Richard. »Die zwei anderen nie im Leben. Ich glaub nicht, dass es sich um eine Polizeiaktion handelt. Eher was Privates, würd ich sagen.« Bei den letzten Worten sah er ihm genau in die Augen.

»Und was machen wir mit ihnen?«, fragte Daniel mit drohendem Unterton.

Nico sah weiter Richard an. »Passt auf die beiden auf. Ich möchte mit ihm unter vier Augen reden«, beschloss er nach einer Weile. »Los, komm.«

Richard sah in die Gesichter der Umstehenden. Er hatte wenig Zweifel daran, dass sie zu körperlicher Gewalt bereit wären, wenn er nicht tat, was sie sagten. Also stand er widerwillig auf. Mit einem knappen Nicken forderte Nico ihn auf, ihm zu folgen. Richard sah zu seinen Freunden hinab. Foo strahlte wilde Entschlossenheit aus. Haaserer dagegen war die Angst ins Gesicht geschrieben. Schmerzhaft wurde ihm bewusst, in was für eine Scheiße er sie hineingeritten hatte. Dann wandte er sich ab und folgte Nico. Was anderes blieb ihm auch nicht übrig. Eine Weile ging der schweigend voran, bis sie einen Bereich erreicht hatten, wo sie ungestört waren. Er lehnte sich an den Zaun, holte eine Schachtel Zigaretten aus seiner Hosentasche hervor und steckte sich eine an. Er nahm einen tiefen Zug und blickte ihm in die Augen.

»Also? Du bist hier nicht als Polizist, hab ich recht?«

Richard versuchte, seinem Blick standzuhalten, schaffte es aber nicht. Er wandte sich ab und schüttelte nur leicht den Kopf als Antwort.

»Dachte ich es mir. Weißt du, was ich glaube? Ich glaube, du bist hier wegen der Magdalena.«

Richard ballte unwillkürlich die Fäuste. Am liebsten wäre er auf ihn losgegangen, aber er wusste zu gut, dass er keine Chance hatte und seine Lage nur noch verschlimmern würde.

»Dachte ich es mir doch«, grinste Nico, dem seine Reaktion nicht entgangen war. »Die Lena war dermaßen komisch, nachdem sie dich bei der Polizeikontrolle gesehen hat. Ich hätte mir gleich denken können, dass da was im Busch ist.« Er nahm einen weiteren Zug von seiner Zigarette, bevor er weitersprach. »Du bist also eifersüchtig. Tja, mit einem RS6 und ordentlich Schotter im Geldbeutel, das ist halt schon was anderes als so ein kleiner Dorfsheriff, gell.«

»Halt dein Maul«, presste Richard wütend hervor. Nico lachte nur dreckig.

»Jetzt bist du eingeschnappt, weil du bei der Lena keine Chance gegen mich hast, und willst mir unbedingt was anhängen. Drum schleichst du dich hier ein. Und darum überprüft ihr auch mein Alibi, das ich euch gegeben hab. Ja, glaubst du ehrlich, ich würde das nicht mitbekommen? Aber dabei ist nichts rausgekommen, gell? Weißt du auch, warum?« Seine Stimme wurde plötzlich sehr ernst. »Weil ich den Michael nicht umgebracht hab. Verstehst du? Ich. War. Es. Nicht. Geht das in deinen kleinen Polizistenschädel rein? Such woanders nach deinem Mörder.« Er nahm einen letzten Zug und warf den Zigarettenstummel auf den Boden, wo er ihn mit der Schuhsohle ausdrückte. »Also, für dich zum Mitschreiben: Wenn du weiter versuchst, mich als Mörder hinzustellen, oder wenn du weiter unsere kleinen Partys hier störst, dann bekommt dein Chef Besuch von meinem Anwalt. Den dürftest du ja bereits kennen. Und dann erfährt der mal, was du hier in deiner Freizeit machst. Was glaubst du wohl, wie der das findet? Dann kannst du dir gleich einen neuen Job suchen, das sag ich dir. Also, du hältst dich ab sofort von mir fern. Ich will von dir nicht mehr angehalten werden. Und wenn ich merke, dass mich deine Kollegen aufs Korn nehmen, dann bist du auch dran. Dann lass ich dich so was von auffliegen. Zeugen habe ich genug hier. Und die sind auch alle ganz scharf drauf, einen Polizisten hinzuhängen. Also, du hältst dich ab sofort von mir fern, ist das klar?«

Richard blickte nur starr auf den Boden, die Hände zu Fäusten geballt.

»Ob das klar ist?«, schrie Aschinger ihn so plötzlich an, dass er zusammenzuckte.

»Ja«, brummte der eifersüchtige junge Mann nur als Antwort.

»Dann schleich dich. Und lass dich hier nicht mehr blicken.« Nico zog eine neue Zigarette aus der Tasche und steckte sie sich an. Er lehnte sich an den Zaun und machte keine Anstalten, mit ihm zu kommen.

»Hörst du nicht? Verschwinden sollst du!«, herrschte er ihn an, als Richard unschlüssig stehen blieb.

Also trottete er davon, zurück zu seinen Freunden. Die saßen, von einer großen Gruppe wütend dreinschauender Leute umzingelt, immer noch an dem Ort, wo er sie zurückgelassen hatte.

»Kommt, wir gehen«, sagte er, gerade so laut, dass sie ihn verstehen konnten.

»Moment mal«, mischte sich nun Daniel Röhrl ein. »Glaubst du, ihr dürft hier einfach so rausspazieren, als wäre nichts gewesen?« Er baute sich breitbeinig vor ihm auf, die Hände in die Seiten gestemmt.

Da der Metzger ein gutes Stück größer war als er, musste er den Kopf heben, um ihm ins Gesicht blicken zu können. Richards Augen waren nur noch Schlitze, und er starrte sein Gegenüber so feindselig an, dass nicht der geringste Zweifel daran bestehen konnte, dass er keine Lust auf dessen Spielchen hatte. Daniel ließ sich davon aber nicht beeindrucken. Wenn man die Staturen der beiden verglich, hatte er objektiv gesehen wohl kaum etwas zu befürchten.

»Hey, Dan«, rief Aschinger, der langsam angeschlendert kam. »Lass sie laufen.«

»Spinnst du oder was?«, gab der zurück.

»Ich hab das geregelt«, antwortete Nico knapp, und sein Ton verriet, dass er nicht gewillt war, sich weiter zu erklären.

»Ach so. Du hast für dich alles klargemacht, und wir dürfen spuren, oder was?«, rief der Metzger aufgebracht.

»Dan, wenn du weißt, was gut für dich ist, dann mach, was ich dir sage.« Nicos Ton war schneidend.

Daniel holte tief Luft, um darauf etwas zu erwidern, ließ es aber bleiben. Plötzlich erschien auf seinem wutentbrannten Gesicht ein böses Grinsen.

»Also gut«, meinte er mit einem Kichern. »Wenn der

Herr Aschinger will, dass wir seine Freunde gehen lassen, dann tun wir das natürlich. Aber als gute Gastgeber sollten wir ihnen noch etwas mitgeben. Für den langen Heimweg.« Er wisperte dem Typen neben ihm ins Ohr. Der nickte, verschwand und kam mit einer Kiste Bier wieder zurück.

»Ohne eine Weg-Halbe wollen wir euch nicht gehen lassen«, verkündete er mit gespielter Freundlichkeit, bevor er mit deutlich ernsterem Ton fortfuhr: »Haltet sie fest.«

Kaum hatte er es gesagt, wurde Richard von zwei Männern an den Armen gepackt. Er versuchte, sich zu wehren, aber gegen die beiden hatte er keine Chance. Foo und Haaserer erging es nicht besser. Schneller, als sie reagieren konnten, wurden sie hochgezogen und mit ihm in einer Reihe aufgestellt. Daniel nahm in aller Ruhe eine Flasche aus dem Kasten und öffnete sie. Er stellte sich vor Richard, so nahe, dass sich ihre Nasenspitzen fast berührten, und grinste ihn an. Dann, mit einer schnellen Bewegung, schob er ihm das Bier mit dem Hals nach unten in die rechte Hosentasche. Die Meute johlte vor Begeisterung. Sichtlich zufrieden griff sich Daniel eine weitere Flasche, die nun wiederum geöffnet in seiner linker Tasche landete. In aller Seelenruhe vollführte er die gleiche Prozedur bei Haaserer und Foo.

Richards Zähne knirschten. Er zitterte am ganzen Körper vor unbändiger Wut. Hätte man ihn nicht festgehalten, er wäre auf jeden Einzelnen der Anwesenden losgegangen. Egal wie seine Chancen standen. Aber im festen Griff blieb ihm nichts anderes übrig, als es zu ertragen, wie die kalte Flüssigkeit seine Beine hinablief. Es dauerte eine ganze Weile, bis sich die Wut abschwächte. Und mit ihr verließ ihn auch die Kraft. Langsam sank er zusammen. Er war geschlagen und konnte nichts dagegen tun, außer es über sich ergehen zu lassen.

Daniel Röhrl entging es nicht, er schien nur darauf gewartet zu haben. Er gab den anderen ein Zeichen, dass sie die drei loslassen konnten. Dann stellte er sich wieder vor Richard, bückte sich, dass er ihm, obwohl er den Kopf hängen ließ, direkt in die Augen sehen konnte. Richard sah sein bösartiges Grinsen und spürte seinen übelriechenden Atem.

»So, und jetzt dürft ihr verschwinden«, sagte er leise, dass es die drei gerade noch verstehen konnten.

Foo war der Erste, der sich aus der Erstarrung löste. Schweigend machte er einen Schritt Richtung Zaun. Richard und Haaserer legte er dabei die Hände auf die Schultern und bedeutete ihnen mit sanftem Druck, ebenfalls zu gehen. Sie folgten ihm wie ferngesteuert unter den lauten Rufen der Menge. Durch das Loch im Zaun mussten sie auf allen vieren kriechen, was die Meute nur noch mehr anspornte.

»Und die Flaschen dürft ihr behalten«, rief ihnen Röhrl-Wurschti nach, als sie zwischen den Bäumen verschwanden. »Dann könnt ihr euch wenigstens über den Pfand freuen.«

Noch während die drei in den Wald stolperten, setzte die laute Musik wieder ein. Im schwachen Schein der Taschenlampe bahnten sie sich ihren Weg durch das Gestrüpp. Niemand wagte es, etwas zu sagen. Richards Hose klebte an seinen Beinen und es fühlte sich furchtbar an. Noch schlimmer aber sah es in seinem Inneren aus. Scham, Wut, Verzweiflung, Hilflosigkeit. Alles gleichzeitig. Ohne dass er hätte sagen können, wie viel Zeit vergangen war, erreichten sie schließlich den Waldrand. Er blieb stehen, Foo und Haaserer hinter ihm ebenso. Richard sah die vom Mond beschienene Wiese vor sich. Es war hier so unglaublich still. Wie er so dastand, wurde er sich bewusst, dass die leeren Bierflaschen immer noch in seinen Hosentaschen steckten.

Er hatte so sehr versucht zu verhindern, dass die nasse Jeans an seinen Beinen klebte, dass sie ihm gar nicht mehr aufgefallen waren. Jetzt zog er sie heraus und betrachtete sie. Und dann brach es sich seinen Weg. Unvermittelt stieß er einen wütenden Schrei aus und schleuderte die Flaschen gegen den nächsten Baum, sodass sie klirrend zerbrachen. Haaserer zuckte erschrocken zusammen.

Foo trat einen Schritt auf Richard zu und legte ihm sanft die Hand auf den Rücken. »Komm, machen wir Schluss für heute.«

»Gottverdammte Scheiße!«, schrie er und schüttelte sie ab.

»Wenn wir die Tarnschminke genommen hätten, dann hätten sie uns nicht bemerkt«, brummte Haaserer.

Richard sah ihn mit wutverzerrtem Gesicht an. »Du bist doch der größte Depp, den es auf der Welt gibt«, brüllte er ihn an.

»Hey«, schrie Foo. »Lass ihn in Ruhe, verstanden? Er kann nichts dafür. Du wolltest dem Aschinger doch unbedingt die Luft aus den Reifen lassen. Also gib nicht uns die Schuld für deine Scheiße.«

Richard starrte Foo an. Einen Augenblick lang wollte er ihm einfach nur mit voller Wucht ins Gesicht schlagen. Doch dann erkannte er, wie sein Freund ihn ansah. Es war keine Wut, die er sah, sondern Mitleid. Dieser Moment brachte das Fass zum Überlaufen. Er sackte zusammen und blieb schluchzend auf dem Boden sitzen. Niemand sagte etwas. Foo seufzte nur leise und setzte sich neben ihn. Haaserer blickte zuerst trotzig zu ihm hinunter, ließ sich dann aber auch auf die Erde sinken. So saßen sie nebeneinander schweigend auf der Wiese und starrten in die Nacht.

»Es tut mir leid«, sagte Richard leise, als er sich wieder einigermaßen im Griff hatte.

»Schon gut«, meinte Foo.

Haaserer sah ihn skeptisch an. Aber dann wich der Blick einem schiefen Grinsen. »Mit Tarnschminke hätten sie uns trotzdem nicht gesehen.«

Unwillkürlich prustete Richard los.

Die folgende Woche war unbeschreiblich hart. Richard kam einfach nicht mehr aus seinem Tief heraus. Die Blamage vom Wochenende hing ihm immer noch nach. In der Arbeit hatte er alle Mühe, seinem Chef und dem Müller aus dem Weg zu gehen. Dem Ersteren konnte er nicht mehr in die Augen sehen, seit dieser ihm faktisch jede Kompetenz abgesprochen hatte, und mit dem anderen wollte er grundsätzlich nichts zu tun haben. Blieben also nur noch die Ausfahrten mit Wolfgang. Aber auch da stellte sich heraus, dass er so seinen Problemen nicht entkam. Weil, bereits am Dienstag fuhr durch Zufall Nico Aschinger direkt vor ihnen. Offensichtlich hatte er sie im Rückspiegel erkannt. Denn zuerst kroch er mit 30 Stundenkilometern bei erlaubten 50 dahin. Dann beschleunigte er plötzlich und brauste davon. Wolfgang wollte schon nachsetzen, aber Richard hielt seine Hand vor die Taste für das Blaulicht.

»Was ist denn los?«, hatte sein Partner entgeistert gefragt.

Er murmelte nur etwas davon, dass es eh keinen Sinn habe und der Aschinger sie doch nur provozieren wollte.

Wolfgang gab sich geschlagen, aber er war sichtlich angefressen deswegen. Genau das, was Richard jetzt brauchte: noch jemanden, der wütend auf ihn war. Und egal, was er machte, ihm ging einfach diese verdammte Magdalena nicht aus dem Kopf. Immer sah er ihren Blick vor sich, den sie gehabt hatte, als er sie in Nicos Auto entdeckt hatte. Am Donnerstag war klar, dass etwas passieren musste. So konnte es nicht weitergehen. Es war an der Zeit, die Gang zusammenzutrommeln und sich in ihrer alten Stammdisco, dem *Thunders*, sinnlos zu besaufen. Das letzte Mal war nun auch schon wieder über ein Jahr her. Dabei hatten sie sich eigentlich geschworen, öfter dorthin zu gehen. An und für sich hatte Richard erwartet, dass seine Freunde sofort Feuer und Flamme waren. Aber nein, sie zierten sich richtiggehend. Offenkundig war vor allem Haaserer noch sauer wegen seines Ausbruchs am vergangenen Wochenende. Verdenken konnte man es ihm ehrlicherweise nicht. Also kostete es ihn einige Überredungskunst. Als er schließlich anbot, beiden sämtliche Getränke des Abends auszugeben, waren sie aber dann doch sehr schnell umgestimmt. Richard schluckte, wenn er daran dachte, was das kosten würde. Das war nun wohl der Preis für das Vergessen.

Um kurz vor Mitternacht saßen dann alle drei an der Bar, hatten bereits einige Bier intus und freuten sich, wenn der DJ doch mal ein Lied spielte, das ihnen gefiel. Kurt Cobain schnarrte gerade ein langgezogenes Pain dahin, während Foo und Richard in eine Diskussion vertieft waren, welcher Teil von *Indiana Jones* der Beste war. Haaserer saß daneben und war kaum bei der Sache. Denn bereits seit einer Dreiviertelstunde saßen zwei Mädels neben ihnen, und er hatte es noch nicht geschafft, sie anzuquatschen. Man merkte, dass ihn das gewaltig wurmte. Die eine war recht hübsch anzusehen und augenscheinlich auch schon volljährig, was im *Thunders* mitunter ein Problem darstellen konnte, wenn man sich auf der Suche nach zwischengeschlechtlicher Zuneigung befand. Für Richard war das heute kein Thema, da er auf den alkoholbedingten Kontrollverlust aus war. Also versuchte er, es zu ignorieren. Es fiel ihm aber auf, dass Haaserer richtiggehend aus der Form zu sein schien. Die beiden machten es ihm jedoch auch außerordentlich schwer, denn sie ratschten die ganze Zeit ununterbrochen miteinander ohne Punkt und Komma. Es gab einfach keine Atempause, die er nutzen konnte, um sie seinerseits anzuquatschen. Doch dann passierte es. Das Mädchen direkt neben ihm gähnte ausgiebig. Und Haaserer wäre nicht Haaserer gewesen, hätte er nicht diese eine winzige Chance genutzt.

»Dann geh doch ins Bett, wenn du so müde bist«, rief er ihr zu. »Ich geh ja auch mit.«

Foo und Richard wandten sich dem Geschehen mit großen Augen zu. Der Spruch war sogar für Haaserers Verhältnisse gewagt. Die Angesprochene sah ihn von oben bis unten an, und dann … schenkte sie ihm ein freundliches Lächeln.

»Sonst gern, aber ich glaube, mein Freund hat was dagegen«, sagte sie grinsend, streichelte ihm über den Arm und ging mit ihrer Freundin davon.

Die drei Freunde starrten ihnen mit offenen Mündern nach, und als sie außer Sichtweite waren, jubelten Richard und Foo voller Begeisterung und klopften dem verdutzten Haaserer überschwänglich auf die Schulter. Der saß ganz verdattert da und wusste nicht, ob er sich freuen oder sich ärgern sollte. Nach einigem guten Zureden seitens seiner Freunde stimmte er zu, dass man auch über einen Teilerfolg glücklich sein durfte, und freute sich ebenfalls. Das musste gebührlich gefeiert werden, also wechselten sie zu *Tequila*. Zwei weitere Stunden feierten sie sich ausgelassen gegenseitig, bis es kam, wie es kommen musste und das Gespräch auf Magdalena kam.

»Ich finde, dass du ihr mal gewaltig die Meinung geigen solltest«, lallte Foo, klopfte mit dem Zeigefinger auf die Theke und stieß dabei ein *Tequila*-Glas um. Gott sei Dank war es schon leer.

»Du hast ja recht.« Richard legte ihm den Arm um die Schulter und sah ihn mit glasigen Augen an. »Aber was soll ich ihr denn sagen?«

»Dass sie eine rechte Schlampe ist und dass sie dich gar nicht verdient hat«, mischte sich Haaserer ein.

Foo nickte, was dazu führte, dass er beinahe das Gleichgewicht verloren hätte und fast vom Hocker gefallen wäre.

»Okay«, sagte Richard. »Aber zuerst trinken wir noch einen.« Er zog seinen Geldbeutel aus der Gesäßtasche und starrte hinein. Er hielt ihn ganz nahe vor sein Gesicht, doch es wurde nicht besser: Er war leer.

»Ui«, brachte er nur hervor.

Seine beiden Freunde blickten ebenfalls in die inhaltslose Börse. »Ui«, stimmten sie ihm zu.

»Habt ihr nichts dabei?«

»Ich hab nichts mitgenommen, schließlich wolltest du uns freihalten«, meinte Foo. Haaserer zuckte nur mit den Schultern.

»Gut.« Richard zog die Unterlippe hoch. »Dann muss es eben so gehen.« Er rutschte von seinem Hocker und schwankte davon.

»Wo gehst du denn hin?«, rief ihm Haaserer nach.

»Ja, wohin schon? Telefonieren.«

So schnell es ihr angeschlagener Gleichgewichtssinn zuließ, folgten ihm die beiden, und so standen sie wenige Augenblicke später an der frischen Luft, was ihrem Zustand nicht gerade guttat.

Richard zog sein Handy aus der Hosentasche und tippte auf das Telefonbuch. Er wischte einige Male auf dem Bildschirm hin und her, bis er den Eintrag »Magdalena« fand. Genauer gesagt las er ihn dreimal. Nach kurzem Überlegen entschied er sich für den mittleren und drückte darauf. Dann hielt er das Gerät an sein Ohr und wartete.

»Läutet«, gab er zwischenzeitlich seinen Freunden ein Update, was diese mit einem »Aha« quittierten.

Es läutete eine ganze Weile, bis endlich jemand abhob.

»Ja?«, war eine müde Stimme zu hören.

»So, Magdalena, ich sag dir jetzt eines: So was macht man einfach nicht. Weil ich dich nämlich wirklich gerngehabt hatte, und da fährt man nicht einfach mit dem Aschinger durch die Gegend, das gehört sich nicht. Und außerdem hast du mich gar nicht verdient. Das sagt der Haaserer nämlich auch.«

Der nickte eifrig und zeigte ihm den hochgestreckten Daumen.

Aus dem Hörer war ein langgezogenes Seufzen zu hören und dann sagte jemand: »Richard?«

Die Stimme kam ihm sehr bekannt vor, aber anders, als sie es sollte. Er zwinkerte ein paarmal, bis die Information in seinem Kopf an die richtigen Stellen purzelten.

»Mama?«

»Wer soll denn sonst um 3 Uhr früh an meinem Handy sein?«, fragte seine Mutter hörbar genervt.

»Jaaaa …«, sagte Richard nur gedehnt.

»Soll euch der Papa vom *Thunders* abholen?«

»Äh, ja.«

»Okay, ich schick ihn euch. Und bleibt an der frischen Luft, damit ihr wieder einigermaßen nüchtern werdet«, sagte sie und legte auf.

Richard starrte auf sein Handy. Offenbar hatte er nicht auf die richtige Magdalena getippt. Sollte er es noch einmal versuchen? Er horchte in sich hinein und beschloss dann, es sein zu lassen. Er hatte gesagt, was er hatte sagen wollen – wenn auch zu der Falschen –, und die Luft war damit raus.

»Ich hab uns eine Nachhausefahrt organisiert«, wandte er sich stattdessen an seine Freunde.

»Ah, cool«, meinte Haaserer, und auch Foo nickte.

25

Unglücklicherweise hatte der Chef nicht vergessen, dass sie bei der Eskalation am EZO abwesend gewesen waren. Dementsprechend durften sie nun quasi die Speerspitze in der neuen Präsenzstrategie sein, damit so ein Desaster wie beim letzten Mal nicht wieder vorkam. Das beinhaltete, dass sie Samstagnachmittag den Parkplatz zu Fuß auf und ab spazieren mussten. Natürlich war das die denkbar undankbarste Aufgabe, die man sich vorstellen konnte. Richard hatte im vergangenen Jahr entsprechende Erfahrungen auf dem Starkbierfest gemacht und hatte daher schon eine gewisse Vorstellung, was auf sie zukam. Der Müller hatte sich auf jeden Fall kaputtgelacht, als er gehört hatte, was für einen Dienst sie aufgebrummt bekommen hatten.

Zumindest war so früh am Nachmittag der Alkoholpegel der Anwesenden noch überschaubar, sodass sich abfällige Bemerkungen momentan in Grenzen hielten. Dass die Rädelsführer von der letzten Eskalation bereits gerichtliche Vorladungen bekommen hatten, schien für eine gewisse Disziplin vorteilhaft zu sein. Bisher beschränkte man sich darauf, die beiden Polizisten mehr oder minder offen auszulachen. So würde es wohl nicht bis in die Nacht bleiben, befürchtete Richard.

Und so schlenderten sie Runde für Runde über den Platz und sahen nach dem Rechten. Bisher hatten sie noch nirgends eingreifen müssen. Lediglich einen jungen Mann hatten sie aufgefordert, er möge seinen Müll nicht auf den Teer, sondern in den Abfalleimer werfen. Das allgemeine

Grinsen der Umstehenden zeugte nicht gerade von großem Respekt ihnen gegenüber. Aber sei's drum. Wenn es das Schlimmste an dem Einsatz blieb, dann konnte er zufrieden sein, dachte sich Richard. Sie gingen an einem bekannten Ford Mustang vorbei. Daran lehnte der Maik. Diesmal in jedem Arm eine sehr attraktive Dame, die fasziniert seinen Ausführungen folgte. Richard konnte seinen starken sächsischen Dialekt bis zu ihm herüber hören und brachte kein Verständnis dafür auf, warum die beiden Frauen nicht sofort die Flucht ergriffen. Als er die Polizisten erblickte, grüßte er sie freundlich, was sie nur mit einem knappen Nicken erwiderten.

»Schau mal, wer da kommt.« Wolfgang nickte in Richtung der hinteren Einfahrt.

Richard seufzte. War ja klar, dass Nico Aschinger auch auftauchen musste. Es war also zu erwarten, dass er sie im Laufe des Abends provozieren würde. Natürlich würde er auskosten, dass er von ihm nichts zu befürchten hatte. Fragte sich nur, wie weit er sein Spiel treiben würde.

»Halten wir uns lieber fern«, meinte er deshalb zu seinem Kollegen. »Mit dem gibt es doch eh nichts als Ärger.«

Wolfgang schnaubte abfällig, schwieg aber. Es war auch so offensichtlich, dass es ihm gewaltig gegen den Strich ging, dass sein Partner den Aschinger machen ließ, was er wollte. Gott sei Dank hatte er bisher nicht nach dem Grund dafür gefragt. Wahrscheinlich dachte er sich, dass Richard ihm wegen Magdalena aus dem Weg ging. Nun, zur Hälfte stimmte das ja auch. Und die wirkliche Ursache konnte er Wolfgang in keinem Fall verraten.

Sie machten kehrt und wandten sich der anderen Seite des Parkplatzes zu. Nach einer Weile klingelte Richards Handy. Er holte es hervor, blickte auf das Display und runzelte die Stirn.

»Die Maria Meidinger«, sagte er zu Wolfgang. »Was die wohl will?«

Er hob ab und meldete sich.

»Ähm, hi. Geht es gerade?« Marias Stimme hörte sich nervös an.

»Ja, klar. Um was geht es denn?«

»Ich, äh …« Sie brach wieder ab.

»Hey, was ist denn los?«, hakte Richard nach.

»Also, ich weiß nicht, wie ich es sagen soll. Ich will ja niemanden hinhängen … Oh Gott.« Sie schien kurz davor zu sein, einen Panikanfall zu bekommen.

»Jetzt mal ganz ruhig«, sagte er mit möglichst sanfter Stimme. »Um wen oder was geht es denn.«

»Also, der Nico war gerade bei uns. Der Aschinger, meine ich.«

»Ja, klar.« Richard schluckte.

»Der hat seine goldene Rüstung bei meinem Papa aufpolieren lassen und sie vorhin abgeholt.«

»Ja, und weiter?«, fragte er, nachdem sie wieder stockte.

»Ich hab sie ihm in den Kofferraum gelegt und da … ich meine, ich hab da nicht mit Absicht gesucht, aber irgendwie … ich hab ihn dann rausgezogen, weil es so seltsam aussah.«

Richard runzelte die Stirn. Bei diesem Durcheinander hatte er keine Chance, ihr zu folgen. »Jetzt mal langsam. Was hast du rausgezogen?«

»Den Templermantel. Ich hab mir erst nichts gedacht, weil es wie ein altes Betttuch aussah, und hab gemeint, dass er es vielleicht dabeihat, um seine Rüstung einzuwickeln. Aber dann hab ich das Templerkreuz drauf gesehen und dann die Blutflecken …«

Richards Herz setzte einen Schlag aus.

»Bist du noch dran?« Maria riss ihn aus seiner Erstarrung. So schnell wie möglich entfernte er sich von jedem, der ihm zuhören konnte.

»Du meinst, du hast die Verkleidung des Mörders von Michael in Nico Aschingers Auto gefunden?«, sprach er atemlos ins Telefon.

»Ja!«

Richards Gedanken rasten. »Hat er es mitbekommen, dass du den Mantel gefunden hast?«

»Nein. Er hat gerade meinen Vater bezahlt, und als ich gemerkt habe, was es ist, habe ich es gleich wieder zurückgestopft.«

»Gut, dann ahnt er also nichts?«

»Ich hoffe es. Richard, du musst mir versprechen, dass du mich aus der Sache raushältst«, flehte sie ihn an. »Ich will keinen Ärger mit ihm haben.«

»Schon gut. Mach dir keine Sorgen. Ich werde niemandem was erzählen.«

»Und was tust du jetzt?«

Er drehte sich um und warf einen finsteren Blick in Richtung Nico. Der stand ein paar Meter von seinem Audi entfernt in einer Gruppe junger Männer. Sie schienen sich gerade prächtig zu amüsieren.

»Jetzt knöpfe ich ihn mir vor«, sagte Richard nur und legte ohne ein weiteres Wort auf.

Einmal tief durchatmen, dann kehrte er zu Wolfgang zurück. Mit wenigen Sätzen erklärte er ihm, was los war. Der machte erst große Augen, nickte aber anschließend entschlossen. Schnell gingen sie zu Nico hinüber. Kurz vor ihm teilten sie sich auf, sodass sie aus zwei verschiedenen Richtungen auf ihn zukamen. Den Pistolenholster geöffnet und die Hand an der Waffe. Aschinger junior sah sie äußerst belustigt an, wie sie mit versteinerter Miene vor ihm standen.

»Was habt ihr zwei Clowns denn vor?«, rief er, was ihm einiges Gelächter der Umstehenden einbrachte.

»Kofferraum aufmachen!«, befahl Richard, ohne eine Miene zu verziehen.

Das Lächeln verschwand von Nicos Gesicht und seine Augen wurden zu Schlitzen. »Wenn du weißt, was gut für dich ist, dann lässt du das sofort bleiben«, knurrte er.

»Ich sage es nur noch einmal: Kofferraum aufmachen.«

»Du kannst mich am Arsch lecken!«, schrie Nico, sodass es beinahe jeder auf dem Parkplatz mitbekam.

»Na gut, wenn Sie meiner Aufforderung nicht Folge leisten, dann muss ich selber nachsehen«, sagte Richard so laut, dass es die Umstehenden hören mussten. Falls später Zeugenaussagen nötig werden sollten, war es besser, zum förmlichen Sie überzugehen.

»Lass deine Drecksfinger von meinem Auto!«, schrie Nico und wollte ihn davon abhalten, den Kofferraum zu öffnen. Doch Wolfgang schritt ein und packte ihn.

»Lass mich los, Kruzifix.« Er versuchte, sich zu wehren, hatte aber gegen den erfahrenen Polizisten keine Chance.

So schnell er konnte, ohne panisch zu wirken, schritt Richard zu Nicos Auto. Jetzt war Geschwindigkeit wichtig, denn noch waren die Anwesenden von der Situation überrascht. Sollten sie ihrem Freund zu Hilfe kommen, dann sah es äußerst schlecht für die beiden Polizisten aus. Eine Berührung am Griff, und der Kofferraumdeckel schwang hoch. Er benötigte ein paar Sekunden, um sich in dem Durcheinander zu orientieren. Direkt vor ihm befand sich die goldene Rüstung. Dahinter zwei leere Bierkisten und eine Kühlbox. Dann entdeckte er den weißen Zipfel, der unter der Box hervorstand.

»Lass mein Auto in Ruhe!«, brüllte Nico.

Schnell hob Richard die Box an und zog den Stoff heraus.

Er war zusammengeknüllt. Bereits als er ihn ein wenig auseinandergezogen hatte, wurde das rote Kreuz sichtbar. Und direkt darunter ein riesiger dunkelbrauner Fleck. Getrocknetes Blut.

Wortlos hielt er es Wolfgang entgegen. Auf dem Platz ging ein Raunen um. Einigen Anwesenden war offenbar sehr schnell bewusst geworden, um was es sich handelte. Nicht verwunderlich, waren doch die wildesten Geschichten über den mordenden Tempelritter im Umlauf.

»Was …?«, begann Aschinger junior, dann fiel ihm die Kinnlade herunter. Augenblicklich erschlaffte er, sodass Wolfgang ihn vorsichtig losließ.

»Das … das ist nicht von mir«, stammelte Nico, doch schneller, als er reagieren konnte, hatte der Polizist seine Arme hinter dem Rücken zusammengezogen, und das Einrasten der Handschellen war zu hören.

»Nico Aschinger, wir nehmen Sie wegen Mordverdacht fest«, sagte er bestimmt und schob seinen fassungslosen Gefangenen in Richtung ihres Polizeiwagens. Der starrte nur mit flackerndem Blick auf den Mantel und war nicht mehr in der Lage, Gegenwehr zu leisten. Mit der gebotenen Vorsicht faltete Richard den Stoff zusammen und nahm ihn mit. Nicht jedoch, ohne noch die Fahrertür zu öffnen und die Taste zum Absperren des Wagens zu drücken. Nachdem er die Tür zugeworfen hatte, war abgeschlossen. Schließlich musste das Auto später auf Spuren untersucht werden.

Nur eine Viertelstunde später saß Nico Aschinger alleine im Verhörraum, mit den Handschellen an den Tisch gefesselt. Wolfgang und Richard setzten ihrem Chef mit knappen Worten auseinander, warum sie den prominenten Gefangenen dabeihatten. Seine Augen gingen mit grimmigem Blick zwischen den beiden hin und her, während sie erzählten. Als sie geendet hatten, starrte er eine Weile stumm vor sich hin.

»Also gut«, sagte er schließlich. »Mit dem blutigen Mantel reicht der Verdacht in jedem Fall aus. Dann lasst euch das mal von ihm erklären. Aber aufpassen: Ihr braucht ihn nicht mit Samthandschuhen anzufassen, aber übertreibt es nicht. Sein Anwalt dürfte euch noch bestens bekannt sein. Ich will, dass die Sache diesmal sauber abläuft, haben wir uns verstanden?«

Die beiden Polizisten nickten entschlossen.

»Auf was wartet ihr dann noch? Rein mit euch«, forderte ihr Chef sie auf. »Ich schnapp mir seinen Anwalt, wenn er eintrifft, und schaue, dass ich euch etwas Zeit verschaffen kann.«

Also gingen sie zum Verhörraum. Wolfgang griff nach der Klinke, verharrte dann aber.

»Bist du bereit?«, fragte er Richard, nachdem er selbst einmal tief durchgeatmet hatte.

Der nickte nur entschlossen. Also öffnete Wolfgang die Tür. Schweigend setzten sie sich auf die beiden Stühle gegenüber Nico und starrten ihn nur stumm an. Er sah ziemlich nervös aus.

»Könnt ihr mich vielleicht losmachen?«, fragte er und rüttelte an den Handschellen. Seine Stimme war ein klein wenig schriller als normal.

Wortlos beugte sich Wolfgang nach vorne und öffnete sie. Nico konnte nun endlich eine bequemere Position einnehmen. Grollend rieb er sich die Handgelenke.

»Der Mantel ist nicht von mir«, platzte es schließlich aus ihm heraus.

»Warum ist er dann in Ihrem Wagen?«, fragte Wolfgang mit schneidender Stimme.

»Was weiß denn ich?« Nervös ging sein Blick hin und her. »Den muss mir irgendjemand untergeschoben haben!«

»Aha«, antwortete Wolfgang nur und verschränkte die Arme.

»Ehrlich, ich weiß nicht, wie der da hinkommt!« Nicos Stimme hatte schon beinahe etwas Flehendes.

»Herr Aschinger, ich kann Ihnen nur raten, uns die Wahrheit zu sagen. Rauskommen wird sowieso alles«, versuchte es Richard mit sanfter Stimme.

»Du.« Nico fixierte ihn mit den Augen. »Ich hab dich gewarnt, dass du dich von mir fernhalten sollst. Dich lass ich so was von auffliegen.«

Richard senkte den Blick und atmete einmal tief durch. Dann sah er ihm direkt in die Augen. »Das ist eine Nummer zu groß, verstehst du nicht? Hier geht es nicht um irgendwelche Kindereien. Du stehst unter Mordverdacht. Es ist mir egal, ob du mich hinhängst oder nicht. Das hilft dir jetzt auch nichts mehr.« Er war selbst über die Ruhe in seiner Stimme überrascht.

Wolfgang musterte ihn mit gerunzelter Stirn, aber Richard reagierte nicht darauf.

»Moment mal.« Nico richtete sich in seinem Stuhl auf. »Ihr beiden wart das. Ihr habt mir den Mantel untergeschoben.«

Es war Wolfgang, der ohne Vorwarnung und so heftig mit der Faust auf den Tisch schlug, dass auch Richard zusammenzuckte.

»Jetzt ist Schluss mit dem Schmarrn.« Er schrie noch nicht, aber viel fehlte nicht dazu. »Versuchen Sie nicht, durch haltlose Anschuldigungen uns hier mit reinzuziehen. Sie waren dabei und haben gesehen, wie wir den Mantel in Ihrem Kofferraum gefunden haben. Ebenso wie Dutzende Zeugen. Da gab es keine Gelegenheit, den Mantel reinzuschmuggeln. Also unterlassen Sie das.«

Nico senkte den Kopf. Zumindest für den Moment schien er die Schuldzuweisung zu verwerfen. Es wurde die Tür geöffnet und ihr Chef kam herein, dicht gefolgt von Nicos Anwalt. Als der sie erblickte, bekam er große Augen. Aber zur Überraschung der beiden Polizisten blieb er erstaunlich ruhig.

»Darf ich mit meinem Mandanten kurz alleine sprechen?«, fragte er fast demütig.

Ihr Chef nickte und bedeutete ihnen, dass sie ihm nach draußen folgen sollten.

»Was ist denn mit dem los?«, wunderte sich Wolfgang, als er die Tür hinter sich geschlossen hatte.

»Ich habe ihm den Ernst der Lage klarmachen können. Fürs Erste wird er also versuchen, zu retten, was zu retten ist, und noch nicht zum Angriff übergehen. Im Moment halten wir das gute Blatt in der Hand. Also lasst es euch um Gottes willen nicht nehmen, verstanden? Ihr gebt den beiden genau sieben Minuten. Wenn er euch derweil nicht selber wieder reinholt, dann geht ihr rein. Und holt euch das Geständnis.« Mit diesen Worten ging er und ließ sie zurück.

»Was war denn das eben?«, fragte Wolfgang, nachdem der Chef außer Hörweite war.

»Was denn?«, Richard setzte eine Unschuldsmiene auf.

»Verkauf mich nicht für blöd«, fuhr sein Kollege ihn an. »Du weißt genau, was ich meine. Also, weswegen will Aschinger dich auffliegen lassen?«

Er seufzte. »Er hat mich erwischt, wie ich ihm die Luft aus dem Reifen lassen wollte.«

»Was? Warum zur Hölle machst du denn so eine Scheiße?«

Richard sah nur betreten auf den Boden.

»Wegen der Magdalena, hab ich recht?«

Er nickte nur.

»Meine Güte. Ich war ja auch mal jung und dumm. Aber so was … Richard, ich muss dich nicht daran erinnern, dass du Polizist bist und dich das den Job kosten kann.«

Er schwieg weiter.

»Also gut.« Wolfgang massierte sich die Schläfen. »Möglich, dass sie versuchen, das gegen uns zu verwenden. Aber darauf lassen wir uns in keinem Fall ein, verstanden? Beschweren kann er sich hinterher immer noch, aber wir werden ihm klarmachen, dass er jetzt nicht von sich ablenken kann.«

»Okay«, antwortete Richard mit einem weiteren Seufzer.

Wolfgang sah ihn prüfend an. »Ich bin wirklich erstaunt über dich. Aber zumindest hast du schon zweimal Scheiße gebaut, ohne mich mit reinzuziehen. Wenn du es jetzt noch schaffst, dass du nicht auch noch in der Tinte sitzt, dann wird vielleicht sogar mal ein guter Polizist aus dir.« Er grinste seinen Kollegen schief an. »Also komm, gehen wir wieder rein.«

»Aber es sind noch keine sieben Minuten um«, wandte Richard ein.

»Scheiß auf sieben Minuten. Die beiden kaufen wir uns jetzt.«

Schwungvoll stieß er die Tür zum Verhörraum auf. Nico und sein Anwalt, die gerade noch die Köpfe zusammengesteckt hatten, fuhren erschrocken auf. Wolfgang und Richard nahmen Platz und sahen die beiden erwartungsvoll an.

Nicos Anwalt setzte sich betont aufrecht hin und räusperte sich. »Mein Mandant hat mir glaubhaft versichert, dass der besagte Mantel nicht ihm gehört und er auch nicht weiß, wie er in seinen Pkw geraten ist.«

»Das hat er uns auch schon erzählt«, antwortete Wolfgang lapidar. »Sonst noch was?«

Der Anwalt sah äußerst pikiert drein. »Nein. Wenn Sie erlauben, dann bleibe ich hier und stehe meinem Mandanten bei.«

»Ja, wegen mir«, meinte Wolfgang und wandte sich wieder an Nico. »Also? Sonst irgendwelche Ideen, warum Sie mit dem Mantel eines Mörders durch die Gegend fahren?«

»Ich war es nicht. Außerdem habe ich ein Alibi.«

»Von einem Alibi hast du mir noch gar nichts gesagt!«, zischte ihn sein Anwalt an.

»Ja, mir ist es auch gerade erst eingefallen«, giftete Nico zurück, bevor er sich wieder an die beiden Polizisten wandte. »Ihr habt doch selber mit dem Wutz Stephan geredet, oder?«

»Ja, haben wir.« Wolfgang gab sich unbeeindruckt.

»Na also. Der hat euch doch gesagt, dass ich zum Zeitpunkt des Mordes auf dem Stadtplatz war. Moment mal, der hat euch doch bestimmt ein Video gezeigt, oder?« Nico beugte sich aufgeregt nach vorne. »Dann habt ihr selber gesehen, dass ich es nicht gewesen sein kann!«

»Was wir gesehen haben«, wandte nun Richard ein, »war jemand, der eine goldene Rüstung getragen hat und dessen Kopf und Gesicht vollständig von einem Helm verdeckt waren.«

Nicos Mund blieb offen stehen. Man konnte sehen, wie die Verzweiflung in ihm aufstieg. »Aber …«

»Nichts aber«, herrschte Wolfgang ihn an. »Jetzt geben Sie endlich zu, dass Ihr Alibi erstunken und erlogen ist. Geben Sie zu, dass Sie es waren, der Michael Bäumler umgebracht hat.«

»Meine Herren, ich darf doch sehr bitten«, schaltete der Anwalt sich empört ein. »Noch gilt das Unschuldsprinzip, bis Sie die Schuld meines Mandanten beweisen können.«

»Ewald«, sagte Nico plötzlich tonlos. »Geh raus.«

Der Anwalt starrte seinen Mandanten mit aufgerissenen Augen an. »Was? Niemals! Ich kann dich doch jetzt nicht allein lassen. Dein Vater bringt mich um.«

»Raus!«, schrie Nico. Sein Kopf war hochrot, und der ganze Körper zitterte.

Gekränkt und ohne ein weiteres Wort griff der Anwalt nach seiner Aktentasche und verließ den Raum.

»Also?«, brach Wolfgang das Schweigen, nachdem sie nur noch zu dritt waren.

»Na gut.« Nico senkte den Kopf und atmete einmal tief durch. »Ich war nicht in der Rüstung in der Stadt unterwegs.«

»Aha«, machte Wolfgang nur. Richard konnte nicht anders, als sich neugierig nach vorne zu beugen. »Und wer dann?«

»Ich hab sie nach meinem Einsatz beim Festspiel dem Bernhard gegeben.«

»Wer ist denn der Bernhard?«, fragte Richard.

»Ein Kumpel von mir. Der wollte eben auch mal den großen Maxi raushängen lassen, und da hab ich ihm die Rüstung ein paarmal geliehen.«

»Dann geben Sie also zu, dass Sie zum Tatzeitpunkt kein Alibi haben.« Es war keine Frage von Wolfgang, sondern eine Feststellung.

»Doch, ich hab ein Alibi«, antwortete Nico nach einigem Herumdrucksen.

»Und welches wäre das dann?«

»Ich war mit Johannes Sommer zusammen. Ich kann euch die Telefonnummer geben, der wird das bestätigen.« Nicos Stimme klang auf seltsame Weise müde.

»Und warum haben Sie uns das nicht gleich gesagt?«, wollte Wolfgang mit strengem Ton wissen. »Warum das ganze Getue mit der goldenen Rüstung und den falschen Zeugenaussagen?«

»Ihr versteht es nicht, oder? Ich war mit dem Johannes zusammen.«

Die Polizisten blickten ihn ratlos an.

»Ich meine, zusammen im Bett«, führte Aschinger junior nach einem tiefen Seufzer weiter aus.

Richard musste zwinkern. Hatte er das jetzt wirklich richtig verstanden?

»Ja, ich bin schwul, Herrgott noch mal«, gab Nico genervt von sich.

»Oh«, machte Richard nur. Das zog ihm fast den Boden unter den Füßen weg.

»Dann gehe ich mal davon aus, dass das sonst keiner wissen sollte?«, fragte Wolfgang. »Darum das ganze Theater?«

»Ja«, sagte Nico nur und schwieg eine Weile, in seine Gedanken versunken, bevor er fortfuhr. »Mein Vater bringt mich um, wenn er das rausfindet. Für den ist schwul sein doch eine Krankheit. Der würde mich glatt enterben.«

»Okay.« Wolfgang verschränkte die Arme. »Ich verstehe, dass es sich um eine äußerst intime Angelegenheit handelt, aber wir werden nicht darum herumkommen, das ins Protokoll aufzunehmen. Und das Alibi werden wir natürlich auch überprüfen.«

»Schon klar«, antwortete Nico resigniert. »Irgendwann hat es ja aufkommen müssen.«

»Und ... die Magdalena?«, fragte Richard atemlos.

»Ja, das interessiert dich jetzt, schon klar.« Nico stieß ein humorloses Lachen aus, doch dann wurde sein Ton sanfter. »Die Nummer ziehe ich immer wieder ab. Ich schlepp die Mädels ab, damit es niemandem auffällt, dass ich schwul bin. Aber da läuft nie was. Meistens fahre ich mit ihnen nur rum, und wir reden. Du brauchst dir keine Sorgen zu machen, mit der Magdalena bin ich auch nur eine Runde gefahren. Und da hat sie sich noch geziert wie sonst was. Ich glaub, am Ende ist sie nur eingestiegen, damit sie ihre Ruhe vor mir hat. Es ist also nichts gelaufen. Ich hab nicht gewusst, dass du was von ihr willst. Woher auch. Um ehrlich zu sein, wahrscheinlich wär es mir allerdings ziemlich wurscht gewesen, wenn ich es gewusst hätte.«

Die letzten Sätze hörte Richard schon gar nicht mehr. Er dachte nur noch daran, dass er wohl riesengroße Scheiße gebaut hatte.

Nachdem die Formalitäten geklärt waren, entließen sie Nico. Sein Alibi war weiterhin zu klären, aber das würde auch nur Formsache sein. Weder Wolfgang noch Richard zweifelten daran, dass er ihnen die Wahrheit erzählt hatte.

»Also wieder kein Mörder«, seufzte Wolfgang.

»Ja«, antwortete Richard nur. In Gedanken war er ganz woanders.

»Macht dir das gar nichts aus, dass wir gerade unsere letzte heiße Spur verloren haben?«, hakte sein Partner nach.

»Ja mei«, meinte er nur schulterzuckend.

Wolfgang rollte mit den Augen. »Kann es sein, dass du gerade mal ganz dringend telefonieren müsstest?«

»Aber was soll ich ihr denn sagen?« Richard war klar, dass sein Kollege darüber im Bilde war, was ihn gerade beschäftigte.

»Also, ich hab ja keine Ahnung, was zwischen dir und der Magdalena gelaufen ist, aber wenn du damit anfängst, dass du ein riesengroßer Hirsch bist, dann ist das eigentlich immer ein guter Einstieg. Glaub mir, ich weiß, wovon ich rede.«

»Denkst du, dass ich das wieder hinbiegen kann?«

»Keine Ahnung«, antwortete Wolfgang. »Aber wenn du es nicht probierst, dann wirst du es nie rausbekommen. Also schleich dich. Ich kläre unseren Chef darüber auf, dass wir doch keinen Mörder haben. Und du komm mir nicht mehr ohne Magdalena zurück. Weil, dieses dauernde Gejammer ist nämlich nicht auszuhalten.« Mit diesen Worten ließ Wolfgang ihn allein mit seinen Gedanken. Eine Weile starrte Richard vor sich hin. Schließlich holte er sein Handy hervor. »Ich würde gerne mit dir reden«, schrieb er ihr mit zittrigen Fingern. Eine gefühlte Ewigkeit verging, ohne dass er eine Antwort erhielt. Nervös trat er von einem Bein auf das andere, und sein Hemd pappte unter den Achseln, so stark schwitzte er. Endlich kam eine Nachricht. »So?«, war alles, was auf dem Display stand. Auch wenn es nur zwei Buchstaben und ein Satzzeichen waren, so waberte da eine ganze Menge Subtext mit. Und der war nicht gerade positiv. Fieberhaft überlegte Richard, was er zurückschreiben sollte. Dann fielen ihm Wolfgangs Worte wieder ein. Ob er recht hatte? Na ja, zumindest war er schon jahrelang erfolgreich verheiratet. Eventuell hatte er ja tatsächlich eine Ahnung davon. »Es tut mir leid, ich war ein riesengroßer Hirsch«, textete er zurück. Er überlegte noch, ob er wirklich hatte »Hirsch« schreiben sollen oder ob sich das nicht blöd anhörte, als schon eine Rückmeldung folgte.

»Damit hast du sehr recht, aber zumindest gefällt mir die Antwort. Hast du gerade Zeit?«

Richard machte große Augen. »Ja«, tippte er und musste es dreimal eingeben, weil er sich immer wieder aus lauter Aufregung vertippte. Sie schlug ihm vor, sich auf dem Parkplatz vor einem Café zu treffen. Genau da, wo er sie zum zweiten Mal getroffen hatte.

»Ich muss weg«, rief er im Vorbeirennen Christina zu und war augenblicklich durch die Tür verschwunden.

»Was ist denn mit Richard los?«, fragte sie verblüfft.

»Oje, frag nicht«, winkte Wolfgang ab, ging zum Fenster, öffnete es und schrie ihm hinterher: »Schnapp sie dir, Tiger!«

26

Richards Beine schlotterten. Er konnte nichts dagegen tun. Er stand auf dem Parkplatz und wartete, dass Magdalena kam. Sie wusste Bescheid, dass er da war, aber sie ließ ihn warten. Na ja, wahrscheinlich hatte er das auch verdient. Nach einer gefühlten Ewigkeit kam sie endlich. Er versuchte ein Lächeln, das wohl ziemlich angestrengt aussehen musste. Magdalenas Gesicht blieb ausdruckslos.

»Hi«, war das Einzige, was er hervorbrachte.

»Werde ich jetzt verhaftet, oder warum bist du in Uniform da?«, fragte sie ihn ohne eine Begrüßung.

»Nein … nein. Das ist nur …«, stotterte Richard. »Es hat halt pressiert.«

»So? Dann bin ich mal gespannt, was du zu sagen hast.«

»Es tut mir leid.«

»Aha?«, fragte sie herausfordernd. »Dass du dich nicht mehr rührst? Dass du mich einfach ignorierst, wenn ich dir schreibe?«

»Es tut mir leid«, brummte Richard noch einmal.

»Ja, das hatten wir schon.«

»Ich hab mich wie ein Depp verhalten.«

»Na, da kommen wir der Sache doch langsam näher.«

»Es ist nur … als ich dich im Auto vom Aschinger gesehen habe …«, Richard rang nach Worten. »Ich hab eben gedacht, dass ich gegen den nicht anstinken kann.«

Magdalena beobachtete ihn weiter streng, doch dann seufzte sie, und ihre Gesichtszüge wurden weicher. »Ich weiß ja, dass das scheiße von mir war. Ich hätte nie bei ihm einsteigen sollen. Aber er hat einfach keine Ruhe gegeben. Ich wollte ja gar nicht mit ihm mitfahren. Und noch weniger, dass du es mitkriegst.«

»Dann hattest du gar kein Interesse an ihm?«, fragte Richard vorsichtig.

»Moment mal, du Blindgänger. Wir sind noch lange nicht mit dir fertig. Warum reagierst du nicht, wenn ich dir schreibe? Vielleicht hätte ich dir ja erklärt, dass ich nichts vom Aschinger will.«

»Ich hab mich gefürchtet, dass du mir erzählst, dass wir Freunde sein können.«

»Aha, und dass es auch ganz anders sein könnte, auf die Idee bist du nicht gekommen?«

Richard zuckte mit den Schultern.

»Meine Güte, warum musst du es mir so schwer machen, dich zu mögen?«

Er zeigte ein vorsichtiges Grinsen. »Das heißt aber dann, dass du mich magst, oder?«

»Mein Gott«, sie warf die Arme in die Luft. »Wie deutlich muss ich es denn noch machen, dass ich mich in dich verknallt habe, du Hirsch.«

Statt zu antworten, machte er einen Schritt auf sie zu, nahm sie in den Arm und küsste sie.

Der Augenblick war perfekt, bis er von lauten Jubelrufen und Klatschen unterbrochen wurde. Irritiert sah Richard nach oben. Auf dem Balkon vom Café standen Mona und Lisa und freuten sich übertrieben.

»Herrgott, ich bin von Verrückten umgeben«, seufzte Magdalena. »Schleicht euch, ihr zwei Spanner!«

Ihre Freundinnen warfen ihnen Luftküsse zu und gingen dann kichernd hinein.

Magdalena und Richard sahen sich tief in die Augen, und sie schenkte ihm wieder dieses umwerfende Lächeln, das ihn die ganze Welt um ihn herum vergessen ließ. Sie küssten sich noch einmal, diesmal länger, weil sie nicht unterbrochen wurden.

»Komm, lass uns ein Stückchen gehen«, meinte sie.

»Wohin?«

»Egal«, antwortete sie. »Ich möchte jetzt einfach bloß ein bisschen allein mit dir sein.«

Richard schlang den Arm um sie und sie gingen ziellos über den Parkplatz.

»Tut mir leid, dass ich mit dem Nico mitgefahren bin. Ich wollte ehrlich nichts von ihm. Aber er hat mich die ganze Zeit bequatscht, und ich hatte gehofft, dass er endlich aufhört, wenn ich nachgebe. Du musst mir glauben, dass ich absolut kein Interesse an ihm hab.«

»Er an dir übrigens auch nicht«, meinte Richard belustigt.

»Was soll denn das heißen?« Magdalena blieb abrupt stehen.

»Das soll heißen, dass der Aschinger junior schwul ist.«

»Nein!«

»Doch.«

»Puh, das überrascht mich aber jetzt schon.«

»Das muss aber unter uns bleiben«, beschwor Richard sie. »Weil, das hätte ich dir eigentlich gar nicht erzählen dürfen.«

»Darauf wäre ich jetzt nicht gekommen, so wie der sich verhalten hat.« Sie schob die Unterlippe nach vorne. »Auf der anderen Seite hätte ich es mir eigentlich denken können. Weil, wie wir ein Stückchen gefahren sind, habe ich schon Angst bekommen, dass er mir an die Wäsche will. Aber er hat überhaupt nichts in der Richtung versucht.«

»Magdalena, jeder Mann, der dir nicht an die Wäsche will, muss eindeutig schwul sein.«

Sie zog die Stirn in Falten. »Okay, ich bin mir nicht sicher, aber ich nehme es mal als Kompliment.«

Richard lachte und drückte sie noch ein wenig fester an sich. So schlenderten sie weiter ziellos dahin, einfach nur glücklich, zusammen sein zu dürfen. Irgendwann fuhr ein Auto an ihnen vorbei, und die Fahrerin grüßte sie. Magdalena winkte zurück.

»Kennst du die?«, fragte sie.

»Nein«, antwortete er.

»Das wird die Ritterin dieses Jahr beim *Drachenstich*.«

Richard blieb wie angewurzelt stehen. Natürlich wusste er, dass die Hauptperson im Spiel, die Burgherrin von Furth, wegen ihrer Tapferkeit als »Ritterin« bezeichnet wurde. Das Wort ließ ein winziges Zahnrad in seinem Hirn an der richtigen Stelle einrasten, und plötzlich drehte sich alles in seinem Kopf

»Was ist denn los?«, fragte Magdalena besorgt.

»Ritterin«, wiederholte er abwesend. »Mein Gott, warum bin ich nicht gleich drauf gekommen?«

»Auf was denn?«, fragte sie verwirrt.

»Magdalena ...«, begann Richard.

»Lena.«

»Lena ... ich ... es tut mir leid, aber ...«, stotterte er.

»Musst du weg?«, fragte sie.

Richard nickte nur.

»Geht es um den Mord?«

»Ja.«

»Dann will ich es dir noch einmal verzeihen.« Sie küsste ihn zärtlich.

»Ich mach es wieder gut«, versprach er und riss sich widerwillig von ihr los.

»Schnapp ihn dir, Tiger!«, rief sie ihm lachend nach.

»Wie konnten wir nur so blind sein?«, schimpfte Richard und schlug mit der Faust aufs Armaturenbrett.

»Meinst du wirklich, dass es die Tochter vom Meidinger war?«, fragte Wolfgang. Er hatte kaum Zeit gehabt, darüber nachzudenken, was sein Partner ihm alles auf dem Revier erzählt hatte. Seine ganze Konzentration lag gerade auf der Straße, auf der er mit 140 Stundenkilometern, Blaulicht und Martinshorn dahinraste.

»Wer hat uns auf die Spur vom Dennis und vom Aschinger gebracht? Das war immer die Maria. Und noch wichtiger: Wer hatte sonst die Gelegenheit, den Templermantel dem Nico unterzuschieben?«

»Ja, schon. Aber was wäre denn ihr Motiv?«

»Keine Ahnung. Aber sie hat den Michael gekannt, so viel wissen wir.«

»Hat sie denn ein Alibi?«

»Das haben wir sie nie gefragt. Warum auch? Sie war ja bisher nicht verdächtig. Weil wir Volldeppen ganz selbstverständlich davon ausgegangen sind, dass der Tempelritter ein Mann ist.«

»Aber glaubst du wirklich, dass sie das war? Da braucht es doch schon einiges an Kraft, jemandem ein Schwert so tief in den Bauch zu rammen«, gab Wolfgang zu bedenken, nachdem er einen tschechischen Lkw durch penetrantes Hupen dazu gebracht hatte, die Überholspur freizumachen.

Richard erinnerte sich daran, wie er ihr geholfen hatte, die Schwerter in den Wagen ihres Vaters zu hieven. »Oh, ich versichere dir, die Kraft hat sie.« Dann fiel ihm eine weitere Begegnung mit ihr ein. »Mein Gott, wahrscheinlich hab ich sie sogar noch dabei gesehen, wie sie die Tatwaffe weggebracht hat!« Er schlug sich mit der flachen Hand gegen die Stirn. Natürlich, bei ihrem letzten Treffen. Warum hatte sie sich sonst so dagegen gewehrt, dass er ihr die Tasche abnahm.

»Ja, gut, wir werden ja sehen. Jetzt fahr endlich zu, du Depp«, schrie er den Wagen vor ihnen an. Der Fahrer war wegen des Blaulichts wohl so verunsichert, dass er nun nur noch mit 60 Stundenkilometern dahinfuhr. Sofort, als es möglich war, setzte Wolfgang zum Überholen an, da piepte das Funkgerät.

Richard meldete sich.

»Seid ihr unterwegs in Richtung Furth?«, fragte Christina. Natürlich hatte sie den Teil mitgekriegt, den er seinem Partner auf dem Revier hastig erklärt hatte.

»Fast«, antwortete er. »Wir fahren nach Arnschwang.«

»Es ist gerade die Meldung reingekommen, dass sich in Furth ein potenzieller Selbstmörder auf dem Stadtturm aufhält. Kann das was mit eurem Fall zu tun haben?«

Die beiden Polizisten sahen sich an. Ihnen war sofort klar, dass sie auf der richtigen Spur waren.

»Danke, Christina, du bist die Beste!«, rief Richard in den Funk.

Ungebremst rasten sie an der Ausfahrt Arnschwang vorbei in Richtung Furth im Wald.

Am Ortseingang stauten sich die Autos vor ihnen, und schnell erkannten sie, woran es lag: Die Schranke des Bahnübergangs senkte sich gerade herab.

»Oh nein, nicht ausgerechnet jetzt!«, rief Richard verzweifelt.

»Ach was, das dauert doch ewig, bis der scheiß Zug kommt«, sagte Wolfgang entschlossen und scherte aus.

»Was hast du vor?« Richard sah ängstlich zu seinem Kollegen hinüber.

»Ich fahr da jetzt quer zwischen den Schranken durch. Schließlich sind wir im Einsatz«, schrie er, als könnte ihn die Bahnschranke hören und freiwillig den Weg freimachen. Der Wagen machte einen Satz nach vorne, als Wolfgang das Gaspedal ganz durchdrückte, und sie rasten auf den Übergang zu.

»Wolfgang?« Richard sah nach rechts, wo ein großes gelbes Etwas auf den Schienen daherkam. »Wolfgang!«

Der starrte mit zusammengebissenen Zähnen geradeaus, um den Winkel zwischen den beiden Schranken richtig abzuschätzen.

»Wolfgang!«, schrie er ihn an. Jetzt wurde auch seinem Kollegen klar, dass der Zug gerade in diesem Augenblick den Bahnübergang erreichen würde.

»Das schaffen wir noch!«, brüllte der, und dann war die Zeit wie eingefroren. Richard starrte mit offenem Mund zu seinem Seitenfenster hinaus und sah die Front des gelben Zuges mit den dreieckig angeordneten Lichtern. Es kam ihm vor, als müsse er nur die Hand ausstrecken, um ihn zu berühren. Er sah durch die Frontscheibe den Zugführer so klar, dass er sogar die einzelnen Haare seines Vollbarts erkennen konnte. Und er konnte sehen, dass aus dem Pappbecher, den er in diesem Augenblick vor Schreck fallen ließ, Kaffee mit Milch schwappte. In diesem einen kurzen Moment, der eine Ewigkeit zu dauern schien, nahm Richard alle Details wahr, sogar die zerquetschten Fliegen und Mücken an der Front des Zugs. Gerade als ihm bewusst wurde, dass er sich gleich selbst zu diesen gesellen würde, wurde er von einem lauten Knall wieder in die normale Zeit zurückgeholt. Wegen des nahenden Zuges hatte Wolfgang den Idealwinkel zwischen den beiden Schranken nicht getroffen, sodass sie mit der rot-weißen Stange kollidierten. Erfreulicherweise hatten die Konstrukteure wohl exakt diese Situation vorausgesehen und die Schranke mit einer Sollbruchstelle ausgestattet. Richard sah, wie die Stange in hohem Bogen davonsegelte. Und in genau diesem Augenblick hatten sie die Bahngleise überquert, während der Zug hinter ihnen mit lautem Pfeifen vorbeiraste. Es konnten allerhöchstens Zentimeter gewesen sein, die die beiden voneinander getrennt hatten.

Richards Augen drohten fast aus den Höhlen zu fallen, als er Wolfgang anstarrte. Der hatte den Kopf so weit eingezogen, dass er gerade noch so übers Lenkrad sehen konnte, und war käseweiß im Gesicht. Aber er raste weiter in die Stadt hinein. Benommen schüttelte sich Richard, prüfte seinen Sicherheitsgurt und krallte sich dann, so gut er konnte, am Griff über der Tür fest. Hinter ihnen landete die rot gestreifte Stange des Bahnübergangs, ohne weiteren Schaden anzurichten, auf dem Radweg.

Augenblicke später kamen sie mit quietschenden Reifen auf dem Further Stadtplatz neben dem Wagen der örtlichen Kollegen zu stehen.

»Wie sieht es aus?«, fragte Richard atemlos, kaum dass er das Polizeiauto verlassen hatte.

»Da oben steht sie«, antwortete der Berufsgenosse lapidar und deutete in Richtung Turmspitze. »Scheint eine junge Frau zu sein. Nichts Genaueres wissen wir noch nicht.«

»Ist jemand oben bei ihr?«

»Nein, niemand. Die Psychologen sind verständigt, aber bis die kommen …«

»Ich geh rauf«, rief Richard bestimmt und spurtete los.

»He!«, schrie der Kollege aus Furth ihm nach.

»Schon gut«, beschwichtigte Wolfgang ihn. »Er kennt sie.«

»Na dann«, meinte der Polizist schulterzuckend und lehnte sich wieder an seinen Wagen.

Richards Beine drohten, den Dienst einzustellen, während er die Treppen hochhastete. Sie fühlten sich an, als wären Bleigewichte daran befestigt. Aber er gab sich alle

Mühe, es zu ignorieren und sein Tempo nicht zu verlangsamen. Endlich hatte er die Tür erreicht. Einen Augenblick hielt er inne und atmete tief durch. Dann öffnete er sie langsam. Vorsichtig spähte er hinaus. Jetzt durfte er Maria bloß nicht erschrecken. Da stand sie, auf der Außenseite des Geländers. Richard konnte sehen, wie sie zitterte und wie die Knöchel ihrer Hand weiß hervortraten, weil sie sich so krampfhaft an der Eisenstange festhielt. Behutsam schob er sich nach draußen, wobei die Tür leise knarzte. Erschrocken sah Maria sich zu ihm um.

»Bleib weg von mir. Oder ich springe runter!«, rief sie ihm hysterisch zu.

»Schon gut.« Er hob beschwichtigend die Hände. »Ich bleibe genau hier stehen. Ich will nur mit dir reden.«

»Aber ich nicht mit dir!« Sie blickte abermals nach unten, beugte sich weiter hinaus, dass Richard schon Angst bekam, dass sie springen würde, doch sie zog sich wieder zurück.

»Maria, bitte. Das kann es doch nicht wert sein.« Er ärgerte sich selbst über diese alte Floskel. Aber er hatte nicht wirklich eine Ahnung davon, wie er mit der Situation umgehen sollte.

»Nicht wert? Nichts ist was wert. Es ist doch scheißegal, was mit mir passiert. Das interessiert eh keinen.« Tränen liefen ihre Wangen hinunter.

»Maria, du bist so vielen Leuten wichtig«, begann Richard.

»Ja, die Maria ist für alle da. Immer muss ich mich um alles kümmern, damit es allen gutgeht. Aber wie es mir geht, das interessiert keinen. Ich muss nur funktionieren. Dann ist alles gut.«

»Maria, denk doch an deinen Vater.« Richard musste diese Karte ziehen. Schließlich kannte er ja keine andere Bezugsperson von ihr.

»Und wo war er, als Mama gestorben ist? Ich war doch gerade mal in der zweiten Klasse. Da hätte er sich um mich kümmern müssen.« Immer noch liefen die Tränen. »Aber stattdessen musste ich mich um *ihn* kümmern. Ich war doch nur ein Kind und ich musste die Starke sein. Er hätte für mich da sein müssen und nicht umgekehrt.«

»Maria, ich bin mir sicher, dass dein Vater das sehr bereut«, sagte Richard sanft.

»Aber ich bin so dumm und mache alles«, redete sie weiter, als hätte sie ihn nicht gehört. »Überall. In der Arbeit, daheim, im Museum, in der *Landjugend*. Weil, auf die Maria kann man sich ja verlassen. Die hat ja kein eigenes Leben. Auf die muss man ja nicht Rücksicht nehmen. Weil, der Maria geht es immer gut. Aber mir geht es überhaupt nicht gut. Mir geht es richtig beschissen. Aber das interessiert niemanden. Und wenn mal einer so tut, als würde es ihn interessieren, dann verarscht er mich auch bloß.«

»Hat sich Michael für dich interessiert?«, fragte Richard und versuchte, seine Stimme so fest wie möglich klingen zu lassen, was ihm sehr schwerfiel. Es war riskant, sie auf ihn anzusprechen, aber vielleicht war es auch eine Chance. Im Moment hatte er wohl nichts zu verlieren.

»Er hat mir gesagt, dass er mich liebt«, antwortete sie so leise, dass Richard es gerade noch verstehen konnte.

»Und du hast ihn auch geliebt?« Es war mehr eine Feststellung als eine Frage.

Ihre Unterlippe zuckte. »Ich hab ja gewusst, was er für einer ist, aber … Aber ich wollte auch mal Glück haben im Leben. Ich wollte auch mal die sein mit dem tollen Freund, die von allen beneidet wird. Und wenn ich mit ihm allein war, dann war er ganz anders. Mit mir hat er ganz ehrlich gesprochen darüber, was er fühlt und was er denkt. Und ich habe wirklich gedacht, dass er sich für mich ändert.«

»Hat er aber nicht, oder?«

Sie zögerte lange, bis sie kaum merklich den Kopf schüttelte.

»Hast du ihn deshalb umgebracht?« Richard schluckte. Jetzt war es raus. Entweder würde sie die Frage zur Vernunft bringen oder umbringen. Aber er hatte keine Ahnung, was er sonst sagen konnte, um sie vor dem Sturz abzuhalten.

»Ich hab das nicht gewollt!«, schrie sie heulend.

»Ich glaube dir«, sagte Richard sanft. Sie war also noch da. Hoffentlich ein gutes Zeichen. Vielleicht konnte er auf Zeit spielen. So langsam wie möglich machte er einen winzigen Schritt auf sie zu. »Erzählst du mir, was passiert ist?«

»Ich habe mitbekommen, dass er weiter mit anderen geschlafen hat. Dass er auf das *Cave Gladium* geht, wie jedes Jahr, war mir klar. Da hab ich mich verkleidet. Die Schwerter und Kostüme liegen bei meinem Papa einfach so rum. Da fällt nicht mal auf, wenn was fehlt. Das Schwert musste ich noch vorher schärfen, aber das war kein Problem. Das hat mir Papa alles beigebracht. Und dann bin ich hin. Hab meine Runden gedreht, bis ich ihn gesehen habe.«

»Und dann hast du zugestochen.«

»Das … das …«, stotterte sie, »ich wollte ihn nicht umbringen. Ich wollte ihn nur verletzen. So viel, dass er ins Krankenhaus muss. Und dann wäre ich die Einzige gewesen, die ihn dort besucht hätte. Weil, von den anderen Schlampen hätte das doch keine interessiert. Und dann hätte er endlich gemerkt, dass er mich braucht und nur mich. Aber dann habe ich in seine Augen geblickt und er in meine. Und da habe ich es gesehen: die Schuld in seinem Blick. Da war mir klar, dass er gerade eben erst irgendeine blöde Tussi gebumst hat.« Ihre Stimme war plötzlich hart geworden. Fast schon schneidend. »Und dann hab ich zugestochen. Ich habe ihn in dem Moment so sehr gehasst. So abgrundtief.« Einen Augenblick lang stand sie ganz ruhig da. Richard wagte einen weiteren kleinen Schritt in ihre Richtung. In der nächsten Sekunde brach sie wieder in Tränen aus. »Aber ich habe das nicht gewollt. Ich wollte ihm bloß wehtun. Ich wollte ihn nicht umbringen. Ich habe ihn doch geliebt.«

»Und was ist dann passiert?«, fragte Richard, in der Hoffnung, sie am Reden zu halten und ihr nahe genug zu kommen, um sie festzuhalten.

»Da war so viel Blut. Ich hab Panik bekommen und bin weggerannt. Hinter einem Zelt hab ich den Helm, Kettenhemd und den Mantel runtergerissen und in die Tasche gesteckt. Genauso hatte ich es geplant. Ich hatte drunter mein normales Mittelalterkostüm an, wie jedes Jahr. Mit einem weißen Bündel und einem Schwert unterm Arm bin ich niemandem aufgefallen. Ich hab das alles dann im Museum hier beim Turm versteckt.«

Richards Vermutung war wohl richtig gewesen. Wahrscheinlich wollte sie die Sachen in Sicherheit bringen, als er sie letztes Mal auf dem Stadtplatz getroffen hatte.

»Und dann hast du den Dennis beschuldigt, um von dir abzulenken«, stellte er fest.

»Dennis«, ihre Stimme wurde wieder schneidend. »Der hätte es verdient. Vergewaltigen wollte er mich. Ich stehe jedes Mal unter der Dusche und schrubbe alle Stellen, an denen er mich berührt hat, so lange, bis meine Haut feuerrot ist. Aber ich bekomme es nicht ab. Ich werde diesen Ekel nicht mehr los. Vor ihm, vor mir selbst. Ich möchte mich übergeben, wenn ich nur seinen verdammten Namen höre. Er hätte es verdient. Es wäre nur gerecht gewesen, wenn er für einen Mord verurteilt worden wäre.«

»Und als das nicht funktioniert hat, hast du den Verdacht auf Nico gelenkt.« Ein weiterer kleiner Schritt, doch Richard kam immerhin näher.

»Ich habe zuerst gar nicht an ihn gedacht. Aber als du gesagt hast, dass ihr ihn verdächtigt … Da ist es mir wieder eingefallen. Ich hatte es nur zufällig gehört, wie er mit Michael gesprochen hat. Als sie dachten, ich wäre nicht mehr da. Wie er ihn ausgelacht hat. Gefragt hat er ihn, ob er denn keine mehr abbekomme, dass er schon mit einer wie mir rummachen muss. Ich habe mir nicht lange Gedanken darum gemacht, weil ich gewohnt bin, wie die Leute hinter meinem Rücken über mich reden. Aber als du so verzweifelt einen Beweis dafür gesucht hast, dass er der Mörder ist … Ich wollte ihm einfach einen Denkzettel verpassen. Ich hätte nie gedacht, dass er wirklich verurteilt wird. Weil, sein Vater hat bestimmt 100 Anwälte, die ihn da wieder rausboxen.«

»Maria«, setzte Richard an. Er war beinahe nahe genug, um nach ihr fassen zu können. »Ich glaub, es ist jetzt Zeit, dass du wieder reinkommst.«

»Und dann?« Sie warf ihm einen ganz kurzen Blick zu, der so voll Angst war, wie er es vorher nie gesehen hatte. »Dann sperrst du mich für immer weg.«

»Maria, ich glaube, dass du Hilfe brauchst.« Er war noch nicht nahe genug, um sie zu greifen, aber er streckte ihr die Hand entgegen. Vorsichtig und mit der Handfläche nach oben. Er bot ihr einen Ausweg an. Einen anderen als den nach unten. »Bitte komm wieder herein.«

»Nein«, schluchzte sie. »Ich will, dass das aufhört. Ich will das nicht mehr fühlen. Ich will überhaupt nichts mehr fühlen. Ich will keine Angst mehr haben.«

Wieder wandte sie den Kopf zu ihm. Dieses Mal länger. In ihrem Blick lag ein Flehen. Ein Flehen nach Hilfe. Er streckte ihr weiter die Hand entgegen und versuchte, möglichst zuversichtlich auszusehen. In Wirklichkeit war er total überfordert. Einen Moment lang wagte er zu hoffen, dass sie seine Hilfe annehmen würde. Dass sie im nächsten Augenblick seine Hand ergreifen würde und er sie hereinziehen konnte. Doch dann bemerkte er, wie der Griff ihrer Finger am Geländer sich lockerte. Erschrocken starrte Richard in Marias Gesicht. Immer noch sah er dieses Flehen, ihr zu helfen. Sie wandte sich ab und verlagerte ihr Gewicht in Richtung Abgrund. Zum zweiten Mal an einem Tag schien die Zeit stillzustehen. Wie in Zeitlupe sah er, wie ihre Finger über den Griff des Geländers rutschten, wie ihr Körper langsam nach vorne kippte. Ohne darüber nachzudenken, sprang Richard vor, um sie zu greifen.

Wolfgang stand an den Streifenwagen gelehnt und blinzelte immer mal wieder in Richtung Turmspitze. Es war anstrengend, den Kopf dauernd so nach oben zu recken, und langsam bekam er Schmerzen im Genick. Also ließ er es lieber bleiben. Richard würde es hoffentlich nicht verkacken dort oben. Der Junge hatte, wenn es darauf ankam, mehr drauf, als man es von ihm erwartete. So viel hatte er schon feststellen dürfen. Trotz seines außerordentlichen Talents, sich selber und andere in die Scheiße zu reiten. Aber jemanden von einem Selbstmord abzuhalten, das war schon eine andere Hausnummer. In solchen Situationen konnte man eigentlich nur verlieren. Nie im Leben würde er gerade mit Richard tauschen wollen. Wenige Augenblicke später kamen die ersten Feuerwehrfahrzeuge angerückt. Allesamt ohne Martinshorn, wie es bei Selbstmordlagen üblich war. Sirenen bedeuteten für die meisten Leute erst mal Stress, und wenn jemand gerade im Begriff war, sich selbst das Leben zu nehmen, dann war es besser, so was zu vermeiden.

Der Kommandant der Feuerwehr sprang vom Beifahrersitz des vordersten Wagens und eilte zu ihm herüber. »Und? Wo ist er?«

»Es ist eine Sie, und die ist da oben«, antwortete Wolfgang und deutete in Richtung Turmspitze.

»Au weh. Und ausgerechnet heute, wo die Bayern spielen«, seufzte der Kommandant.

»Ja, ich schätze, das Spiel musst du dir im Radio anhören. Weil, bei Selbstmord geht es entweder ganz schnell oder ganz langsam. Und für ganz schnell ist eigentlich schon zu viel Zeit vergangen.«

»Eine Scheiße ist das.«

»Ja, wem sagst du das. Wie schaut es aus? Was für Optionen haben wir? Drehleiter?«

Der Kommandant schüttelte den Kopf. »Mit der Leiter komme ich maximal auf 23 Meter. Und der Stadtturm ist 35 Meter hoch. Das reicht bei weitem nicht.«

»Sprungretter?«, versuchte es Wolfgang.

»Kannst du vergessen.« Der Feuerwehrmann tippte sich an die Schläfe. »Maximale Rettungshöhe 16 Meter. Selbst wenn die das Sprungkissen aus der Höhe treffen würde, müssten wir sie nachher immer noch mit der Spachtel entfernen. Müsst eben ihr von der Polizei mal was machen.«

»Wenn sie noch innerhalb stehen würde, dann könnte ich ihr in die Kniescheibe schießen«, schlug Wolfgang mit Galgenhumor vor. »Da wäre sie erst mal mit anderen Sachen beschäftigt. Aber sie steht schon außen am Geländer. Die würde ja nur vom Schreck über den Knall runterfliegen.«

»Auf die Entfernung triffst du doch nie im Leben«, feixte der Kommandant.

»Wir werden es nie herausfinden.« Wolfgang hob grinsend die Arme.

»Wie schaut es mit den Psychologen aus?«

»Sind unterwegs, aber das kann dauern.«

»Na gut«, seufzte der Feuerwehrler. »Dann sag ich mal meinen Jungs Bescheid und versuche, das Spiel im Radio reinzubekommen.«

Er wollte gerade davongehen, als ein furchtbarer Schrei den Platz erfüllte und alle Köpfe nach oben zuckten. Der Knall des Aufschlags ließ Wolfgang zusammenzucken. Er blickte auf das, was da vor ihm auf dem Pflaster lag, und seufzte. »Oh mei, Richard.«

27

Irgendwie bekam Richard Maria noch am Kragen ihres Pullovers zu fassen. So wurde er mit ihr nach vorne gerissen und schlug hart mit dem Bauch gegen das Geländer, dass ihm erst mal die Luft wegblieb. Der Stoff ließ ein lautes Ratschen vernehmen, und Maria stieß einen spitzen Schrei aus. Aber er hielt. Richard hatte sie. Mit aller Kraft stemmte er sich gegen das Eisengitter, und sie wurde mit ihm zurückgeschleudert. Geistesgegenwärtig schlang er seinen anderen Arm um ihren Brustkorb und irgendwie schaffte er es, dass sie über das Geländer gezogen wurde. Er stolperte zurück und schlug hart auf dem Rücken auf, Augenblicke bevor sie auf ihm landete. Alles tat ihm weh, aber er hatte sie. Sie war in Sicherheit. Und sie heulte, dass ihr ganzer Körper durchgeschüttelt wurde. Richard drückte sie an sich, war für sie da, während er versuchte, selbst wieder zu Atem zu kommen. Schnell blickte er an ihr herunter, ob sie sich nicht verletzt hatte. Ihr linker Schuh fehlte. Offenbar hatte sie ihn bei ihrem Beinahesturz verloren. Davon abgesehen, schien sie körperlich unverletzt zu sein. Vom psychischen Standpunkt konnte man das nicht behaupten. Richard wusste, dass sie eine Mörderin war. Er wusste, dass sie versucht hatte, den Verdacht auf andere zu lenken. Auch wenn es in beiden Fällen moralisch schon ein wenig nachvollziehbar war. Aber im Moment hatte er einfach nur unbeschreibliches Mitleid mit ihr. Es schien eine Ewigkeit zu vergehen, in der er Maria nur festhielt, während sie weinte. Irgendwann, Richard konnte nicht sagen, ob Minuten oder Stunden vergangen waren, wurde die Tür aufgestoßen und zwei Polizisten und ein Sanitäter kamen mit hochrotem Kopf herausgestürmt. Mit einer gewissen Genugtuung registrierte er, dass der schnelle Aufstieg nicht nur ihm zu schaffen gemacht hatte. Als die drei die Lage erkannt hatten, wurden sie sichtlich entspannter. Der Sani kniete sich neben sie und blickte Maria in die Augen und tastete ihren Arm nach dem Puls ab.

»Okay, sie hat einen Schock.« Er zog eine Decke aus seinem Koffer und wandte sich dann an Richard. »Du kannst sie jetzt loslassen. Ich übernehme ab hier.« Behutsam zog er Maria von ihm herunter und legte sie sanft auf die Decke. Inzwischen war auch ein zweiter Sanitäter schnaufend oben angekommen und machte eine Infusion fertig.

»Danke«, murmelte Richard. Etwas in ihm sträubte sich dagegen, Maria alleinzulassen. Aber sein Kopf sagte ihm, dass sie nun in guten Händen war. Also taumelte er davon. Auf dem Weg die Treppen hinab musste er sich am Geländer festhalten. Sein ganzer Körper schmerzte, und er fühlte sich so unglaublich erschöpft. Eine gefühlte Ewigkeit später kam er unten an. Als er die Zugangstür zum Turm öffnete, standen ein Mann im Anzug und eine Frau im Kostüm vor ihm, die ihn entgeistert ansahen.

»Ich dachte, es handelt sich um eine weibliche Patientin«, stieß der Mann verwirrt hervor. Da wurde Richard klar, dass die beiden das Psychologenteam sein mussten. Dass sie ihn für den Selbstmörder hielten, sagte viel über seinen momentanen optischen Zustand aus.

»Die ist oben. Einfach die Treppen hoch und zur Tür raus. Können Sie gar nicht verfehlen«, antwortete er und deutete mit dem Daumen hinter sich.

Mit einem Grunzen schob sich der Mann an ihm vorbei, gefolgt von der Frau, die ihm einen entschuldigenden

Blick zuwarf. Also stolperte er ins Freie. Die Sonne war gerade am Untergehen und tauchte den Stadtplatz in warmes Licht. Unsicher sah er sich um, bis er endlich Wolfgang entdeckte, der auf ihn zukam. Richard war unglaublich froh, ein bekanntes Gesicht zu sehen.

»Musst du mir so einen Schrecken einjagen?« Sein Kollege hielt ihm einen einzelnen Schuh entgegen. Richard benötigte einen Augenblick, um zu erkennen, dass es der war, den Maria verloren hatte.

»War keine Absicht.«

»Ist mit dir alles in Ordnung?«, fragte Wolfgang mitfühlend.

Richard setzte ein schiefes Grinsen auf. »Ehrlich gesagt, nein. Aber das wird schon wieder.«

»Und wie schaut es bei ihr aus?« Sein Partner blickte nach oben.

»Wesentlich schlechter.«

»War sie es? Mit dem Mord, meine ich.«

Richard nickte. »Sie hat alles gestanden.« In Kurzform erklärte er seinem Kollegen, was er oben erfahren hatte.

»Hm. Dann sollte der Fall abgeschlossen sein. Wobei … hat sie irgendwas gesagt, wo die Mordwaffe ist?«

»Das nicht.« Richard überlegte. »Aber ich schätze, da kommt nur ein Ort infrage.«

Wolfgang nickte. »Ich müsste mich hier noch um das eine oder andere kümmern. Fühlst du dich schon in der Lage, oder soll ich lieber mitkommen?«

»Ach, das schaff ich schon«, winkte Richard ab.

»Gut, aber übernimm dich nicht. Du schaust nämlich gerade ziemlich scheiße aus.«

»Ich bin immer noch ganz fertig, weil ich fast vom Zug überfahren worden wäre.« Er grinste.

»Mei, jetzt bin ich wieder schuld.« Wolfgang rollte mit den Augen.

»Wie immer«, meinte Richard schulterzuckend. »Also, ich hol dich nachher ab.«

»Alles klar, dann bis später.«

Er wandte sich um und ging zu ihrem Wagen, als sein Partner ihm noch mal nachrief.

»Hey, Richard!«

»Ja?«

»Hast du gut gemacht da oben.« Wolfgang nickte ihm anerkennend zu.

»Danke.« Er stieg ein und wunderte sich selbst darüber, wie viel ihm das Lob seines Kollegen bedeutete.

Wenig später, es war bereits dunkel geworden, stand Richard vor dem Haus der Meidingers. Schon zum zweiten Mal betätigte er die Klingel, aber niemand öffnete. Einer Vermutung folgend, ging er um das Gebäude herum und stieg in den Garten hinab. Der Anblick erstaunte ihn aufs Neue. Mehrere Lampen entlang des Weges verströmten orangefarbenes Licht und ließen ihn noch geheimnisvoller erscheinen als am Tag. Die Grillen zirpten, und alles wirkte so friedlich. Richard musste sich in Erinnerung rufen, weswegen er hier war, und er schluckte. Aber entschlossen schritt er den Weg entlang über die Brücke. Je näher er der Scheune kam, umso besser konnte er das beständige »Klonk, Klonk« des Hammers hören. Vorsichtig öffnete er die Tür und schlüpfte hinein. Im Kamin brannte das Feuer, und es war unglaublich heiß. Hans Meidinger stand mit dem Rücken zu ihm und bearbeitete gerade ein Metallstück per Hand mit dem Hammer. Er schien den Ankömmling noch nicht bemerkt zu haben. Richard blickte sich um und stellte fest, dass sich seit seinem letzten Besuch etwas geändert hatte. In der ganzen Scheune war kein Schwert mehr zu finden. Auch keine Axt oder ein Schild. Alle mittelalterlichen Waffen waren verschwunden. Stattdessen stand ein nagelneuer Pflug herum. Soweit er es beurteilen konnte, schien es sich um eine historische Replik zu handeln.

Der Schmied ließ weiter rhythmisch den Hammer auf das Metallteil fallen. Richard räusperte sich, um sich bemerkbar zu machen.

Hans Meidinger stellte das Hämmern ein und drehte sich langsam um. Er schien keineswegs erstaunt über seine Anwesenheit zu sein.

»Herr Meidinger, haben Sie mir vielleicht was zu sagen?«, fragte er.

»Ich wüsste nicht, was«, brummte er und wandte sich wieder seiner Arbeit zu.

Richard machte ein paar Schritte durch die Schmiede und ließ seinen Blick schweifen.

»Sie machen gar keine Schwerter mehr?« Er musste gegen den Lärm anschreien.

Meidinger grunzte. »Nachdem ich gesehen hab, was die in Wirklichkeit anrichten können, ist mir die Lust vergangen.«

»Und jetzt? Kein Mittelalter mehr?«

»Schon.« Er nickte in Richtung Pflug. »Aber nur noch Werkzeuge. Keine Waffen und keine Rüstungen mehr.«

»Schwerter zu Pflugscharen?«

»So ungefähr.« Der Schmied lachte humorlos.

»Ging es vielleicht darum, ein ganz bestimmtes Schwert verschwinden zu lassen?«

Jetzt drehte sich Meidinger um und richtete sich zu seiner vollen Größe auf. Plötzlich wurde Richard wieder bewusst, was für ein Bär von einem Mann er war. Er konnte sehen, wie sich seine Finger fester um den Griff des Hammers schlossen. Er hätte doch lieber Wolfgang mitnehmen sollen, fuhr es ihm durch den Kopf. Behutsam legte er seine Hand auf den Verschluss seines Waffenholsters. Der Schmied bemerkte die Geste. Einen Augenblick sahen sich beide in die Augen. Dann seufzte er und legte den Hammer weg.

»Herr Meidinger«, begann Richard, »Ihre Tochter hat einen Selbstmordversuch unternommen.«

»Was?« Augenblicklich wurde sein Gegenüber kreidebleich. »Ist der Maria was passiert?«

»Körperlich ist sie unversehrt«, erklärte Richard möglichst sanft. »Psychisch geht es ihr alles andere als gut.«

»Oh mein Gott«, Meidinger fuhr sich durch die Haare. »Ich muss sofort zu ihr.«

»Sicher, aber vorher muss ich mit Ihnen reden.«

»Ich … ich …«, stammelte er. »Das ist doch jetzt nicht wichtig. Meine Tochter braucht mich.«

»Herr Meidinger, Ihre Tochter hat außerdem den Mord an Michael Bäumler gestanden.«

Sekundenlang starrte der Schmied den Polizisten nur an. Dann lehnte er sich an den Amboss, neben dem er stand, und sank in sich zusammen. Sein Gesicht vergrub er in seinen Händen.

»Haben Sie etwas davon gewusst?«, fragte Richard.

»Nein«, stieß der Schmied hervor. In seiner Stimme war die Verzweiflung zu hören. »Aber geahnt«, fügte er dann leiser hinzu.

»Erzählen Sie es mir?«

Marias Vater richtete sich etwas auf. Auf seiner Stirn waren tiefe Furchen.

»Ich habe zuerst gar nichts gemerkt. Na ja, dass ein Templermantel zu wenig im Lager war, schon. Und dass die Maria komisch war, auch. Sie war noch verschlossener als sonst. Aber ich hab mir nichts gedacht. Bei Mädchen in dem Alter kommt das schon mal vor.« Er machte eine Pause. »In Wahrheit wollte ich es einfach nur nicht wahrhaben. Wo wäre denn sonst der Mantel hingekommen? Das Schwert selber hab ich zuerst nicht vermisst. Erst als es dann auf einmal wieder dagelegen ist, hab ich es bemerkt. Vor allem, weil es im Gegensatz zu den anderen scharf war. Und die Maria hat offenbar versucht, es sauberzumachen, aber … Na ja, ich weiß, wie getrocknetes Blut aussieht …«

»Warum haben Sie sich nicht bei uns gemeldet?«

»Sie ist doch meine Tochter«, schluchzte der Schmied. »Was hätte ich denn tun sollen. Ich hab doch nicht geahnt, dass sie sich was antun könnte.«

»Gott sei Dank ist das noch glimpflich ausgegangen«, versuchte er, ihn zu beruhigen.

»Kann ich jetzt zu meiner Tochter?«, fragte Meidinger flehend.

Richard musterte ihn eingehend. »Herr Meidinger, wenn ich bei meinem Chef die Hand für Sie ins Feuer lege, dass bei Ihnen keine Fluchtgefahr besteht … Kann ich mich da auf Sie verlassen?«

»Ja, wo sollte ich denn jetzt hin? Ich will doch nur zu meiner Tochter!«

»Also gut, dann soll das als erste Vernehmung reichen.«

Meidinger legte eilig seine Schürze ab und wandte sich zum Gehen. An der Tür blieb er jedoch stehen. »Bekomme ich auch eine Strafe?«

Richard schürzte die Lippen. »Sie haben vom Mord gewusst, wenn auch erst im Nachhinein, und haben die Mörderin gedeckt. Also, um eine Strafe werden Sie nicht herumkommen. Aber in Anbetracht, dass es sich um Ihre eigene Tochter handelt … ich glaube nicht, dass wir über Gefängnis reden.«

Der Schmied nickte nur.

»Herr Meidinger«, fuhr Richard fort. »Am wichtigsten ist nun, dass Sie für Maria da sind. Sie haben mir erzählt, dass sie sich nach dem Tod Ihrer Frau um Sie gekümmert hat. Jetzt sind Sie an der Reihe. Ihre Tochter braucht Sie gerade mehr denn je. Sie dürfen sich nicht wieder verkriechen und sie mit alldem alleine lassen.«

Sein Gegenüber nickte nur. Die Tränen standen ihm in den Augen, und offenbar war er nicht in der Lage, etwas zu sagen.

»Eine Sache noch.« Richard hätte es beinahe vergessen. »Was haben Sie mit der Mordwaffe gemacht?«

Meidinger sah auf die andere Seite der Schmiede. Der junge Polizist folgte seinem Blick und blieb an dem Pflug hängen. Zuerst verstand er nicht, doch dann bekam er große Augen.

»Wirklich Schwerter zu Pflugscharen?«, fragte er ungläubig.

Das Gesicht des Schmieds zeigte ein kleines Lächeln. »Schwerter zu Pflugscharen.«

Die Details waren schnell abgeklärt. Maria Meidinger war aktuell auf dem Weg in eine psychische Betreuung in Regensburg. Richard ließ sich die Adresse durchgeben und gab sie an ihren Vater weiter. Es vergingen ein paar Minuten, bis der das Nötigste in eine Tasche zusammengepackt hatte, und schon brauste er davon. Nicht jedoch, ohne sich bei Richard vorher zu bedanken.

»Ach, für was denn?«, winkte er ab. Als er allein war, lehnte er sich an den Streifenwagen und atmete tief durch. Erst jetzt wurde ihm bewusst, wie müde er war. Er richtete den Blick nach oben. Die Nacht war sternenklar, und es war langsam kühl geworden. Der Sommer würde bald vorbei sein. Was für ein Tag, dachte sich Richard. Einen Augenblick Ruhe wollte er sich noch gönnen, bevor er Wolfgang abholte. Da wurde er von seinem Handy aufgeschreckt, das in der Hosentasche vibrierte. Er hatte eine Nachricht bekommen. Als er sah, von wem sie war, runzelte er die Stirn.

28

Wolfgang und Richard hatten quer über die Fahrbahn geparkt und lehnten sich entspannt an den Streifenwagen. Knapp eine Woche war vergangen, seit sie den Mord aufgeklärt hatten, und gerade konnte es eigentlich nicht besser laufen. Entsprechend gelassen sahen sie dem entgegen, was nun bevorstand. Direkt hinter ihnen hatten zwei Kollegen ihren Wagen so geparkt, dass die Straße komplett dicht war. Es war mitten in der Nacht, sodass sie nicht befürchten mussten, den normalen Verkehr groß zu behindern. Sie standen nun schon eine halbe Stunde auf der Straße, ohne dass ein anderes Fahrzeug aufgetaucht wäre. Endlich kam der erwartete Funkspruch durch. »Zugriff kann erfolgen«, war die knappe Durchsage.

»Na, dann schauen wir mal, was da alles kommt«, meinte Wolfgang. Er richtete sich auf, prüfte noch mal den Sitz seiner orangefarbenen Warnweste und knipste das rote Licht seiner Kelle an. Tatsächlich dauerte es nur wenige Minuten, bis in der Entfernung das laute Brummen eines Autos zu vernehmen war. Augenblicke später tauchten auch schon die Scheinwerfer auf. Noch konnten sie nicht erkennen, was für ein Auto es war, aber es hatte ein wahnsinnig hohes Tempo drauf.

Ihr Handfunkgerät knackte. »Kundschaft im Anmarsch. Ich messe 140 Stundenkilometer«, meldete sich der Kollege, der ein Stück voraus gut versteckt mit der Radarpistole an der Straße postiert war.

»Na, wer sagt's denn!«, rief Wolfgang. Breitbeinig stellte

er sich mitten auf die Fahrbahn und schwenkte seine Kelle. Der Raser war nun nahe genug, um zu erkennen, auf was er zufuhr. Die Reifen quietschten über den Straßenbelag, als der Fahrer versuchte, mithilfe der Handbremse eine schnelle Wende auszuführen. Es gelang ihm gerade so, den Wagen unter Kontrolle zu halten, dann schoss er auch schon in die entgegengesetzte Richtung davon.

»Was glaubst du, wer das war?«, fragte Richard seinen Kollegen.

»Na ja, da es ein BMW war, habe ich zumindest eine starke Vermutung.«

»Sollen wir hinterher?«

Wolfgang schürzte die Lippen. »Ach was, wo will er denn hin. Lassen wir ihn noch ein wenig rumkurven, wenn es ihm Spaß macht.«

Da kamen bereits drei weitere Autos angerast. Laut dem vorgeschobenen Kollegen waren sie nur mit 120 bis 130 Stundenkilometern unterwegs, was aber bei erlaubten 70 immer noch viel zu schnell war. Die drei versuchten keine Flucht, sondern kamen vor ihnen zum Stehen.

»Also, an die Arbeit, Jungs!«, rief Wolfgang, und so machten sich alle Polizisten auf, die Wagen zu kontrollieren. Es lief das übliche Programm ab: Kontrolle der Fahrzeugpapiere und des Führerscheins. Die freundliche Frage, ob die Fahrer denn eine Ahnung hätten, warum sie gerade angehalten wurden, mit dem ebenso freundlichen Hinweis auf die gemessene Geschwindigkeit. Bei zwei von dreien zeigte das Atemalkoholmessgerät einen Wert an, der eine zusätzliche Blutentnahme nach sich ziehen würde. Diese Kunden würde später ein Polizeibus aufgabeln und sie gesammelt ins Krankenhaus befördern. Bereits jetzt zeichnete sich ab, dass die Aktion ein voller Erfolg zu werden schien. Die Idee von Wolfgang und Richard war nicht schlecht, an der Strecke nahe dem Treffpunkt der Rasergruppe eine Kontrolle einzurichten. Aber mit nur einem Streifenwagen war sie zum Scheitern verurteilt gewesen, wie die beiden schmerzhaft hatten erkennen müssen. Es hatte einfach an der Manpower gefehlt. Nachdem klar war, dass sie den Ort des nächsten Treffens an diesem Wochenende eindeutig lokalisieren konnten, war es kein Problem, ihren Chef zu überzeugen. Gerade befand sich jede Polizeikraft, die im Landkreis verfügbar war, im Einsatz, um alle Straßen und Fluchtwege im Umkreis abzuriegeln. So war gewährleistet, dass alle Teilnehmer des Treffens in eine Kontrolle gerieten. Das würde den Jungs und Mädels zumindest einen ordentlichen Dämpfer geben.

Als sie mit ihrer Überprüfung der Fahrer fast durch waren, kam der Funkspruch, dass sich an einem der anderen Kontrollpunkte ein Unfall mit einem BMW ereignet hatte. Der Insasse sei nur leicht verletzt.

»Oha. Was meinst du?«, fragte Wolfgang. »Sollen wir uns das mal anschauen?«

»Unbedingt!« Richard wandte sich an die Kollegen. »Wir müssten kurz mal weg. Habt ihr alles im Griff?«

»Sowieso.« Die anderen Polizisten nickten einvernehmlich. Da er und Wolfgang so etwas wie die Initiatoren der Aktion waren, hatten sie ein gewisses Maß an Narrenfreiheit und brauchten nicht befürchten, angeschnauzt zu werden, wenn sie ihren Posten verließen.

Die Fahrt zum Unfall dauerte nur ein paar Minuten. Dabei kamen sie immer wieder an anderen Polizeistreifen vorbei, die gerade Kontrollen bei aufgemotzten Kisten vornahmen. Als sie letztlich mehrere Feuerwehrautos und einen Rettungswagen erblickten, wussten sie, dass sie richtig waren. Also parkten sie und schlenderten zum Ort des Geschehens. Zwei Kollegen waren bereits anwesend, um den Unfall aufzunehmen. Eine ganze Menge Feuerwehrleute waren damit beschäftigt, die herumliegenden Trümmer des Unfallwagens einzusammeln.

»Und? Wie schaut es aus?«, fragte Wolfgang den Feuerwehrkommandanten, der das Ganze beaufsichtigte.

»Ja, der Wagen ist Totalschaden, so viel ist sicher. Der muss von da hinten bis hierher geschleudert sein. Auf jeden Fall ist er dort ein gutes Stück an der Leitplanke entlanggeschrammt. Beim Gegensteuern hat es ihn dann wahrscheinlich überschlagen, bis er schließlich hier zum Stehen gekommen ist. Da hat es ihn ganz schön zerlegt. Den linken Vorderreifen suchen wir immer noch, aber den finden wir wohl erst morgen, wenn es wieder hell ist. Es ist direkt ein Wunder, dass der allein aus dem Auto rausgekommen ist.«

»Und kann man schon was zum Hergang sagen?«

»Also das dürfte immer noch euer Job sein. Aber wie es scheint, war niemand sonst an dem Unfall beteiligt. Wenn du mich fragst, dann war der einfach viel zu schnell unterwegs.«

»Aha. Und wo ist der Fahrer jetzt?«

»Da drüben.« Der Feuerwehrkommandant nickte in Richtung einer Wiese neben der Straße. »Er wird gerade vom Notarzt versorgt.«

»Alles klar, dann schauen wir uns das mal an.«

Gemeinsam schlenderten sie hinüber. Daniel Röhrl saß im Gras und stierte stur geradeaus. Sein Körper war in eine goldfarbene Rettungsdecke gewickelt. Ein wenig erinnerte er an eine in Alufolie eingewickelte Kartoffel. Er hockte nur unbeteiligt da, während die Rettungskräfte eindringlich auf ihn einredeten.

»Könnt ihr vielleicht was machen?«, wandte sich der Notarzt an die beiden Polizisten, als er sie kommen sah. »Der Hirsch weigert sich einfach, mit uns mitzukommen.«

»Wie geht es ihm?«, fragte Richard.

»Na ja, soweit ich das auf die Schnelle beurteilen kann, scheint er kaum verletzt zu sein. Nur ein paar Schrammen. Aber ich würde ihn trotzdem lieber mitnehmen und eingehend untersuchen.«

»Schon gut, wir reden mit ihm. Würdet ihr uns kurz alleine lassen?«

Der Mediziner sah sie mit unverhohlenem Missfallen an, ging aber dann mit den Sanitätern zurück zum Rettungswagen.

Die beiden Polizisten setzten sich links und rechts neben Röhrl-Wurschti und blickten gemeinsam auf das von der Feuerwehr gut ausgeleuchtete Wrack, das einmal ein BMW gewesen war.

Richard zog das Atemalkoholmessgerät hervor und hielt es dem Metzger vor den Mund.

»Jetzt bitte einmal schön pusten«, forderte er ihn auf.

Wie ferngesteuert blies der junge Mann hinein. Nachdem das Signal am Gerät anzeigte, dass die Messung fertig war, nahm Richard es wieder an sich und las das Display ab.

»Oha«, sagte er nur und hielt es Wolfgang entgegen.

»Uiuiui«, machte der und verzog das Gesicht. »Das ist nicht gut, wenn da ein Zweier vorne dran steht.«

»Wenn wir vielleicht mal kurz deinen Geldbeutel haben dürften«, wandte sich Richard wieder an Daniel. Der starrte immer noch teilnahmslos auf das, was von seinem Auto übrig geblieben war, kam aber der Bitte nach und gab ihm die Geldbörse.

Richard öffnete sie, und gleich quollen ihm einige Geldscheine entgegen. Größtenteils Einhundert- und Zweihunderteuroscheine.

»Ach, weißt du«, begann er. »Das mit dem Auto ist nicht so schlimm. Das ist etwas, das man einfach mit Geld neu kaufen kann.« Dann fand er, was er gesucht hatte. »Was man allerdings nicht mit Geld kaufen kann, ist das hier, und den nehmen wir zur Sicherheit erst mal an uns.« Er hielt Röhrl seinen Führerschein kurz vors Gesicht und steckte ihn dann ein.

»Na komm«, forderte Wolfgang ihn auf. »Packen wir es.« Er hakte sich bei ihm unter, und Richard tat es ebenso. Mit gemeinsamer Anstrengung schafften sie es, ihn hochzuhieven.

»Aber mein Auto«, klagte Daniel mit weinerlicher Stimme.

»Um das kümmert sich jetzt erst mal der Abschleppdienst, der passt gut darauf auf, und später darfst du es dir dann wieder abholen«, erklärte Wolfgang so, als würde er mit einem Dreijährigen sprechen. Richard schaffte es nur leidlich, sein Grinsen zu unterdrücken. Gemeinsam brachten sie ihn zum Krankenwagen und übergaben ihn den fähigen Händen der Sanitäter.

EPILOG

Richard konnte sich nicht mehr daran erinnern, jemals so guter Laune gewesen zu sein, während sie über den Further Stadtplatz in Richtung *Kleber* schlenderten. Haaserer war vollauf damit beschäftigt, Mona und Lisa zu beeindrucken, Foo dagegen tat sein Bestes, um ihn dabei zu torpedieren. Das Gelächter musste wohl über den ganzen Platz zu hören sein. Er selbst hielt sich raus und genoss es, wie sich Magdalena an ihn schmiegte. Spontan hatten sie die komplette Gang zusammengetrommelt, um Richards Belobigung zu feiern. Wolfgang hatte die Einladung dankend abgelehnt, mit der Begründung, dass er den Altersschnitt zu sehr nach oben treiben würde.

Ihr Chef hatte bei der morgendlichen Besprechung fast eine halbe Stunde lang eine Lobrede auf die beiden gehalten und ausführlich erklärt, was für Vorbilder sie waren und dass so mancher sich eine Scheibe von ihnen abschneiden könnte. Richard hatte während der gesamten Rede den Müller im Auge behalten und darauf gewartet, dass sein hochroter Kopf endlich explodierte. Das war zwar nicht passiert, aber allein sein Blick war den Stress und den Ärger der letzten Wochen wert gewesen. Anschließend hatte der Chef warmen Leberkäse für die komplette Mannschaft spendiert, was die Laune der Kollegen deutlich hob. Nur Müller verzichtete freiwillig, was Richard nur noch mehr Genugtuung verschaffte.

Und jetzt würde er noch mal mit seinen Freunden beim *Kleber* nachfeiern. Diesmal hatte er vorgesorgt, vorher angerufen und einen Tisch reserviert. Zwischen ihm und seinem *Dampfboot* stand also nur noch ein Fußweg, weil sie in der Nähe keinen Parkplatz mehr gefunden hatten.

Plötzlich entdeckte er auf der anderen Straßenseite Nico Aschinger, der ihnen entgegenkam. Er ging Arm in Arm mit einem Mann. Als er sie erkannte, sagte er etwas zu seinem Begleiter und kam dann über die Straße herüber. »Servus, Richard, servus, Magdalena«, begrüßte er sie.

»Servus, Herr Aschinger«, sagte Richard mit gespielter Förmlichkeit.

»Wie ich gehört habe, war eure Aktion ein voller Erfolg. Der Röhrl Daniel wird wohl noch eine ganze Weile zu Fuß gehen müssen.«

»Ja, sieht so aus«, bestätigte er. »Danke noch mal, dass du mit uns die Informationen aus der Chatgruppe geteilt hast. Sonst wären wir nicht in der Lage gewesen, die Party zu sprengen.«

»Ach was«, winkte Nico ab. »Nach meinem unfreiwilligen Coming-out hab ich viel nachgedacht und bin zu dem Schluss gekommen, dass einige Sachen nicht in Ordnung waren, die ich gemacht hab. Unter anderem diese ganzen Rennen und Partys. Ich wollte einfach reinen Tisch machen.«

»Und sonst?« Richard nickte unauffällig in Richtung von Nicos Freund, der immer noch auf der gegenüberliegenden Straßenseite auf ihn wartete. »Läuft es gut?«

»Ja. Du kannst dir nicht vorstellen, was da für eine Last von mir abgefallen ist, als es endlich raus war. Ich hatte immer so Angst davor, aber jetzt frage ich mich, warum ich so lange damit gewartet habe.«

»Und dein Vater?«

Nico musste grinsen. »Also am Anfang wollte er mich tatsächlich enterben. Aber ich hab Glück gehabt, weil er gerade so eine neue Marketingtante eingestellt hat. Und die hat ihm klargemacht, dass das für das Image der Firma wie ein Lottogewinn ist. Weil Diversität momentan alles ist, sagt sie. Jetzt ist er quasi überglücklich mit mir. Ich muss mich bei ihr unbedingt noch schnell bedanken, wahrscheinlich wirft sie eh bald wieder hin.«

»Wie das?«

»Na ja, mein Vater hat eben gemeint, dann stellt er gleich noch ein paar andere Ethnien ein, wenn das so gut für das Image der Firma ist.«

»Ja, das ist doch was Gutes, oder?«

»Wie man es nimmt. Wortwörtlich hat er gesagt: Dann hol ich mir gleich auch noch einen Neger und ein Schlitzauge in die Firma. Wie gesagt, lange macht sie das wahrscheinlich nicht mehr mit.«

»Okay«, Richard musste lachen. Das war der Aschinger senior, den er kannte.

»Hast du schon gehört, was mit der Maria nun passiert?«, fragte Nico nach.

»Na ja, um ehrlich zu sein, da schaut es nicht gut aus. Ob das Gericht die Sache als Mord oder Totschlag wertet, steht noch in den Sternen. Auf jeden Fall bleibt sie jetzt erst mal in psychiatrischer Behandlung. Ich hoffe, dass ihr das guttut.«

Nico seufzte. »Ja, das hoffe ich auch. Ich meine, dass der Michael nicht mein bester Freund war, brauche ich nicht zu sagen. Doch das Ende hat er nicht verdient. Aber ehrlich gesagt tut mir die Maria auch leid. Ich kann mir einfach nicht vorstellen, dass sie ihn mit Absicht umgebracht hat.«

»Ich auch nicht, aber ich denke, es ist klar, dass sie sich da in was verrannt hat. Ich hoffe, dass sie jetzt die Hilfe bekommt, die sie braucht.«

»Hoffentlich. Na ja, ich muss dann wieder. Ich wünsche euch was.«

»Ich euch auch«, meinte Richard und nickte zu dem Mann auf der anderen Straßenseite hinüber.

»Das lass mal meine Sorge sein«, grinste Nico, ging zurück zu seinem Freund und küsste ihn.

»Der Aschinger ein Popo-Pilot, wer hätte das gedacht«, murmelte Haaserer.

»Sehr reif von dir«, tadelte ihn Richard.

»Entschuldigung«, maulte sein Freund. »Ich hab ja nichts dagegen. Ein jeder, wie er mag.«

»Genau«, bestätigte Magdalena, sah Richard an und küsste ihn.

»Diese Schmuserei ist ja nicht zum Aushalten. Können wir jetzt vielleicht endlich mal zum *Kleber*«, meckerte Foo. »Schön langsam hab ich nämlich einen Mordshunger.«

»Schon gut, schon gut«, winkte Richard ab.

Er warf einen Blick hoch zum Stadtturm. Ja, er konnte von Glück sagen, dass die ganze Sache letztlich gut ausgegangen war. Er dachte an Maria. Wie verzweifelt musste sie gewesen sein? Er sah seine Freunde an und machte sich bewusst, wie gut es ihm ging.

»Alles in Ordnung?«, fragte ihn Magdalena. Erst jetzt merkte er, dass er, ganz in Gedanken versunken, stehen geblieben war.

»Aber so was von«, antwortete er und drückte sie noch etwas fester an sich. »Und jetzt will ich endlich mein verdammtes *Dampfboot*.«

DANKSAGUNG

Mein allererster Dank gilt auch diesmal wieder meiner Familie. Ein Buch zu schreiben erfordert nicht nur, sich stundenlang im Büro einzuschließen und die Tastatur zu malträtieren. Dazu gehört ebenfalls, teilnahmslos die Wand anzustarren und über ein Problem in der Handlung nachzugrübeln, während einem Frau und Töchter die Ereignisse des Tages schildern wollen. Andrea, Katharina und Franziska, dass ihr das alles ertragt, dafür bin ich euch unendlich dankbar.

Ich möchte dem Team vom *Ratskeller beim Kleber* danken, dass ich den Namen des Lokals verwenden durfte. Eine Geschichte in Furth, die ohne den *Kleber* auskommt, funktioniert einfach nicht. Vielen Dank, dass ihr es möglich gemacht habt.

Äußerst dankbar bin ich dem Team vom *Cave Gladium*, die nicht nur der Verwendung ihres Namens zustimmten, sondern die Idee gleich mit großer Begeisterung aufgenommen haben. Leute, ich bin jedes Mal aufs Neue beeindruckt, was ihr da Jahr für Jahr auf die Beine stellt. Macht weiter so, und ich wünsche euch, dass die Ereignisse dieses Buches niemals Realität werden mögen.

Und natürlich geht ein riesiges Dankeschön an den *Gmeiner-Verlag*, der scheinbar immer noch der Meinung ist, dass mein Geschreibsel es wert sein könnte, als Buch veröffentlicht zu werden. Allen voran danke ich meiner Lektorin Claudia Senghaas, die sich wieder an vorderster Front durch das Manuskript quälen darf. Und ein Danke an alle im Verlagsteam, die mir meine Anfängerfragen immer kompetent, schnell und vor allem geduldig beantworten.

Als ich mit *Da Schorsch geht hoam* mein erstes eigenes Buch in Händen halten durfte, war das so etwas wie die Erfüllung eines Lebenstraums. Dass ich nun schon meine zweite Geschichte veröffentlichen darf, finde ich noch unglaublicher. Um alle aufzuzählen, die mich auf meinem Weg begleitet und beeinflusst haben, ist hier leider nicht genügend Raum. Darum stellvertretend ein riesiges Danke, dass ich meinen Traum leben darf.

Weitere Titel finden Sie auf den folgenden Seiten und im Internet:

WWW.GMEINER-VERLAG.DE

Florian Bock
Da Schorsch geht hoam
Kriminalroman
344 Seiten, 12,5 x 20,5 cm,
Paperback
ISBN 978-3-8392-0302-6

Ein ehemaliger Schulkamerad des jungen Polizisten Richard Sonnleitner wird überfahren aufgefunden. Alle glauben an einen Unfall. Aber warum gibt es keine Bremsspuren? Sonnleitner beginnt heimlich zu ermitteln, gerät dabei in haarsträubende Situationen – und begibt sich selbst in höchste Gefahr.

In der Oberpfalz hat Sonnleitner nicht nur mit seiner Unerfahrenheit zu kämpfen. Großkopferte Bauunternehmer und ein Kollege, der ein Schläfchen der Arbeit vorzieht, sind da noch die kleinsten Probleme.

GMEINER SPANNUNG

WWW.GMEINER-VERLAG.DE
Wir machen's spannend